区域文化与文学研究集刊

Studies of Regional Culture and Literature

周晓风　张全之　袁盛勇◎主编

第4辑

中国当代文学研究会区域文学委员会
重庆师范大学区域文化与文学研究中心
重庆师范大学文学院
主办

中国社会科学出版社

图书在版编目(CIP)数据

区域文化与文学研究集刊. 第4辑 / 周晓风, 张全之, 袁盛勇主编.
—北京: 中国社会科学出版社, 2016. 11
ISBN 978-7-5161-9212-2

Ⅰ. ①区… Ⅱ. ①周…②张…③袁… Ⅲ. ①区域文化—中国—文集②中国文学—文学研究—文集 Ⅳ. ①G127-53②I206-53

中国版本图书馆CIP数据核字(2016)第266500号

出 版 人　赵剑英
责任编辑　李炳青
责任校对　王佳玉
责任印制　李寡寡

出　　版　中国社会科学出版社
社　　址　北京鼓楼西大街甲158号
邮　　编　100720
网　　址　http://www.csspw.cn
发 行 部　010-84083685
门 市 部　010-84029450
经　　销　新华书店及其他书店

印　　刷　北京明恒达印务有限公司
装　　订　廊坊市广阳区广增装订厂
版　　次　2016年11月第1版
印　　次　2016年11月第1次印刷

开　　本　710×1000　1/16
印　　张　20.5
插　　页　2
字　　数　347千字
定　　价　76.00元

本刊学术委员会名单

张显成　西南大学文献研究所
朱栋霖　苏州大学文学院
朱寿桐　澳门大学中文系
朱晓进　南京师范大学文学院
赵学勇　陕西师范大学文学院
周裕锴　四川大学文学与新闻学院
周晓风　重庆师范大学文学院

目　　录

区域文化与现当代文学研究

区域文化与抗战文学

巴渝文化与重庆作家

区域文化视域下的艺术研究

前　言

张全之

区域文化与文学研究并非是一个新鲜的话题，但确是一个论域广阔、内涵丰富、研究很不充分的学术领域。本刊作为国内第一份对该问题进行专题性研究的集刊，试图呼唤对此论题有兴趣的学界同人、朋友，开展这一课题的专项研究。经过多年的努力，以“区域文化与文学研究”为主题的学术会议我们已经举办过四届，下一届正在筹备中；比会议稍微延迟一点，本刊也出到了第四期。正是通过连续的探讨和开掘，区域文化与文学关系得到更为深入的研究，也引起了越来越多的学者关注，我们对此深感欣慰。

当今已是“全球化时代”，我们无可逃避地坐上了时代高速行驶的列车，奔向“地球村”。我不知道那是一个怎样的世界：是一个乌托邦的华丽现形，还是一个“恶托邦”的骤然降临？其实历史的经验已经昭示：人们兴冲冲奔向的目标，常常与人们的期待相反。但不管怎样，“全球化”的潮流势不可当，在这一过程中，乡土的地域性特征正在消失。“区域”的界限已经模糊，城市的同质化带来了人们生活的高度雷同。现在，从哈尔滨到海口，从青岛到西安，在高级酒店里举行的婚礼仪式，几乎都是相似的，新娘穿的婚纱，都经常是一个款式甚或是一个品牌。所以说，“全球化”是一趟没有返程的列车，它把我们带到一个没有乡土、没有区域特征的世界，在那里我们的文化之根也会溶解，这就像一群被运往肉联厂的猪，最终都会变成统一品牌和统一包装的火腿肠。当我们面对这样一个世界的时候，我们只是表达困惑和不满是不够的，我们需要思考，需要在区域或者地域文化迅速消失的地方，找到它们曾经存在的证据，描摹出它们曾经的曼妙身姿。很显然，大量的文学作品保存着这些宝贵的文化根脉，只是它隐藏着，从不轻易现身，这就需要通过我们的研究，让它展露真容。

如果说全球化是一个世界性潮流，那么中国的情况可能更为复杂。当今中国的乱象，区域特征的消失，并非都是全球化的必然结果，而是我们在貌似全球化的潮流下自以为是地做着很不“现代”的事情，我指的是当今中国的城镇化进程——这是一个简单、粗暴、蛮横的过程，在一台台大型的挖掘机下，作为地域的种种特征被掩埋，一幢幢面孔相似的大楼高高耸立。我们很长时间认为这是全球化的必然后果，事实上全球化并非如此简单。全球化固然会导致“地方性”的消失和同质化世界的出现，但它作为一个现代性过程，其实是十分复杂的，是内部充满矛盾的复合体，它极少会借助权力或暴力摧毁作为文化的地方性特征。甚至它有时会以文化的多样性、价值的多元性来支撑着全球化的复杂过程。所以说，我们对全球化的描述和感受，更多的是“中国式”的全球化，而非世界潮流的全球化。所以说当今中国的种种状况，既有全球化的影响，更有我们自己的“特色”，这尤其需要我们立足实际，爬梳文献，去寻找文学与区域文化之间的复杂关系，并在对这一复杂关系的剖析中，体味区域文化赋予文学的独特魅力。如果说这类研究的目的是为了抵抗全球化或中国的城镇化进程，显然言过其实，但如果说以此来反思在社会进程中文学的区域性及其与现代性之纠葛，则是恰当的。本期所刊论文，多数都怀有这种理论期待，充分展示了学界对这一问题的思考。

本期共有论文 22 篇，根据内容大致划分为六个栏目，每个栏目聘请了一位专家作为主持人，并对该栏目的论文进行评议。现在来看，这 22 篇论文均属上乘之作，栏目专家的点评也准确到位，这就给主编省去了在这里进行重新评点的辛苦，所以特向这些栏目主持人表示感谢。

本刊出至第四期，历时多年，在这一过程中，得到学界前辈、同人和朋友的帮助。由于刊物不是所谓的核心期刊，所以约稿极难。但很多专家不顾刊物地位的卑微，慷慨赐稿，让我们深为感动，尤其一些在全国有重要影响的知名学者出手相助，更让我们受宠若惊。所以在这里，我代表编辑部感谢给本刊赐稿的所有作者，您对本刊的支持，是我们的最大荣幸，也是我们继续前进的动力，渴望在今后继续得到您的支持！

张全之

2016 年 7 月 13 日于重庆

区域文化与文学理论

主持人：黄健

主持人语：

区域文化与文学，是一个颇具争议性的学术话题。但唯有争议，方能激发其内生与发展的活力。贾振勇教授认为，其理论建构的限度与可能性，主要体现在研究的边界、区域文学共性与个性关系等层面。他主张：应该从文化的单元中、在比较的平台上，挖掘、整理与建构区域文学研究的理论与方法，比如家族相似性原则、在普遍性中寻找独特性原则、全球化语境与区域禀性互文性原则；比如不完全归纳逻辑、印象式把握、感觉式描述和经验式概括等方法论问题。而“区域”一语明确的空间指向，使研究者往往习惯于无意之间忽视文学是时间艺术。贾玮副教授通过对“昆德拉现象”的解析，指出这种文学活动，不但在创作层面展现了时间的拓扑结构，而且拓展了区域的内在视阈，其特殊性正是深化区域文学研究的重要契机。

由此可见，区域文化与文学的关系值得深入探讨，如区域文化究竟在什么层面上，在哪些方面与文学发生一种怎样的关系，二者之间究竟存在着怎样的内在关联？本辑的其余三篇文章，对此有所探讨。任传印博士（后）以中华区域文化与现当代佛教文学为例，深入探讨了区域文化与佛教文学的内在联系，重点从现代社会转型、意义重构以及全球文明互鉴等问题的角度，对二者在多层面产生关联的特点、内容与可能性，予以理论探讨和解析，同时也反观区域文化与现当代佛教文学的生成发展的脉络和美学价值。王佳黎博士则以创造社文学创作为例，重点以区域空间移位、转换与文学创作之间的关联为题，指出随着区域空间的移位，新的地理环境与精神气候，新的文化与风尚将会对作家的创作产生影响，尤其是会对作家的创作观念产生影响，其中一个最显著的特点就是激活了作家的创作思维，从而催生了新的文学创作。而徐旭敏博士则以“京派作家群”创作为例，通过对区域文化基质与文学创作之间的精神关联和影响的探讨，特别是对作家的创作风格产生影响的探讨，认为文学和区域文化的关系是一种精神血缘的关系。特别是当作家出于其个性的考虑，选择与自己精神气质投合的居住地，其文化和作家创作之间的互动将会显得更加的密切和自觉。当作家出生和成长于某一地，或开始融入某一地，尤其是熟悉并融入这个地方的日常性的物质和精神生活中时，其性格气质也将在日积月累的影响中，与此地的文化建立无法割舍的联系，并会或隐或显地在创作中表现出来。当作家形成其独有的美学风格时，这种具有深远意义的区域文化基质将对其创作的美学风格，产生重要而深远的影响。几篇文章以点带面，分析细致，论述翔实，有理有据，值得一读，希望能够引起学界的关注和争鸣，共同将区域文化与文学之间的内在关联和规律特征作更深入、更精细、更科学的探讨。

捕捉诗性地理的光与影
——略论区域文学研究的几个问题

贾振勇

一 区域文学理论建构的可能与限度

一方水土养一方人。如果斯宾格勒所言不虚，即“艺术在生活中可能只属于一个小范围，是特定地域和特定人类的自我表现形式”，[①] 那么这种特定的人类的自我表现形式，呈现出特定的区域特征和族群特征，也就不足为奇。由此，从区域视野介入文学，文学也会自然而然呈现出其他研究视野所无法把握的诸般气象。

俗话说，人伦日用而不知。即使没有充分的理论和方法自觉，区域文学研究也早有渊源和脉络，这在我国古典文论中就大有踪迹可循。此问题已有不少专家学者详加论述，本文不再赘言。在理论和方法层面加以自觉概括与阐释的，应该说还是伴随着地中海文明崛起而向全球输出思想的西方理论家们。比如斯达尔夫人，她的《从社会制度与文学的关系论文学》，从环境、气候、宗教、社会风俗、法律、时代等各方面考辨欧洲各民族不同的文学样态，强调自然环境对作家的影响，及其影响下南方文学与北方文学的差异，于是欧洲有了南方作家和北方作家的分类。更富理论深度的则是泰纳，他在《英国文学史》引言中，将“种族、环境和时代”作为推动文学艺术产生、发展的“三个原始力量”；在《艺术哲学》中，他又对“种族、环境和时代”三因素详加论述，凝炼地称之为“精神的温度”，犹如物理的温度影响植物的生长那样，这精神的温度也同样影响

① ［德］奥斯瓦尔德·斯宾格勒：《西方的没落》，齐世荣等译，商务印书馆1963年版，第38页。

着文学艺术的生长与发展；他那句名言“所有的艺术作品，都是由心境和四周的习俗所造成的一般条件所决定的”，[①] 大概也是较早的有关区域文学研究的权威理论依据。

这些和区域文学研究有关的文学理论和艺术哲学观念，毫无疑问对今天的文学研究产生了深远影响。尽管有不少学者以细致而翔实的研究，批驳了这类理论的机械化和庸俗化色彩，比如格罗塞认为：“泰纳的‘艺术哲学’就是那常常以最平凡的思想，蒙着科学的外套，把他作为心理或社会科学的法则，很大胆的想把精神科学的整个领域渐次占领去的所谓精密研究的典型的产物。”[②] 但格罗塞也只是批评了泰纳理论的生搬硬套和机械色彩，迄今为止好像还无人否定区域元素（包括地理、自然、气候、习俗乃至人文等因素）对文学艺术的重要而潜在的影响。其实问题很简单，尽管以往有关区域文学的理论存在种种不足和狭隘，但是这些“最平凡的思想”背后矗立着一个无法否定的基本事实：文学的区域特征，早已确凿无疑地成为我们的一种审美体验、经验事实、心理客体和文化感受。

让我们颇为尴尬的是，尽管从区域视角研究文学的著述在数量上已经相当可观，但从理论和方法的准确、明晰与有效等层面来看，我们有关区域文学的理论和方法建构，在某种意义上并没有比斯达尔夫人、泰纳等人前进多少步，遑论重大突破。我们需要解决的问题在于：将区域文学研究上升到理论和方法的层面，尤其是如有些学者所呼吁的建制为一门学科，究竟有多大的可能性和可行性？如果可能，它究竟应该具备怎样的学术容量、理论内涵和研究范式？或者说，由于从区域因素到文学的终端产品存在着相当多的中介环节，建构一种有关区域文学的理论和方法体系，前景是否令人乐观？

事实上，我们遇到的第一个问题大概是：什么是区域文学？尽管人文学科不必像自然学科那样制定一个百密不疏的概念、定义和体系，但是建构一个认知、考证、分析、理解和阐释的粗略模型大概也是必需的，否则我们的研究就永远是经验主义、感知主义的零散个案研究。可是，区域本

① ［德］格罗塞：《艺术的起源》，蔡慕晖译，生活·读书·新知三联书店1984年版，第11页。

② 同上书，第14页。

身就是一个变量，即使不考虑历史沿革和区划变迁等因素，区域这一词语本身就是一个模糊而富有弹性的术语，大至民族、国家和洲，小至县、乡、村、部落，都可以笼统地称之为某区域。我国现在的区域文学研究，基本上将边界定位于省、地市、县乡之类的行政区划。如果仅仅从逻辑和分类角度看，无论是国别文学还是族群文学，乃至洲际文学，实际上都可以算做区域文学之一种，只是参照系和划分标准不同而已。比如在世界文学版图上，中国文学显然是一种区域文学现象；在中国文学版图中，藏族文学等少数民族文学的区域性特征是如此明显；在洲际文学视野中，欧洲文学因地缘政治等因素，在最近五六百年的历史成为如此强势的区域文学，进而成为世界文学的标尺。

显然，作为一种理论和方法建构，区域文学研究如果不确定自己的边界，那么就有可能成为一个无所不包的万金油，最终也就在大而无当中消解了自身存在的合理性和有效性。尤其作为一种独立的研究范式，区域文学研究如果不确定自己的研究疆域，仅根据经验和印象来随意配置和取舍研究对象，又如何能成为一门独立、自足和严谨的学科呢？如果将区域文学的研究疆域超出省、县、乡、部落模式而以国别、族群文学乃至洲际文学为对象，那么和比较文学研究的撞车，就势在难免。如果局限于国别文学、族群文学的范畴内，那么区域文学研究基本上只能作为一种研究方法而存在，一般来说其方法论层面的功能更为突出。我们很难找到足够的理论资源，使其成为一门具有典型和多样范式的学科。显然，从总体的经验事实的复杂性和模糊性来看，将区域文学研究建制为一门学科，既缺乏充足的理论支撑，也缺乏经验和逻辑的保障。我们应该尊重区域文学研究边界的模糊性和移动性，在自主预设区域文学边界的基础上，去考辨具体的理论和方法的建构。

我们遇到的第二个难题，大概就是在区域文学研究中是否可以归纳、概括出某种规律和共性？这种规律和共性，是否可以作为本区域文学现象的本质或类本质性特征？是否因之可以生产出本区域文学艺术的某种独特性和创造性？这种区域文学的共性和作家的个性之间关系的复杂性又如何理解与阐释？之所以有如此复杂、多端的疑惑，在于我们面临的主要不是一个模式化、一体化和概念化的区域文学，而是一个“一母生九子，九子各不同”的文学艺术的经验事实和历史现象。正如汤因比所说：“古代中国文明有时被称为是黄河的产物，因为它正巧是在黄河流域出现的，但是多瑙河流域虽然在气候特点、土壤、平原及山地面貌上同黄河非常相似，它却没有产生相似的文明。”① 显然，对区域文学研究而言，也存在文学生产条件和背景大致类似的情况下结果迥然不同的情形；所以如同文明的研究那样，我们同样面临着经验事实层面所呈现的巨大差异化的挑战。

当然，探究文艺的本质和根源这种研究模式越来越式微，人们越来越重视美学经验、心理体验、精神现象、文化传承等具象层面所传达的信息和内涵。可以换句话说，暂且不论区域文学呈现的某种规律是本质、类本质还是审美经验、主体感知，问题主要在于我们的归纳与概括所适用的范围有多大？其有效性又究竟如何？如果说这样表述有些抽象和空泛，那么我们将焦点转换到作家身上。具体说来，除了上古时代文学作品的作者难以考辨之外，今天人们接触到的大多数文学作品，都有一个文学生产的具体源头，这就是作家。如果说整个文学的历史首先是一个由作家组成的链条和系统，那么区域文学只不过是特定区域内的文学家们组成的一个区域性的链条和系统。作家作为文学生产具体源头的基本事实，决定了自身在区域文学研究中的核心和基础位置。由此，如何处理区域文学共性和作家个性之间的关系，也就有可能成为区域文学理论与方法建构中遇到的难度最大的一个命题。

在如何处理区域文学共性与作家个性关系的研究实践中，尤其是如何处理作家个性和区域文学共性的逆反现象，笔者当年深有感触，迄今难以释怀。比如，在与魏建教授合写《齐鲁文化与山东新文学》过程中，如何处理那些与齐鲁文化共性特征不一致的作家，比如莫言、孔孚等，就曾经颇为头疼，最终只好采取一种权宜的表达策略来处理，比如：“许多作家反叛文化传统，却反叛的是文化传统的异化形式……在山东作家群中，我们很容易见到对传统文化的深恶痛绝之辞，也很容易看到在这深恶痛绝之辞下面，潜藏着对某种传统文化精神的复归。”② 这个表述将文化传统的纯粹性和精华性作为先决条件，事实上文化传统本身是一个矛盾统一体，本身就鱼龙混杂、良莠不齐、五方杂处。所谓文化传统的纯粹性和精

① ［英］汤因比：《历史研究》上，曹未风等译，上海人民出版社 1997 年版，第 72—73 页。

② 魏建、贾振勇：《齐鲁文化与山东新文学》，湖南教育出版社 1995 年版，第 214 页。

华性，只是出于我们美好的理论想象。所以，这类表述尽管看似很辩证，但叙述逻辑达到圆满的表面下面，掩盖的是学术命题仅仅在逻辑层面得以解决，学术的实质目标并未深入推进，而且稍不留意就会变成千说万说总是可以自圆其说。这类学术逻辑和表达策略，和某些历史、社会的叙事逻辑、表达策略相比，比如自己犯了很多致命错误却强调在自己的光辉思想和理论指导下力挽狂澜从而走向伟大、光明和正确，究竟有多少区别呢？

当年面临同样实践困惑的，大概李怡教授也能算一位。他写作《现代四川文学的巴蜀文化阐释》的实际状态究竟如何，我没有向他讨教，但以后他对区域文学共性与作家个性关系命题的一些论述，我感到已经有了从经验提炼出来的学术理性警觉："无论怎么说，任何关于文化个性的归纳（时代的、民族的与家族的）都是'类'的概括，都必然以牺牲和省略某些个体的选择为代价，而个体总是为任何形式的群体性的归纳所难以'消化'的，也就是说，个体与'类'始终处于既相互说明又矛盾分歧的关系当中，在这个层面上看作家个性与区域文化特色之联系，我们可以发现这里应该没有'一以贯之'的模式可寻，在什么情况下作家的'个性'生动地呈现了区域文化共同的追求，并且以自己的'个性'使得这些追求更加明显和突出了；相反，又在什么情况下'个性'恰恰从另外一个方向上修正甚至改变了区域文化固有的特殊，并且因为这样的修正而赋予了本区域新的内容，为未来的区域发展奠定了基础，这些都需要具体分析。"[①] 这样的分析与判断，固然具有高屋建瓴的学术理性建构意识，但如何能在具体研究中得以实现，又是另外一个问题。所以，在具体到巴金与巴蜀文化关系的研究中，他也只能先撇开巴蜀文化的共性限制，以实现阐释的周全："作为巴蜀文化'异乡人'姿态的巴金，其实通过自己'走出乡土'的不懈努力激发区域文化与区域文学创造性，从而奠定了改变文学秩序的重要基础。"[②]

上述自家得失与别人甘苦的过往事例，或许可以有所提醒：我们在归纳、概括区域文学乃至区域文化的所谓共性特征时，务必要慎之又慎；那些所谓的共性，很可能仅仅是削足适履或大而化之的经验式、印象式判

① 李怡：《文学的区域特色如何成为可能——以巴金与巴蜀文化关系为例》，《社会科学研究》2010 年第 5 期。

② 同上。

断，或者说只是某种理论化的经验主义归纳和概括，甚至是逻各斯中心主义在作怪。所以，所谓的共性特征，究竟有多大程度的普适性和真切性，是一个需要研究者慎思明辨的基本问题。否则，研究结果不但存在与区域文学的历史真相和精神真相是否一致的问题，而且还会带来研究中的终端逻辑悖论，最终导致区域文学研究模式变成一个无所不包的大筐，区域文学研究模式的积极能量也就散失殆尽。鉴于区域文学研究在理论和方法上又具有整合性与统摄性特征，那么如何使作家个性和区域文学共性问题，在我们的理解和阐释系统中抵达辩证统一的状态，或许是需要学者们着力而审慎对待的。

二 理论与实践：在文化的单元中探寻、在比较的平台上发掘

质疑区域文学可能具有的规律、本质或共性的普适性、真切性，并不是否定其存在的可能性。区域文学作为一种特殊文学现象所承载的经验事实、精神感受和心理客体，是我们探讨区域文学研究理论和方法的根基所在。对生于斯、长于斯的某区域作家而言，鉴于某区域的地缘和空间要素的制约，生成一些共性特征，不但是共同的客观环境所使然，而且也有相似的思维逻辑、体验模式和精神机制来支撑，正如维柯所言："人类本性有一个特点，人们在描绘未知的或辽远的事物时，自己对它们没有真正的了解，或是想对旁人也不了解的事物做出说明，总是利用熟悉的或近在手边的事物的某些类似点。"①

在一个较长时段的视野来看，共同的客观环境因素比如自然、地理、气候、环境、习俗和人文诸因素对文学创作的影响，作家的心理结构和精神机制对这种影响的接受与展现，在某种意义上既是一个自然发生与流变的过程，也是一个时空诸要素自然累积、渗透与延展的过程。我们的任务在于，如何从这个自然过程中发掘出其深刻的内在关联及其表现形式，在理论和方法层面加以归纳、概括和总结；而这个归纳、概括和总结的过程，又总是遗留下证伪和修正的巨大空间。在这个归纳、概括和总结的过程中，那些共性的因素固然重要而醒目，但每个作家的独特性与创造性如

① ［意］维柯：《新科学》，朱光潜译，商务印书馆1989年版，第417页。

何由这些共性因素的激发而酝酿、绽放，更应该是区域文学研究一个不可忽视的极为重要的层面。

自然，面对作为群体现象的区域文学，探讨和分析区域文学所呈现的共性特征，是区域文学研究的理论和方法建构绕不过去的一个重要问题。因为如果搁置区域文学共性特征的梳理、概括和归纳，那么区域文学研究也就不需要理论建构而只有方法论和研究视角的价值与意义了。否则，这和以往的作家作品研究模式有什么区别呢？显然，只不过是在以往作家作品研究中增加了区域因素作为参考系与学术增量。一个作家的地方色彩与区域特征，尽管依赖于所属区域的自然、地理、气候、习俗、人文等要素，但只有在一个更为广阔的比较视野中才能清晰展现。面貌各异的作家的个案经验，比如独特性和创造性，如果没有外在的相似性甚至是内在的某种一致性，是无法呈现出一个区域的文学的整体性和共性特征的，显然这也不符合我们对某区域文学呈现的“类”同的经验事实、心理感受与印象把握。

从这个层面来看，泰纳的观点就值得我们深思：“在每种情况下，人类历史的机制都是相同的。人们不断会找到作为最初动机的精神与灵魂的某种很普遍的秉性，这种普遍的秉性是内在的，由自然附加到种族身上的，或者说是由作用于种族身上的某种环境获得和产生的。”[①] 所以，问题的关键不在于区域文学的共性特征乃至某种规律是否存在，而在于：在纷繁复杂的区域文学现象中，我们如何甄别、厘清和确定某个区域系统的“原动力”和“秉性”等整体性或共性特质；如何考辨、分析和阐释这种“原动力”“秉性”等整体性和共性特质如何作用于具体的作家，又经过作家个体的心灵酝酿而呈现出或相似或迥异的艺术风貌。在这个考辨、分析和阐释的过程中，最为复杂的情况大概在于同样的自然、地理、气候、习俗、人文因素如何催生面貌各异甚至是截然相反的艺术风貌。这个问题的复杂性，还不仅仅在于加入作家独特的个人经历与经验就能解决的。

在具体研究过程中，更有很多介于宏观与微观层面的问题需要重视，比如作家作品的个性特征，是在一个怎样的具体时空要素中，如何与区域文学的共性特征相互取舍与展现；比如由众多作家作品个性汇聚而成的区

① ［法］H. A. 泰纳：《英国文学史》，［英］拉曼·塞尔登编：《文学批评理论——从柏拉图到现在》，刘象愚、陈永国等译，北京大学出版社 2003 年版，第 429 页。

域文学的共性特征，和其他区域文学相比又呈现怎样的独特个性？鉴于区域文学理论建构问题的全面性、复杂性，本文尝试提出几条原则，来探讨其成为区域文学研究理论与方法支撑的可能性。

比如，寻找区域文学现象的家族相似性。说到家族相似性原则，我们不能不提到维特根斯坦的原创性观点："考虑一下我们称为'游戏'的过程。……它们的共同点是什么"，"我们看到了相似点重叠交叉的复杂网络：有时是总体的相似，有时是细节的相似"，"我想不出比'家族相似'(family resemblances) 更好的说法来表达这些相似性的特征；因为家庭成员之间有各种各样的相似性：如身材、相貌、眼睛的颜色、步态、禀性，等等，也以同样的方式重叠和交叉。"[①] 我们在考究区域文学的特征或规律时，维特根斯坦的观点具有重要启示价值，甚至可以构成哲学认识论的基础。

笔者与魏建教授合作《齐鲁文化与山东新文学》时，出于写作规制与叙事逻辑的要求，我们首先遇到的问题，就是要考虑在齐鲁文化影响之下产生的山东新文学的共性特征是什么；山东作家们在新的历史时空中与齐鲁文化的影响又是如何相互取舍与博弈，从而产生自己的独特性和创造性。众所周知，齐鲁文化即使从最简单的层面考虑也不是一个同质的、清晰的文化体系，齐文化与鲁文化在自然地理、环境风物、民风习俗、典章文物、人文积习等各层面都存在很大差异，对具体作家的影响也因人而异，而且由于写作篇幅的有限性还不能面面俱到，蜻蜓点水式的面面俱到自然也不足为法。经过反复思考与梳理，我们决定将精神文化的传承与变异作为全书的叙事核心，具体来说主要就是建构一种从"沂源人"到"东夷人"—从"齐、鲁文化"到"齐鲁文化"—从区域文化到民族传统文化这样一个文化传承与影响的参照系。从这个参照系出发，在较为全面体会和深入梳理、分析现代山东作家创作事实的基础上，突出山东文学的新传统在齐鲁文化旧传统影响下发生了怎样的传承与变异。遵循上述思路，我们归纳出山东新文学的"文化守成主义""民间英雄主义"和"道德理性主义"三个整体性区域文化特色。

现在回首看，这种归纳、概括自然是删繁就简、问题多多。但至今

① ［英］维特根斯坦：《哲学研究》，汤潮、范光棣译，生活·读书·新知三联书店1992年版，第45—46页。

我们依然认为这种归纳和概括抓住了齐鲁文化与山东新文学关系的核心命题，当然这个核心命题还存在很大的深入与细化的学术空间。泰纳还有句话更值得我们深思："人类情感与观念中有一种系统；这个系统有某些总体特征，有属于同一种族、年代或国家的人们共同拥有的理智和心灵的某些标志，这一切是这个系统的原动力。"① 从这个角度看，如果说我们发掘的是齐鲁文化与山东新文学互文过程中所拥有的理智和心灵的某些标志，发掘的是齐鲁文化系统流变过程中的原动力；那么，文化守成主义、民间英雄主义和道德理性主义在这个标志和原动力系统中，就具有"轴心"价值与作用。或许，这可视为齐鲁文化影响下的山东新文学呈现出的某种家族相似性。正是因为具有了这种家族相似性，山东新文学在精神现象层面展现的总体区域特征，也就能较为清晰地凸显出来。

再比如，在普遍性中寻找独特性原则。在普遍性中寻找独特性，可视为区域文学共性与作家个性关系的另一种说法。一个基本事实是，我们不可能找到一个作家一部作品，从而在其文艺的虚构世界中找到完整契合我们有关区域文学的理论想象的影响因素。更多的情况，是在具体的作家作品中发掘区域影响因素在某一方面的具体呈现。尽管通过梳理某一区域作家的创作，我们完全有可能找出某种家族相似性特征，但这些特征也仅仅是在类型意义上的相似，而非同一性特质。如果说地理、自然、气候等在区域影响因素中发挥的作用更为缓慢和潜移默化，也需要更长时段的观测才能确定其发挥的实际效力；那么风俗习惯、典章文物、人文风情等社会因素的影响，则较为直接和立竿见影。但区域文学的经验事实在于，在大致同样的地理、自然、气候、风俗、习惯、典章、制度、文物、人文、风情的条件下，某一区域作家在呈现大致的家族相似性的同时，更多呈现的可能是个体创作的独特性和创造性，尤其是对那些杰出作家而言。他们的独特性和创造性究竟和区域因素有多大关系，应该说才是区域文学研究需要更为关注与解释的问题。

无论是延续、传承和发扬区域文化的某一元素或领域，还是拒绝、反叛或增补区域文化的某一元素或领域；只有呈现出某种独创性，一个作家

---

① ［法］H. A. 泰纳：《英国文学史》，［英］拉曼·塞尔登编：《文学批评理论——从柏拉图到现在》，刘象愚、陈永国等译，北京大学出版社 2003 年版，第 429 页。

或一个作家群的价值才能得以确立。比如，山东当代作家在20世纪八九十年代，曾以“鲁军”的旗号在中国当代文坛独树一帜。这个“鲁军”称号，在表面的命名与指称下面，体现的是山东文学创作的某种家族相似性，“形成了独立或特殊的审美文学系统”①。当时的那些有影响的山东作家们，比如李存葆、张炜、尤凤伟、王润滋、左建明、李贯通等，仿佛不约而同地在关注和表达各类道德命题，从而呈现出某种集体无意识或者文化原型意识。这种家族相似性的一个耀眼内涵，当年我和魏建教授经过反复商讨，命名为“道德理性精神”。这种道德理性精神虽然并不是在每一位山东作家作品中得以等量齐观地展现，但却在总体上呈现出一种内在的、集体的文化价值倾向。尤其是与当时纵横中国文坛的其他地域的作家和作家群相比，这种家族相似性恰好构成了山东作家群的一个独特个性。今天看来，这个道德理性精神既确凿无疑地呈现了齐鲁文化对山东新文学的深度影响，也使当时的山东文学创作在全国范围中呈现出与众不同的思想精神特质。当年的薄弱之处在于，由于种种因素，我们还未全面梳理和深度阐释齐鲁区域因素中那些陈旧的、腐朽的，甚至丑恶的负面因素，对山东作家的影响与制约。

可以简单归纳的是，如何在某区域文学的家族相似性中发掘具体作家或作家群的独创性，也就是在普遍性中发掘特殊性，是区域文学研究面临的一个更为复杂、细致和模糊的研究层面，需要研究者因地制宜、反复辩驳，全面、充分考虑某个作家或作家群研究中的每一个环节的复杂关联。因为即使有99%的同质性，那么1%的差异就可能产生天壤之别，所谓“差之毫厘，谬以千里”是也。

又比如，全球化语境与区域文学禀性的互文性原则。20世纪八九十年代，有个学术观点曾经很火，即，越是民族的，就越是世界的；越是世界的，就越是民族的。这些年来尽管我们越来越感受到这个学术命题的简单、空洞、虚妄与自我中心主义，但这个命题之所以曾经触动人心，在于它实际上蕴含着一些符合经验事实的合理因素。从区域文学研究的视野看，它所体现的是最近几个世纪以来人们越来越明确意识到的全球化与地方化如何相互渗透与博弈的问题。具体到文学领域，则是歌德所谓的

① 朱德发：《现代中国文学研究“去政治化”管窥》，《山东师范大学学报》2014年第4期。

“世界文学”的历程开启后，全球范围内的文学的地方色彩与世界化或现代化语境的复杂关系问题。

前些年，各领域的专家学者们大谈现代性问题。尽管讨论来讨论去还是一头雾水，但现代性所指涉的历史与社会事实，则毫无疑问地早已经影响、改变甚至支配着我们的存在方式。正如吉登斯所强调的：“现代性指社会生活或组织模式，大约17世纪出现在欧洲，并且在后来的岁月里，程度不同地在世界范围内产生着影响。……现代性以前所未有的方式，把我们抛离了所有类型的社会秩序的轨道，从而形成了其生活形态。在外延和内涵两方面，现代性卷入的变革比过往时代的绝大多数变迁特性都更加意义深远。在外延方面，它们确立了跨越全球的社会联系方式；在内涵方面，它们正在改变我们日常生活中最熟悉的最带个人色彩的领域。”① 现代性事件和体验的铺天盖地而来，早已经以不容否认的事实，证明了纯粹的地方色彩和纯粹的世界化，只是理论的幻想与虚妄。近现代以来的绝大多数文学作品的生产与传播，事实上已经是地方色彩和世界化合二为一的产物了，差别只不过是哪一部分程度更为明显而已。地方色彩与世界化，也就是区域文学禀性和全球化语境，已经是一个共容共生、相辅相成的不可分割的整体了。

区域文学禀性和全球化语境的互文性，既是区域文学生产与传播的一个不可或缺的普遍现象，也是区域文学传承与变异的重要内在动力源。我们在强调区域文学的地方色彩也就是区域文学独特禀性的同时，切不可忘记这种地方色彩和区域禀性，已经绝不是“原汁原味”的地方色彩和区域禀性了，而是有着现代性事件和现代性体验参与的、一种新的时空背景下的地方色彩和区域禀性了。我们之所以强调这种地方色彩和区域禀性，在很大程度上是我们内心深处的某种留恋和反思，在某种程度上是我们不满于现状而对过往所进行的重构与再造。举个可能不很恰当的例子，正如不少人私下或公开讲的那样，沈从文笔下的湘西世界那么美轮美奂，可是沈从文为什么挤破头也要留在都市而不返回那个梦幻的桃花源呢？很简单，桃花源只会存在于内心世界。且不说实际的湘西世界，是否如沈从文作品描述的那样；沈从文笔下的湘西世界，实际上是他饱尝了都市体验后，通过回忆和想象，乃至是变形与再造，在现代性事实与体验的比照之

① ［英］安东尼·吉登斯：《现代性的后果》，田禾译，译林出版社2000年版，第1—4页。

下，重新塑造的一个心灵家园与精神乐土。

犹如成年人往往怀恋童年时代的纯真和幼稚，却再也无法返回到童年时代；人们所做的，只能是将童年的经验进行置换，用艺术的、文化的、器物的等方式，去再造一个乐园。失乐园情怀，是区域文学禀性与全球化语境博弈过程中一个不可抗拒、无法避免的现象。由此，我们在以区域视角研究作家作品时，只有充分意识到这种区域文学禀性与全球化语境的博弈与交融，才能更为准确地把握区域文学的共性与个性。这个学术参照系不可或缺，否则我们得到的结论将是局部的、零散的，甚至是偏颇的、心造的幻影。

至于区域文学研究的方法，诸多学者自然是八仙过海、各显神通，如今也是硕果累累。本文不必赘言。以笔者当年从事齐鲁文化与山东新文学关系研究的经验，以及多年来时断时续的反思，区域文学研究在方法论层面上，完全可以海阔凭鱼跃、天高任鸟飞。事实上，不独区域文学研究，绝大多数的文学研究，都离不开不完全归纳的逻辑，离不开印象式把握，离不开感觉式描述，离不开经验式概括。简言之，文学研究不是纯粹理性的学问。问题在于，如何通过这些具体的研究方法，将区域文学研究提升到较高学术境界。抵达什么样的学术境界，尽管貌似和区域文学研究是否具有完整、明确而有力的理论与方法有关，而事实上更多的是和研究者自身的学术素养、创新能力等个体因素密切相关。

三　常与变：一切坚固的东西终将烟消云散？

沈从文在《长河·题记》中曾说：他要写“这个地方一些平凡人物生活上的‘常’与‘变’，以及在两相乘除中所有的哀乐”。① 在某种意义上，沈从文堪称最杰出的、最具地方色彩的区域文学作家之一。他不但以其深刻触动人心的作品建构区域文学作品的典范与样本，而且他还充分意识到了“常”与“变”在区域文学的生成、流变过程中的深刻哲学寓意。

所谓的“常”，在某种程度上可以视为区域文学的恒定因素，甚至可以简单地象征区域文学的共性。而所谓的“变”，既可以视为区域文学产

① 沈从文：《沈从文全集》第10卷，北岳文艺出版社2009年版，第6页。

生、发展的流程，也可以象征生生不息、不舍昼夜的区域文学的个性。如果没有了共性，区域文学及其研究的依托也就荡然无存，这正如斯宾格勒以反问方式所强调的："历史是不是有逻辑呢？在个别事件的一切偶然和无法核计的因素之外，是不是还有一种我们可以称之为历史的人类（historic humanity）的形而上的结构的东西，一种本质上不依赖于我们看得清楚的社会的、精神的和政治的外表形式的东西呢？"[①] 人类、历史、社会，历经斗转星移、风雨沧桑，迄今依然保持着深刻的自我同一性，就说明"常"是人类、历史和社会的一种恒定的量。同样，如果没有了个性，也就是说没有了"变"，那么区域文学也就只能成为古董和化石。可以说，这也正是区域文学在生成与发展过程中"得以完成历史性蜕变最为重要的一环"[②]。人类、社会、历史等尽管在表现形式上存在有限的类型化，很多人与物与事也常常以类型的、置换的方式再次出现，但终究是斗转星移、桑田碧海、物是人非。

直面区域文学及其研究的历史、现状与未来，我们不但要有理论、方法上的自觉探索，更应该有哲学认识论层面的内在支撑。如果可以借用汤因比的说法："种子是一粒粒撒下去的，每一粒种子都有它自己的命运。但是种子却是一样的；它们都是由一个'撒种人'撒下去的，目的是为了能够得到一次总收成。"[③] 那么，区域文学及其研究所勘探与发掘的，或许就是去寻找一粒粒撒下去的种子，去寻找那个共同的撒种人，去盘点那些总的收成究竟含金量几何。这，或许就是区域文学研究得以存在与发展的理由。

斯宾格勒曾经深深感叹："'人类'是一种动物学的说法，或一个空虚的字眼。我看到的不是虚构的一份直线历史……我看到的是一群伟大文化组成的戏剧，其中每一种文化都以原始的力量从它的土生土壤中勃兴起来，都在它的整个生活期中坚实地和那土生土壤联系着；每一种文化都把自己的影象印在它的材料、即它的人类身上；每一种文化各有自己的观

① ［德］奥斯瓦尔德·斯宾格勒：《西方的没落》，齐世荣等译，商务印书馆1963年版，第13页。

② 李宗刚：《父权缺失与五四文学的发生》，《文史哲》2014年第6期。

③ ［英］汤因比：《历史研究》上，曹未风等译，上海人民出版社1997年版，第306页。

念，自己的情欲，自己的生活、愿望和感情，自己的死亡”。[①] 我们眼中的区域文学，其实正是在“常”与“变”中上演的一场场“戏剧”。每一个区域的文学，都凭借各自本源的力量从各自的区域应运而生，带着那个区域山山水水、人情世故的印记，走向更广阔的世界舞台。然而，它也必将经历一个生根、发芽、勃兴和衰变的不息流程。

一切坚固的东西终将烟消云散，然而新的坚固的东西也将赫然矗立。

作者单位：山东师范大学文学院

① ［德］奥斯瓦尔德·斯宾格勒：《西方的没落》，齐世荣等译，商务印书馆1963年版，第39页。

时间的现代性嬗变对于区域研究结构的再塑

贾　玮

不难想象，对于区域文化与文学的一般性理解就是要在特定的时间、空间规划而出的视域中，对置身于其中的文学活动进行研究。“区域”一词的限定不但将我们的注意力更多给予“空间”，而且也使得“地域性”成为区域文学研究的重中之重。加之对于时间与空间进行相提并论的习惯，使得一种误解自然而生，即时间与空间的平行，以至于可以将两者拆开来研究。不得不说的是，这种研究思路有着先天缺失，其一，“区域—空间”的被特别强调，与长久以来形成的对于文学的理解形成了冲突。德国启蒙时代的作家与文艺理论家莱辛（1729—1781）在其著作《拉奥孔》（1766 年出版）中，就以时间为基点将文学与绘画、雕塑等空间艺术进行了区别，从而确立了文学的独特性，即“作为时间艺术的文学”具有摆脱空间局限的巨大优势。将这一论题置于更大的美学背景观之，时间之于文学的决定意义尤能彰显，例如从艺术观念史的发展而言，依赖于时间，文学在“美的艺术”中谋得了自己的地位。1747 年法国哲学家查尔斯·巴托在《论美的艺术的界限与共性原理》一书中，首次对自 16 世纪起西方艺术自律的事实进行了总结，并用“美的艺术”（fine art）之名将诗歌（基本可以等同于现代意义上的文学）、绘画、音乐等进行了规定，并且特别强调了文学的时间特性。因此可以说，对于文学一语内含的现代性转化而言，时间其实是不能被忽视的本质规定性。

其二，我们习惯于将时间与空间并置，也就完成了对于两者的割裂，而这种源于西方古典时空观念的理解，依然还是在捍卫某种地域中心论。不过，对于时空的理解及其两者之间的关系，现代思想史其实早都有了不同以往的思考，可惜的是，其中的有益成分还没有得到积极的吸取，对于区域研究而言实为憾事。法国哲学家柏格森早就提醒过，“我们越深入研究时间的本质，我们就越领悟到绵延意味着创造，形式的创造，意味着全新事物的不断生产"[①]。即使这一说法还未完全切中要害，即使用一种最为平庸的方式理解这一说法，我们也明白，区域文学研究确认自身不同于一般文学研究的新颖性与独特性根源于时间的体认，因为所谓的区域研究本身就是一种历史发展的产物，甚至难免一种历史主义的宿命。深入一点来看，区域的特殊性直接相关于时间、空间观念，因此可以说时空观念及其变更决定着区域文学研究视域：如果固守着传统的时空观念，区域文学与文化研究极有可能蜕变成保守主义和落后主义的温床。因此，对于时、空的现代性解读将是展开区域性研究必需的功课。直言之，由于"区域—地区"所致的惯性思维，相比于空间之于区域的直接联想便利，时间对于区域及区域文学与文化的规划，时间之于区域文学研究的重要性等问题还未得到充分分析。

一　线性时间观的解体

首先，"时间的质性"直接相关于区域文学与文化的研究规划。对于"地域性"的凸显与强调，已经是区域文学与文化研究不争的事实了，但是，这种发展模式进一步严重割裂了时间与空间，甚而加重了时间与空间并列的传统认识，使得"时间和空间对我们大多数人来说，就是那种延续着的、客观的、外在的、不加修饰的事物"[②]。现代哲学家（如康德）与物理学家（如爱因斯坦）其实早已超越出这一局限，为我们重塑"源初的时间质性与区分性"开启了某种方向。

康德就认为时间性是我们内在意识的形式，是一切心理事实最为普遍的特征。康德揭开了时间的真实面相的一角，但还不是全部。法国哲学家梅洛—庞蒂指出，康德对于时间的理解和界定其实还是一种对于时间与主体之间源初内在关系的理性化，因此，还是与我们对于时间的源初感受相隔甚远。这里的问题表面上看只是在于如何重新理解时间，但是其中的关节点在于如何理解主体。很多研究结论已经足以表明：所谓"空间"其实是我们在知觉中对于空间的一种源初体验，这就表明每一种属性，包括

① ［法］亨利·柏格森：《创造进化论》，姜志辉译，商务印书馆2004年版，第16页。

② ［美］伊曼纽尔·沃勒斯坦：《否思社会科学——19世纪范式的局限》，刘琦岩、叶萌芽译，生活·读书·新知三联书店2008年版，第160页。

空间、时间等都与主体性本身有关。进一步而言，区域其实正是借助具体格局（习惯上所说的空间）对于生命体验进行了规划，进而重新塑造出一种时间结构。深入来看，如果依照康德的思路，时间作为内在意识的形式，时间结构的内在变异，将意味着主体、主体性内涵的更新。因此，一种新的生活境遇将是我们进入时间进而理解时间的具体结构的一个契机，正是这种在时间中思考时间的办法使我们可以按照其内在辩证法，重建我们的主体概念。

对于时间的惯常理解，总是和康德所批评的那种时空观有着某种一致，例如流水隐喻时间的流动。古希腊时代，“飞矢不动”与“阿喀琉斯跑不过乌龟”等芝诺悖论其实都已经开启了时间的流动，赫拉克利特所谓的“人不能两次踏入同一条河流”进一步突出了时间如同流水般的特质；孔夫子“逝者如斯夫”的喟叹也表明了时间与流水的近似于一。由此，后来者大多认为时间如同河流一般从过去流向现在，然后再流向未来。似乎这是严丝合缝的时间发展逻辑，无可争议。但是按照这种隐喻的逻辑说我看到昨天从远方而来的水在现在流过时，其实已经暗指了一个和我一样的处在世界某个位置的目击者，换句话说，这种对于时间的隐喻需要诸多见证者才能成立，因为时间如同流水这一隐喻事实上是将我们用来描述时间的概念诸如过去、现在、将来等视作实体：它们必然地从过去到现在，再到未来，从而形成一个实际的连续，也即成为一种实在的过程。这意味着“过去”“现在”“未来”等在成为“事件”，但是是被一个在客观世界的时空整体中的不同位置的观察者分别见证的。[①]

正是这个见证者的出场，使这一隐喻所描述的时间顺序发生了变化，倘若这个见证者站在河边注视水流，或者乘船顺流而下：我们会发现他是和水一起流向将来，但将来并不会在河口处就戛然而止，而是继续延伸至河口之外的世界，无论是更大的河流、湖泊抑或海洋，即在不断变化的境遇展开之中，或者更为直白地说，就在那个被迫出场的观察者不断地无论自愿还是非自愿地与世界交汇的过程之中。这意味着：时间产生于我与世界的不停息交流往来之中，一方面近似于幻化，如同《梨俱吠陀·无有

① Merleau - Ponty, *Phenomenology of Perception*, trans: Colin Smith, Routledge and Kegan Paul, 1962, pp. 411 - 413.

歌》所说的“既没有在，也没有非在”；另一方面又有着“很多妄执的东西”①，因为无法离开主体对于世界的偏执，而这才应该是我们思考时间的入口。当我将自己放在这个见证者的位置，当我们回首自己的过去，我们发现这一切是以我的现在的不断流逝为基础，但是，我却能走在这种流逝之前把最切近的过去当做遥远的过去：将来就成为在这种流逝前面形成的空虚，这种将来、现在、过去的转换恰恰说明所谓展望很有可能是一种回顾，将来则很有可能是一种过去的投射。深入来看，这就说明“过去”“将来”不可能是我们根据某种形而上学原则对于我们的知觉和回忆进行抽象而成的概念，从而成为可以用来表示一系列实际的“心理事实”的单纯名称。严格意义上而言，未来、过去等是时间的向度，并非时间或时间部分，“时间是在其各个组成部分之前被我们构想的，时间关系使在时间中的诸事件成为可能”。②

未来、过去、现在等作为时间展开自身的向度，事实上意味着我们习惯上用这些词语按照线性秩序，即“过去—现在—未来”所理解的时间并不是时间本身，而只是对于时间的最后记录，是客观思维始终假定的和不能理解的时间流逝的结果。未来、现在、过去作为时间向度的共存，正是要说明它们不是如同那个比喻所说只有一个方向或者说只在一个方向上发生，这些向度在不同方向的牵引、拉扯，真实地表明时间是正在成形、尚未实现的，简言之，“时间的本质就在自我生成和消失的过程之中，而这是永远无法完整地被构造完成的”③。

由此，“时间”与对于时间的记录得以被区分，换言之，传统上用过去、现在、将来描述的时间及用流水比喻的时间等都是关于时间的记录，而真实的时间绝非这样只是一种“意识材料”，时间是由意识展开和构成。这里的关键问题，就是“必须将时间理解为主体，并把主体理解为时间”④。这就不难说明，如同意识一样，时间是主体对世界的把握、理解、占有，主体是在世界之中的时间化，因此，过去、现在、未来其实是

---

① 张祥龙：《拒秦兴汉和应对佛教的儒家哲学》，广西师范大学出版社 2012 年版，第 158 页。

② Merleau - Ponty, *Phenomenology of Perception*, trans: Colin Smith, Routledge and Kegan Paul, 1962, p. 414.

③ Ibid., p. 415.

④ Ibid., p. 422.

在主体与世界的相互开放中相互交织的，因为所谓过去不过是对于过去的意识把握，即回顾；未来也是对将来的意识投注，即我们所说的展望。真实的时间，也就是这种最初的时间不是外部事件的一种并列，而是使外部事件相互分离，又把它们维系在一起的力量。因此，“时间是主体”就是要表明时间绝不是线性发展的，而是在各个向度牵扯、编织而成包括各种意向性的网络。时间事实上是自身时间化的，如同未来在来到现在的同时将会趋向于过去，现在也不是自身封闭的，而是向未来和过去的超越。意识本身就是主体对于世界的把握，因而也就超越于意识自身之外。

如此看来，无论赞同莱辛与否，都需要从这一对于时间新的体认出发，重新审视文学与时间的关联。在《拉奥孔》之中，莱辛显然只是将时间作为认识的条件，因此，才能将“诗”（可以扩展至我们现在所说的文学）认定为在时间中持续性展开的运动过程。其中不难发现亚里士多德摹仿论的影子，即“悲剧是对于一个严肃、完整、有一定长度的行动的摹仿”[①]，不过莱辛巧妙地将其挪用或者说拓展至“诗”，这样诗或者文学的时间意味就被凸显了。但是，既然时间没法只是作为一种条件，而是一种主体实现，那么莱辛的对于文学的时间性的强调，或者说对于亚里士多德的借用似乎就偏离了主旨：亚里士多德对于情节完整性的看重正是为了凸显人物的行动力，弗莱就将亚氏这一观点解读为“情节是指某人做了某事”[②]，因此行动之于时间的实现则是决定性的。对于文学是时间的艺术，如果只做简单理解显然是远远不够的。莱辛对于时间与行动的割裂，可以说是在某种程度上表明现代人（莱辛的生卒时间都在 18 世纪之内）对于时间独特的敏感，因为“现代性是某种形式的历史时间，它把新异（the new）当做不断自我否定的时间机制的产物”[③]，但是由于遮掩了行动之于文学的重要性，这种对于时间的强调就显得格外突兀。

二　时间的切身性

时间作为主体的实现，也就解构了“区域”潜在的固体性：既然时

① ［古希腊］亚里士多德：《诗学》，陈中梅译，商务印书馆 2005 年版，第 63 页。

② ［加］诺思罗普·弗莱：《批评的解剖》，陈慧、袁宪军、吴伟仁译，百花文艺出版社 2006 年版，第 45 页。

③ ［英］彼得·奥斯本：《时间的政治》，王志宏译，商务印书馆 2004 年版，第 8 页。

间是主体不断通过行动得以实现的境遇，所以不可能有一个“已然的区域”，因为行动总是不断拓展并改变着“空间”。地界上划分是简单易行的，但是，“区域显然不能被等同于地区”这一区域文学研究最需警醒的前提，常常随着地区或者地域的固态化而被遗忘。由“主体—行动”支撑并形塑的时间与空间及其深层次关联，使得“区域”有了更大包容性，进而摆脱了依循汉语习惯望文生义所致的实体性。“区域”一语明显的空间指向性使得我们几乎理所当然地忽视时间，而这种“空间假象”无障碍地趋同于专注某一地域的狭隘性，此乃其一；其二，“区域”一语对于空间的潜在框定及其对于时间的遗弃，不仅有着某种经不起推敲的浅薄，而且还会压制区域文学研究本该有的后现代式的开放气度，即从碎片化的地方经验促动世界共同信仰的成长，“正是普世性自特殊生活世界中冒起的时刻”①。区域文学与文化研究之所以需要关注自身的时间质性，就是要明确自己的研究视野得以展开的基础，即拓扑性的时、空结构之于区域研究的始基意义，在此境域之中，我们笃定“文学是一种时间艺术”，就是在坚守区域文学研究之于全球化背景的伦理责任。

以“行动—时间”度量之，真实的时间，即这种源初的时间是我们对于世界的把握、占有，因为这种源初时间的结构是由我们的行动得以展现甚至决定的：对于我而言，最为重要的是通过自己的行动见证着自己的存在，进而使得过去、未来得以表露出形迹进而成为某个现在的过去或将来，也就是说，时间的过去、未来等向度通过行动的意向性联结才具有真实性，否则如同手术台上的身体部件，与真实的、有生命力的身体无关一样，只是客观概念的对象。很多具有创新意识的文学创作者已经着力探究并展示时间的这种塑形能力。例如，在米兰·昆德拉等人的创作中，变幻莫测的叙事角度、不断跳跃的叙事层次等炫目的叙事技巧已经让我们在眼花缭乱中体会到了时间强大的内在塑造力。我们认为这些作家及其创作与区域文学研究有着一种必然的联系，质言之，这种创作其实正是一种活着的“区域文学”，或者说，这将是拓展区域文学研究边界的主题。

首先，存在着这样一个作家群体，他们的主要文学活动并非是在祖国展开，而是在他国达到其文学事业的顶峰或者获得更大发展，例如米兰·

① ［斯洛文尼亚］齐泽克：《暴力》，唐健、张嘉荣译，中国法制出版社2012年版，第135页。

昆德拉是捷克人，于1975年移居法国巴黎，体现出对于法国文化极大的适应感，并开始运用法语创作。对于其文学活动而言，法语乃至法国文化起到了决定性的作用，因为其大部分作品正是由于在法国国内获得极大肯定之后，才在世界范围掀起了“昆德拉热潮”。这种现象本身就是区域文学研究的一个极具意义的反题。换言之，这里预留着一个问题：区域文学研究的界限在哪里？我们是否已经明了这一界限？或者说是否应该存在这样一个界限？“昆德拉现象”应该是一块不错的试金石，极有可能触及区域文学研究潜隐的边界。

其次，这些作家的创作真正通过对于时间塑形能力的展示，探寻了时空的深层交织，这种尝试将我们的经验剪接成了一种洋溢着活力与热情的冒险，因而，时间轨迹的内在复杂与诡异得以显现。由此，一种新的或者说被文学传统压抑着的诗意经由这种对于时空的重塑得以呈现，例如昆德拉小说中对于乡愁的反讽式处理，凸显了一种混杂着存在主义、后拉康精神分析学等等的哲学体验。尤为可贵的是，这种创作及其风格其实很难用现代主义或者后现代主义美学、文学理论范畴去框定。这种创作实验直逼区域文学研究的根基问题，是区域文学研究进一步塑造自身的契机。限于篇幅，我们在此不对这一问题进行深入探究，也就是说，不对昆德拉的创作进行具体探析，而是如上文所显示的概括其创作所呈现的时间观念，也算是为今后相关研究奠定“内在基础”。

康德在讨论“先验感性论”时指出，首先应该排除知性概念所想到的一切，这样就使得感性被孤立，从而只剩下经验性的直观；然后，在这直观中再将一切属于感觉的东西分离出去，这样只留下了纯直观和现象的单纯形式，在康德看来，经过这样两层次的筛选，就能得到感性先天地提供出来的唯一东西：“作为先天知识的原则，有两种感性直观的纯形式，即空间和时间。”① 所以，康德在此基础上认定“时间不能在外部被直观到，正如空间也不能被直观为我们之内的东西一样”②，“时间和空间是可以从中先天地汲取各种综合知识的两个知识来源……空间和时间是一切感性直观的两个合在一起的纯形式，它们由此而使先天综合命题成为可能。但是，这两个先天的知识来源正由此也规定了自己的界限（因为它们只

① ［德］康德：《纯粹理性批判》，邓晓芒译，人民出版社2004年版，第27页。

② 同上书，第28页。

是感性的条件），也就是说，它们只是指向那些被认为现象的对象，而不表现自在之物本身”，最终说来，“先验感性论的所能包含的要素不能多于这样两个，即空间和时间，这由以下一点可以说明，即所有其他属于感性的概念，都是以某种经验性的东西为前提的”。[①]

在康德看来，空间、时间虽然都是属于感性的概念，但却归属其中的先验部分，而且由于两者“只是指向那些被认为现象的对象”，所以都属于现象界。两者的区别同样明显：时间不能在外部被直观到，空间也不能被直观为我们的内在，也就是说，两者的区别在于前者是我们的内在直观所得，空间则是被我们直观为在外的。前文已经提到的康德的几何学意义上的空间观其实已经形成了对物理学意义上的空间观的一种批判和超越，因为康德对于空间的理解已经注意到了主体对于空间的建构作用，但是，将空间归于感性的先验部分，又使“主体如何建构空间”“这一空间究竟如何”等问题成为难以继续深入的悬疑。梅洛—庞蒂的身体、知觉理论正是从此入手使得“空间”观念得以更新：有一个身体就是拥有变化平面与理解空间的能力，即身体作为空间起源实现了我们对于世界的把握——身体与空间真实、有机的联系。

一旦逾越古典物理学的局限，时间、空间与我们的内在关联就有了显现的可能，进一步而言，时、空观念的转变对于重新思索文学与生活、文学研究的价值取向等都有着决定性的意义。时间与空间曾经是哲学（近代之后又是科学）所研究的对象，也正是由于这些言说方式，使得时间、空间与我们有了某种并不应该的隔阂。如今，正是“合法化元叙述机制出现了危机”[②] 的后形而上学时代，即使无需“文学崇拜代替了科学崇拜”[③] 的极端态度，但是，很多文学现象在已经塌陷的古典时间、空间观念碎片之上重塑生活，[④] 由此真正深入了现代悖论之中，进而促成我们思考并承担起自身后现代伦理责任的机遇。正是于此，华兹华斯式的偏执有

① ［德］康德：《纯粹理性批判》，邓晓芒译，人民出版社2004年版，第40页。

② ［法］让—弗朗索瓦·利奥塔尔：《后现代状况》，车槿山译，生活·读书·新知三联书店1997年版，第2页。

③ ［美］理查德·罗蒂：《后哲学文化》，黄勇编译，上海译文出版社2004年版，第142页。

④ 可以通过一种互文感知想象性地理解这一感觉，最好的参照是西班牙超现实主义画家萨尔瓦多·达利创作于1931年的油画《记忆的永恒》。

了更大的生命力：文学及文学研究理应有着更大的担当，或者更为直白地说，有关于文学（包括研究）的新颖期许，例如区域文学研究关联着现代文化共同的公共责任。

三 时间对于空间的重塑

康德将时间理解为“内部感官的形式”，这与传统上视时间为“意识语料”的观念已经有了相当的差距，但是，康德同样认为时间如同“一条延伸至无限”的线一般规定着我们诸多内部表象的关系。这样，即使注意到了“时间只是我们人类直观的一个主观条件（这直观永远是感性的，即限于对象刺激我们的范围之内），它超出主观就其自在来说则什么也不是”[①]，康德事实上还是通过将时间归入先验感性部分及有关论述强化了“线性时间观”，并没有从“时间何以成为人类直观的主观条件”着眼展开分析。

梅洛—庞蒂则从意识构建乃至展开时间入手，探讨了主体与时间的同一关系，即以其“身体—知觉”理论为出发点，将康德归入感性先验部分的时间、空间（事实上也是康德通过如此方式存而不论的两个概念）进行了革新式思考，或者说，庞蒂所完成的就是使空间、时间这两个属于感性先验部分的概念回到体验、回到知觉场，成为我们通过身体体认、把握到的存在纬度。[②] 深入来看，梅洛—庞蒂所要说的正是：我有一个身体，这才是具有决定意义的，因为“只有当主体实际上是身体，并通过

① ［德］康德：《纯粹理性批判》，邓晓芒译，人民出版社 2004 年版，第 37 页。

② 从翻译的角度讲，这其中还牵扯出在什么领域谈论时间、空间的问题，或者说，我们是否能在“美学”（感性学）领域来谈论时间、空间？这其实也意味着我们思考时间、空间方式的转变。在《纯粹理性批判》中，康德用来涵盖“时间”“空间”的“先验感性论”（参照邓晓芒的译法）的德文是“Die transzendentale Ästhetik”，这里用来指示“感性论”一词的“Ästhetik”与鲍姆嘉通用来命名今日之“美学”的拉丁文“Aesthetica”是具有对应关系的（当然，这里需要强调的是，在康德哲学中“Ästhetik”是决不应该翻译为“美学的”，因为那将导致一个习惯性的思维陷阱，即认为《纯粹理性批判》是康德在哲学领域的贡献，《实践理性批判》则是其伦理学方面的著作，而《判断力批判》就是其美学著作，也就是将康德这一个哲学家的工作分为不同领域，这其实是对康德思想整一性的无视与破坏），这就意味着，比照康德与鲍姆嘉通的用语，“Aesthetica”作为“感性认识论”，其实已经包含着将时间、空间纳入美学论域的可能性，换言之，时间、空间其实是重要的美学问题，梅洛—庞蒂从身体角度对于将时、空间带回经验领域使得我们在美学领域展开对于时间、空间的思考变为现实。

这个身体进入世界，才能实现其自我性。当我反省主体性时发现它与身体、世界的本质相连，正是因为作为主体性的我之存在就是我作为身体存在和世界的存在，那还是因为我所是的主体具体说来是与身体、世界不可分割的”。[①] 换言之，身体所决定的我的知觉场是一个世界——我的世界，空间、时间都只能是在这个与我不可分割的世界中展开，并被我的身体所把握，这也就是所谓“对于源初时间、空间的体认”。

这种时、空观念，建构起了我们的处境，换句话说，古典物理学意义上客观的时间、空间，在其根本上是远离“我”的，无法充分展示我们与世界相互开放、交流的真实状况。传统上所追求的那种普遍一致的时、空观念其实是一种对于时间、空间的理想化，这与“我思”是一致的，甚至可以说是由“我思”衍生而出的。但是通过梅洛—庞蒂的论述分析，“我有一个身体”，或者说“我是身体”这一事实，已经使“我思”所设想并且依赖的“普遍的我”成为镜花水月：“如同世界的统一性一样，我的统一性求助于我所体验到的每一次我的知觉行动，每一次我所得到的自我证明的真实，‘普遍的我’只是这些绚丽形式展呈其上的背景：正是通过一个当下的思考，我完成了我所有思想的统一。”[②] 也就是说，“我思”所设想的普遍、统一性，只能是一种颇为虚幻的背景，它需要身体所展开的种种来充实、占据、支撑，因为，身体所决定的“我”只能是“身在当下处境”中的我。

一个生命的出现就是时间的一个爆破点，即对于时间生成的特别冲击。尽管可能会微不足道以至于完全令他人不觉察，但是无论其长短，这都是不能被湮没的一次出场。我们的身体所带来的最初知觉及围绕着这一知觉的场域，是行动不断延伸下去的惯性，是始终不停歇的预演与彩排，我们的人生就是这种最初知觉、习惯开创的同一种生活的继续。因此，“我们”苦苦追问的那个“我”，“是一个场域，是一种体验”。[③] 这就是“我的身体”所决定的主体始终身处其中的“处境”。在处境之中，由身体决定的主体展开其自身的历史，这一主体通过自身的行动不断拓展、充实自己的生命，从而实现我们的“存在”，所以可以说“时间与存在”是

① Merleau - Ponty, *Phenomenology of Perception*, trans: Colin Smith, Routledge and Kegan Paul, 1962, p. 408.

② Ibid., p. 406.

③ Ibid.

在身体活动中得以充实。

对于时、空观念的全新解释，正是要揭示身在处境中的“我们”的真实状况：作为我们真实的处世基点——“身体”决定了我们对于空间的源初体验。由各种向度牵扯、编织而成的时间之网作为我们对于时间的体验，则说明时间于我们而言的切身性，身在处境中的我们事实上是通过自己的存在方式，表达我们对于时间、空间的理解，而这种时、空状态又展现、规约着我们的存在。因此，无论接受与否，我们只能负载着过去前行，根本不可能如同理智主义者一般将“过去”视为能够沉思的明确回忆，这不过是将存在和过去本身割裂开来，仅仅允许我们的存在重新把握过去的当前痕迹；另一方面，作为可以敞亮存在者的此在性存在，即超越自身向可能性拓展的行为和行动，“我们的现在”不但向我们不可能再经历的一个过去开放，而且还会逾越至我们还未，甚至也许永远没有可能经历的未来。因此，我们无须在历史决定论与反历史决定论的对立中进行简单的二选一，对于“历史正沿着一定的方向前进”① 这样的说法，也就不能直接地回答是与否，这正是“区域”应该有的预防，我们对于时间在当下的拓展有一种方向，但是这方向具有模糊性，因为这方向只能来源于成就“区域”的处境。

在当下处境中，我们在向自己呈现的同时也在世界中呈现，他人的存在、我与他人的关系、我的社会性存在、世界的预先存在都于此获得了理解。梅洛—庞蒂认为这样就解决了几乎所有的超验性问题，或者说，至少可以尝试着通过这种方式解决康德遗留在先验领域的问题：“依靠着自然世界和社会世界的言辞，我们发现了真正的先验，这不会是一个可以放置于中立的观察者面前，由建构活动组成的透明世界，因此它无法摆脱晦涩而成为一个封闭的固体，而是模糊的生活，正是这无法清晰界定的生活使得先验构成在其中获得了起源。”② 也就是说，在庞蒂看来所谓“先验”本身并非与我们隔离的封闭的固体世界，它本身与我们的生活息息相关，根源于我们难以清楚言明的生活作为自己起源的“先验构成”，注定也是模糊、晦涩的。

---

① ［英］卡尔·波普尔：《历史决定论的贫困》，杜汝楫、邱仁宗译，上海人民出版社 2009 年版，第 59 页。

② Merleau - Ponty, *Phenomenology of Perception*, trans: Colin Smith, Routledge and Kegan Paul, 1962, p. 365.

事实上，这是在胡塞尔哲学中已经萌芽的一种思想，即任何反思都应重回其起始点——“生活世界”（Lebenwelt），这就是胡塞尔晚期思想由于关注“生活世界”萌发而出的一个重要向度。但是，其预设的能使一切灰暗，包括生活世界明晰化的“普遍结构的先验流动”，将会使对于“生活世界”的思考陷入一个困境，因为这一“普遍结构的先验流动”依然是与“生活世界”相分离的，而且，胡塞尔寄予这一“普遍结构的先验流动”之上的明晰化理想，根本就是与生活世界本身的含混特性相背离的，进而可以说，“普遍结构的先验流动”不可能实现胡塞尔的明晰化追求。庞蒂敏锐意识到了这一必然的困境，于是在承认生活世界的模糊性不可根除的基础上，将“先验”的起源拉回到生活世界，一并使其获得这种模糊性，或者说通过这种方式，承认了“先验”所必然具有的含混性。这里给出的解决先验性难题的办法就是回到“前客观的现在深度之中”，也就是我们的身体展开的知觉场处境之中。正是通过这样的方式，庞蒂在尝试着解决康德遗留的“先验”困境的同时，也指明了拓展胡塞尔哲学的方向。康德对于鉴赏判断悖论的分析其实已经表明：“理性在这里既无法证明经验的同一性，也无法证明日常世界的可共享性”[①]，因此，这种探索正是当代作家充分大展拳脚的领域，因为文学对于语言非概念化的复活，使其拥有足够的表现力和洞察力优势深入生活世界的幽微，也就是在后现代语境中，继续18世纪的百科全书作者的伟业，“深入到意义和情感最难捕捉的部分”[②]，探求从特殊境遇沟通他人进而真切尊重他者的可能。

米兰·昆德拉等人的创作之所以可贵，显然不仅仅局限在叙事技巧的变化多端与诡谲巧妙，而更多地在于成功地展示并描摹出“时间深蕴的切身性”，从而将“我与他人”、生活深层的结晶与冰释及社会结构的悄然变动与重组等等置于我们的处境中进行探索，在直逼我们的真实的同时，对于“时间的艺术”实现了某种深层次拓展。这就使得“区域”真正成为一种处境，区域文学研究由此可能获得一种新的更具价值的现实主义品味：一方面，对于时、空切身性的塑造，让我们从根本上突破了所谓

---

① ［美］安东尼·卡斯卡迪：《启蒙的结果》，严忠志译，商务印书馆 2006 年版，第 112 页。

② ［法］朱丽娅·克里斯蒂瓦：《反抗的意义与非意义》，宦征宇、王琰、黎鑫等译，吉林出版集团有限责任公司 2009 年版，第 267 页。

客观主义的时空观，因而突破了传统现实主义的美学追求；另一方面，时、空切身性所致的冲击性，有助于我们对于自身经验进行反省，因而使得我们对于现实的体察和理解得以更新，因而无论从鉴赏性阅读的角度抑或研究而言，这种现象都应该是区域文学研究的重视之地。

说明：本文系重庆师范大学博士基金项目“身体美学研究”（编号：11XWB007）、重庆师范大学教学改革项目“通过死亡教育提升大学生公民素质研究”与2014年重庆师范大学研究生教改项目“‘汉语文学’研究对于高层次文学教育的专业化促动”的阶段性成果。

作者单位：重庆师范大学文学院

区域文化与佛教文学的内在联系

——以中华区域文化与现当代佛教文学为例

任传印

在全球化的文化语境中，诸多民族、国家等对其所属文化传统的地域性、区域性并非是在同一层面上进行融化，而恰恰是日显其个性的特征。[①] 在这当中，具有区域文化色彩的文学发展是一个值得高度关注的现象。有学者指出，区域文化与文学研究代不乏人，面对当今西方发达国家的强势文化和文学思潮的传播，就更要充分发挥区域文化与文学研究的优势。[②] 基于这种维度来考察区域文化与宗教文学的关系，不难发现，作为世界性三大宗教之一的佛教，它的发展与东方民族国家的区域文化有相当密切的关联，并形成了独特的佛教文学。在亚洲后发外生型的现代化语境中，作为传统意义上的文化资源，诸多区域文化和以佛教文化为背景的佛教文学都在致力于返本开新，力求创作出一种新形态的佛教文学。因此，区域文化和佛教文学之间的内在关联与创新，值得深入探讨。[③] 笔者将从

---

① 目前中国学界基本在相通的意义上运用"地域文化""区域文化"等概念，并无标准称谓。笔者认为，"地域文化"较多关注自然环境与历史传统，"区域文化"比较侧重社会条件和现实需要，本文所运用的"区域文化"是多层面和开放性的概念，它融摄"地域文化"的自然环境和人文因素等内容，同时彰显现实需求。参见周晓风《区域文学——文学研究的新视野》，靳明全主编《区域文化与文学》，中国社会科学出版社 2003 年版，第 207 页；刘德龙《关于地域文化与地域文化研究的几个问题》，中华文化学院编《区域文化与中华文化》，知识产权出版社 2010 年版，第 20—23 页。

② 参见靳明全主编《区域文化与文学》，中国社会科学出版社 2003 年版，"序言"第 1—2 页。

③ 中外学界对"佛教文学"有不同理解，笔者将之界定为佛教信仰者创作的文学性作品，或蕴含佛教思想，或表现超凡脱俗的体验，或彰显佛教的悲智精神，作者的佛学研修程度与审美自觉对创作有直接影响。参见［日］加地哲定《中国佛教文学》，刘卫星译，秦惠彬校，今日中国出版社 1990 年版，第 22—23 页；孙昌武《中华佛教史·佛教文学卷》，山西教育出版社 2013 年版，第 2 页；李舜臣《中国佛教文学：研究对象·内在理路·评价标准》，《学术交流》2014 年第 8 期。

现代社会转型、意义重构以及全球文明互鉴等角度出发，以中外历史上区域文化与佛教文学之渊源为基础，重点以中华区域文化与现当代佛教文学为典型案例，对两者在多层面产生关联的特点、内容与可能性，予以理论探讨和解析，同时也反观与现当代佛教文学的生成与发展的脉络和价值，并在历史与逻辑的融合中提出一些可行的建议。

一　区域文化与佛教文化多层面的交互影响

众所周知，区域文化实质是空间维度的历史考察与理论探讨，若从全球视域着眼，则必然落实到具体的民族与国家，如希腊文化、中华文化、印度文化等。在古印度觉者释迦牟尼创立佛教及其后续传播中，佛教文化和诸多区域文化形成交互影响的对话结构，如古代佛传文学中的自然风貌、风俗民情、人生理念等具有印度文化色彩，而中华汉地文化与印度佛教融合，开创出独具特色的汉传佛教，也由此生成独特的汉传佛教文学、禅宗美学等。同样，佛教从印度和华夏中原地区传入西藏，对藏地文化又产生重要影响。[①] 在诸多史例的基础上，笔者结合现代社会转型语境，以中华区域文化与现当代佛教文学为例，首先考察区域文化与佛教文学创作主体的交互影响，主要包括三个层面：[②]

首先是天地造化层面。西哲黑格尔指出，某地的自然类型与该地人民的类型与性格密切相关，他分析了高地、平原流域、海岸区域三种地理环境对民族性格的影响。[③] 同理，地域文化亦是在各地既有的自然环境条件下形成的，水土和自然地理环境对地域文化的影响力毋庸置疑。[④] 如中华齐鲁地区的大海、平原与泰岱，巴蜀地区的盆地、群山和急流，吴越地区的长江、河网与山丘等，都是独具特色的自然风貌，举凡山之雄伟、海之浩瀚、水之灵秀、土之绵软、风之温润等，皆可吐故纳新，润泽草木，淬

① 马丽华：《雪域文化与西藏文学》，湖南教育出版社1998年版，第11页。

② 笔者三个层面的研究视角借鉴了严家炎、李勤德等前辈学人的观点。参见严家炎《〈20世纪中国文学与区域文化丛书〉总序》，《理论与创作》1995年第1期；李勤德《中国区域文化》，山西高校联合出版社1995年版，第1—16页。

③ 黑格尔：《历史哲学》，王造时译，商务印书馆1963年版，第123、132—135页。

④ 刘德龙：《关于地域文化与地域文化研究的几个问题》，中华文化学院编：《区域文化与中华文化》，知识产权出版社2010年版，第21页。

炼灵长，和合感应。这种先在的、宏大的、富有启示性的自然性对佛教文学作者的影响大抵有两种情况：一是对生于斯、长于斯的创作主体之童年及其人格建构有不同程度的熏陶、化育、激发等作用，在主体内心建构佛教信仰之后，自然环境的熏陶多与信仰相融合，有的化为创作的某些题材、形象、主题乃至整体风格，不同作者有隐显轻重之分。如当代居士作家雪漠，明确表示深受西部自然环境熏陶，名字就是西部自然景观雪花和大漠的组合，其故乡凉州洪祥镇的夹河、芦苇荡和泉水等自然体验给作者留下了深刻印象，多次融入作品的形象塑造和审美体验；[①] 二是正如苏轼居士所谓“溪声尽是广长舌，山色无非清净身”，游方传统使不同区域自然环境中的行脚体验成为主体证悟佛理、明心见性的契机。现当代佛教继承了古代佛教的游记传统，如民国居士高鹤年行脚浙、闽、皖、鲁、豫等十三省份，遍及五岳等名山胜水，以佛家视角观照不同区域的自然风光，创作游记文学。此外，如当代佛教文学家释见介的台湾植物景观描写，居士作家地儿对新疆风景的描写等，亦属佛性与区域自然的融合类型。

其次是社会生活层面。如特定区域的生产生活、伦理风俗、艺术审美、宗教信仰等，大体可归纳为物质文化与精神文化两个层面。[②] 对本地作者而言，这无疑是安身长养、增广阅历、觉解心性、涵育慧根的切实生命空间，对区域文化意义上的人格理想亦有积累和支撑作用。同时，信仰主体亦会以般若智慧对所在地之文化局限性有所出离，如雪漠对故乡凉州社会生活的反思。对外地作者而言，这是主体自觉觉他的阅历扩展，可在感受不同区域社会生活中增进智慧与慈悲，[③] 特别在分别后得智方面，[④] 进而增进真善美的体验空间，提高佛教文学审美境界。不过，需要指出的是，在佛教传入中国且不断制度化、本土化、生活化的过程中，形成了具

① 参见雪漠《一个人的西部》，人民文学出版社 2015 年版，第 14 页。

② 笔者参考了泰勒、梁漱溟等人的观点，此处侧重共时性的社会生活与文化现象。参见徐行言主编《中西文化比较》，北京大学出版社 2004 年版，第 11—12 页。

③ 如当代台湾居士作家林谷芳将旅行视为人生的重要内容，他认为旅行能够使人在陌生的环境中回到生命的真实，从不同人身上看到诸多不同，看到生命其他的可能性，心胸开阔，放下我执，进而照见自己。参见林谷芳、孙小宁《如实生活如是禅：一个禅者的处世智慧》，山西人民出版社 2008 年版，第 146 页。

④ 佛教证悟以无分别智为最高，即主体与对象合为一体，而后应在此智之基础上继续观照具体时空与心性，形成分别后得智。参见宽忍法师编著《佛教手册》，中国文史出版社 2010 年版，第 39 页。

有区域特征的佛教文化，如东北佛教、西北佛教、中原佛教、江南佛教、闽台佛教等，[①] 在分散性较强的民间佛教领域，其区域文化特点更为明显。应该说，区域佛教文化是影响创作主体最直接和重要的内容。如民国的太虚大师之所以皈依佛门，与童年时受到民间佛道信仰的影响密不可分；居士作家废名深受故乡湖北黄梅禅宗文化及民情风俗的熏染，在自传性小说《莫须有先生坐飞机以后》中，作者写道："就教育说，这个中学教育抵得当年五祖寺具有教育的意义吗？那是宗教，是艺术，是历史，影响于此乡的莫须有先生甚巨。"[②] 当代台湾圣严法师童年出家，与江苏南通民间的观音信仰和狼山广教寺直接相关。上述内容不仅直接构成作者的佛教渊源，而且融入传记文学创作。此外需要说明，区域文化意义上的社会生活不仅指向作者所在时代，也包括历史文化传统，特别对具有丰富历史资源的中华区域文化而言，这方面很值得关注，堪称典型者如浙江普陀山、山西五台山、安徽九华山、峨眉普陀山中华四大佛教名山。如当代居士作家马明博自觉以文学倡导"生活禅"，虔心参访古迹，开掘名山底蕴，创作佛教游记文学。

再次是文化心理层面。不同区域的人们在特定的自然环境与社会环境中长时间地生产生活，使得某些生命经验得以积淀、传承和熏习，亦可谓区域性的集体无意识与文化原型。这种潜移默化的文化熏陶式的影响，往往是以一种春风润物细无声的方式，积淀在心灵的最深处，如同有学者指出的那样："个体从婴儿、幼儿、童年、少年到青年之初，都是在区域文化景观中接受雅、俗文化和家庭文化的教育和塑造，建构起文化心理结构的基本框架的。"[③] 从区域文化与佛教文学的角度说，不同区域积淀的文化原型会深刻影响作者的心理结构，亦影响佛教信仰的风格走向，有些区域的佛教文化本身就是集体无意识的重要内容，如西藏佛教、云南佛教等。[④] 虽然信仰主体系统的自觉、自悟与信解、行证旨在转识成智，消除

① 杨庆堃认为，中国社会的宗教可分为制度性与分散性两种，前者作为独立系统运作，后者作为世俗社会制度的一部分发挥功能，两者互相依赖。另外，诸多寺庙崇拜功能的多样性反映着中国不同地方地域性和民间文化的差异。参见杨庆堃《中国社会中的宗教：宗教的现代社会功能及其历史因素之研究》，范丽珠译，上海人民出版社 2006 年版，第 269、27 页。

② 王风编：《废名集》第二卷，北京大学出版社 2009 年版，第 1047 页。

③ 徐明德：《区域文化与文学关系断想》，靳明全主编：《区域文化与文学》，中国社会科学出版社 2003 年版，第 181 页。

④ 参见季红真《中国现当代文学中的宗教意识》，《文学评论》1996 年第 5 期。

诸多执着，然亦难以完全消解区域文化意义上的心理熏染，多是在两者长时间对话融合的基础上予以再创造，成为佛教人格的有机组成，对佛教文学亦有不同程度的影响。对外地佛教文学作者而言，某种区域文化的长期浸染会造成主体心理结构的变化与调适，这大多发生在佛教信仰、本土文化心理与异域文化心理等多种因素的跨文化对话中，相近者容易融合，相异者可能保留、转化或隔离，其能动程度较前者为弱。如民国时期的太虚大师，原籍浙江桐乡，生于海宁，后来出家参访多在宁波、舟山等地，基本属于吴越文化和江南佛教文化圈。有学者指出，“两浙”地域文化开放进取的文化原型为近现代中国的文化转型与复兴提供了支持，[①] 同时，也有学者指出，较之西方宗教，中国佛教文化的显著特点是自然化、艺术化和人间化；较之中原—北方文化圈，江南文化以诗性文化为根本特征，江南佛教文化亦因之更为自然化、艺术化和人间化。[②] 如果由此考察太虚大师的性格心理与佛教事业，特别是倡导“人间佛教”改革，推动佛教文学理论探索，参与佛教文学创作等，会发现其可能受到浙江文化心理结构的影响。另如弘一大师，他生于天津，[③] 接近政治文化中心北京，自幼受到燕赵文化与全国性的儒家文化之影响，青年时游学沪上，后又留学日本，皈依佛门后精研律宗，虔心受持，他继承儒家修身养性的传统，其佛教文学有明显的儒家色彩，如孝思、护国等；同时，大师出家前在杭州教授艺术近六年，出家后常在浙江、福建等地，江南诗性文化影响深层心理结构，其佛教文学亦有抒情特征，以书法弘演佛法臻至很高境界，其文化心理结构更为复杂。

综上而言，上述区域文化三个层面由外到内生成，包括自然与人文。对本地常住作者而言，三个层面可能皆有影响，内容难以泾渭分明，而是呈融合互补状态，主体亦能以佛教般若智慧予以反观和调适，特别是文化心理层面。对外地作者而言，其异域文化交往有选择性、偶然性和复杂性，需要具体考察辨析。由现代转型语境中的具体案例可知，中国现代佛教文学作者的区域文化自觉尚不明显，这可能与当时的社会主潮和佛教转

---

① 参见黄健《“两浙”作家与中国新文学》，浙江大学出版社 2008 年版，第 5—6 页。

② 刘士林：《江南佛教文化的界定与阐释》，《学术界》2010 年第 7 期。

③ 目前学界对弘一大师原籍的考证尚存争议，主要有天津、浙江、山西等说法，笔者暂不涉此。参见陈星《关于李叔同祖籍问题的探讨》，《浙江社会科学》2003 年第 3 期。

型思潮有关。[①] 当代作者与海内外区域文化的互动有所增强，在社会生活层面比较明显，在自然环境和文化心理层面仍有较大开拓空间，如韩国法顶禅师风格鲜明的自然文学值得中国佛教借鉴，[②] 而在文化心理层面亦需强化，佛教对创作主体的心理体验有积极作用，可为区域文化带来活性因子，拓展区域文化和佛教文学在人与自然的对话、存在意义等方面的探索。[③]

二　区域文化形象的佛教文学塑造

前文简述了区域文化与佛教文学作者之间的交互影响，在此基础上，笔者探讨区域文化与佛教文学作品的关联，唯有在具体文本中，上述内容方可落到实处，也才能谈得上是否进入文学殿堂。有学者指出，艺术创作的成果只能是形象，虽然音乐形象与绘画形象、抒情形象和叙述形象在结构上有所区别，但皆属形象范畴。[④] 作为多层面的文化有机体，区域文化与佛教文学作品之间最鲜明和系统的关联是区域文化形象塑造，这在古代佛教文学中已有先例，如印度马鸣菩萨《佛所行赞》中的印度城邑生活描写、中国古代诗人谢灵运笔下的江南自然风景、苏轼散文中的黄州安国寺形象等，它们直接表现出区域文化对文本建构的影响，同时彰显文学审美的形象思维。当然，佛教文学始终是区域文化形象塑造的基础。

以中华区域文化与现当代佛教文学为例，区域文化形象塑造更为复杂，大体可归纳为强势形态和弱势形态两种情况，后者的形象塑造和艺术风格比较薄弱，前者则比较鲜明，根据作者与区域文化的现实关系，可归纳为对位型和错位型。

---

① 王本朝认为，20 世纪中国文学的地域性表现出鲜明的民族性和民间性美学特点。参见王本朝《区域文化与文学研究——文学研究的“问题意识”》，靳明全主编《区域文化与文学》，中国社会科学出版社 2003 年版，第 167 页。

② 任传印：《论韩国法顶禅师的佛教文学——兼与中国当代佛教文学比较》，《韩中言语文化研究》2016 年第 40 辑。

③ 刘再复指出，中国现代文学比较缺乏人与“自然”、人与“神”、人与“存在自身”这三个维度的对话。笔者认为，推进佛教文学创作主体与区域自然环境、佛教文化、文化原型的对话，有可能弥补上述不足，拓展佛教文学的创作空间。参见刘再复《文学十八题》，中信出版社 2011 年版，第 28—81 页。

④ 参见［俄］瓦·费·佩列韦尔泽夫《形象诗学原理》，宁琦、何和、王嘎译，中国青年出版社 2004 年版，第 49 页。

所谓对位型，是指作者的区域文化背景与作品中的区域文化形象基本吻合，这种情况大多是作者描写故乡及“近亲”区域的文化，或者作者在某个较大的同质性的区域内有所迁移，但基本的文化背景仍然浸染久之，无论是外在的山水风物，抑或内在之思绪波澜，皆可比较熟稔地进入文本的形象建构；与此同时，佛教的般若智慧亦有利于作家超离本土浸染，如实呈现区域文化形象。如民国时期太虚大师的《太虚自传》，作者以诚恳自省的心态和简约质朴的语言叙述50多年的人生轨迹、信仰历程与佛教事业，其中将童少时所在之海宁县长安镇、石门县洲全镇、普陀山、宁波等江浙地区的社会生产、亲友生活、行旅经历、佛教氛围、民间风俗等娓娓道来，不仅具有传记要求的真实性和历史性，亦在某种程度上呈现出区域文化形象。如果说《太虚自传》比较侧重区域佛教文化，居士作家丰子恺对江浙区域文化的描写则较为日常化和具体化，他生于浙江桐乡，抗战前基本在浙沪地区成长、生活、求学与工作，其佛教散文《陋巷》《梦痕》《梧桐树》《告缘缘堂在天之灵》等描绘了江南水乡的城市建筑、隐逸学者、儿童风俗、饮食文化、水土树木、乡间生活、佛教信仰等，形象塑造颇有其漫画简约传神、有无相生的风格，在富有诗意的、平和温情的叙说中，弥散着丰富的文化底蕴。另如居士作家废名的小说《莫须有先生坐飞机以后》，多角度描述湖北黄梅区域文化，如山水风物、乡间民俗、人物性格、神佛信仰等，与江浙地区有明显不同。

时至当代，特别是20世纪80年代“寻根文学”对中国本土文化的自觉寻索，作家对中华区域文化形象的塑造日益自觉、扩展和深化，佛教文学的区域文化形象塑造也由此增进，最典型者当推弘演西部文化的居士作家雪漠。他生于甘肃凉州，自幼受到故乡自然环境、农耕生活、风俗民情、神道信仰、武术气功、贤孝艺术、医药卜筮等内容的影响，同时他积极学习和感受甘南文化、藏传佛教拉卜楞寺文化、香巴噶举文化、草原文化、宗教文化、陕北民歌、新疆文化、青海花儿等西部区域文化，[①] 进而自觉在创作中塑造整个西部区域文化立体多面的形象。如小说《大漠祭》以开放式结构描写西部的苍穹大漠、鹰兔狐鼠，农民的耕种田猎、衣食住行、心理波澜等，整体上散发着西部文化苦难、坚韧、苍劲的气氛。[②] 散

① 参见雪漠《文学朝圣》上卷，中央编译出版社2013年版，第30—31页。

② 雪漠：《大漠祭·〈大漠祭〉的结构意图》，中央编译出版社2013年版，第447页。

文集《一个人的西部》以操办儿子新婚为楔子，由点带面描述凉州婚俗文化。诗歌《莲花根大师》《快乐的主妇》《成就者跋歌》等亦有鲜明的藏传佛教形象和文化意蕴。此外，如星云大师以随笔叙述故乡江苏的童年生活、读书成长、出家修行等，对扬州衣食住行、历史名人、佛教传统、艺术娱乐等有自觉深度描述，塑造了当地民间佛教意义上的外婆形象，亦呈现出淮阳文化形象。居士作家林清玄以散文塑造台湾自然风景、乡村生活、都市文化、佛教信仰等区域文化形象。

较之上述内容，错位型的区域文化形象塑造相对复杂些，即作者的区域文化背景与作品塑造的区域文化形象有较大不同，这种情况下的形象塑造可能达不到本土作者心领神会、游刃有余的境界，不过也正因为区域文化差异，其形象塑造可能凸显理性静观和跨文化观照的意味。当然，此中佛教智慧发挥着重要作用，如果作者的无分别智和后得分别智达到较高境界，其对异域文化的体察便可能有深湛觉受与独到见解。在近现代以来的全球化语境中，这种跨文化意义上的佛教文学与区域文化书写具有积极意义。如民国居士高鹤年，祖籍安徽贵池，后迁居江苏兴化，19 岁便踏上行脚之路，历时 35 年，走遍中华名山大川，其见闻随笔汇集为《名山游访记》，以社会转型期文白相间的语言风格描述了雁荡山、普陀山、天台山、终南山、峨眉山以及京津地区、江汉地区、岭南地区、滇黔地区等区域的自然风景、民风世情、佛教信仰等，不同的区域文化形象构成参照互鉴。再如居士作家废名，他深受故乡黄梅区域文化（包括禅宗文化）的影响，1922 年到北平求学和工作，曾卜居北京西山，获得某些跨文化意义的区域文化体验，小说《莫须有先生传》以较多篇幅描写北平乡间的风土人情与隐居生活，然而无论较之童年濡染的黄梅地区，还是老舍的北平题材创作，废名的北平区域文化形象塑造都显得有些“隔”，根本原因即外地作者对本土文化的体验积累比较有限。

如果说现代阶段佛教文学跨文化书写的条件尚未成熟，那么随着当代人类社会的现代化与全球化，跨区域意义上的文化体验和佛教文学创作日渐丰富。诸多作品以佛教精神为价值基点，通过区域文化形象塑造推进文化对话与融合，在现代化语境中为人们的审美体验和意义建构提供某些启示。当代中国大陆居士作家马明博就比较典型，他原籍河北东光，自 20 世纪 90 年代跟随净慧长老学习“生活禅”，参与佛教现代转型，以文学弘演佛教文化，其中《愿力的奇迹》（2009）写安徽九华山地藏菩萨信仰，《观音的秘密》（2011）写浙江普陀山观音信仰，《因为你，我在这里》（2013）写山西五台山文殊菩萨信仰，《宝岛问禅记》（2015）写台湾佛教文化，《世界因你而欢喜》（2015）写浙江雪窦山弥勒菩萨信仰，作者很自觉地塑造不同区域的自然环境、佛教文化、历史传统、名人典故等形象体系，同时将深刻体验之河北柏林禅寺的区域文化以及与中国佛教密切相关之印度佛教文化等作为参照。另外值得注意的是，全球化背景下海内外区域文化互鉴式的形象塑造，如雪漠的传记体小说《无死的金刚心》以有“雪域玄奘”之称的佛教徒琼波浪觉为主人公，以对话体叙述其求法证道的曲折过程，开头描述藏地自然风光、本波宗教、佛教文化、生活风俗等区域文化，后面则较多描述尼泊尔、印度等异域佛教文化与民情风俗等，共同构成丰富的东方佛教文化形象。

另外，就像当代作家汪曾祺的异乡书写仍然隐含苏北文化意味，佛教文学中也有“无形”的区域文化形象，即有些作品并无确切的区域文化题材和主题，但浸入作者骨髓的区域文化心理会化为某种风格、气氛、情感等，融入字里行间。[①] 如温州籍僧人圣凯，其随笔选材偏重优美和谐，不取怪诞崇高，而且多渗染诗性之美。不过因为佛教精神的深刻影响，这种隐性的区域文化形象并不多见。至于区域文化形象的弱势形态，多见于非区域文化题材的佛理散文，而且常常简略带过，有明显的附属性。总体而言，无论是对位型、错位型抑或“无形”之形，佛教文学中的区域文化形象塑造都值得重视与开掘，特别是对特定区域佛教历史与现实的形象塑造。浅近来说，可以丰富佛教文学的题材和主题，淡化乃至改变佛教文学的说教气与观念化，亦可推动区域文化与佛教文化的传播、互动与涵化。[②] 就深远而言，厚重的区域文化形象必然蕴含特定的人文心理与人格理想，并与佛教精神乃至其他区域文化形成深层对话关系，丰富区域文化与佛教文学的审美意义。

三　佛教文学的终极关切与在地性

宗教哲学家保罗·蒂里希说：“宗教是人类精神生活所有机能的基

① 张家恕：《从汪曾祺的创作看地域文化影响的不变与变》，靳明全主编：《区域文化与文学》，中国社会科学出版社2003年版，第151—152页。

② 林艺、刘涛：《区域文化导论》，清华大学出版社2015年版，第57页。

础，它居于人类精神整体中的深层。”[①] 陈兵指出，佛教是以了生死为本怀的终极关切，其中四圣谛可谓纲宗，苦谛指生老病死、无明颠倒的不自在状态；集谛阐明苦果如何生起，以何为因，以贪嗔痴三毒最为根本；灭谛是息灭烦恼后达到的不生不灭的安乐境界；道谛是达到解脱的方法和实践，如戒定慧三学等。[②] 总体而言，苦集二谛是对人生困惑的感受与认知，灭道二谛彰显自由境界与实践智慧。与此相应，佛教文学亦以传达信仰体验、彰显终极关切为价值之本。就区域文化与佛教文学创作的交互影响而言，区域文化形象塑造侧重前者，终极关切则凸显佛教文学的价值规定性，在意义创造层面与区域文化有所关联，亦影响区域文化形象的审美意蕴，如晋宋时期区域文化题材的山水诗多有参禅问道之意等。[③] 这与前文强势与弱势的区域文化形象基本相应，弱势形象大多简要，在终极关切层面很少有实质性影响，笔者不赘。终极关切的在地性主要体现于强势区域文化形象的深层意蕴，从四圣谛视角说，可从人生苦惑与修证解脱这两个对立统一的层面着眼，它们分别与区域文化有着不同程度和形态的关联，同时两个层面亦构成对话关系。

第一是佛教文学之人生苦惑与区域文化资源。在原始佛典《阿含经》中，佛陀将人生之苦归纳为三：一是“苦苦”，即纯粹的苦，如老、病、死等；二是“坏苦”，如快乐幸福失去或被破坏而产生的空虚、怅惘等；三是“行苦”，即身心一切活动变易无常，从根本上说是苦。[④] 需要指出，佛家的“人生皆苦”并非消极，而是佛陀由现实体察和甚深禅定对生命做出的价值判断，具有丰富深刻的内涵。

在深刻真切、持续遍在的苦感基础上，佛陀破除诸多迷幻，开出解脱境界。叙说由苦惑走向解脱的生命皈依过程，是佛教文学的终极关切与审美价值所在。居士作家雪漠说：“对于那些寻求自由的人来说，更有意义的，其实不是结果，而是战胜自己、抵达自由彼岸的过程。”[⑤] 同时，太

---

① ［美］保罗·蒂里希：《文化神学》，何光沪选编：《蒂里希选集》上，上海三联书店1999年版，第382页。

② 陈兵：《佛陀的智慧》，上海古籍出版社2006年版，第27、63—71页。

③ 参见蒋述卓《佛教与中国古典文艺美学·附录二》，岳麓书社2008年版，第168—185页。

④ 陈兵：《佛陀的智慧》，上海古籍出版社2006年版，第34页。

⑤ 雪漠：《无死的金刚心——雪域玄奘琼波浪觉证悟之路》，中央编译出版社2012年版，第1页。

虚大师指出："佛学，由佛陀圆觉之真理与群生各别之时机所构成，故佛学有二大原则：一曰契真理，二曰协时机。非契真理则失佛学之体，非协时机则失佛学之用。"[①] 就此而言，佛教文学要对人生苦惑有真实如法的认识和感受，亦应善巧表现于具体时空和命运之流，这必然与区域文化意义上的人生苦惑密切相关。[②] 因为正是不同区域的先民基于生存环境与人文素养，逐渐积累和创造了不同的文化，生存苦惑无疑是重要内容。

在中华区域文化与现当代佛教文学关联中，如太虚大师的《太虚自传》在塑造江南区域文化形象时，多次着力描述父亲的病亡、母亲的改嫁与病逝、外公的病逝、大娘舅和小舅母的病逝等死亡之苦以及童年辗转求生之苦，表现了"幼时孤苦羞怯"的人生体验。高鹤年的《名山游访记》写参访地区所见老病死苦、天灾人祸、冤冤相报等悲苦人事。而废名的小说《莫须有先生传》描述北方社会动荡、征兵离乱之苦等。如果说现代佛教文学中区域文化与人生苦惑的结合还不够自觉，当代作家则有较明显的自觉与强化。如台湾圣严法师自传《雪中足迹》叙述故乡南通的台风水患、人畜死伤、日军侵略、贫穷饥饿及童年病苦等，这与江淮区域的自然环境及时代背景密切相关。雪漠的《大漠祭》堪称描写当代中国西部农民生存的优秀之作，作者说："我写的不过是生之艰辛、爱之甜蜜、病之痛苦、死之无奈而已。"[③] 因为对西部的农民生活有切身感受，加之出色的描写才能，西部之苦打动人心，乃至有象征意味，如大漠动物相食，贫苦的老顺独坐沙丘流泪，穷困的瘸五爷无奈之下将疯癫的儿子灌醉摔死，省吃俭用的憨头在肝癌晚期还被医院欺骗宰割，女童引弟被父亲骗到沙窝冻死等。对于这些人生的遭遇和体验，作者都有较深的修证体验和审美观照力，因而区域文化意义上的人生苦抵达集谛层面，都不同程度地表现了西部农民内心深处的烦恼，如躁动的情欲、隐伏的嫉妒、软弱的自欺等。一般而言，西部自然环境、社会环境与人物言行、悲苦命运、心理波澜等融合成为人生苦惑体验。

第二是佛教文学的修证解脱与区域文化资源。灭谛的涅槃境界是众生平等，无有分别，然不同时空中的生命体因根器、业力、因果、因缘的差

① 向子平、沈诗醒编：《太虚文选》下，上海古籍出版社 2007 年版，第 1689 页。

② 参见李勤德《中国区域文化》，山西高校联合出版社 1995 年版，第 1 页。

③ 雪漠：《大漠祭·原序》，中央编译出版社 2013 年版，第 14 页。

异而在修行法门、转识成智、情感体验等具体解脱过程中各有侧重，有如心性天宇之群星璀璨。修证解脱之在地性首先是与区域文化意义上的苦惑体验构成对话，深度洞察无明，转化创痛；其次，在苦惑书写中渗透佛教悲智体验，形成有张力的复调话语；再次则是对区域文化意义上的佛教人物或相关内容的直接描述，如高僧性格、开悟经历、禅门生活等。总之，诸多形式皆趋向佛教高峰体验与终极关切，不同作者在修证路向、体验程度、艺术水平等方面各有特色。另外需要指出，区域文化心理结构中积淀的某些原始潜能也会不同程度地参与修证解脱，强化后者的在地性。①

以中华区域文化与现当代佛教文学为例，如高鹤年居士的《名山游访记》，在穿插苦惑书写的同时，多见于区域自然山水的佛性观照、解脱意志、智慧箴言、慧悟体验等，然高氏苦惑书写的在地性不强，其解脱体验的区域文化属性亦有限。② 有的作品通过后文较为“隔离”的信仰书写与前面的苦惑书写遥相呼应，如《太虚自传》写闭关的高峰体验与心灵皈依，废名《莫须有先生传》中的佛家意味和人生道路探索等。有的作品并无二元对话式的终极关切，而是在描述区域文化意义上的苦惑体验时，以佛教悲智精神观照，渗染菩提解脱意味，如废名的小说《火神庙里的和尚》、丰子恺的散文创作等，此时解脱书写与区域文化密切融合。当代佛教文学的修证解脱书写有所增强，如圣严法师《雪中足迹》叙述台湾美浓闭关的禅修体验，与此前的苦惑体验形成对话。觉具法师关于台湾佛教饮食文化的随笔渗染修行体会。大陆释明鉴、圣凯法师、台湾释见介等人的散文涉及大自然题材，继承古代山水游记文学的传统。马明博居士的名山游记文学多处写到区域佛教文化意义上的灭道二谛，如普陀山观音法门、五台山文殊信仰等，《宝岛问禅记》则多写台湾佛教道场建设与修证特色，间或与河北柏林禅寺“生活禅”相对照。雪漠的创作受到凉州贤孝大悲悯情怀的影响，这与作者研修的大手印文化不谋而合；而且较之贤孝对苦难的悲悯和描绘，大手印文化实现了一种超越。③ 另外，作家对区域佛教历史资源亦有开掘，如明一居士的传记小说有区域文化意义上

① 佛教修证解脱需要信仰主体生命潜能的支持。参见雪漠《文学朝圣》下卷，中央编译出版社 2013 年版，第 45 页。

② 自然山水文学是中国佛教的重要传统，高鹤年对此有所继承。参见李一鸣《中国现代游记散文整体性研究》，山东人民出版社 2013 年版，第 201 页。

③ 参见雪漠《文学朝圣》上卷，中央编译出版社 2013 年版，第 237—238 页。

的修证书写，《地藏菩萨传》写金乔觉从朝鲜半岛辗转至安徽九华山，结合当地民情弘演佛法；《六祖慧能传》叙述慧能“南宗禅”的精神特质与区域文化背景等。

由上可知，佛教文学的终极关切有超越时空的普适性；同时，其契理和契机的品格又必然与区域文化有对话空间，此即佛教文学与区域文化在意义创造层面的融会，也是区域文化形象的深层意蕴。就人生苦惑而言，这需要佛教文学家在深刻领悟苦、集二谛的基础上，对特定区域的生存状态特别是人生创痛有慈悲关切与善巧表现。苏珊·桑塔格说：“作家的职责是让我们看到世界本来的样子，充满各种不同的要求、区域和经验。”① 威廉·詹姆斯也指出，二度降生之人对人生创痛的高度关注有其必要性与合理性。② 就此而言，以般若智慧湛然观照区域文化意义上的生命创痛，以佛教文学予以表现，尚有很大创新空间，亦有丰富的审美潜质，对位型作家优势明显，错位型作家可通过实地考察与生命实践弥补。就修证解脱而言，虽然作家作品并非将答案公之于世，但无疑可以通过审美体验给人启示，特别是从勘察心性内宇宙、改变心识状态进而启发心性智慧和高峰体验的层面，佛教文学中的修证解脱书写有独特和重要的价值，这无疑是对区域文化意义上的苦惑书写之化解与超越，否则苦惑体验亦无积极价值。③ 另外，无论是苦惑书写抑或解脱体验，都要避免以佛教范畴生硬简化区域文化中的丰富感受，这需要作者不断强化佛教止观境界与审美自觉，也要丰富和提高文学创作水平。

综上所述，在人类生活日趋现代化与全球化的背景下，区域文化是包含多层面内容的历史资源、现实力量与人文范畴，佛教文化与文学是有独特精神内涵与审美价值的全球性宗教文化，两者各有其质的规定性与独立性，同时亦从空间维度形成交互影响、并存发展与融会创新，总体应坚持有离有合，有所为有所不为的原则。在条件充分的情况下，区域文化与佛

---

① ［美］苏珊·桑塔格：《同时：随笔与演讲》，黄灿然译，上海译文出版社2009年版，第155页。

② 美国心理学家和哲学家威廉·詹姆斯将宗教信仰分为一度降生和二度降生两种类型，前者单纯地住在美好光明中，后者专注于诸多人间悲惨，他认为后者涵盖的经验范围较广，恶有可能成为生命意义的有效钥匙。参见［美］威廉·詹姆斯《宗教经验之种种：对人性的研究》，蔡怡佳、刘宏信译，广西师范大学出版社2007年版，第122—123、119—120页。

③ 楼宇烈指出，当代佛教的功能定位主要在心灵感受方面。参见楼宇烈《宗教研究方法讲记》，法祇、陈探宇、熊江宁整理，北京大学出版社2013年版，第242—243页。

教文学在作家主体建构、区域文化形象塑造和终极关切等方面存在诸多对话空间，进而推动两方面的发展，同时对彼此可能造成之局限性亦须自觉。另外，区域文化、佛教文学必然与现代化进程形成富有张力、和而不同的对话结构，无论对前两者的现代转型，还是人类现代化事业的调适发展，这种多元互动意义上的文化与文学实践都值得关注与拓进。

说明：本文为浙江省哲学社会科学规划课题“民国佛教文学研究（1912—1949）”（编号：15NDJC142YB），中国博士后科学基金第58批面上资助项目“百年中国白话佛教文学研究（1912—2015）”（编号：2015M580505）的阶段性成果。

作者单位：浙江大学哲学系

区域文化基质与文学创作风格的生成

——以“京派作家群”创作为例

徐旭敏

在文学创作过程中，区域文化对于作家的影响力是不容忽视的。丹纳在《艺术哲学》中就把艺术家所处的时代环境，包括时代精神和风俗概况看成是文艺产生的基本因素，指出：“要了解一件艺术品，一个艺术家，一群艺术家，必须正确的设想他们所属的时代的精神和风俗概况。这是艺术品最后的解释，也是决定一切的基本原因。”① 文学和区域文化的关系，是一种精神血缘的关系。作家的故乡或者是长期的居留地，其所特有的区域性文化通常会对作家的创作具有源头性的影响。从文学史的维度来看，无论是古代，还是现代，几成定律。仅以现代文学为例，以地域特色闻名的作家数量之众多，并形成特定的流派和作家群落，如浙籍作家群、东北作家群、京派作家群、山药蛋派、白洋淀派等。无疑，区域文化对作家创作的影响，其内在的关联性是具有重要作用的，特别是当作家出于其个性的考虑，选择与自己精神气质投合的居住地，其文化和作家创作之间的互动将会显得更加紧密和自觉。当作家出生和成长于某一地，或开始融入某一地，尤其是熟悉并融入这个地方的日常性的物质和精神生活中时，其性格气质也将在日积月累的影响中，与此地的文化建立无法割舍的联系，并会或隐或显地在创作中表现出来。当作家形成其独有的美学风格时，这种具有深远意义的区域，其文化基质将对其创作的美学风格之生成产生重要而深远的影响。本文将以现代文学史上的“京派作家群”创作为例，系统地阐释这一特定的创作现象。

① ［法］丹纳：《艺术哲学》，傅雷译，人民文学出版社1963年版，第7页。

一　北平：乡村景象的田园都市

北平，在1928年失去全国政治中心地位，成为“边塞”的寂寞古都，然而，这并不妨碍生活其中的周作人对它的喜爱：“归根结蒂在现今说来还是北平与我最有关系，从前我曾自称京兆人，盖非无故也，不过这已是十年前的事了，现在不但不是国都，而且还变了边塞，但是我们也能爱边塞，所以对于北京仍是喜欢。”[①] 周作人喜爱北平的气候和人情，尤其是北平人情“大方”的一面：“大方，这是很不容易的，因为这里边包含着宽容与自由。”[②] 久居北平，周作人已将北平视为“第二故乡”[③]。从文化气质上来看，北平总是透露着一股庄严大气、温厚从容的精神特点，让生活其中的人深深陶醉，哪怕离开北平而漂泊他方，人们也总是难以割舍那份依恋之情。早在1924年，居住在上海的俞平伯，就在回忆北京生活的《陶然亭的雪》中，也将北京视为他的“第二故乡”[④]。而30年代，只在北平住了两年就移居上海的李健吾，同样充满深情地回忆道：“住久了北平，风沙也是清静。这里没有古刹的幽沉，租界的喧嚣，年轻人宜于读书，老年人便于休养。……北平是你的第二故乡，你精神的归宿，所以是一个理想的故乡。”[⑤] 还有已移居南方的郁达夫，也对北平念念不忘：“在北京以外的各地——除了在自己幼年的故乡以外——去一住，谁也会得重想起北京，再希望回去，隐隐地对北京害起剧烈的怀乡病来。这一种经验，原是住过北京的人，个个都有，而在我自己，却感觉得格外地浓，格外地切。”[⑥] 或许，在现代作家的笔下，偌大的一个中国似乎再没有哪个城市像北平这样，具有如此迷人的文化魅力了。来自各地的作家，一旦

① 周作人：《北平的好坏》，姜德明编：《北京乎——现代作家笔下的北京》上，生活·读书·新知三联书店2005年版，第15—16页。

② 同上书，第16页。

③ 同上书，第15页。

④ 俞平伯：《陶然亭的雪》，姜德明编：《北京乎——现代作家笔下的北京》上，生活·读书·新知三联书店2005年版，第68页。

⑤ 李健吾：《北平》，姜德明编：《北京乎——现代作家笔下的北京》下，生活·读书·新知三联书店2005年版，第591页。

⑥ 郁达夫：《北平的四季》，姜德明编：《北京乎——现代作家笔下的北京》上，生活·读书·新知三联书店2005年版，第284页。

融入北平的生活，都将它视为自己的“精神故乡”并长久地怀恋。这是北平独特的区域文化所具有的独特的精神品质，它能够给每一个个体亲切而宽容的印象，让人产生故乡般的熟悉和依恋。这种文化气质和魅力，应源于北平悠久的历史和文化。作为“乡土中国”几百年的政治和文化中心，北平是古老“乡土中国”的文化符码，是乡土社会形态和文化秩序的浓缩体：

> 北平呢，却代表旧中国的灵魂，文化和平静；代表和顺安适的生活，代表了生活的协调，使文化发展到最美丽、最和谐的顶点，同时含蓄着城市生活及乡村生活的协调。
>
> ……
>
> 这是一个理想的城市，那里有空旷的地方使每个人都得到新鲜的空气，那里虽是城市却调和着乡村的清静，街道、狭胡同、运河，这样适当的配合着。①

北平是一座“具城市之外形，而又富有乡村的景象之田园都市”②，这给它带来异于现代都市文化的从容不迫的安闲氛围，以及和人们的乡土记忆密切相连的熟悉感。乡土感，在中国人文化心理结构中具有根源性地位，形成一种内源性的文化基质。现代作家又大多在乡村中长大，他们的童年记忆和乡土有着直接联系，故而乡土对于他们显示出更加深远的意义。所以，对于漂泊异地的现代作家们而言，北平的乡土性文化是更加具有深刻的文化牵引力的。鲁迅对“乡土文学”的经典定义是：“凡在北京用笔写出他的胸臆来的人们，无论他自称为用主观或客观，其实往往是乡土文学”③，很精准地定义出了北平文化的乡土性基质，以及它所唤起的作家的乡土怀恋。

费孝通曾说，乡土社会的形态是凝定的、不易流动的，这形成于农业生产方式中人和土地的关系，因为“直接靠农业来谋生的人是黏着在土

---

① 林语堂：《迷人的北平》，姜德明编：《北京乎——现代作家笔下的北京》下，生活·读书·新知三联书店2005年版，第451、454页。

② 郁达夫：《住所的话》，《闲书》，上海书店出版社1981年版，第38页。

③ 鲁迅：《〈中国新文学大系〉小说二集序》，《鲁迅全集》第6卷，人民文学出版社2005年版，第255页。

地上的"[1]。以农为生的人，世代都定居在同一片土地上，周围的人也是同样，这就"以住在一处的集团为单位"[2] 形成相对固定的人际关系和交往圈子，并且由于大多数时间人是与土地打交道，不同圈子之间接触少，长此以往就形成了乡土社会的孤立和不流动性。在固定的社会中，世代累积的经验已足以应付现实生活，而经验的积累随时间而增长，故而乡土社会尊重老人，尊重祖辈传下来的经验规矩，警惕和排拒异质的新事物；人与人彼此相识，故而难以计较利益得失，形成讲求人情的人际关系。维系乡土秩序的，是世代相传的规矩和礼仪，而非现代社会的法律和契约。这样的社会形态演变而来的乡土文化，呈现整体上向内收缩的、保守宁静的文化形态。

北平文化继承了乡土文化的以上特质。概括而言，乡土性基质在北平文化中主要表现为：（1）文化形态相对保守；（2）物理宽厚和谐；（3）重视世代相传的规矩和礼仪。需要注意的是，北平的乡土性文化扎根于底层平民，是在市井细民凡俗生活——而非名胜古迹——中鲜活地跃动着，是一种乡土性质的市民文化。比如，北平的胡同，正是北平乡土性市民文化的凝炼表现。

就文化形态而言，"胡同"是北平城中微型的"乡土社会"，区别于具有城市品格象征的"大马路"，一条条胡同是市民百姓的私人生活空间，相对封闭和固定。每一条胡同里的居民都彼此熟悉，仿佛一个独立的小社会。一条胡同类似于一个小村庄，当外来力量侵犯或干扰里面的生活时，胡同里的街坊邻里就会团结起来，产生一致对外的认同感和归属感，这正是乡村社会不同于城市社会的关键之处。在城市同一幢楼里生活的人，各自为政，也许住十多年都不知道隔壁住户姓甚名谁，在乡村的熟人社会中这是不可想象的。北平胡同就具有同样的形态特征，因此，胡同是观察北平乡土性区域文化基质的最好样本。老舍在《四世同堂》里就描绘了小羊圈胡同这一典型的北平胡同社会。小羊圈胡同是个熟人社会，里面的居民保持着日常的人情往来，又潜在地存在长幼尊卑的不同。祁老太爷作为四世同堂的大家庭的长者，在胡同里享有崇高地位，并且因为自幼在北平，学到了许多规矩礼路。讲规矩礼仪不仅表现在祁老太爷身上，而

① 费孝通：《乡土中国》，北京出版社 2005 年版，第 3 页。

② 同上书，第 4 页。

且作为文化性格渗透到每一个小羊圈居民的血液中，即使没有文化的车夫小崔也严格执行着“好男不跟女斗”的规矩。面对日本人的进犯，祁老太爷根据以往经验，认为只需准备三个月的粮食和咸菜，堵上自家院门就万事大吉。这正是乡土式的心理习惯，因为在缺少流动的乡土社会中，祖辈的旧经验足以应对现实生活。祁老太爷的天真在于，他的乡土习性已经不适应动荡崩坏的时代现实。这里，小羊圈胡同是一个社会结构和文化性格都乡土化的社会圈子，里面的人保守、重礼，重人情往来，习惯用旧经验应付生活，虽然生活在城市中，但他们的文化心理结构是扎根于乡土的。

所以，不少在北平体会到乡土感的作家，胡同经常成为他们北平怀旧的一个重要意象。在萧乾那里，北平的胡同是“一阕动人的交响乐”[①]：

> 大清早就是一阵接一阵的叫卖声。挑子两头是“芹菜辣青椒，韭菜黄瓜”，碧绿的叶子上还滴着水珠。过一会儿，卖“江米小枣年糕”的车子推过来了。然后是叮叮当当的“锯盆锯碗的”。最动人心弦的是街头理发师手里那把铁玩艺儿，嗞啦一声就把空气荡出漾漾花纹。[②]

萧乾是皇城根长大的正宗本土人，胡同勾连着他熟悉的儿童经验，对胡同的描述更着眼于生动具体的日常小事。作为外乡人的汪曾祺，在出入之间，对胡同文化的分析更具有冷静的学理态度：

> 胡同文化是一种封闭的文化。住在胡同里的居民大都安土重迁，不大愿意搬家。有在一个胡同里一住住几十年的，甚至有住了几辈子的。胡同里的房屋大都很旧了。“地根儿”房子就不太好，旧房檩、断砖墙。下雨天常是外面大下，屋里小下。一到下大雨，总可以听到房塌的声音，那是胡同里的房子，但是他们舍不得“挪窝儿”，——“破家值万贯”。
>
> ……
>
> 北京胡同文化的精义是“忍”。安分守己，逆来顺受。老舍《茶

---

① 萧乾：《老北京的小胡同》，傅光明编：《我这两辈子》，人民日报出版社 1995 年版，第 73 页。

② 同上。

馆》里的王利发说："我当了一辈子的顺民"，是大部分北京市民的心态。[①]

汪曾祺的态度冷静而不乏反思，他很精确地抓住了胡同文化的乡土性基质：安土重迁，安分守己。这是世代生长在同一片土地上，社会结构几乎不流动的乡土社会产生的文化心理。它完好地位移到北平胡同文化中，无怪乎北平被认为是一座具有乡土风貌的田园都市。

然而，北平毕竟是一座都市，它接受"五四"和西方文明洗礼，现代性的城市文明同样是北平文化构成的一个方面。北平拥有"兼容并包"的文化气度，这也隐含着古今中西多重文化影响下的碰撞和冲突。当作家们对北平文化的乡土性基质感到亲近和认同时，现代文明给北平带来的变化，则引发他们的批评和拒斥。在这里，本文主要指的是"京派作家群"。他们倾心于北平乡土性文化的宁静典雅，也敏感于西方文明的进入对北平独特的文化气质的损害。周作人评价北平"坏"的一面，在于无线电广播发展后，他所讨厌的京戏充斥于街头巷尾，让人"无所逃于天地之间"[②]。京戏和无线电广播的结合，在周作人看来，是食洋不化不中不西的古怪产物，是机械文明的盲目引进损害了北平固有的"清静"氛围。周作人明言"对于二十世纪的中国货色，有点不大喜欢"[③]，这些"粗恶的模仿品"，破坏了北平五百余年故都历史凝炼起的精致优雅，让北平的生活日益"干燥粗鄙"[④]。废名和老师周作人一样，爱北平从容安闲的气氛，但是要除去"街上洋车拼命的跑"[⑤]，这些所谓"新事物"破坏了北平的清静。沈从文早年来到北京时，曾经因"镇日被街市电车弄得耳朵长是嗡嗡隆隆的响"，躲到骆驼庄这个"半乡村式的学校"[⑥]。他向往听到乡村中熟悉的鸡鸣声，然而"除了电车的隆隆声以外"，竟听不到

① 汪曾祺：《胡同文化》，《汪曾祺散文》，广西人民出版社2006年版，第295、296页。

② 周作人：《北平的好坏》，姜德明编：《北京乎——现代作家笔下的北京》上，生活·读书·新知三联书店2005年版，第19页。

③ 同上书，第10页。

④ 同上。

⑤ 废名：《北平通信》，姜德明编：《北京乎——现代作家笔下的北京》下，生活·读书·新知三联书店2005年版，第433页。

⑥ 沈从文：《怯步者笔记》，姜德明编：《北京乎——现代作家笔下的北京》上，生活·读书·新知三联书店2005年版，第88页。

一点鸡叫声，于是感觉到“北京城的古怪”[①]。京派作家们的偏好显示他们对北平乡土性文化的认同，同时也表明，尽管北平是“边塞”上的古城，然而他们也已经敏感到“城市文明”和“乡土文明”之间的冲突，以及在历史转型时期北平固有的乡土性文化行将没落的趋势。无论这是一种怎样的必然，作为一种在进行中逝去的文明，在人们的心中总是会有一种道不清的情感，而这也是区域文化基质对作家创作产生的一种挥之不去影响的佐证。

二　感伤和讽喻：京派的“乡土怀旧”

“乡土怀恋”是中国人内心深处的文化心理情结，尤其是现代语境下的乡土怀旧，是现代人在“碎片化”的现代社会中，面对日益抽离真实感的无序和无意义的人生体验，欲回到乡土记忆中去寻求心灵寄托和精神家园的一种努力。从文化心理层面上来说，“乡土怀恋”蕴含着中国人复归本真、与自然和谐共处的诗意向往，这与海德格尔所说的“人在大地上诗意地栖居”的哲学理想是一样的。京派作家大多从小生长在乡土社会，乡土生活的直接经验更加引发他们浓厚的依恋感。北平“乡土性”的文化基质，则是孕育他们乡土怀旧的母胎，也是触发他们集体性的乡土怀旧书写的一种内源性动力。尽管他们大多不是北平人，书写的也是各自的故乡，但他们的“故乡怀旧”实际上和“北平怀旧”同源，即都产生于对乡土生活的怀恋心理。然而，就像上文已经指出的那样，北平“乡土性”的市民文化在与现代城市文明的遭遇中，也显示着被破坏和消逝的局面。京派作家敏锐感知到了这一点，故而他们的乡土书写也笼罩在一种隐忧的不安之中，这是对城市文明进入并终将消解乡土文明的隐忧和不安。在这种隐忧和不安感中，京派作家愈加不遗余力地赞美那行将消失的乡土文明，这正形成了京派作家创作的一种总体的感伤情调和美学风格。

京派的感伤情调，首先表现在京派作家对乡土社会诗意环境的着力渲染上。在废名的乡土小说中，人物与如诗如画的乡村景物，共同编织着“真”与“美”的田园幻梦。在茂林修竹、小桥流水之间，生活着三姑

① 沈从文：《怯步者笔记》，姜德明编：《北京乎——现代作家笔下的北京》上，生活·读书·新知三联书店2005年版，第90页。

娘、陈老爹、聋子这样的田园人物，人情和物理达到完美和谐的境界。在京派小说中，对乡土社会的自然环境和民俗风情的表现，绝不仅仅只是作为小说背景，而是刻画理想乡土社会必不可少的元素，在京派小说中占重要地位。沈从文在小说中对湘西风俗人情的赞美和渲染，有时让人觉得他写小说的目的甚至就在于此，连人物刻画似乎也只为了证明湘西人情的美好。在《山鬼》《船上岸上》《柏子》等小说中，情节性的段落嵌在对湘西风俗的赞美之中。《柏子》的前半篇描述湘西水手和吊脚楼妓女之间蛮强的性爱，也保存着坦荡的风度，主人公幽会的场景，似乎只是为了对前面的描绘加以说明。《边城》的前三章，对茶峒地方的人情风物一一铺陈，不仅为了引出人物和交代背景，而且这些描写本身也就具有一种独立的美学价值。《长河》里辰河风物也同夭夭的美好形象联结在一起。小说在婚丧嫁娶、节庆仪式、乡土风物的描绘之间展现了一个和谐宁静的世界。“最后的京派”汪曾祺在描绘故乡高邮的小说中，用大量篇幅渲染风土人情的美好。《鸡鸭名家》《受戒》《大淖记事》等小说，相较故事情节，大半篇幅用来描画故乡的风物习俗和人物的日常生活。《受戒》中，近四分之三的篇幅用来描绘荸荠庵僧人和小英子家日常生活场景，“受戒”这个关键事件本身竟只占四分之一篇幅。如此着力渲染乡土的诗意环境，使乡土社会在京派作家的笔下带有浪漫的梦幻色彩。在乡土环境之外，乡土人情的美好淳朴是京派着力表现的另一方面。废名笔下的乡土人物有礼有节，颇有庄严的古典风度。三姑娘如此贞静，让人觉得从三姑娘的菜篮子里拣菜都像是冒犯了三姑娘似的。《浣衣母》里的李妈，仿佛是大地母亲，具有包容万物的胸襟。京派作家不遗余力地赞美乡土人情，甚至在现代文明看来乡村的落后一面在京派那里也成为乡村比城市淳朴自然、较少虚伪矫饰的证明。最明显的是沈从文的小说。他的湘西书写是基于“一种前历史的乌托邦式的时间与空间”[①]。用文学书写和虚构湘西前历史的人性和生活，沈从文带有极大热情。他笔下的人物懵懂而心智未开，肆意挥洒他们的生命活力，而作者极力赞扬这种生活的健康和符合人性。翠翠、夭夭们外表美丽动人，性格天真纯洁，无知单纯仿佛一头小兽；柏子们雄健有力，他们在水上挣生活，一次意外，也就坦然地结束一

① 王晓珏：《沈从文与北京》，陈平原、王德威编：《北京：都市想像与文化记忆》，北京大学出版社 2005 年版，第 349 页。

生，丝毫不把它看做天大的事。无论男女，湘西人都仿佛是生活在前历史的鸿蒙时代，具有未经开化的原始人性和活力。在描绘少数民族的、带有民间传说色彩的小说中，沈从文的赞扬更加夸张。《龙朱》里，白耳族王子龙朱被赋予人世间最美丽的外貌和最高贵的品格，简直就是神的化身。在这里沈从文把他“美”“爱”“神”一体的理想人性倾注于小说人物，刻画的手法是浪漫式的。在另一部分小说中，描绘爱情与原始宗教习俗冲突，比如《月下小景》中，男女主人公为了反抗女人不能同第一个恋爱的男子结婚的习俗，最终双双服毒自尽。《豹子·媚金·与那羊》中，约会前夕，豹子为了寻找辟邪的白羊献给心爱的女人媚金而失约，两人因此断送性命。在这些小说中，沈从文并不用启蒙眼光审视对主人公死亡负有责任的、原始性的宗教习俗，而是着眼于对男女主人公动人爱情的描摹刻画，将爱情升华到人性和神性交织的境界，死亡只用来烘托爱情的哀婉美丽。在湘西书写中，沈从文大力赞扬湘西健康有力、淳朴自然的人性，其视角是非启蒙和反现代的。

京派的乡土怀旧是浪漫化的，他们对乡土诗意环境和美好人性的肯定，是其感伤之美学色彩的来源。正如斯维特兰娜·博伊姆认为，怀旧本质上“是对于某个不再存在或者从来就没有过的家园的向往”[①]。正是对乡土文明逐渐消逝的无可奈何，引发了京派作家集体的“乡土怀旧”。在怀旧的情感中，京派笔下的乡土社会成为他们内心理想人性和生活的寄托对象，成为只存在于虚构和想象中的乌托邦世界。京派作家越是渲染乡土世界的美好，越是凸显这种时间和空间的乌托邦色彩。这就为京派小说增添了浓厚的感伤情调。

在《怀旧的未来》中，博伊姆认为“怀旧不永远是关于过去的；怀旧可能是回顾性的，但是也可能是前瞻性的”，“对于未来的考量使我们承担起对于我们怀旧故事的责任”。[②] 京派作家的“乡土怀旧”不仅指向过去，同时指向现在和未来。对乡土社会中人情风物的赞美，也蕴含着对现代文明的批判性反思。这形成京派的第二大美学风格，即温和的讽喻风格。沈从文用非启蒙和反现代视角书写湘西社会，内含与现代文明的对

① ［美］斯维特兰娜·博伊姆：《导言：忌讳怀旧吗?》，《怀旧的未来》，杨德友译，译林出版社2010年版，第2页。

② 同上书，第5页。

照，以及对后者的怀疑和批评。在沈从文的另一些作品中，湘西世界与现代社会直接遭遇，作者态度更加暧昧隐晦。《三三》中，三三母女宁静和谐的生活因为城里来的一男一女受到扰动，激起母女对城里生活的一点不切实际的幻想，小说最后尽管因为城里男子的病逝复归平静，而三三心里却“好像掉了什么东西”[①]，怅然若失，不能再回归最初的状态。《萧萧》里“女学生过身”在乡下人眼里是另一世界的异景，但引起萧萧内心的一点不知名的向往。不过新事物只是拂过人物内心，并不真正激起反响。在新与旧的遭遇中，新事物与乡土世界格格不入，如油浮于水，最终无法被乡土世界吸收容纳，这传达了作者的真实态度，形成了小说的张力和讽喻效果。《长河》中，这种特征更为鲜明。世事变化和未知的未来，给整篇小说造成潜在的不安和压迫。饱经风霜的老水手一直忧虑城里的“新生活”要来，“新生活”成为整篇小说的远景，在湘西世界投下一道淡淡的阴影。然而在湘西人看来，“新生活”又是可笑的：“走路必向左，乡下人怎么混在一处赶场？不许脱光一身，怎么下水拉船？凡事要争快，过渡船大家抢先，不把船踏翻吗？船上滩下滩，不碰撞打架吗？事事物物要清洁，那人家怎么做霉豆腐和豆瓣酱，浇菜用不用大粪？过日子要卫生，乡下人从那里来卫生丸子？纽扣要扣好，天热时不闷人发痧？总而言之就条例言来都想不通，做不到”[②]。在新旧对比中，沈从文对新文明的讽刺是温和从容的。萧乾是北平本土人，在他写北平城根的小说中，城外乡土世界与城内世界的遭遇，也显示出讽喻色彩，包含对城市文明的批判。《篱下》中，主人公环哥原本是生活在乡村中无忧无虑的孩子，因为家庭的原因，跌入姨父家象征着的城里世界。孩童的天真烂漫在世故暮气的城市生活中处处受到压抑。孩子的美好天性与大人的世故冷漠形成鲜明对照，背后是乡土文明和城市文明的对照。不过对大人世界的批判没有遮蔽对孩子美好天性的表现，整体基调是温和哀伤的。毕竟，在京派作家的乡土书写中，对乡土社会的诗意描绘是小说重心，对现代文明的批评是侧面的、温和的，不能损害整体基调的统一性。

“怀旧的表现是进步目的论的副作用。”[③]“乡土怀旧”内在地包含京

① 沈从文：《三三》，《沈从文全集》第 9 卷，北岳文艺出版社 2002 年版，第 38 页。

② 沈从文：《长河》，《沈从文全集》第 10 卷，第 56 页。

③ ［美］斯维特兰娜·博伊姆：《怀旧的未来》，杨德友译，译林出版社 2010 年版，第 11 页。

派作家对“现代的时间概念、历史和进步的时间概念的叛逆”①。在京派的乡土书写中，抽象的历史叙述被个体经验和记忆代替，乡土形象不再作为启蒙话语中批评和反思的象征符号，而是被赋予细节和血肉，温暖的诗意和人情。这内在包含了京派作家对现代文明和线性进化论的批判性思考，故而其诗意怀旧本身也就具有某种潜在的、温和的讽喻性。京派作家的乡土怀旧“揭示出怀想和批判性思维不是相互对立的，因为感人的记忆不会令人脱离同情、判断和批判性反思”②。

概而言之，北平文化的乡土性基质，是引发京派集体性乡土怀旧的触媒。尽管京派作家大多是外乡人，他们的乡土书写也不以北平为对象，然而作为异乡人，在北平遭遇熟悉的乡土感，成为京派作家乡土怀恋的心理动因。在这个意义上，京派的“乡土怀旧”实际上与“北平怀旧”同根同源，都源自中国人文化心理结构中的乡土怀念。然而，即使是30年代相对宁静的文化古城时期，北平的乡土性文化，也将面临逐渐消逝的未来走向。京派作家直觉到这一点，他们的乡土书写，笼罩在对现代文明的反思和隐隐的不安中，最终形成京派创作整体的感伤情调和温和讽喻的美学风格。

三　乡土共同体的瓦解和身份认同的焦虑

乡土社会是地缘共同体，同一个村落的人，因为家族历史、文化、语言、环境和习俗等各种因素相互联结，彼此熟悉。“共同体”对每个个体而言是温馨舒适的，齐格蒙特·鲍曼这样描述共同体内部的生活：“在共同体中，我们相互都很了解，我们可以相信我们所听到的事情，在大多数的时间里我们是安全的，并且几乎从来不会感到困惑、迷茫或是震惊。对对方而言，我们相互之间从来都不是陌生人。”③ 对于中国人来说，乡土是精神的原乡，是文化之“根”。然而，现代化进程的推进意味着这种地缘共同体的逐渐瓦解。城市是由陌生人组成的社会，现代人彼此间不共享

① ［美］斯维特兰娜·博伊姆：《导言：忌讳怀旧吗?》，《怀旧的未来》，杨德友译，译林出版社2010年版，第4页。

② ［美］斯维特兰娜·博伊姆：《怀旧的未来》，杨德友译，译林出版社2010年版，第56页。

③ ［英］齐格蒙特·鲍曼：《序曲，或是欢迎捉摸不透的共同体》，《共同体：在一个不确定的世界中寻找安全》，欧阳景根译，江苏人民出版社2003年版，第3页。

过去经验，也无法相互依靠，注定将在家园的废墟上孤独前行。而30年代的北平，作为乡土化的现代城市，它的独特性在于：作为城市，它依旧保留着乡土地缘共同体的某些特征。它保留在北平的市民生活圈中，在历史悠久的胡同和四合院中，街坊邻里之间基于共同的历史、环境、语言、习惯保持着乡土式的联系和交往。胡同和四合院是乡土社会的延伸。然而，京派作家并不属于这种圈子。他们是接受现代教育的精英知识分子，是没有历史的异乡人，是城市中的现代市民。他们聚集于北平的首要理由，是北平拥有现代教育体制和丰富的文化资源。他们出入于大学、图书馆、文人沙龙等这些现代性的城市空间，其文化身份注定他们和传统北平市民的差异性。尽管他们可能也住在胡同、四合院中，甚至在生活习惯上也北平化，但这种差异性也无法消除。其中的关键在于：作为现代知识分子，他们对北平文化的观照不会是单向度的，而是在传统和现代的交叉视阈下展开，包含对乡土文明和现代文明的双重审视。这使京派作家在亲近北平乡土性文化时包含现代性反思，同时自觉到乡土文明将被现代文明替代的趋势，产生面向乡土的挽歌情怀。

由此进一步分析可知，京派作家感知到乡土性地缘共同体的瓦解，意味着他们要面临“告别乡土”后个体延续性的断裂，这导致自我身份认同的焦虑。为了消除这种焦虑，京派作家调动过去乡土性的记忆资源，做出重续个体延续性的努力，这是京派乡土怀旧的深层心理动因。出自寻求文化认同感的心理动机，故乡风物人情在京派作家笔下充满温情，乡土世界带上诗意化、理想化色彩。而部分京派作家，如沈从文，一生执着于对自我“乡下人”身份的确认，显示为了消除“告别乡土”带来的自我断裂感，急于回到乡土中重建身份认同的心理表征。矛盾的是，当京派作家以极大的热情在文学中将乡土共同体诗意化、美好化，这同时也显示他们复归乡土共同体的不可能性。正如鲍曼所说：“‘共同体’意味着一种‘自然而然的’、‘不言而喻的’共同理解，……共同体是没有感情的，否则就会死亡。一旦它开始赞美它独一无二的勇气，热情地讴歌它的原始纯洁的美，……这一共同体也就不再成为共同体了（或者说，或许还不是一个共同体）。”①

① ［英］齐格蒙特·鲍曼：《共同体：在一个不确定的世界中寻找安全》，欧阳景根译，江苏人民出版社2003年版，第7—8页。

从某种意义上说，京派作家不约而同地在北京成为北平，即失去政治和文化中心地位之后，聚集到这座文化古城，也隐含寻求身份认同的动机。京派作家失落乡土的文化断裂感，让他们趋向宁静古朴的乡土性城市北平，欲在北平乡土性文化中重续个体延续性。从这一维度来说，他们把上海的都市文化视为“他者”而批评疏离，正是因为都市文化是背离乡土后产生的异质文化，是乡土文化断裂的明确证明。他们的自我身份构建和北平密切联系在一起。京派集体的乡土怀旧，是对北平乡土性文化形成的共振和回应，同时丰富着北平文化，并由此成为30年代北平重要的文化构成之一。

四 结语

京派作家与北平文化的互动，帮助我们理解区域文化和文学的关系，特别是区域文化基质与作家创作之间的内在关系。北平并非大多数京派作家的故乡，却为作家后天选择的居留地与作家创作风格之间的联系，提供了一个经典的研究个案。北平文化的乡土性基质，具有向内收缩、保守宁静的文化形态，接通中国传统乡土文化的基本特质，唤起潜在于京派作家文化心理结构中的乡土怀恋。这引发京派作家集体的“乡土怀旧”，尽管有些并不完全属于“北平怀旧”，但是其深层心理动因触发于北平乡土文化基质，并且两者都体现出对传统乡土社会的挽歌情怀，以及对现代文明的反思，故而京派的“乡土怀旧”，可以说是“北平怀旧”的延伸。现代文明反思中的乡土怀恋，形成京派创作风格中独特的感伤情调和讽喻特征。其深层心理动因乃是乡土共同体瓦解后面对个体延续性断裂的困境，欲通过调动过去的乡土性记忆资源，寻求重续个体延续性和重构人生意义的尝试。徐复观曾说：“为人生而艺术，及为艺术而艺术，只是相对的便宜性的分别。真正伟大的为艺术而艺术的作品，对人生社会，必定提供某一方面的贡献。”① 牟宗三也指出：“中国人一开端的时候就是关心自己的生命，他根本从头就是从实践上来关心的。”② 京派作家的乡土书写和北平文化的共振，表现出区域文化基质与文学创作的美学风格之间的复杂牵

① 徐复观：《中国艺术精神》，华东师范大学出版社2001年版，第24页。

② 牟宗三：《中国哲学十九讲》，上海古籍出版社1997年版，第47页。

连，也展现出一种特殊的人生审美意味，这与特定的区域文化基质的内在关联和规约是分不开的。对区域文化同文学关系的研究和透视，学界已经收获不少成果。在研究方法上，杨义提出“大文学观”概念，把文学生命和文化情态沟通起来，通过将文学与民族学、地理学、文化学、图志学交叉融通，以期呈现更为完整丰富的文学史面貌。梅新林从文学地理学角度切入，探究中国古代文学演变与地理形态的联系，改变以往用线性时间构建文学史的思路，在跨学科研究中发掘出中国古代文学史更丰富多元的内涵。区域文化与文学关系研究，可以旁及多个学科领域，是具有开拓性、创新性的学术话题，值得深入挖掘和研究。

作者单位：浙江大学中文系

区域空间移位与创作主体的激活
——以创造社文学创作为例

王佳黎

在文学的生成与发展过程中，区域文化的影响不容小觑。正如法国艺术哲学家丹纳所指出的那样："作品的产生取决于时代精神和周围的风俗"，[①]"自然界有它的气候，气候的变化决定这种那种植物的出现；精神方面也有它的气候，它的变化决定这种那种艺术的出现……精神文明的产物和动植物界的产物一样，只能用各自的环境来解释。"[②] 在文学创作实践中，人们不难发现，随着区域空间的移位，新的地理环境与精神气候，新的文化与风尚将会对作家的创作产生影响，尤其是会对作家的创作观念产生影响，其中一个最显著的特点就是激活了作家的创作思维，从而催生新的文学创作。从中国现代文学发展的维度来看，创造社成员在 20 世纪 20 年代初的文学创作，对此作出了很好的诠释。

一　区域空间置换与创作思维的调整

随着区域空间的移位、客观环境的改变与主观情感的变化，人的"精神气候"也会随之发生改变，并或多或少地反映在作家的创作实践上。黑格尔在《历史哲学》中认为自然地理条件之于精神构筑的重要性，指出："助成民族精神产生的那种自然的联系，就是地理的基础……我们不得不把它看做是'精神'所从而表演的场地，它也就是一种主要的、而且必要的基础。"[③] 不同的区域空间，有着不同的自然地理条件和人文

---

① ［法］丹纳：《艺术哲学》，傅雷译，人民文学出版社 1963 年版，第 34 页。

② 同上书，第 9 页。

③ ［德］黑格尔：《历史哲学》，王造时译，上海书店出版社 2001 年版，第 82 页。

风情与不同的文化精神。对作家创作而言，为了适应新的区域空间环境和精神气候，激发创作灵感，激活创作思维，乃是一种值得深入研究的文学创作现象，对此，我们可以从历史维度、理论维度、创作实践维度三个维度来进行分析。

纵观我国漫长的文学发展史，因区域空间移位而导致作家创作思维调整的例子不胜枚举。一代诗仙李白少年时代生长于蜀中地区，在浓厚道教氛围的熏陶下，他早期的作品具有浪漫飘逸的气质，在许多诗中表现出人生如梦、及时行乐的思想，并在游历祖国大好河山的过程中写下了《侠客行》等极具游侠情怀的诗。抵达长安后，李白经历了三年坎坷的政治生活，其匡时济世的政治理想在现实中无用武之地，壮志未酬的李白饱含愤懑与痛楚，在诗歌的创作思维和创作风格上也发生了很大的转变，写下了《行路难》《答王十二寒夜独酌有怀》等仰怀古人、自悲身世的诗作。被誉为“唐宋八大家”之一的苏轼任杭州通判之时，以及之后转任密州知州、徐州太守时期，其作品大气磅礴、豪放奔腾，多以仕宦显达意气奋发的人生为描绘对象，并借此抒发政治豪情，如《江城子·密州出猎》，反映那段时期其积极仕进的心态，后又因乌台诗案获罪并流放至黄州后，苏轼的精神寄托则转移到对大自然的欣赏、讴歌，对人生的感悟有了新的认知与体验，艺术创作与审美情趣也发生较大的转变，而晚年谪居惠州、儋州时，其作品风格更显空灵隽永、淡泊旷达。这些都说明，随着区域空间的移位，作家的创作思维也将会随之发生相应的变化，蕴含在其中的一个主要的原因，就是主客体的对应关系发生了变化，作为主体的作家及其创作实践，也将随着作为客体存在的对象世界而发生相应的变化。这种现象在文学史上几乎是一个较为普遍存在的创作现象，值得深入地探讨和研究。

在现代文学史上，创造社成员文学创作及其发展历程，亦与区域空间移位有着较密切的关系。创造社成员大都在辛亥革命之后赴日本留学，正值“富国强兵”思潮风靡一时，他们开始大多是抱着学习“实学”之心来日本留学的，但在日本学习、生活之后，却纷纷转向文学领域并进行文学创作，且一改中国传统文学含蓄内敛的审美准则，转而遵从“内心的要求”，不受拘束地表达自己的情感。

为何区域空间的移位，会带来作家创作思维的调整与激活呢？法国社会学家皮埃尔·布尔迪厄的“场域理论”，或许可以帮助我们从理论层面剖析其中的原因。布尔迪厄将“场域”定义为“在各种位置之间存在的客观关系的一个网络（network），或一个构型（configuration）”，指出：“在高度分化的社会里，社会世界是由具有相对自主性的社会小世界构成的，这些社会小世界就是具有自身逻辑和必然性的客观关系的空间”，[①]这些“社会小世界”即经济场域、政治场域、艺术场域等。诚然，由于不同的“自身逻辑和必然性”，每个场域具有相对独立性，但它们彼此之间仍相互联系。因此，“根据场域概念进行思考就是从关系的角度进行思考”[②]。“场域理论”无疑有助于我们更全面、更科学地分析文学创作与区域空间的关联问题。文学场域作为一个独立的场域，特别是作为一个相对独立的精神场域，有其自身的逻辑和规则，但也仍不可避免地会受到其他场域的影响制约。区域空间的移位，更是将这种影响进行了一定程度的放大与强化。因为新的区域空间，往往具有特定的精神内涵和人文风情，文学场域为了适应这一全新的局面，自然会对自身作出调整与改变，而这也正是作家创作思维调整的原因与动力。

郭沫若在《生命底文学》一文中的阐述，也能够给我们带来启示。“生命与文学不是判然两物。生命是文学底本质。文学是生命底反映。离开生命，没有文学。”“Energy 底发散便是创造，便是广义的文学。宇宙全体只是一部伟大的诗篇。未完成的、常在创造的、伟大的诗篇。Energy 底发散在物如声、光、电热，在人如感情、冲动、思想、意识。感情、冲动、思想、意识底纯真的表现便是狭义的生命底文学。”[③] 在生命的历程中，难免有遭遇空间场域的移位、置换，这一变化将会带来新的认识、新的体验、新的感悟，也就是所谓的“Energy 底发散”，而这正是文学的一种“创造”，是对作家创作思维的一种激活。因此，区域空间移位所带来的新鲜感，是对生命潜能的激活，也是对作家创作思维的调整和激活。

从创作实践维度来说，区域空间的移位，将会给作家的创作带来新的认识和体验，其鲜明对比与巨大落差会使人产生新的感悟，从而激活创作思维与自身主体性，酝酿出新的文学创作实践，不断地创作新的文学作品。

① ［法］皮埃尔·布尔迪厄、［美］华康德：《实践与反思——反思社会学导引》，李猛、李康译，中央编译出版社 1998 年版，第 134 页。

② 同上书，第 132 页。

③ 郭沫若：《生命底文学》，《时事新报·学灯》1920 年 2 月 23 日。

我们不妨以创造社为例。正如陶晶孙在回忆创造社时所说的那样，留学日本“使得产生这一批文学同人，不可怀疑的是他们的日本留学和日本文学界的影响”①。创造社成员赴日留学攻读的大多是医科、经济科、兵科、地质科等“实学”，但在日本留学过程中，他们却决定放弃科学救国的初衷，转而选择文学之路。这一转变与日本当时的社会文化背景有密切关系。据郭沫若回忆说：“日本人教外国语，无论是英语、德语，都喜欢用文学作品来做读本。因此，在高等学校的期间，便不期而然地与欧美文学发生了关系……（它们）在我的文学基底上种下了根。”② 在日本大正时期“文化主义”思潮的感召下，创造社成员对文学产生了浓厚的兴趣与向往之情，并形成了“改造中国文学界旧状况”的热切愿望，于是“本着我们内心的要求，从事于文艺的活动”③。

20世纪初，“明治维新”之后快速发展的日本，与“戊戌维新”失败后继续积贫积弱的中国，在经济、政治等各方面都存在较大的差距，这是不争的事实。于是，包括大多数创造社成员在内的志士仁人，怀揣“富国强兵”的美好愿望，从中国奔赴日本留学。在日本这一陌生的异域空间里，他们震惊地发现中国与日本之间的差距已然如此悬殊，强烈地认识到祖国的贫穷与落后，也深切感受到作为“弱国子民”刻骨铭心的屈辱与痛楚。郁达夫曾痛心疾首地表示：“只在小安逸里醉生梦死，小圈子里争权夺利的黄帝之子孙，若要教他领悟一下国家的观念，最好是叫他到中国领土以外的无论那一国去住上两三年”，“是在日本，我开始明白我们中国在世界竞争场里所处的地位”④。

如果说现代性是迈入现代化进程的一种必然结果，那么，对于中国的现代性来说，王一川曾指出：“中国现代性具有后发型、裂变中定位衰败中转型的特点，这些特点决定了中国现代性不只是植根在自身内部的‘怨恨’之上，很大程度上与西方原生型现代性的强力辐射密切相关……因此中国的现代性精神要从怨恨和创伤记忆的惊羡中去把握。”⑤ 创造社

① 陶晶孙：《创造三年》，《陶晶孙选集》，人民文学出版社1995年版，第256页。

② 郭沫若：《学生时代》，人民文学出版社1979年版，第12页。

③ 郭沫若：《编辑余谈》，《创造》季刊第1卷第2期，1922年8月25日。

④ 郁达夫：《雪夜——自传之一章》，《郁达夫文集》第4卷，花城出版社1982年版，第93页。

⑤ 王一川：《中国现代性体验的发生》，北京师范大学出版社2003年版，第46页。

成员的心路历程，恰如其分地诠释了这种复杂的情感。对于日本日新月异的现代化成果，他们自然是充满惊羡的。然而，日本对中国的掠夺侵略，以及他们留日期间所遭受的侮辱与歧视，无疑让他们对现代文明心生一种失望与怨恨之情。这也在一定程度激活了他们的主体意识与创作思维。郭沫若《行路难》的主人公“爱牟”在受到日本房东侮辱时，悲愤地控诉道：“啊，这就是遣唐使西渡我国时的旧津，不知那时候的日本使者和入唐的留学生，在我们中国曾经有没有受到像我们现在所受的虐待……我想那时的日本留学生总断不会像我们现在一样连一椽蔽风雨的地方都找不到罢？我住在这儿随时有几个刑事候伺……啊，你忘恩负义的日本人。”这一痛彻心扉的控诉，使国人强烈的爱国心与民族自尊心得以激发，并促使中国现代文学民族国家意识、反抗意识的觉醒。

二　区域空间移位与文学场域的建构

在布尔迪厄的“场域理论”中，“惯习”是与“场域”紧密关联的一个概念。“惯习”“由‘积淀’于个人身体内的一系列历史的关系所构成，其形式是知觉、评判和行动的各种身心图式”，“惯习就是一种社会化了的主观性”①。“场域形塑着惯习，惯习成了某个场域固有的必然属性体现在身体上的产物。”② 区域空间的移位，带来文学创作场域的变化，同时也导致原先场域中的“惯习”，即老经验，似乎已无用武之地。因此，在强烈的对比中，如何建构新的文学场域，如何重新形塑新的“惯习”，从而获得一种创作的新质，将成为区域空间移位后由文学思维的变化和调整而形成文学创作大爆发的一个重要诱因。

（一）新的认识思维的开拓

在新的区域空间，只有积极开拓新思维，才能建构新的文学场域。以创造社成员郭沫若在历史剧方面的新思维为例，他提出“借古人的骸骨来另行吹嘘些生命进去”，“对于古人的心理是想力求正当的解释”。所谓的“正当”，就是通过主观臆测与大胆想象，把古人的心理按照自己的想

① ［法］皮埃尔·布尔迪厄、［美］华康德：《实践与反思——反思社会学导引》，李猛、李康译，中央编译出版社 1998 年版，第 17 页。

② 同上书，第 172—173 页。

法进行诠释，从而能够借助古人的形象表达自己的激情与思想。他“吹嘘”进入古人骸骨中的“生命”，其实是其自身的主观意志与思想观念，只是借由古人之口进行表达与展示，并最终达到古人躯壳与自己灵魂的一致。郭沫若处理历史与现实关系的这个新思维，显然带有浪漫主义的意味，并在剧作《卓文君》与《王昭君》中得到实际体现。《卓文君》提倡“在家不必从父”，借卓文君之口，指斥封建礼教的虚伪与腐朽，并骄傲地宣布自己的权利和尊严，“你要叫我死，但你没有这种权利！从前你生我的是一块肉，但这也不是你生的，只是造化的一次儿戏罢了！我如今是新生了，不怕你就咒我死，但我要朝生的路上走去”；《王昭君》提倡“出嫁不必从夫”，王昭君怒斥汉元帝：“你深居高拱的人，你为满足你的淫欲，你可以强索天下的良家女子来恣你的淫欲，你为保全你的宗室，你可以逼迫天下的良家子弟去填豺狼的欲壑”，她宁愿远嫁荒凉艰苦的塞外，也不愿屈从于汉元帝的淫威。

此外，创造社作家笔下的“弱国子民”在日本的痛苦生活，不仅与“五四”时期主张的反封建、追求个性解放的时代主题相关，更将他们所遭受的歧视与痛楚置于民族压迫的国际背景中予以观照，从而表达对帝国主义列强的强烈控诉，使文学的表现领域得到扩大。事实上，正是由于创造社成员的创作移位至日本后，在新的区域空间经历了全新而痛楚的异域体验，激活了他们的艺术感受力与创造力，从而积极开拓出新的认识思维，为丰富新文学的创作，以及新文学场域的建构，做出了重要贡献。

（二）主观性创作形态的建构

在异质的空间和场域中，作家的创作可以获得对主体潜能以及创作思维的激活，从而形成一种带有主观性的创作形态。

关于创造社的创作风格，钱理群曾作出评判：“如果说文学研究会较多受欧洲和俄国现实主义文学思潮的熏陶，那么创造社则主要倾向于浪漫主义文学思潮与欧洲启蒙主义，同时也受有‘新浪漫主义’文学思潮的影响。”[①] 在日本留学期间，创造社成员一面遭受来自异族的歧视与侮辱，一面怀揣对祖国的担忧与希冀，这就使他们的感觉更为敏锐、情感更为丰富，从而容易倾向于注重自我情绪、推崇主观情感的浪漫主义文学。创造

① 钱理群、温儒敏、吴福辉：《中国现代文学三十年（修订本）》，北京大学出版社1998年版，第17页。

社的浪漫主义创作风格，正是在异质空间场域所形成的一种主观性的创作形态，且受日本浪漫主义影响颇深。厨川白村在《苦闷的象征》中所提出的“文艺是苦闷的象征”的观点，被创造社成员广泛认同，从而使苦闷、感伤成为创造社成员抒发感情的主要倾向。如郁达夫所说的那样：“我的这抒情时代，是在那荒淫惨酷、军阀专权的岛国里过的，眼看到故国的沉沦，身受到异乡的屈辱，与夫所感到遗憾所思，所经所历的一切，概括起来没有一点不是失望，没有一处不是多余，同初丧了夫主的少女一般，毫无气力，毫无勇毅，哀哀切切，悲鸣出来的……所以写《沉沦》的时候，在感情上是一点儿也没有勉强的影子映着的；我只觉得不得不写，又觉得只能照那么地写，什么技巧不技巧，词句不词句，都一概不管，正如人感到了痛苦的时候，不得不叫一声一样，又那能顾得这叫出来的一声，是低音还是高音？或者和那些在旁吹打着的乐器之音和洽不和洽呢？”[①] 20 世纪初的中国，在经济、政治、生活等各方面都与日本存在悬殊差距，日本对中国的歧视是不加掩饰的，创造社成员留日期间的压抑与煎熬可想而知，祖国的贫穷落后以及民族前途的莫测不明，更让他们在焦虑忧患之余，加剧了感伤的情调。

早期创造社把情绪的率真表现与自然流露视做艺术的最高境界，这一时期的创造社成员大多不同程度地主张内心情感之于文学的重要性。郭沫若认为，“真正的艺术当然是由于纯粹充实了的主观产出”[②]；成仿吾表示，“文学既是我们的内心的活动之一种，所以我们最好是把内心的自然的要求作它的原动力”[③]；郁达夫则在《创造日宣言》中声称：“我们想以纯粹的学理和严正的言论来批评文艺政治经济，我们更想以唯真唯美的精神来创造文学和介绍文学”[④]。在郁达夫的小说《沉沦》凭借浓重的抒情气息与大胆的自我暴露，引起人们广泛关注后，郭沫若的《漂流三部曲》、郑伯奇的《最初之课》等一系列小说，也选择最能“表白内心忧伤和痛苦”的浪漫主义进行创作，从而使中国现代文学史上的“自我抒情小说”样式得以成型，丰富了中国现代小说的创作形态和文体形态。

---

① 郁达夫：《忏余独白·忏余集（代序）》，上海天马书店 1933 年版，第 217 页。

② 郭沫若：《文学革命之回顾》，《沫若文集》第 10 卷，人民文学出版社 1959 年版，第 106 页。

③ 成仿吾：《新文学之使命》，《创造周报》第 2 号，1923 年 5 月 20 日。

④ 郁达夫：《创造日宣言》，《创造日》（《中华新报》副刊）创刊号，1923 年 7 月 21 日。

（三）现代意识的确立与宣扬

区域空间的移位，使新的文学场域在构建过程中，对作家的创作确立现代意识，做到用现代意识、现代观念来认识和审视创作对象，作出了更进一步的厘定和规约。

李扬指出："在国内，由于置身在自身文化中，他往往感受不到主体与客体的分离，他是在家的，没有异质的，因此可以很容易把西方看成一种楷模，只有在西方才会产生一种认同危机，他发现自己变成了个体，变成了一种人，这种孤独感会迫使他寻找集体，为自己找到一种共同本质，于是，他回到中国，去创造这种本质，也就是创造一个国家。"① 对创造社成员而言，空间的移位，使他们在不同的空间对比中，能够更加清晰地看到各自的差异，发现其中的症结，他们注重以强烈的情感冲击、渲染的方式，引起国人对建立新的民族国家与新的个人主体的高度重视，体现与现代文明发展相一致的创作意识，也即现代意识、现代观念的确立。如郁达夫在《沉沦》的结尾，向祖国发出了振聋发聩的呐喊，"祖国呀祖国！我的死是你害我的！你快富起来吧！强起来吧！你还有许多儿女在那里受苦呢！"这一含泪泣血的呐喊，令所有华夏儿女为之震惊。

在传统伦理中，"性"向来是一个人们羞于提及的话题，甚至被视为洪水猛兽。而以郁达夫为代表的创造社成员，却在一些作品中，从"性"的角度去挖掘"弱国子民"的心理状态、生活情况，这在"五四"时期无疑是具有开创意义的。郁达夫的《沉沦》描写主人公手淫、窥浴、偷听做爱、逛妓院等行为，由于青春期的性欲得不到满足，主人公在性苦闷之余，极度敏感地将性歧视与民族、国家联系起来，认为少女的秋波单送给日本人，"已经知道我是支那人了，否则她们何以不来看我一眼呢"，从而呼吁富强的全新民族国家的建立。对此，郭沫若曾作出评价，认为郁达夫以"他那大胆的自我暴露，对于深藏在千年万年的背甲里面的士大夫的虚伪，完全是一种暴风雨式的闪击，把一些假道学假才子们震惊得至于狂怒了"②。无可置疑，对"性"的书写，是对中国数千年来封建纲常和虚伪道德的反叛和挑战，从某种角度而言，也是一种对追求人性自由的

① 李扬、白培德：《文化与文学》，国际文化出版公司 1993 年版，第 198—199 页。

② 郭沫若：《论郁达夫》，王自立、陈子善编：《郁达夫研究资料》上册，天津人民出版社 1982 年版，第 93 页。

现代意识的宣扬。

三　区域空间聚焦与艺术革新的意识

区域空间的移位，在促使作家创作思维作出调整，推动文学场域获得新的建构的同时，也使作家创作的艺术聚焦有了多维视角，从而不断地激发作家的艺术革新意识的产生。

（一）生成新的艺术形态

不同空间的移位，导致不同空间的置换，这将使创作主体在获得新的认识和体悟的同时，也将获得新的艺术感受，生成新的艺术形态。

创造社成员留日期间，接受了日本文化和文学的影响，在创作中，对如何生成新的艺术形态，具有更多的共识。例如，在日本“私小说”的影响下，他们创作出一系列带有“自叙传”色彩的小说。“私小说”是日本自然主义文学思潮勃兴后的产物，是当时日本一种独特的文学形式，其常以作家身边琐事或人生历程为素材。在创造社成员中，受“私小说”影响最大的当属郁达夫，他曾直言：“至于我的对于创作的态度，说出来，或者人家要笑我，我觉得‘文学作品，都是作家的自叙传’。”[①] 郁达夫非常欣赏日本“私小说”代表作家佐藤春夫的创作风格，佐藤春夫的作品《田园的忧郁》以身边琐事为题材的方法，对郁达夫早期代表作《沉沦》的创作，具有举足轻重的影响。在郁达夫的小说中，《沉沦》中的“他”、《南迁》中的“伊人”、《还乡病者》中的“质夫”等，事实上都是作者自身的写照。这些主人公漂泊异邦的屈辱、作为“弱国子民”的苦闷和感伤，大多都以郁达夫自己的人生经历为原型，带有强烈的“自叙性”色彩，这使得小说的艺术叙事也带有强烈的主观抒情色彩，使原本偏重于写实、再现和反映为主导的小说，呈现出以鲜明的主观抒情、写意和表现为主导的艺术形态，对于现代小说的发展来说，这不仅是一种新的文体的诞生，也是一种新的小说艺术形式的诞生，为丰富中国现代小说的艺术形态作出了重要的贡献。

郭沫若在日本留学期间以及归国初期的小说创作，也体现出鲜明的

---

① 郁达夫：《回顾我的五六年的创作生活》，《郁达夫小说集》，浙江文艺出版社1985年版，第827—828页。

“自叙传”色彩。郭沫若的《漂流三部曲》和《行路难》都以“爱牟”为主人公，而“爱牟”正是英文“I am”的谐音，这本身就是作者的一种暗示。在小说的内容方面，我们也可以发现，“爱牟”的人生经历与内心表露，与作者郭沫若本人有诸多相似之处。“爱牟”是从日本学医归国的青年人，但爱好文学的他却违背妻子的意愿，弃医从文；1923—1924年这段时期，经过无数次内心博弈，郭沫若最终违背妻子安娜期待他从医的愿望，毅然走上文学之路。从某种意义上来说，“爱牟”简直就是郭沫若自身的投影，他借“爱牟”之口，袒露了自己放弃医学的主要原因：“医学有什么！我把有钱人医好了，只使他们更多榨取几天贫民。我把贫民的医好了，只使他们要多受几天富儿们的榨取。医学有什么！有什么！叫我这样欺天灭理地弄钱，我宁肯饿死！”可以说，创造社成员所创作的一系列“自叙传”小说，虽然主张自我情感的表达，但绝非宣扬极端的个人主义，而是将作者自身与小说主人公融为一体，以个人主体对应民族国家主体，实现“小我”与“大我”的统一。他们所塑造的深受多重压迫的“弱者”个体，体现的正是整个民族国家在现代化历史前进过程中所遭遇的种种艰难性与曲折性特点，从而传达出建构新文学场域与新民族国家主体的强烈诉求。

（二）创造新的艺术生命

空间的移位与置换，使作家的艺术的聚焦有了多维的视角，让他们不再在单一的区域空间与艺术氛围中按部就班地传承、延续，而是开始着眼于打破区域空间的限制，创造出新的艺术生命。

创造社成员大多是以留学生的身份从中国的区域空间移位至日本的区域空间的，他们多对“留学生”群体在这两个区域空间移位过程中的境遇与心态，有着切身的体会与感悟，因而在创作中多是塑造“留学生”眼中的两个区域空间的形象。如果说“留学生”出国前大多怀着“富国强兵”的雄心壮志，踏上留日之途，以期在异域的现代文明中寻求救国良方，然而，在现实中则是事与愿违。当他们真正走出国门后，才赫然发现携带鲜明的“弱国子民”印记的自己，处处受到外国人的压迫与歧视。由于中国的贫穷落后，他们昔日在国内引以为豪的知识分子身份在这异域空间无足轻重，取而代之的是“支那人”身份的屈辱，这无疑令他们备感彷徨与愤懑。“支那人”是日本对中国的侮辱性称呼，意味着亡国奴、劣等人等耻辱的标签，在创造社成员的许多小说中都有所提及。郁达夫在

《沉沦》中写道："原来日本人轻视中国人，同我们轻视猪狗一样。日本人都叫中国人为'支那人'，这'支那人'三字，在日本，比我们骂人的'猪狗'还难听。"郑伯奇在《最初之课》中也有相关描述，当日本教师知道主人公屏周是中国人后，"投了一瞥轻蔑的目光"，说"你们看支那人！（目视屏周，复转向对面天花板角）他们走到那里，人家讨厌他们，叫他们做猪，他们却只是去，泰然地去。世界上最多而处处都有的只有老鼠同支那人"。

郭沫若曾愤慨地表示："我们在日本留学，读的是西洋书，受的是东洋气。"① 这些"留学生"在日本这一异域空间所经历的，不仅是来自物质方面的艰辛与困窘，更有来自精神方面的欺凌与侮蔑。于是，他们逐渐对这种异域空间感到失望，加之与生俱来的爱国情怀，使他们急于回到祖国的怀抱。可是，当他们在回到民生凋敝的中国之后，却又报国无门，再次遭遇了怀才不遇的打击，他们的"留学生"身份非但未使他们得到应有的尊重，反而沦为了处境尴尬的"零余者"。事实上，这些"留学生"群体的文化心理本身就多元而复杂。在"五四"新文化的感召下，以及在异域空间亲历了现代文明后，他们对异质文化产生了不同程度的认同，并在思想观念上获得了现代觉悟。从某种角度而言，在"新""旧"转换时期，在中西文明碰撞之际，他们的思想观念本身就带有一定的矛盾性，他们是焦灼而困惑的。由于国家的贫穷羸弱和自身社会地位的低下，他们无法真正实现自身价值，正如郭沫若当时所描述的，"我们内部的要求与外部的条件不能一致，我们失却了路标，我们陷于无为"②。这种随着区域空间移位而产生的尴尬心理，投射在创作实践中，就使得他们的创作多青睐那些重自我、重主观、重抒情一类的艺术形式，使得日记体、书信体、通讯体一类的小说、散文创作比较发达。如郁达夫就认为，日记文学是"文学的重要分支"，也是"文学里的一个核心，是正统文学以外的一个宝藏"。他在文中大力提倡用第一人称写的日记体、书简体文章，并指出，如果用第三人称来写，很容易使读者感到幻灭，假如要对第三人称的主人公心理进行描写，读者就会怀疑作者何以知道得如此精细，这样就会

---

① 郭沫若：《三叶集·郭沫若致宗白华》，《郭沫若全集》第15卷，人民文学出版社1990年版，第140页。

② 郭沫若：《孤鸿——致成仿吾的一封信》，《创造月刊》第1卷第2期，1926年4月16日。

使文学的真实性消失。他坚持认为，日记体文学是“最便当的一种体裁”，最易抒发主人公的内心情感，传达主人公的心灵意识，解剖自己，展示自己，从而也能够自如地“批评文化”，“穷究哲理”，因而也就“比第一人称的小说在真实性的确立上更有凭借，更有把握”，也更有艺术感染力，艺术的“兴味更觉浓厚”。他强调指出：“以日记体写下来的文章，除有始有终的记事文之外，更可以作小品文，感想文，批评文之类，它的范围很广很自由的。”① 在创造社的大力倡导和实践中，一种洋溢着强劲的主体生命力的艺术形式获得了诞生，成为中国现代文学的一种重要的艺术创作范型。

（三）传播新的艺术思潮

区域空间的移位，带来新的艺术体验，也大力推动了新的艺术思潮的传播。在不同的区域空间，由于能够获得不同的艺术体验，容易冲破那些传统艺术创作条条框框的束缚，使艺术获得更广阔的生长空间。

创造社成员赴日留学之际，正值日本繁荣、开放的大正年间，在欧风美雨的侵袭下，各种欧洲文艺思想大量涌入并与日本文化相融合。移位至日本这一区域空间的创造社成员，置身于日本文化场域中，以日本为“桥梁”，对西方艺术思潮进行大胆接受，广泛汲取并积极传播世界文学潮流的精华。创造社主要成员之一的郑伯奇曾指出：“创造社的浪漫主义从开始就接触到世纪末的种种流派。”② 这表明，创造社成员所吸收的外来文化渊源复杂，表现派、象征派、未来派等世纪末的各种现代艺术思潮，也在日本文化场域这一开放的异域空间，获得了自由发展。

当时日本的科学及社会学方面的教科书大多译自德国文本，因而创造社成员在留日期间最早接触的是德国文学思潮。德国浪漫主义潮流中的“狂飙意识”，对创造社成员产生了重要影响，激发了他们强烈的叛逆精神。法国启蒙主义思想家卢梭的“自我崇拜”观念，也深受创造社成员推崇，并将其运用到文学创作中。郭沫若在诗歌《天狗》中激情四射地咆哮：“我是一条天狗呀！我把月来吞了，我把日来吞了，我把一切的星球来吞了，我把全宇宙来吞了，我便是我了……”全诗一共出现 39 个

---

① 郁达夫：《日记文学》，《洪水》第 3 号第 32 期，1927 年 5 月 1 日。

② 郑伯奇编：《中国新文学大系·小说三集》，上海良友图书印刷公司 1935 年版，第 13 页。

“我”字，“日”“月”“星球”“全宇宙”等原本代表权威的事物，纷纷臣服于“我”，表明个人主体从权威的控制中获得解放。

法国浪漫主义诗人戈蒂耶“为艺术而艺术”的理论，由英国作家王尔德实践并发展为唯美主义思潮。早期的创造社成员，无论在文学观还是实际创作中，都表现出明显的唯美主义倾向。1921 年，穆木天翻译的《王尔德童话集》以创造社丛书的形式出版，郁达夫翻译的王尔德所著《杜莲格来序文》也在《创造》季刊的创刊号上登载，并在其中宣称艺术家“是美的事物的创造者”。郭沫若认为，“生命的文学是必真、必善、必美的文学”，“就创作方面主张时，当持唯美主义”①。郁达夫也在《艺术与国家》一文中指出：“艺术所追求的是形式和精神上的美。我虽然不同唯美主义者那么持论的偏激，但我却承认美的追求是艺术的核心。”早期的创造社作家之所以倾向于唯美主义，很大程度上也是由于这一文艺思潮所体现的个性主义与自我解放思想。

由于日本文化界积极引进西方文艺思想，日本文坛掀起阵阵热潮，这在一定程度上导致创造社成员在接受西方艺术思潮时，具有随意性和短期性的特点。以郭沫若为例，在 1913 年泰戈尔获得诺贝尔奖后，日本引进了许多泰戈尔的诗作，郭沫若得以接触到泰戈尔的作品，并对其清新自然的风格喜爱有加，“从此泰戈尔的名字便深深印在我的脑里”②。1919 年，为纪念美国诗人惠特曼诞辰一百周年，日本文化界掀起了“惠特曼热”，郭沫若又迅速为惠特曼雄浑豪放的诗风所倾倒，转而成为惠特曼的崇拜者。正是得益于日本这一开放的异域空间，各种艺术思潮的传播或不再受中国传统思想的制约与阻挠，创造社成员得以对艺术进行多维聚焦并积极革新。

四 结语

从创造社成员的文学创作历程中，我们可以发现，正是他们从中国到日本这一区域空间的移位，使他们的创作思维得以强有力地激活，创作的

① 郭沫若：《文艺论集》，上海光华书局 1925 年版，第 240 页。

② 郭沫若：《泰戈尔来华之我见》，《沫若文集》第 10 卷，人民文学出版社 1958 年版，第 142 页。

主体意识开始自觉。在鲜明对比与巨大落差下，他们积极调整文学思维、建构新的文学场域、激发艺术革新意识，从而不断地激活创作主体在思想、艺术上的创新意识，获得不断创造的艺术活力，从而使他们的文学创作得到革命性的变化，推动了中国文学的现代转型。在古今中外的文学发展史上，许多文学创作的进步与革新，文学流派的形成，都往往得益于区域空间移位后对文学思维的激活和调整。这或许也就是区域文化与文学创作之间有着密不可分的关系的个中缘由，值得更进一步地深入探讨和研究。

作者单位：浙江大学中文系

区域文化与古代文学研究

主持人：范松义

主持人语：

本栏目发表的这组文章，分别从不同的角度切入，对古代文学与区域文化的联系进行了探索。杨宗红教授的文章从作者、接受者、文本三个方面，对中国古代小说的地域特征进行了宏观考察。黄健教授重点以江南区域文化的历史变迁为审视的聚焦点，探讨古代作家的创作与区域文化的关系，以及文学是如何通过对区域文化的接受和影响，从而形成一种极具美学意味的艺术范型。何亮副教授的文章则从微观角度，对齐地文化与《列仙传》之间的关系进行了个案研究。左福生的文章针对宋代大量编撰地域性诗文集这一文学现象，对其编者、体例、价值等加以整体观照。张莹的文章从北平图书馆这一特定对象入手，透视了孙楷第的古代文学研究。以上文章涉及古代文学文体、文学总集、学术史以及特定区域文化的发展演变，进一步丰富了区域文化与文学的研究。

中国古代小说[①]地域特征之显性表现

杨宗红

“地域”即“地”之“域”，指地区空间。地域特征是指该地区空间内自然要素与人文要素具有明显的相似性，并以此区别于其他地域空间。小说与地域的关系非常密切，从《山海经》到《海内十洲记》，再到魏晋南北朝的地理博物志，山川景观风物及其中的奇闻异事都成为小说地理书写的重要内容。除自然风物之外，各地的节日民俗、人文建筑景观及日常生活，都赋予小说地域性特征。①

一　作者的地域性

小说的作者有两种，一是独立创作的小说的作者，小说中的故事完全出自作者的创造；二是小说的讲述人，小说家只是将讲述人讲述的故事（也包括对历史题材、前人小说中获取的材料）加以整理或加工。二者的身份有差别，但不能截然分开。就第一种情况讲，作者的地域身份及其行迹直接影响到小说地域性的表现，作者足迹所经历的地方的风土人情都可以真切地在小说中得到体现。如《夷坚志》的记事范围，包括故乡鄱阳，闽、浙、赣诸地，主要是洪迈仕宦之地。第二种情况相对复杂一些，在这里，讲述人的地理身份及地域流动导致小说所反映的生活，是讲述人所熟悉的，小说反映的地域风貌主要受讲述人地理身份的影响。然而，有些作者在整理或改编他人讲述的故事时，在保持原故事情节大致不变的情况

① 古代的小说观是比较驳杂的，班固《汉书·艺文志》认为小说出自稗官，属于丛残小语。唐代刘知几的《史通·杂述》把小说分偏纪、小录、逸事、琐言、郡书、家史、别传、杂记、地理书、都邑簿十类，地理类仍为古代小说的一个重要门类。胡应麟《少室山房笔丛·九流绪论下》把小说分为志怪、传奇、杂录、丛谈、辨订、箴规。此处所说的小说，是中国古代的小说观念中的小说。

下，对小说主人公的籍贯或故事发生的场地进行改编，使之成为自己所在地域的故事，这种情况下小说的地域性就不再单一了。还有一种情况，小说中的主人公与次要人物都有可能成为故事的讲述者。小说人物的性格、言行固然有作者“代言”的成分，但其生活原型的地域身份可以影响到小说人物的性格及行为习惯。从故事的讲述者分析小说的地域性应关注创作者地域身份、讲述人地域身份、小说人物地域性。通常情况下，世人对小说作者的判定，是根据小说作者的署名，因此，判定小说家的地域分布，也主要是依据这一情况。

曾大兴教授通过梳理中国古代文学家的地理分布后指出：“文学重心的分布大体呈现为四大‘节点’，即京畿之地、富庶之区、文明之邦与开放之邦。”[①] 古代小说家的地理分布也是符合这种情况的。

班固《汉书·艺文志》中所载小说家，几乎都是北方人，其中，河南人最多。东晋及南朝小说家 39 人中，江苏籍的 12 人，浙江籍 6 人，江西籍 2 人，河南籍 4 人，山西籍 6 人。江苏、浙江、江西三地共 20 人，占总数一半还多。有些人籍贯不在南方，但却在南方长大，如干宝。[②] 有些虽是北方人，却在南朝为官，如刘之遴、江淹、任昉。

隋唐时期，由于政治经济及文化中心都在长安，小说家以北方为多。据《全唐五代小说》，陇右小说家就有李朝威、李公佐、李舟、牛僧孺、李复言、王裕仁、李琪、皇甫枚。鲁迅《唐宋传奇集》与汪辟疆的《唐人小说》中“陇籍作家作品占有的比重更为突出。前书共录唐人传奇三十二篇，其中陇籍作家作品六篇，约占全部的五分之一；后书共录作品六十八篇，其中陇籍作家作品二十三篇，占全部的三分之一”[③]。即便籍贯是南方，也曾有过到长安的经历。据统计，唐代小说家“家在长安”（一生主要或重要时间在长安度过）者 27 人。[④]

宋代小说中心发生转移。宋初，由于晚唐五代战乱的原因，文人大量

① 曾大兴：《中国历代文学家之地理分布》，商务印书馆 2013 年版，第 556 页。

② 据载，干宝虽籍贯河南，但是祖父干统三国时为东吴奋武将军、都亭（今湖北恩施）侯；父干莹，曾仕吴，任立节都尉，迁居海盐。晋元帝时召为佐著作郎，“以家贫，求补山阴令，迁始安太守”（《晋书》卷八十二，中华书局 1974 年版，第 2150 页）。

③ 邵宁宁、王晶波：《说苑奇葩：晋唐陇右小说》，甘肃教育出版社 1999 年版，第 5—6 页。

④ 张同利：《长安与唐小说》，博士学位论文，南开大学，2009 年。

南迁至蜀或江南等地，小说创作基本上形成了一个“南方作家群体”，王仁裕、杜光庭、孙光宪、王定保、刘崇远、沈汾、皮光业等都是由北入南的小说家。[①] 宋代文言小说家的分布最多的地区是江西（18 人）、浙江（15 人）、四川（14 人）、河南（14 人）、江苏（8 人）、安徽、山东和福建分别为 7 人。[②] 原因在于北宋都城在汴京，是培养人才的地方；而江南一带与四川小说家的繁盛，乃是文人南移及小说继承的结果，其中，江西、四川因异军突起而引人注目。

明清，江南经济的高度发展，小说的中心继续保持在长江中下游地区。据统计，明清小说家可知作者姓名者，白话小说家 249 人，其中江苏 78 人，浙江 68 人，福建、上海、江西、安徽共 43 人，广东 18 人，湖南、湖北、四川 9 人，黄河流域的山东、山西、河南、陕西、甘肃、内蒙古 17 人，海河流域的河北、北京、天津共 8 人。文言小说家 828 人，其中，江苏 187 人，浙江 179 人，上海、安徽、江西共 97 人，四川、湖南、湖北共 29 人，黄河流域的甘肃、陕西、山西、河南、山东共 41 人，海河流域的北京、天津、河北共 21 人，广东 11 人。[③] 可见整个长江流域是小说最发达的地区，下游的江苏、浙江两省小说数量最多，且远超于其他省市。中原地区小说数量也开始增多，广东省小说家数量一共达到 29 人，与以前相比，简直就是飞跃。小说家地域分布的变化，与明清时期各地的政治经济、文化教育关系非常密切。

很多小说家的籍贯或家乡意识很强。如《型世言》，署为“钱塘陆人龙君翼甫演”，或“钱塘君翼陆人龙辑”“钱塘陆君翼编”，《续编三国志后传》署名为“西蜀酉阳野史编次”，《后七国演义》署名为“古吴烟水散人演辑”，《欢喜冤家》署名为“西湖渔隐主人编”，《西湖佳话》署名为“古吴墨浪子搜辑”，《今古奇观》署名为“姑苏抱瓮老人辑”等。虽然很多作者都以笔名或化名形式出现，但前面刻意强调的地名，却也说明了作者的地域身份。小说家的地域身份影响小说的地理表达，如周清原因为杭州人的身份，特别关注在西湖边上发生的故事，《西湖二集》所有故

① 赵维国：《论宋初小说创作的地域特征及题材选择》，《上海师范大学学报》2011 年第 4 期。

② 赵章超：《宋代文言小说研究》，博士学位论文，四川大学，2003 年。

③ 王玉超、刘明坤：《明清小说作者的地域差异与科举及小说创作的关系》，《兰州学刊》2011 年第 12 期。

事围绕西湖而展开。《西湖佳话》也是如此。“西湖小说”中的西湖情结，只有那种身为杭州人或对杭州充满感情的人才有。

二　小说接受者的地域性

小说接受者的地域性包括评点者的地域性，小说改编及选编、刊刻的地域性。

小说出版后，往往有读者对其进行评点。评点有几种情况：一是小说家为了小说的畅销而有意冒名或请人评点，二是作者的朋友以评点为小说捧场，三是作为小说文本的知音人，心有所想而评点。为了商业目的而请人评点小说（有些是假托他人或化名而实为自评），则所请者应为作者熟人。至于新书刊出，亲朋故旧或其他喜爱之人为之作序或评点者不在少数。从清代通俗小说他序、他跋看，“明确朋友关系的只有二十四人次，注明存在宾主关系的有三个，同学、同乡关系的有七人次”[①]。清代文人小说的序跋者，除了作者自己，就是他的亲朋故旧。[②] 这种情况下，作者的籍贯及行迹是考察评点者地域分布的重要因素。第三种情况相对复杂一点，评点者只是单纯的读者，他们不一定认识作者（如写《品花宝鉴序》的幻中了幻居士[③]）。也不一定是作者所在地的人，其评点者根据小说不同传播范围而定。不过，能对小说加以评点，绝对是具有一定文化修养之人。换言之，小说评点家的分布与小说家的分布具有大致的一致性。如清代小说的序跋撰写者中“达人”56 人，除掉“自序”者，江苏籍、浙江籍的达到 28 人，占了总数的一半。[④]

书坊既是小说的刊刻地，也是小说的传播地。明清时期是小说评点的主要时期，这一时期的评点者对小说的评点较为广泛。以书坊主身份评点小说者，有杭州书坊主爽阁主人夏履先，翠娱阁主人陆云龙，苏州刻书家

---

① 王军明：《清代小说序跋研究》，博士学位论文，山东大学，2014 年。

② 同上。

③ 幻中了幻居士在《品花宝鉴序》中说道：“余从友人处多方借抄，其中错落，不一而足。正订未半，而借者踵至，虽欲卒读，几不可得。后闻外间已有刻传之举，又复各处探听，始知刻未数卷，主人他出，已将其板付之梓人。梓人知余处有抄本，是以商之于余，欲卒成之。……至于石函氏，与余未经谋面，是书竟赖余以传，事有因缘，殆可深信。”（陈森：《品花宝鉴》，上海古籍出版社 1994 年版，“序”第 3 页。）

④ 根据王军明《清代小说序跋研究》（博士学位论文，山东大学，2014 年）表三统计。

袁无涯，福建刻书家余象斗。“明代的小说评点在很大程度上控制于书坊主之手……书坊主参与小说评点最常规的方式乃是集合其周围的下层文人从事评点，并大多冒用名人姓氏加以刊刻。”①

从评点者的口吻中，可见评点者的地域。《古今小说》卷八《吴保安弃家赎友》对小说中结交朋友的议论，评者批道：“苏州人尤甚，可恨，可笑。”② 可见评者应对苏州人非常了解。《型世言》第十二回评者对小说中“那嫂子道：哥你去了叫咱独自的怎生过”这一情节，眉批批道：“忽作北音，入情入趣，看官勿得艸艸。”③ 评者“匡庐石隐”以“北音”二字称呼小说中人物口音，则其或生活在南方。再如《绿野仙踪》第四十七回“到只怕不是老人家意思”一句下夹批云：“看‘老人家’三字，是以尊长待郑三妇矣。其品卑污，更出苗秃之下，皆死后不可入祖茔之子孙也。余北方下流嫖客多有此称呼，未知南方亦有此说否。”第八十六回“只用大奶奶多破费几个钱”一句下夹批云：“北方瞽者动言某某八字内犯甚煞极凶，非破解不可。堂客无不深信。或欺瞒丈夫，罄家之所有酬劳。至于典当，犹其次也。未知南方亦有此恶俗否？可恨，可恨！”④“未知南方亦有此说否？”“未知南方亦有此恶俗否？”两句评点，说明评点者对南方不熟悉，当为北方人。

部分评点者署名也会体现出其地域特征。《鼓掌绝尘》的评点者颇多，具有明显地域特征的，就署名来看，有“赤城临海逸叟题”的《鼓掌绝尘叙》，署“临海逸叟醉笔”的“佳会绝句”。此外，还有“永兴清心居士校”“钱塘百拙生评”“钱塘椅椅主人阅”“钱塘伯益居士校”。可知，评点者有钱塘人，或“临海”而居者。《型世言》第四十回，评者有“盐官木强人”“海昌草莽臣”“三吴至性人”“燕市酒徒”“秦淮女中丈夫”“罗刹狂人”“盐官草莽臣”“鲁国奇男子”“武林解诗媪”“匡庐石隐”“颍水赤憨”“锦江浣花人”“闽海奇人”“君山老人”“江右明眼人”“濮阳仙吏”“吴淞仙吏”“五羊黄须儿”“海昌烟波叟”“吴兴逃名客”“八桂说鬼君”“江海迂儒”“毗陵逸老”“彭城髯奴”“吴淞浪迹

① 谭帆：《论中国古代小说评点之类型》，《文学遗产》1999 年第 4 期。

② （明）冯梦龙：《古今小说》，魏同贤校点，《冯梦龙全集》二，江苏古籍出版社 1993 年版，第 132 页。

③ （明）陆人龙：《型世言》，江苏古籍出版社 1993 年版，第 212、221 页。

④ （清）李百川：《绿野仙踪》（精校百回批注本），中华书局 2001 年版，第 523、977 页。

翁”“河西衣葛佣”“荆国研田农”等。评点者署名没有一个是真实的，但是署名者都将地名放在称号之前，强调自己的地域身份，且评点者来自各地，从燕市到海昌，从河西到闽海，东南西北无不具备，评点者虽然众多，但集中在江浙一带。也有人认为，这些署名的评点人，大部分都是陆云龙的化身，或者自己的号。[①] 古人十分重视自己的籍贯或郡望，虽然他可以化名多个人物，但都在前面冠上不同地名的情况实为少见，因此不能简单理解为这些人大部分是陆云龙的化身，因为他这么做，实在有些难以解释。笔者更愿意理解为陆云龙作为书坊主，书坊中有不少来自各地的下层文人，或者认识不少各地的下层文人。这些评点，是书坊主及评点者在共同利益追求下，合谋对书籍评点的结果。

小说选本的刊刻也是小说接受地域性的重要方面。江浙一带文化、经济发达，是小说的重要刊刻地，不少小说选本在此刊出。比如明代唐传奇的编刊“由苏州、上海向金陵、建阳、杭州、徽州等地延伸”，唐传奇“经苏州、金陵、杭州、建阳、徽州五大出版中心，迅速流布全国，广泛传播”[②]。在苏州，刊有《古今谈概》《情史》《艳异编》《续艳异编》《虞初志》等，金陵刊有唐氏世德堂《绣谷春容》、周对峰万卷楼《国色天香》，李澄源大盛堂刊《刻增补燕居笔记》、陆树声编《宫艳》、秦淮寓客编《绿窗女史》，建阳有余象斗双峰堂《万锦情林》、余泗泉萃庆堂刊《新刻增补燕居笔记》、余公仁《燕居笔记》，杭州有《虞初志》《艳异编》《剪灯丛话》等。

通俗小说的刊刻地域特点与文言小说的刊刻具有一致性。据《三言二拍传播研究》统计，三言二拍中，可知其刻印地点的有 14 种，其中刻印于苏州的共有 11 种，占总数的 79%。三言二拍的 14 种选本中，可知初刻本编印地点的有 7 种，其中，编印于苏州的 1 种，编印于福建、上海的各 2 种，编印于杭州、成都的各 1 种，总体而言，还是以江浙及周边地区为主。在改编者籍贯可考的 59 人中，江苏籍作家 26 人，占总数的 44%，浙江籍的作家 14 人，占总数的 23%，上海 4 人，安徽 4 人，江西 2 人，江浙沿海一带作家是改编的主流军。由此可见，三言二拍的传播主

① （明）陆人龙：《型世言》，江苏古籍出版社 1993 年版，导言第 27 页。

② 任明华：《论唐传奇在明代的文本传播》，《文艺理论研究》2010 年第 6 期。

要集中在江浙地区。[1] 整个古代小说选本的选拔者及出版地，也大致如此。据考察，明代唐传奇评点本的编者、评点者籍贯主要集中在江苏、安徽、浙江、江西等地，这些地方正好是刻书业发达的地方。

从古代小说中有关小说消费描写的情况看，小说的直接阅读主要有购买、转借与租赁三种。夏敬渠《夜梦感赋》曾道："《曝言》容易千金购，《史论》精专百日营。"[2] 逍遥子《后红楼梦·序》云："曹雪芹《红楼梦》一书，久已脍炙人口，每购抄本一部，须数十金。自铁岭高君梓成，一时风行，几于家置一编。"[3] 虽然小说并没有这么贵，但购买者应该具有一定的经济实力是毋庸置疑的；至于租赁现象，也多在出版业或人口集中之地。小说的间接消费，往往通过曲艺传播或者看戏，城市的勾栏瓦舍、酒楼茶馆之中就成为主要场所。[4] 因此，从文学消费的角度而言，小说对人口密集、经济发达的地域空间的消费者依赖尤为突出。换言之，地域空间的小说阅读者的数量、财力、文化程度、职业等，对小说创作影响不可忽视。

三　小说文本的地域性

考察小说的地域性，小说文本是重点，其地域性体现在多个方面。

一是小说命名的地域性及选本对"地理"的关注。中国古代小说最初十分关注地理。《山海经》书名醒目突出书籍主要关注点是各地的风物人情，《吴越春秋》则直接将"吴越"作为典型地理空间提到首位。汉魏六朝博物志怪小说风行，出现不少具有明显地域性的地理博物书，冠以区域或地名的，有《吴兴记》《荆州记》《湘州记》《南方草木状》《荆楚岁时记》《扶南异物志》《临海水土异物志》《巴蜀异物志》《凉州异物志》《岭表异物志》等。这些书籍都立足于某一地方或某一空间方位，仅就名称来看，区域性特征就非常突出。

从"唐人有意为小说"后，地方"小说"仍有余韵，唐代刘恂的《岭表录异》，宋代范成大的《桂海虞衡志》、耐得翁的《都城纪胜》、周密的《武林旧事》、吴淑的《江淮异人录》，元人陆友仁的《吴中旧事》，

① 程国赋：《三言二拍传播研究》，中国社会科学出版社 2006 年版，第 215—216 页。

② 转引自潘建国《古代小说文献丛考》，中华书局 2006 年版，第 79 页。

③ 逍遥子：《后红楼梦》，春风文艺出版社 1985 年版，"前言"第 8 页。

④ 参见潘建国《明清时期通俗小说的读者与传播方式》，《复旦学报》2001 年第 1 期。

明代田汝成的《西湖游览志》及《西湖游览志余》就是典型的“地方类小说”。明清有不少小说命名都冠以地名。如冠以“西湖”名的“西湖小说”有《西湖一集》《西湖二集》《西湖佳话》《西湖拾遗》《西湖遗事》，冠以“扬州”的有石成金的《扬州近事雨花香》《扬州近事通天乐》等。小说署名的地名，或为点明人物的地理身份，或说明故事的发生地及空间场景，更多的则是点明人物的地理身份并为故事的发展营造一种地理空间。

部分冠以地名的小说不仅在标题上突出了小说的地理特征，也暗示小说的内容与此地域相关，如乌程人朱彧《萍洲可谈》之“萍洲”乃是他晚年定居黄州时田宅的名称，该书多记他随父游宦所至的见闻，其中对广州生活的记叙最为精彩。“萍洲”所在的黄州虽然不是浓墨重彩，却也表明了作者的行迹及撰写此书时所在的地理位置。小说中的一些小标题也具有标示故事发生地的作用，如宋代话本《闹樊楼多情周胜仙》，“闹樊楼”是东京典型的建筑，稍微熟悉“闹樊楼”的人，都知道这个故事是发生在北宋都城。再如志怪小说集《夷坚志》，是洪迈游历各处时记载的一些故事，其中的一些小标题标明了事件发生的地点，如《江阴民》《熙州龙》《饶州官廨》《桐城何翁》《罗浮仙人》《嘉陵江边寺》等，使故事具有了当地性，从中也可窥探洪迈大致行迹。《耳书》所载人物，多有冠以“籍贯”者，如“宁波某”“徽州贾”“粤鼠”“襄城牛”“庐陵库中鼠”“吉安府城隍庙”“广德州城隍”“淮安城隍”“颍州关夫子庙”“泗州大圣”“项里土地”等。这些人与物的“籍贯”大致说明了他一生行迹所至。

由于对地理的关注，一些小说类书也专门列有“地理”一类，如陶宗仪的《说郛》《群书类编故事》《宋人小说类编》《稗史汇编》《清异续录》等。选本直接冠以地名以示区域性的，如江苏人徐昌祚编的《燕山丛录》，四库馆臣评价云：“是编盖其官刑部时所作，多载京畿之事，故以燕山为名。凡分二十二类，大抵多涉语怪。末附以长安里语，尤为鄙俚。又多失其本字本音，不足以资考证。书成于万历壬寅，有昌祚自序，谓因辑《太常寺志》，得征州县志书，因采其所记成此书，则亦剽掇之学也。”[①] 四库馆臣之说也说明了辑录异地小说可能面临的陷阱——或全辑

① （清）永瑢等撰：《四库全书总目》，中华书局1965年版，第1231页。

而缺乏考证，或因语言而有所“隔”。

二是小说内容的地域性。人是地理的产物，他所生活的地方或经历的地方的见闻，都会成为小说表现的对象。小说的地域性，便通过“地方性”故事的讲述表现出来。家乡、行迹之所加上未到之处，是小说的地域性分析必须涉及的三个方面。部分笔记小说的作者比较留意自己所住地方的风土人情。陆游曾入蜀，故《老学庵笔记》有关蜀地的记录较多，庄绰《鸡肋编》以仕地风土为主，张耒《明道杂志》有关黄州的记录尤多，陆粲《庚巳编》对吴中地区的记载，天津人李庆辰《醉茶志怪》多记述天津及河北一带的奇闻异事等。苏轼《东坡志林》所写，有眉州、黄州、杭州、庐山、合浦、儋耳等地之事，所记之地，或为其家乡，或为其做官或贬谪之地。再如佟世思本辽阳人，但他的志怪小说《耳书》六十三则遍及安徽、江西、江苏、浙江、湖南、湖北、广东、广西等13个省市，以江浙、安徽、两广之事为多。《自序》云：“而卒成之者，以得于家大人宦迹之所经到也，盖天地之大何所不有，人特于见闻所未到则不之信耳。余从家大人宦迹半天下，其间岁月之迁流，山川之修阻，与夫物情之变幻，世故之艰危，未易以一二言尽止。……余固尝于身所经到处，确有所闻于其地。否则，座上诸宾僚偶述其所见所闻以告于余者，而究非同于臆说之罔据也。”①《耳书》强调内容的真实性，消息来源或为亲身经历，或为友人之亲见。因此其故事，往往在前面注明某地发生，有些注明来自某人，甚至具体时间，如《假山鸡》条最后指出：“吾师孙元亶先生曾为文以记之”②。《醉茶志怪》自叙中有“再忆昔年游历，悉供今日搜罗，始欲米聚而为山，久遂裘成于集腋”③。这些都表明作家行履对小说，尤其是笔记小说影响明显。

各个时代的小说都有典型的“地方性”背景作为故事发展的空间。据研究者统计，唐宋传奇89篇中，以黄河、洛水流域为背景的唐传奇有65篇。④小说中的“双城”故事在不同时期各不相同。宋代以前以长安与洛阳为主，以长安作为故事发生地或背景；两宋时期，以汴州与杭州为

① 佟俨若：《耳书》，金毓绂主编：《辽海丛书》，辽沈书社1985年版，第2595页。

② 同上书，第2597页。

③ （清）李庆辰：《醉茶志怪》，河北人民出版社1988年版，“自序”第1页。

④ 陆有富：《以河洛为背景的唐传奇的地域文学特征研究》，硕士学位论文，内蒙古师范大学，2008年。

主，故事发生地也多在这两地；明清小说多以南京与北京为主。各个时期的“双城小说”，都有一些典型的帝都景观或帝都意象，如长安的曲江，东京的金明池，临安的西湖，南京的秦淮河，苏州的虎丘，扬州的平山堂等。① 以宋元话本小说为例，“现存的48种宋元话本小说中，有意识表现汴梁地域性的有9篇，单纯涉及汴梁地域性名称的有9篇，有意识表现临安地域性的有9篇，单纯涉及临安地域性名称的有4篇。共有23篇作品有意识表现或单纯涉及两地地域性（其中8篇同时涉及两地地域性），占全部作品的48%”。“宋元话本小说家对两地地域性最关注的，又多是名倾一时的‘胜地’：或为风景优美之所，如金明池、西湖、钱塘江；或为人头攒动的热闹场，如大相国寺、樊楼；或为交通往来的要塞，如金梁桥、钱塘门，颇能作为两地地域性的代表。”②

有些小说的材料，往往从方志或地理志乃至地方邸报中来。清代小说家宣鼎《夜雨秋灯录》除了“取生平目所见，耳所闻”③（《自序》）外，有些从方志中来。卷三《一声雷》篇末写道：“余避乱幕游盐城，乃同治龙飞二年也。偶谒金容，因忆吾乡邑乘载有《铁罗汉传》，惟载着裘濯足两事，询诸寺僧始得其详。”④ 考其县志，大致相同。卷四《神灯》、卷五《范小仙》《续录》卷一《槐相公碑》、卷七《牛头社公》等都在当地县志有所记载。倘若《铁罗汉传》是因方志而起，其他与方志所载故事相近或相似者，亦有可能来自地理书。《夷坚志》也有引用方志的情况。丁志卷十《大洪山跛虎》引自《汉东志》，支甲卷四《钱塘老僧》《九里松鳅鱼》来自《慈仁志》，支景卷七《刘方明》《九月梅诗》来自《图经》，还有从碑刻、墓志铭中引用的。⑤ 又如《岭南逸史》，据《凡例》该书所写故事，部分依据“《赤雅外志》、永安、罗定、省府诸志考定”⑥。

对小说地域性关注的程度，影响到小说中山川地理的书写，前面所列举的魏晋六朝及唐宋一些小说，就被纳入史部的地理类。《山海经》《神

① 孙逊、葛永海：《中国古代小说中的“双城”意象及其文化蕴涵》，《中国社会科学》2004年第6期。

② 孙旭：《论宋元话本小说家的地域意识》，《宝鸡文理学院学报》2004年第1期。

③ （清）宣鼎：《夜雨秋灯录》，上海古籍出版社1987年版，“序”第4页。

④ 同上书，第111页。

⑤ 张文飞：《洪迈〈夷坚志〉研究》，博士学位论文，复旦大学，2008年。

⑥ （清）花溪逸士：《岭南逸史》，百花文艺出版社1995年版，“序”第6页。

异经》《十洲记》《博物志》《燕吴行记》，在《新唐书》中都属于史部地理类。小说对地方性的重视凸显了小说的地域性特征，也为一些方志撰写提供了材料。一些笔记小说家甚至把小说当成地理书来写，西晋张华的《博物志》明确强调要补前代地理书之阙。洪迈《夷坚志》作为对地方故事的“纪实”性，被不少方志所收，《方舆胜览》《舆地纪胜》《会稽志》《乾道临安志》《姑苏志》《昆山郡志》《萍乡县志》《广州府志》《金陵新志》《浙江通志》《咸淳临安志》等都有引用《夷坚志》的情况。① 其中，《舆地纪胜》最多，达到59则。②

民间信仰是小说中的重要部分。民间信仰的地域性也影响到小说的地域特征，如北方的狐信仰与南方的五通信仰。《聊斋志异·五通》云：“南有五通，犹北之有狐也。”以江西人洪迈的《夷坚志》与山东人蒲松龄的《聊斋志异》相比，可以发现这点。《夷坚志》420卷，只有13篇关于狐的小说；《聊斋志异》近500篇小说中，关于狐的就达到86篇。《阅微草堂笔记》中涉狐作品也有一百多篇。

《夷坚志》多写南方的民间信仰。其中五通尤多。五通名不一样，《江南木客》《会稽独脚鬼》《孔劳虫》《古塔主》《五通祠醉人》《吴二孝感》等都是关于五通神的篇章。《江南木客》载：“大江以南地多山，而俗禨鬼，其神怪甚诡异，多依岩石树木为丛祠，村村有之。二浙江东曰‘五通’，江西闽中曰‘木下三郎’，又曰‘木客’，一足者曰‘独脚五通’，名虽不同，其实则一。考之传记，所谓木石之怪，夔、罔两及山魈是也。……变幻妖惑，大抵与北方狐魅相似。”③ 其中列举，都在江南地区。甲志卷六《宗演去猴妖》与福建多猴患的地理环境有关。《陶太尉庙》与《东湖荷菱》，前者属于江西地方神庙，后者属于水乡生态。《夷坚志》所记诸事显示出强烈的地域文化特征，如民间淫祀，“一般而言蛇神多出现在西南，狐狸精怪出现在北方，五通神在江南”④。

---

① 王秀惠：《〈夷坚志〉佚文辑补》（《汉学研究》七卷一期，1989年6月），赵章超：《〈夷坚志〉佚文小辑》（《文献》2004年第4期），《〈夷坚志〉佚文拾补》（《古籍整理研究学刊》2007年第3期），李裕民：《〈夷坚志〉补遗三十则》（《文献》1990年第4期）等。

② 方健：《关于〈夷坚志〉的评价及辑佚》，中国历史文献研究会编：《历史文献研究》总第21辑，华中师范大学出版社2002年版。

③ （宋）洪迈：《夷坚志》，中华书局1981年版，第695页。

④ 王瓘：《〈夷坚志〉新论——以故事类型和传播为中心》，博士学位论文，暨南大学，2010年。

不同地域的作者，对小说题材的偏好各有所重。志怪小说家分布最多的八个地区为江西（10人）、四川（8人）、浙江（7人）、安徽（5人）、河南（4人）、江苏（3人）、福建（3人）和山东（2人）。唐代小说中豪侠题材较多，与豪侠相关的篇目达到92篇[①]，其中，豪侠身份为北方人者甚多，《朝野佥载》中，《稠禅师》《周祥李》《宋令文》《彭博通》中的主人公都是北方人，分别是北齐、河内、长安禅寺、河间人。《红线传》《乱髯客传》的故事发生地都在三晋。唐代豪侠小说盛行，离不开北方尚武风气[②]。宋代志怪小说作家及作品分布最多的地区均为江西[③]。明清白话小说题材分布也有明显地域性。建阳本小说多讲史、神魔、公案三类题材，而极少艳情小说。现知明代建阳小说刊本131种中，讲史小说刊本69种，神魔小说刊本27种，公案小说刊本18种，这与程朱理学在福建占主导地位相关[④]。就南北而言，北方多英雄传奇，而南方多才子佳人小说。

白话世情小说虽诞生于山东，但风行于江浙。清余治《得一录》卷十一云："苏城坊肆，每将各种淫书翻刻市卖，并与外来书贾私行兑换销售及钞传出赁，希图射利……苏郡如阊门桃花坞及虎丘山门内等处，耳目昭著之地，公然悬挂售卖。"[⑤]"苏地各书肆，及赁书铺中，淫书亦复不少，种种名目不一，秽亵异常，射利者辗转流传，坏人心术，莫此为甚。"[⑥]之所以如此，与江浙一带心学流行、商品经济发达、市民享乐风气相关。至于才子佳人小说，更是以江南为主，胡海义《科举胜地、江南才女与明末清初才子佳人小说的兴起》一文中指出，在28位籍贯（或主要生活地）可考的才子佳人小说作家当中，江浙作者占据15位，湖北、湖南、江西、广东、福建作者共21位，有才子佳人小说共25部；241位才子佳人中，江苏90人，浙江62人，两省共占63.07%，其中仅

① 汪聚应：《唐代侠风与文学》，博士学位论文，陕西师范大学，2002年。

② 《史记·货殖列传》（中华书局1959年版）说："天水、陇西、北地、上郡与关中同俗……种、代，石北也，地边胡，数被寇。人民矜懻忮，好气，任侠为奸，不事农商。"（第3262—3263页）

③ 赵章超：《宋志怪小说地域特色论略》，《许昌学院学报》2007年第6期。

④ 涂秀虹：《论明代建阳刊小说的地域特征及其生成原因》，《文学遗产》2010年第5期。

⑤ 王有立主编，吴云撰：《得一录》卷十一，《中华文史丛书》之八十四，华文书局1969年版，第767页。

⑥ 同上书，第770页。

苏、杭二府就占总数的1/3，加上江西、广东、四川、湖广的46人，整个南方地区的才子佳人达到204人，占总数的84.65%。[①] 南方才子佳人题材的盛行，显然得益于南方的自然地理与社会文化地理。

三是语言风格的地域性。语言的地域性体现在三个方面：一是小说人物语言的地域性，二是叙述者（或作者）叙述语言的地域性，三是作者或叙述者对他人地域语言的感知。第一点可以看出主人公的地理身份，后两点则可以看出叙述人大致的地域身份。

小说人物说话用方言，诚然代表了他的地域性，但是小说是虚构的文学，小说人物的方言需要由小说家来建构，不熟悉这地方的语言，定然塑造不出能说该地方言的人物。所以，即便是小说人物的方言，同样可以窥见小说家的地域身份。《生绡剪》由不同人物讲述，但都有明显的吴方言色彩。如“侬愿做你的妻子”（第十回），“我侬家婆一束假发掩了去”（第十一回），“侬自然小心谨慎，不须姐姐分咐”（第十六回）[②]。乾隆十二年《苏州府志》：“自称我为侬。”虽然讲述人不同，但也可以大致推断出他们应该是苏杭人。又如《醉春风》作者真实姓名无考，书中有吴歌，如：“有一只吴歌为证：绝标致个家婆捉来弗值钱，载搭子药弗杀个婆娘做一连，个样事务是五百年前冤，魂帐舍子个黄金去抱绿砖。”[③] 倘若外地人不懂吴语，不能明白这首歌的意思，自然不会引用，更不会为之“代言”自创吴歌。由小说将故事背景设置在苏州，并多次提及苏州来看，当为苏州人。

不同地方有不同方言，不同地域身份的人所写的小说也就具有不同的地方语言。江浙一带小说的吴方言，《俗话倾谈》的粤方言，李伯元的《官场现形记》的江淮方言，《跻春台》的四川方言等，都可见小说家的地域性。清代文道堂刊《岭南逸史》凡例云：

> 一是编期于通俗，《圣山志》多用土语，如谓“小”曰“仔”；称“良家子”曰“亚官仔”，如南海差役谓逢玉“尔这亚官仔”是

① 胡海义：《科举胜地、江南才女与明末清初才子佳人小说的兴起》，《世界文学评论》2014年第3期。

② 李落、苗壮校点：《生绡剪》，春风文艺出版社1987年版，第212、231、310页。

③ （清）庚岭劳人：《醉春风》（中国禁毁小说110部），时代文艺出版社2001年版，第318页。

也；谓“无”曰“冇”；谓“如此好”曰“敢好”，如“敢好后生好冇花”是也；谓“我”曰“碍”；谓“鱼”曰“牛”；谓“饭”曰“迈”；谓“碗”曰“爱”，如珠姐谓“牛是碍迈爱”是也。[①]

大量的、典型的岭南方言，令《岭南逸史》与其他小说相比，地域特色迥异。

四是明显的“此域”与“异域”态度。叙述者及小说人物的地理身份，影响到他们对“此域”和“异域”的情感态度，以及由此引起的叙述口吻及叙事态度。此域之人对本地的称呼是简洁的，他们往往不在具体的地名前加上某省，而是直接称呼为某府某镇。如《定情人》第七回：“却说上虞县，有一个寄籍的公子，姓赫名炎。”“一日到了余姚地方。”直书“上虞县”“余姚”为浙江人说话的语气。作者介绍其他地方的习惯也是如此。“话说先年，四川成都府双流县，有一个宦家子弟，姓双。”再看小说人物的语言习惯。当双星到了浙江，仆人打听地方，说道：“此乃浙江山阴会稽地方，到绍兴府不远了。双星听了大喜道：‘吾闻会稽诸暨、兰亭、禹穴、子陵钓台、苧萝若耶、曹娥胜迹，皆聚于此，虽是人亡代谢，年远无征，然必有基址可存。我今至此，岂可不流览一番，以留佳话。”[②] 可见外地人称呼浙江，前面都要加上省名的。《定情人》的作者“天花藏主人”，不少学者认为是浙江嘉兴人，联系世人对自己省份其他地方的介绍习惯，不难发现，此说的确是比较合理的。

以《醒梦骈言》为例，第一回“湖广武昌府江夏县”，第二回“山东东昌府棠邑县”，第三回“苏州吴县”，第四回“山西太原府”，第五回“江西吉安府庐陵县”，第六回“浙江温州府”，第七回“湖广长沙府”，第八回“广东广州番禺县”，第九回“四川成都府”，第十回“河南兰考县”，第十一回“河南开封府仪封县”，第十二回“北直保定府”。十二回中，只有“苏州吴县”前没有挂省名，但是第六回却在“温州府”前加上“浙江”二字，该如何解释这种现象呢？一些研究者指出，《醒梦骈言》有很多吴方言，因此作者不可能是蒲松龄，而是一个以吴方言为母

---

① （清）花溪逸士：《岭南逸史》，百花文艺出版社 1995 年版，“序”第 6 页。

② 李落、苗壮校点：《定情人》，春风文艺出版社 1983 年版，第 61、79、1、9 页。

语，且在吴方言区生活多年的南方人。[①] 吴方言区很广，温州属于南部吴方言区，苏州方言属于北部吴语区，两者虽然都属于吴语，却有很大区别。大概《醒梦骈言》的作者是苏州人氏，所以才无意中给温州前面加上了“浙江”二字。《生绡剪》作者在提到江苏省的地名时，往往不加省名，如第七回：“话表南京城内，有个太学。”第十回：“正是，也该南京去走走。……不一日，到了南京水西门。”第十八回：“却说松江府华亭县，有个镇头叫干巷镇。”提到浙江地名时，往往加上省名，如第七回：“今话表浙江嘉兴府秀水县，有两个秀士。”第十三回：“话说浙江杭州府北新关外，离城四五十里地面，有个市镇，人烟辏集，百货俱有，叫做塘栖。”第十七回：“浙江杭州一府，属有九县。偏有海宁县加他一个‘刁’字”，第十九回：“话表浙江严州府交界有个富春山。”[②] ——由此大致可以推断小说家的省籍。

通常而言，对于“此境”“此域”的态度，往往是因为熟悉。熟悉的结果，是对己地佳山胜水的喜爱，名人轶事的津津乐道，风俗习惯的侃侃而谈，是对身为此地人的自豪感。《蝴蝶媒》第一回云：“自来我杭人游湖，多是白昼，从不曾月下领略。”“我杭人”为杭州人说话的口吻，虽为小说人物之语言，也反映了作者的地域态度。《醉茶志怪·泥娃》篇载：“津中风俗，妇人乏嗣者，向寺中抱一泥娃归，令塑工捏成小像如婴儿，谓之压子。”《定情人》第九回写四明山：“原来这四明山，乃第九洞天山峰，有二百八十二处，内中有芙蓉等峰，皆四面玲珑，供人游玩。”如此详细介绍当地风物及景观，非当地人、非熟悉当地情况之人不能做到。

作者对此地的熟悉，对本地风土人情的介绍相对其他地方更详细，并能将此地熟语运用自如。如《西湖二集》第十一卷介绍杭州酒店业时，先列举了 18 座酒楼，偶及各酒楼的特色，然后详细说道：

> 话说这几处酒楼最盛，每酒楼各分小阁十余，酒器都用银，以竞

① 参见邹宗良《〈醒梦骈言〉与吴方言——兼论蒲松龄不是该书的作者》，《蒲松龄研究》2009 年第 2 期；褚半农《亦谈〈醒梦骈言〉与吴方言——兼论蒲松龄不可能是该书作者》，《蒲松龄研究》2010 年第 3 期。

② 李落、苗壮校点：《生绡剪》，春风文艺出版社 1987 年版，第 131、202—205、201、347、259、331、363 页。

华侈。每处各有私名妓数十人，时妆艳服，夏月茉莉盈头，香满绮陌，凭槛招邀，叫做“卖客”；又有小鬟，不呼自至，歌吟强聒，以求支分，叫做“擦坐”；又有吹箫、弹阮、息气、锣板、歌唱、散耍等人，叫做“赶趁”；又有老妪以小罏炷香为供，叫做“香婆”……

此外，小说还介绍了酒店如何留住顾客，21 处妓馆的名称等，小说家不厌其烦一一指出，杭州熟语加上详细的场景描写，令人对杭州印象深刻。周清原的杭州人身份在故事的叙述中暗显出来。

熟悉的另一方面，是对此地不良风习的深入了解及痛恨，其揭露与批判较于他乡人更真实，也更深切。《梧桐影》第四回：“且说苏州府吴江县落乡地方，有个邓村十八都。地面傍湖，人皆强悍，就是官府他怕。为钱粮事，差人下乡，毕竟两三起，五六个才敢下去拿人；若得人少，他就先打后商量了。人禀了官，还说差人诈他银子，说谎禀官哩。因此苏州说人蛮法，便道：‘你莫不是邓村十八都来的么?’”[①]《梧桐影》作者不明，但由他对苏州的称呼及对此地弊端的揭露来看，他是非常熟悉苏州之人。

倘若在异域写自己所在地，则可能是以回忆或怀念的口吻。《女才子书》卷十《谢彩》烟水散人《自记》云：“余读书泖上时，春日尝步村径，闻一老叟吟曰……”泖上乃其读书及写作处。从自记的口吻看，乃是回忆的口吻，说明烟水散人写作此书时，已经离开了泖上，回到了嘉兴。《女才子书》卷九《王琰》前有“烟水散人曰”引，云：“居常怏怏。忽有松溪王子，以苏人而侨寓武塘。值予逆旅途穷，借彼居亭作主，剪烛谈诗……遂为予详述其由。”[②]

在“此域”与否，也影响到小说叙事的口吻与详略。南方说南方之地，就不会说“南方”，同样，北方人说北方之地，也不会用“北方”之词。在说话中用到了“南方”“北方”二词而未在前面加上表示自称的词，如“我们北方”“我们南方”，则比较好辨别他们是南方人或北方人。《八段锦》第五段借邬大姑之口描写了南、北方男女在情爱表达上的差异：“我们这边乡风是这样，不像你们南边人，不出声不出气，有什情趣。”前面一个“我们”“你们”，这就是地域称呼的特点。《醒梦骈言》

① 励东主编：《古书秘藏 · 梧桐影》，延边人民出版社 2001 年版，第 204 页。

② （清）鸳湖烟水散人：《女才子书》，春风文艺出版社 1983 年版，第 142、116 页。

第二回："却说北路上有一种叫'走无常'，原是个活人，或五日或十日，忽然死去，冥冥中走些差使，或一日或二日，活转来，仍然是好好的一个人。"同一回中，张恒若的结发妻子羊氏叙述当年夫妻离散的情景时说道："我到你家三年，适值燕兵来打山东，我和你父亲一同逃难，不料被马兵冲散，我被一个唐指挥虏去，在北地半年。"① "北路上""北地"都是南方人说北方事的口吻，由此可以推断小说家不应是蒲松龄。《鸳鸯针》卷一第一回："那人彪形大汉，语带北音"②，从说话的语气推测，作者当是南方人。凌濛初《拍案惊奇》卷十四议论道："谁知北人手辣心硬，一不做，二不休……风俗如此，心性如此，看着一个人性命，只当掐个虱子，不在心上。"③ 由北方的于大郊杀人引出对"北人"的评价，显然是以偏概全，含有明显的地域偏见。

对异域的态度则比较复杂。所接触异域的人事较多，叙事者的态度相对客观一点，反之则以传闻、想象为主，偏见严重。地域偏见有两种，一是美好的异域想象；二是丑化或贬斥。异域想象中，特别突出"异"（人异、物异、俗异）——尤其是异于"中国"之处。《博物志·异人》："有一国亦在海中，纯女无男……日南有野女，群行见丈夫，状晶目，裸袒无衣襑。"④《酉阳杂俎·境异》写异域，侧重其"异俗"，如："木耳夷，旧牢西，以鹿角为器，其死则屈而烧，而埋其骨。木耳夷人，黑如漆。小寒则焙沙自处，但出其面。"⑤ 上述记载地域歧视不强，有些异域记载就不是这样了。沈德符《万历野获编》记："又夷人中有号为仆食者，不论男女，年至老辄变异形，或犬，或豕，或驴之属，于人坟前拜之，其尸即出，为彼所食，盖亦百夷一种也。……至于拜冢吞骼，则又异类中之下劣矣。"⑥ 清人俞蛟谈苗人变虎："虎为百兽之长，而苗则犬豕之类也。苗而变虎，可谓善变者矣！"⑦ 沈德符与俞蛟对异域人的态度，具

① （清）守朴翁：《醒梦骈言》，远方出版社2007年版，第42、48页。

② （清）华阳散人编辑：《鸳鸯针》，春风文艺出版社1985年版，第3页。

③ 凌濛初：《拍案惊奇》，人民文学出版社1991年版，第236页。

④ （晋）张华撰，范宁校证：《博物志校证》卷2《异人》，中华书局1980年版，第23—24页。

⑤ （唐）段成式撰，方南生点校：《酉阳杂俎》，中华书局1981年版，第45页。

⑥ （明）沈德符：《万历野获编》，中华书局1959年版，第925—926页。

⑦ （清）俞蛟：《梦厂杂著》卷四《乡曲枝辞·苗变虎》，北京古籍出版社2001年版，第89页。

有明显的歧视性。

当然，地域对小说发生影响是有条件的，不能简单流于地域决定论。有时阅读一篇或一部小说，并不能感觉到它的地域特征，其原因是多方面的。有关小说文本地域特征的分析，要特别注意大地域与小地域之间的关系，应该宏观与微观相结合，个性与共性相结合，在地性与流动性相结合。

说明：本文系国家社会科学规划基金西部项目“文学地理学视域下明清白话短篇小说研究”（编号：13XZW008）阶段性成果。

作者单位：重庆师范大学文学院

江南文化的历史变迁与文学的发展

黄　健

在历史的不断变迁与演变当中，杏花春雨的诗意江南，其审美意蕴无论是如何的衍生，形象是如何的演化，在中国文化、文学、美学的语境中，始终都是与其特有的诗性情怀、诗性精神紧密相连的，它是无数中国文人的精神原乡，代表着对诗意生活和生命自由的极致向往。如果说西哲把诗意的栖居作为人类的理想生活，那么，缺失严格彼岸意识的中国人则是把“诗意”与此岸的生活相结合，在现实的疆域上找到秀水江南，当做了诗意的栖居地，使之成为生命自由情怀的能指对象。无疑，这是精神层面的“江南”，心灵层面的“江南”，成为中国人神灵浸染的天堂，最大限度地满足中国人对诗意天堂的渴望，对秀美、纯真、自由境界的向往。繁华可过之，富贵可过之，但是“江南”在中国人心目中的位置，虽经百转千回却也无可替代，因为它是生命自由的象征。对于中国人来说，江南不仅山川秀丽，风光迷人，自然景观绝佳，[①] 而且历史悠久，人文底蕴深厚，区域文化也极具诗性的审美特质。“泛舟采菱叶，过摘芙蓉花”的诗画江南，融自然之美与人文之美于一体，在历史的不断演进和变迁中，逐渐地成为一种超越社会政治伦理束缚的审美对象，一种怀着乡愁的冲动，到处寻找家园，寻求精神皈依的生命自由情怀。

江南文化诗性本体的生成，是历史变迁（如历史上三次重大劫难，造成大批北方人士南迁），人生不断遭遇深重的苦难而获得内心深刻反

---

① 刘义庆在《世说新语》中记载：“王子敬云：‘从山阴道上行，山川自相映发，使人应接不暇。若秋冬之际，尤难忘怀。’”参见徐震堮《〈世说新语〉校笺》，中华书局 1999 年版。又：“顾长康从会稽还，人问山川之美，顾云：‘千岩竞秀，万壑争流，草木蒙笼其上，若云兴霞蔚。’”（房玄龄等：《晋书·顾恺之传》，中华书局 1993 年版，第 2404 页。）又有南朝齐诗人谢朓诗云：“江南佳丽地，金陵帝王州。”（《入朝曲》）宋代诗人王禹偁云：“雨恨云愁，江南依旧称佳丽。”（《点绛唇》）

省、体悟，以及南北文化的交汇、交融的结果和产物。目前，学术界大致认定："六朝以前，江南文化的基本精神是尚武轻文，汉末以后，北方衣冠之族为避战乱而南迁，给江南地区带来了包括儒家文化在内的中原先进文化，使江南文化实现了从尚武到尚文的转换。"① 一般来说，先秦时期的江南区域（当时主要表现为吴、越两地），乃是"好勇善战"的民风。班固在《汉书·地理志》中云："吴越之君皆好勇，故其民至今好用剑，轻死易发。"左思的《吴都赋》也云，吴越之地"士有陷坚之锐，俗有节慨之风"。春秋时期的吴越争霸，这场极其酷忍的争斗复仇，对吴越之地的民风、民性的影响，显然也是非常深远的。② 特别是对越地民风、民性而言，司马迁在《史记·吴王濞传》中曰："上患吴、会稽轻悍。"班固在《汉书·地理志》中亦云，越地之人"锐兵任死，越之常性也"。赵晔在《吴越春秋·句践戟吴外传》中曾这样颂扬越王句践的复仇之战：

> 三军一飞降兮，所向皆殂。一士判死兮，而当百夫。道佑有德兮，吴卒自屠。雪我王宿耻兮，威振八都。军伍难更兮，势如貔貙。行行各努力兮，于乎！于乎！

也许这种极具刚韧质地的地域民风、民性，正是产生后来逐渐形成的而总体上偏柔性的诗性江南文化的一种前提条件。这是历史变迁中的巨大反拨，还是文化碰撞中的自我觉醒？无论怎么说，在漫长的历史变迁中，人生遭遇巨大的痛苦磨难和文化的不断碰撞、交汇、交融，要获得生命意识的自觉，有限的个体生命就必须获得无限的精神意义的巨大支持——生命才会变得丰厚，人生才会变得更富有情趣，富有意味，而这也就需要在

① 朱逸宁：《江南的文化地理界定及六朝诗性精神阐释》，《江淮论坛》2006年第2期。

② 如在越地一带民风、民俗中，多有"断发文身"之俗。《庄子·逍遥游》曰："越人断发文身。"《墨子·公孟》载："越王句践，剪发文身，以治其国。"《战国策·越策》曰："被发文身，错臂左衽，瓯越之民也。"《史记·越世家》载："越王句践，其先禹之苗裔，而夏后帝少康之庶子也。封于会稽，以封守禹之祀。文身断发，批草莱而邑焉。"《汉书·严助传》曰："越，方外之地，剪发文身之民也。"《淮南子·齐俗训》载："中国冠笄，越人剪发，其于一服也。"又："越王句践，剪发文身，无皮弁搢笏之风。"断发文身的习俗，其含义当然是多方面的，譬如出于装饰、审美的需要，出于与其他区域不同标志的需要等等，但其中更重要的是包含了一种显示自身意志、性格特征的文化含义。

生命意识的自觉中，获得一种超越有限生命之樊篱的精神力量。因此，在这当中，生命所渴望的那种能够抚慰内心的心灵柔情，那种超越世俗束缚的诗性情怀就诞生了，从此告别原始的蛮性，向文明的更高处不断地迈进。

据史书记载，西晋末年，战乱频生，外族入侵，大量的北方士族离开故土，纷纷南迁，其中相当一部分是迁到江南区域。南迁所带来的南北文化碰撞、交汇和交融，逐渐地激活了深藏在自身文化内部的诗性智慧，逐渐改变了江南区域由历史争斗而带来的“尚勇好斗”的民风、民性，形成了以“习文”“崇文”为主导的文化发展态势。从文化心理的变化上来看，北方士族南迁之后，心态上发生了较大的转变。受魏晋玄学思想的影响，南迁的东晋士族人士崇尚“物物而不物于物”的学说，无论是“旷淡，还是简淡，都是门阀士族具有浓厚玄学色彩的理想人格”[①] 的表现，因为他们期望“在超世之理想，其向往为精神之境界，其追求者为玄远之绝对而遗资生之相对。从哲理上说，所在意欲探求玄远之世界，脱离尘世之苦恼，探得生存之奥妙”[②]。在获得政治、经济等相应的社会地位之后，南迁的东晋士族人士，逐渐地形成当时上流社会的精神贵族群体。在魏晋玄学、名士风流以及佛道思想的影响下，他们身上那种狂逸、放旷的人生态度就非常突出。[③] 同时，他们将王朝更迭频仍的创痛，以及家破国亡带给他们的感怀忧世的悲凉感，用在寄情山水中进行消解，一方面凸显江南文人对于现世的荒乱与绝望的感慨，无力反抗也无力把握自己的命运，陷入颓废的感伤；另一方面也凸显出江南人在面对生活的劫难和动荡之时，自然生出一种平和的心态，用达观的人生态度调解内心的安宁和现世的动荡的生活方式，展现出一种闲静淡然的出世态度，[④] 从而寄情于江南秀丽的山水，将人生的柔情寄托和寓意在江南的“塔、杏花、春雨、满月、杨柳、旧桥、寺

① 王钟陵：《中国中古诗歌史》，江苏教育出版社 1988 年版，第 501 页。

② 汤用彤：《魏晋玄学论稿》，上海古籍出版社 1999 年版，第 103 页。

③ 东晋是当时的西晋琅琊王司马睿，在山东士族王导的建议下，镇守建邺（后改为建康，今江苏南京市），任“镇东大将军”加封“晋王”而后称帝立国的，故东晋立国之初，出现了皇权与士族共治的局面。东晋士族不仅在政治上享有崇高的地位，经济上也十分富庶。在有了安身立命的坚实基础之后，东晋士族十分满足江南这片宜居安乐之乡。

④ 参见费振钟《江南士风与江苏文学》，湖南教育出版社 1995 年版。

院、石板弄、木格子花窗……”之中,[①] 注重追求内心的宁静和精神上的诗情，并善于将人的思想和精神重心，落实在心灵层面上的社会文化风尚，这样也就对江南诗性情怀的最终成型，产生了巨大的推动作用。[②]

鲁迅在论述魏晋文学特点时，曾将其称之为“文学的自觉时代”,[③] 也即人们通常所说的“文的自觉”时代。所谓“文的自觉”，不仅仅只是单纯地指文学，更深一层含义而是指一个时代文化的审美自觉。李泽厚对此更明确地指出：“与颂功德、讲实用的两汉经学、文艺相区别，一种真正思辨的、理性的‘纯’哲学产生了；一种真正抒情的、感性的‘纯’文艺产生了。这二者构成了中国思想史的一个飞跃。”[④] 对于江南文化而言，在与中心地域文化的对应与对接当中，通过文化的碰撞、交汇、融合，也使自身文化获得了长足发展的动力，从而为形成江南文化诗性审美品格奠定了坚实的基础。如在东晋时期，王羲之的《兰亭序》，通过对兰亭周围山水风光的描绘，对同游山阴兰亭修禊经过的记叙，深情地抒发了人生的情怀和感慨，文风沉郁超逸而又清新洒脱。[⑤] 他在归隐之后与朋友游山玩水时说：“与道士许迈共修服食，采药石不远千里，遍游东中诸郡，穷诸名山，泛沧海，叹曰：‘我卒当以乐死’。”[⑥] 东晋玄言诗的代表诗人孙绰，对自然山水也是情有独钟。他认为：“情因所习而迁移，物触所遇而兴感，故振辔于朝市，则充屈之心生；闲步于林野，则寥落之志

---

① 邹汉明：《江南词典》，湖南文艺出版社 2007 年版，第 18 页。如《世说新语》中就记载晋人张季鹰（西晋吴郡吴县，今苏州人）当时在洛阳做官时，见秋风起而想起家乡吴中的莼菜羹、鲈鱼脍，顿生辞官之念。

② 如被著名历史学家陈寅恪先生称为“中古时代的思想家”的陶渊明，他所构想的“桃花源”，就是一个“没有勾心斗角，没有压迫和剥削，完全是一个自由的天堂；追求的是自由、劳动、平等、真诚、淳厚以及诗书文化等价值”的心灵家园。参见胡晓明《江南文化，一口挖不到底的井》，《钱江晚报》2006 年 4 月 7 日，第 A0014 版。

③ 鲁迅：《而已集·魏晋风度及文章与药及酒之关系》，《鲁迅全集》第 3 卷，人民文学出版社 1981 年版，第 504 页。

④ 李泽厚：《美的历程》，中国社会科学出版社 1984 年版，第 107 页。

⑤ 不仅如此，王羲之的书法，也是极具诗性精神的线条艺术。人称“二王”（王羲之、王献之）的行书“是又知性又感性，又放松又收紧，又有精神性又比较随意，具刚性又具柔性，又客观又主观。……从某种意义上说，二王的书法代表着中国文化的意义。这个文化不走极端，是中庸的，具有中国文化的韵律。江南文化创造了二王的书法，这说明江南文化里面有一种生命。”参见胡晓明《江南文化，一口挖不到底的井》，《钱江晚报》2006 年 4 月 7 日，第 A0014 版。

⑥ 房玄龄等：《晋书·王羲之传》，中华书局 1993 年版，第 2101 页。

兴。”（《三月三日兰亭诗序》）而“游览既周，休静心闲。害马已去，世事都捐”（《游天台山赋》）。江南的自然山水之秀美，在历史遭遇巨大的阵痛之后，在东晋时期就成为一种真正意义上的审美对象和抒情对象，寄寓了以东晋士人为代表的中国文人的诗性审美情怀，成为诗意栖居的一种生命范型和生活范式。①

东晋士人对南迁之后逐渐安稳的生活，是十分满意、满足而安逸的，如王羲之，他就对自己的生活颇为得意：“顷东游还，休植桑果，今盛敷荣，率诸子，抱弱孙，游观其间，有一味之甘，割而分之，以娱目前。虽植德无殊邈，犹欲教养子孙以敦厚退让。”《世说新语》中说王羲之是从容闲适，“一往隽气”。② 史载，永和九年（353）三月三日，王羲之召集好友在会稽山阴兰亭③宴集。这是一次盛大的聚会，共有 42 人参加。据清朝桑世昌的《兰亭考》记载，此次聚会共有 26 人赋诗，共辑诗 37 首，题名为《兰亭诗》。吴功正认为，《兰亭诗》是“六朝诗歌的代表作。它体现了六朝人的社会心态、审美心态、艺术精神”④。王羲之以抒情的方式，记叙了这次聚会的盛况。在序中，他将会稽的自然山水作为主体生命的一部分，从中寄寓“仰观宇宙之大，俯察品类之盛”的生命情感：“此地有崇山峻岭，茂林修竹，又有清流激湍，映带左右。”在这里，人与自然是融为一体的，主观的情感与客观的对象相互交融，所显示出来的则是“流觞曲水，列坐其次。虽无丝竹管弦之盛，一觞一咏，亦足以畅叙幽情”⑤。正是怀有这种生命之幽情，兰亭诗人通过会稽的自然山水，将生命所认知和感悟到的一切对象：蓝天、绿水、清风、流云、垂雾、凝泉、花香、莺语、游鳞、烟煴……都赋予了一种生命的哲理和情怀。又如孙绰的诗：

① 在这里还必须指出的是，魏晋玄学对魏晋以来的山水抒情诗的形成与发展是产生了重要的作用的。徐复观先生认为，魏晋玄学“极力在语言仪态上求其合于‘玄’味，实即求其合于艺术形态的意味，于是玄学完全成为生活艺术化的活动了”。这即是说，玄学对江南文化诗性本体的生成产生了重要的推动作用。参见徐复观《中国艺术精神》，华东师范大学出版社 2001 年版，第 90 页。

② 刘义庆：《世说新语》，徐震堮：《〈世说新语〉校笺》，中华书局 1999 年版，第 261 页。

③ 郦道元《水经注》（卷四）中记载：“浙江又东与兰溪水合，湖南有天柱山，湖口有亭，号曰兰亭。”

④ 吴功正：《东晋南渡心态与文学格调之变化》，《南京社会科学》2002 年第 4 期。

⑤ 王羲之：《兰亭诗序》，《晋书》，中华书局 1993 年版，第 2099 页。

流风拂枉渚，停云阴九皋。
莺语吟修竹，游鳞戏澜涛。
携笔落云藻，微言剖纤毫。
时珍岂不甘，忘味在闻韶。

抛弃世事的烦恼、纠纷，真诚地面对自然山水，这才是生命的诗情、诗意。没有一种生命自觉的意识和情感，无论如何也是抒发不出来这种富有真正的生命感悟的情感的。又如谢万的诗：

肆眺崇阿，寓目高林。
青罗翳岫，修竹冠岑。
谷流清响，条鼓鸣音。
玄崿吐润，霏雾成阴。

江南的自然山水给了诗人以生命的抚慰，诗人也赋予其生动无限的生命诗情。人与自然的互动，不仅使自然更加亮丽，而且也使心灵更加纯净。

东晋诗人的山水抒情诗创作，到了刘宋时代的谢灵运那里，更是进入了一个创作的高峰时期，标志着山水抒情文学成为中国文学的一个重要流派和抒情形式。谢灵运通过寄情于山水的抒情诗歌创作，不仅将江南秀丽的山水展现在世人面前，而且将蕴藉在山水之中的人文情怀、人格精神，铸就成精美的诗歌意象，表现出与江南秀丽风光一样优美、典雅、精致的审美情感，如他的《登江中孤屿》一诗：

江南倦历览，江北旷周旋。
怀新道转迥，寻异景不延。
乱流趋孤屿，孤屿媚中川。
云日相晖映，空水共澄鲜。
表灵物莫赏，蕴真谁为传。
想象昆山姿，缅邈区中缘。
始信安期术，得尽养生年。

这是谢灵运游永嘉在江心屿（今浙江温州）的诗作。诗人从“怀新”到“寻异”，再到“登屿”，从眼前景物的描写，再到昆山仙境的想象，不仅展现了江南秀丽的山水风光，而且也抒发了寄情于山水的浓厚的人文情怀。在谢灵运的山水诗创作中，对江南自然风光、景物的高度敏感和细腻刻画，从中提炼精美的诗歌意象，寄寓深厚的人文情怀，是他的诗歌体现江南文化诗性审美品格的一个显著特点。“池塘生春草，园柳变鸣禽”（《登池上楼》），“白云抱幽石，绿篠媚清涟”（《过始宁墅》），“密林含余清，远峰隐半规”（《游南亭》），“石浅水潺湲，日落山照曜。荒林纷沃若，哀禽相叫啸”（《七里濑》）。这些脍炙人口的诗句，都不是单纯的写景状物，在清新洒脱、超逸沉郁的背后，始终都贯穿着一种获得“文的自觉”和“人的自觉”时代所特有的江南文化诗性审美情愫，故同时代的鲍照就曾高度评价道：谢灵运的五言诗“如初发芙蓉，自然可爱”。[①]后清代的沈德潜也曾高度评价为：“匠心独造，少规往则，钩深极微，而渐进自然。”[②] 东晋及其以后南北朝的诗人，在江南美丽的自然山水中，找到了一种从单纯的社会层面所不易抒发的生命情怀。在他们看来，被世俗生活极易忽视、遗忘的生命之美，往往就在与人类朝夕相伴的自然山水之中。因此，寄情于山水，激活生命的诗情，也就成为中国文学抒情的一种基本的方式和审美价值尺度。同时，也正是在这个意义上，“江南”从这里开始就一直都是中国人魂牵梦萦的天堂，哀婉恻艳、萧疏淡远，是对江南美景的神往，更是自身审美依托江南意境的诉求。盛世美景之外，“江南”更能使诗人和士族放浪形骸。这决定了江南文化在本质上是唯美的，是诗意的、诗性的，具有抒情、表意的基本美学功能，呈现出一种摆脱桎梏、融于自然后的审美愉悦、生命自由愉悦的情感体验。正是在这个层面上，形成中国文学抒情特点的乃是不同区域文化交汇的产物，以江南为例，江南文化就是中原地区的北方文化与江南文化交汇，形成江南诗性文化审美意识的一个标记。由此，江南的自然景观与人文情愫，在成为审美的能指对象过程中，也往往成为人生遭遇挫折时，通过自然美景的咏怀而感悟人生、抚慰心灵的一种独特的审美方式，其特点是使主体对外部客体的物象，总是具有极其敏感的审美意识特征，成为主体抒发情感、展现

① 李延寿：《南史·颜延之传》，中华书局1997年版，第881页。

② 沈德潜：《说诗晬言》，王夫之等：《清诗话》，上海古籍出版社1999年版，第532页。

生命自由情怀的一个重要的范式。

历史的一次次变迁，也许自有它自身发展的规律，并不完全以人的意志为转移。但是，在人们的心中，究竟有什么东西又能够成为一种抚慰生命的永恒情怀呢？答案仍然是诗意的江南，诗性的江南。是江南秀丽的自然山水、江南独到的人文风情，给予了南迁人士以充分的生命意义的关怀和诗意生活的心灵慰藉。“安史之乱”之后，鼎盛的唐朝进入了由盛而衰的时代。从文学的维度上来看，唐代文学中就有许多歌咏江南的佳作。以唐诗为例，其中歌咏江南作品以其审美内容而言，大致可以分为两类：第一类是对江南自然景观的咏怀，从中寄寓诗人的审美理想，如白居易的《忆江南》及其相关的诗词创作；第二类是在人生遭遇挫折，或经历人生沧桑，获得颇多人生感悟当中，通过“江南”的审美认知，触发探寻人生意义的审美联想。

第一类的创作大多寄寓了诗人的一种审美理想，如白居易对江南的咏怀，就充满对以杭州为代表的江南景观的热情歌颂，如他的《忆江南》：

江南好，
风景旧曾谙。
日出江花红胜火，
春来江水绿如蓝。
能不忆江南？
江南忆，
最忆是杭州。
山寺月中寻桂子，
郡亭枕上看潮头。
何日更重游。

又如《钱塘湖春行》：

孤山寺北贾亭西，水面初平云脚低。
几处早莺争暖树，谁家新燕啄春泥。
乱花渐欲迷人眼，浅草才能没马蹄。
最爱湖东行不足，绿杨阴里白沙堤。

在白居易笔下，以杭州为代表的江南景观是迷人的，因为那是心中的圣地，是心灵的栖息地。一个既通俗又鲜活的“好”字，摄尽江南春色的种种佳景，而诗人的赞颂之意与向往之情也尽寓其中。唯因“好”之已甚，方能“忆”之不休，第三、四句两句对江南之“好”进行形象化的演绎，突出渲染江花、江水红绿相映的明艳色彩，给人以光彩夺目的强烈印象。其中，既有同色间的相互烘托，又有异色间的相互映衬，充分显示了诗人善于着色的技巧。篇末以“能不忆江南”收束全词，既托出身在中原（洛阳）的诗人对江南春色的无限赞叹与怀念，又造成一种悠远而又深长的韵味，把读者带入诗情画意的审美境界中。从“最忆”到“最爱”，这种情感上的变化，不仅仅只是单纯地赞美江南的自然之美，同时也深深地寄寓了存留在诗人心灵深处那种唯美的人生理想，凸显出了蛰伏在诗人心中那种诗性本体的情怀。这是人在与自然的亲近对话当中所获得的唯美情感。它建构了一种诗意栖居的人生范式，提供了一种认识世界、表现人生的认知视角和审美方式。

在唐代山水抒情诗的创作中，王维诗中的江南也是一派宁静、圣洁之地，如他的《皇甫岳云溪杂题五首·鸟鸣涧》：“人闲桂花落，夜静春山空。月出惊山鸟，时鸣春涧中。”孟浩然诗中的江南，则是具有一种诗性哲理的人生感悟，如《自洛之越》：

遑遑三十载，书剑两无成。
山水寻吴越，风尘厌洛京。
扁舟泛湖海，长揖谢公卿。
且乐杯中物，谁论世上名。

江南山水在诗人的眼中，是心灵的净土，身临此境，得到的是心旷神怡的审美愉悦，尘世的一切烦恼、功名利禄均可置之度外。如果说唐代是中国古典诗歌创作的高峰时代，处处都洋溢着诗意的情怀，那么，“江南”就是古典诗歌高峰时代的最富有诗性色彩的审美意象，表现出了中国人心灵栖居的诗意境界。

第二类的创作大多是诗人的一种较为纯粹的主观情怀的表露，通过“江南”的认知，表现出历经沧桑的一种人生体悟，传达出对生命、人生意义的探寻，如盛唐时期的李白，他的诗歌创作都寄寓了他的人生理想情怀，洋溢着一种青春生命的活力。像在《梦游天姥吟留别》一诗中，他所描绘的“浙东”江南景观，始终是与他的那种人生豪情紧密地联系在一起的。在李白的笔下，江南的雄奇之美与纤细之美是完美统一的，既有“向天横”的“势拔”，也有“云青青兮欲雨，水澹澹兮生烟”的朦胧与纤秀。然而，写景状物的目的，不是单纯地对景物的颂扬，从中所表白的乃是“安能摧眉折腰事权贵，使我不得开心颜”的人生意志，展现出他胸中的一种英雄主义的豪情，正如文学史家在论述李白的诗歌创作特色时所指出的那样：“他用胸中之豪气赋予山水以崇高的美感，他对自然伟力的讴歌，也是对高瞻远瞩、奋斗不息的人生理想的礼赞，超凡的自然意象是和傲岸的英雄性格浑然一体的。”①

又如骆宾王的《在狱咏蝉》一诗：

西陆蝉声唱，南冠客思侵。
那堪玄鬓影，来对白头吟。
露重飞难进，风多响易沉。
无人信高洁，谁为表予心。

借自然之蝉声来表达心声，所抒发的也是主观之情怀。诗人一方面尽情地为自己的主见表白、辩解，另一方面则又借景抒怀，感叹自己的身世。在流露怀才不遇的同时，也展示了自己的人生抱负，抒发了自己心中真情，以及自己对人生的真切理解。

出生成长在江南之地，长期在外的贺知章，他诗中的“江南”，则是他梦魂萦绕的故乡，也是他心灵的故乡，他的《回乡偶书》一诗：

少小离家老大回，
乡音无改鬓毛衰。
儿童相见不相识，
笑问客从何处来？

① 章培恒、骆玉明主编：《中国文学史》中，复旦大学出版社 1996 年版，第 91 页。

全诗写得朴素无华，但字里行间却饱含着诗人对江南故乡的一片深情，并流露出一种在外颠沛流离、渴望落叶归根的人生漂泊悲凉之意。诗人37岁成进士，而在此之前就离开故乡，回乡时已年逾80岁。这是在外游子对故乡、对家园的真情袒露。全诗的点睛之笔在一个“客”字上。诗人那种长期未回故乡，渴望早日见到故乡的情感流淌在整首诗中。通过“乡音无改”所抒发出来的，乃是对故乡的忠贞和赤诚之情。然而，回到自己的故乡，却又被儿童笑当“异乡客”。本是故乡人，而今反当异乡客，个中的滋味自是难以言尽。在中国人的情感结构中，“家”始终都是一种精神的归宿地、灵魂的归宿地，包含着个体在有限的生命中对无限意义的追求，对精神家园建构的一种情感诉求和心理渴望。因此，“客”的意象就包含着对亲情、对故乡、对家园不断寻找、不断建构的心理情怀和精神追求。

又如，杭州富阳诗人罗隐的《江南行》：

江烟湿雨鲛绡软，漠漠小山眉黛浅。
水国多愁又多情，夜槽压酒银船满。

奇山秀水不仅洗涤诗人的心灵，也熏陶了他们的审美情趣。江南山水清新秀美、四季皆富有情趣，对诗人陶冶气质、滋润心灵是非常适宜的，审美情趣转入曲折、幽深而精巧，抒情的氛围极为浓厚。

不过，由盛唐的“浑厚”“大气”“开阔”，向北宋、南宋的“柔美”“纤细”“精致”的不断演变，在某种程度上更能对应人们心中那根纤弱的神经，那颗敏感的心，诗性的意味也更为细腻、唯美。“靖康之难”后所出现的南迁潮，“一江春水”似的愁情，将人生的伤情抒发到了唯美的极致。这种“柔美”“纤细”“精致”之风，从文体的演变上来看，最为明显的就是“宋词”对“唐诗”的替代：

红酥手，黄縢酒，满城春色宫墙柳。东风恶，欢情薄，一怀愁绪，几年离索。错、错、错！

春如旧，人空瘦，泪痕红浥鲛绡透。桃花落，闲池阁。山盟虽在，锦书难托。莫、莫、莫！

——陆游：《钗头凤》

寻寻觅觅，冷冷清清，凄凄惨惨戚戚。乍暖还寒时候，最难将息。三杯两盏淡酒，怎敌他晚来风急！雁过也，正伤心，却是旧时相识。

满地黄花堆积，憔悴损，如今有谁堪摘？守着窗儿，独自怎生得黑！梧桐更兼细雨，到黄昏、点点滴滴。这次第，怎一个“愁”字了得！

——李清照：《声声慢》

词的纤细、哀婉、苍凉，更能对应人们心中的愁情、愁绪。从诗的浑厚到词的纤细，这种审美趣味的变化，背后深含着作者对客观外界变动所具有的深切感悟之情。如果说北宋的词还一度被人指责为有些“醉生梦死的颓废”，有些“乌烟瘴气”，[①] 那么，南宋的词则开始真正地透露出人生的哀愁感了，虽然是淡淡的、隐隐约约的，可是其婉约之风所流露出来的是对人生无奈的非自觉的怀疑和厌倦。这是脆弱的生命对外部世界一切显现和隐现的动荡、无常所作的细致入微的体察，不管是过于敏感，还是过于伤感，也不管是不是有诸如苏轼、辛弃疾一类的豪放的词，其中都仍旧掩饰不住那种只有词才具有的、特定的纤细、婉约和淡淡的人生哀愁之情。这显然也不只是辛弃疾在词中所说的那种“少年不识愁滋味”和“为赋新词强说愁”的矫揉造作，而是基于对整个社会开始日趋下滑的一种心理无意识的隐忧，是对整个人生、生命，对整个生活的根本目的的一种怀疑，尽管一开始还不是那么的自觉，那么的清晰。“而今识尽愁滋味，欲说还休，却道天凉好个秋！”南宋繁华的背后，深藏着特定时代的人的一种人生空漠之感，一种对生命、对人生、对整个宇宙世界的无所希冀，也无所奢望的心理彻悟。因为只有这种彻悟，才能使人的诗性本体得以完全的发掘，萌发对生命自由境界的热烈向往，达到真正意义上的唯美之极致。

文学史家在论述宋代文学发展与社会发展的特点时指出：“从象征的意义上说，……赵宋王朝倒更像月亮，‘月有阴晴圆缺’，北方的辽、夏和后来的金、蒙古始终像是笼罩着它的阴影，而从澶渊分界到靖康之变，它总是仿佛初七初八的月亮缺了一半，从来就没有像初日一样普照过整个

① 胡云翼：《宋词选》，上海古籍出版社1978年版，前言第14页。

中国大地。在中国历代统一的王朝中，论对外关系的软弱，可以说无过于宋”。[1] 的确，宋朝是继鼎盛的唐朝之后的又一个统一的王朝，看起来是一场中兴，但自诞生那日起，历史似乎就注定了它的不完整的命运。那种“阴晴圆缺”的状况，反映在精神文化层面，投射在人们的心底，就是审美的纤细、精美、复杂、忧郁和哀愁。“郁郁乎文哉!”在工致精细的描摹上刻意地追求诗意的境界，精致、典雅地传达出了较为确定的诗趣、情调、思绪和内心的感受。然而，与浑然一体、大气豪放、意蕴丰厚的唐代文学相比，宋代文学总是缺少一股真正能够撼动人心的艺术震撼力，缺乏一种充满着现世人文关怀的真情实感。

元、明、清时代的江南，在繁华的背后也总是渗透着一种人生无常的历史悲情，一种“说不清”“剪不断”“理还乱”的心理愁绪。这给处在历史不断变迁之中的江南文化平添了一份浓浓的伤感情愫。仅以清代的江南诗文、戏剧（曲）为例，其特点就显示出江南作家在抒情方面总是能够以更为细腻、敏感的艺术感悟和艺术传达来捕捉时代变动的细微变化，尤其是能够细致入微地发掘出藏在个人内心深处的那种历史变迁的时代情绪，从而充分地抒发出个人对于时代、社会、现实人生的独特感受。这种审美上的变化，使得文学创作变得更为追求细腻，更为注重传达主体的内在感受，显示出一种婉媚哀怨而又细致精美的抒情文风，表现出对时世的特有敏感与谨慎。不仅仅只是停留在个人的不幸遭遇的伤感之中，而是从中总是透露出对整个人生的空幻之感。

李泽厚指出：“北宋而后，……这种对人生对生活的厌倦和感伤，这种百无聊赖一切乏味的心情意绪，虽淡犹浓，似轻还重。……‘一叶而知秋’，在得风气之先的文艺领域，敏感的先驱者们在即使繁华富足、醉生梦死的环境里，也仍然发出了无可奈何的人生空幻的悲叹。这其实也正是一种虽看不见具体内容却仍有深广含义的‘有意味的形式’，内容已积淀、融化在情感形式中了。在美学理论上，王渔洋的神韵说风靡一时，在某种意义上，也是这个时代这种潮流的侧面曲折反映。”[2] 江南文人对“人生空幻的时代感伤”的情感传达，也是十分突出的。像“浙西词派”的艺术审美追求就显示出这样的特点，被推为“浙西词派”盟主的朱彝

① 章培恒、骆玉明主编：《中国文学史》中，复旦大学出版社 1996 年版，第 291 页。

② 李泽厚：《美的历程》，中国社会科学出版社 1984 年版，第 254 页。

尊，针对明代的浪漫张扬之风，就提出了所谓“清空”“淳雅”之说。他的《曝书亭词》所收集的词，就十分讲究词律的工严和用字的缜密与清新，注重内心世界的细腻刻画，抒发那种婉转细柔情感，其中也不乏许多哀艳之作，像描写羁旅落魄之感的《菩萨蛮》（夕阳一半樽前落）一词，其中：

小楼家万里，也有愁人倚。
望断尺书传，雁飞秋满天。

这种平实细腻的艺术传达十分感人，字里行间总是透露出一种“秋风落叶，夕阳西下”的浓浓愁绪。即便是在那些描写爱情的词里，其间也不时地流露出“哀婉”和“寂寥”之情，如写爱情的词《桂殿秋》（思往事），就被推之为有“复振五代，北宋之绪”[①] 的地位。在一些怀古、咏史的词中，更是传达出了一种历史苍茫和人生苍凉之感。叶嘉莹曾以朱彝尊的《满江红》（玉座苔衣）和《水龙吟》（当年博浪今椎）等词为例指出：“前者是借吴大帝庙为题，以孙权之具有知人善用的谋略，而终能割据江东的霸业为反衬，而慨叹南明的瞬即败亡的立朝之短。后者则借“谒张子芳祠”为题，以楚汉之际的张良一心为韩复仇的志意为主题，既以之反讽当日变节降清的一些明朝的旧臣，也表现了志士仁人未能完成其原有之志意的一份悲哀。”[②]

也许，词一类的长短句，在抒发情感的方面有其特别的审美功效：纤细、婉转、幽深、伤感，一咏三叹，回味绵长。但是，处在古代社会晚期的清词，似乎不可避免地带有一种凋落、肃杀、空幻和苍凉之意味，在特定的历史时期也总是能够与相关的社会现实内容直接对应起来，从而更加具有一种意义探寻的人生哲学况味，一种悲剧审美的诗性艺术特征。被称为“清末四大家”的江南词人朱孝臧，他的词就表现出了一种厌世的情绪，较典型地反映出了处在历史大变动格局前夕的那种莫名的心理惆怅：“似水清尊照鬓华，尊前人易老天涯。酒肠芒角森如戟，吟笔冰霜惨不花。抛枕坐，卷书嗟，莫嫌啼煞后栖鸦。烛花红换人间世，山色青回梦里

① 徐珂：《清词选集评》，商务印书馆 1926 年版，第 39 页。

② 叶嘉莹：《浙西词派创始人朱彝尊之词与词论及其影响》，《中国文化》第 11 辑。

家。”现实人生可能不是那么痛苦，那么不堪忍受，但诗人敏感的心灵总是时常感到一种时代性的、全局性的风雨飘摇，如同李泽厚所形容的那样，是感受到了一种“实际开始颓唐没落的命运哀伤”之感。因此，这种感伤的情感抒发，也就平添了抒情文学的诗意和诗性的内涵。

同样的情形，在清代其他的文体中表现得也比较明显。最为突出的要推钱塘人洪昇的《长生殿》。那清丽流畅、抒情色彩极浓的曲词，将唐明皇和杨贵妃的爱情故事，与政治上的变乱和失意紧密地联系在一起，反复渲染，交相辉映，既在“情”字上做足了文章，又将“情”所带来的历史事件，置于广阔的历史和人生背景下来进行反省，场面极为宏大，情节波澜起伏，从中寄寓个人的那种“乐极哀来，垂戒来世”的情怀：

> 淅淅零零，一片凄然心暗惊。遥听隔山隔树，战合风雨，高响低鸣。一点一滴又一声，一点一滴又一声，和愁人血泪交相迸。对这伤情处，转自忆荒茔。白杨萧瑟雨纵横，此际孤魂凄冷。鬼火光寒，草间湿乱萤。只悔仓皇负了卿，负了卿！我独在人间，委实的不愿生。语娉婷，相将早晚伴幽冥。一恸空山寂，铃声相应，阁道崚嶒，似我回肠恨怎平。

这种极为细腻而抒情的笔法，借景抒怀，情景交融，风声雨声中尽显一个位高权重的皇帝内心世界的复杂情感，同时也借此传达出作者对人生、对历史、对大千世界的一种深邃的心灵感悟和情怀，用李泽厚的话来说，《长生殿》尽管主题很复杂，但从整部剧所传达出来的仍然是“那种人生空幻感”，“它作为一种客观思潮和时代情感却相当浓厚地渗透在剧本之中，成为它的基本音调”。[①]

江南文化无论是艳情、伤情、悲情、哀情，在历史的不断变迁之中，总是被烙上一种深深的情感印痕，使“杏花春雨”的江南具有一种浓浓的诗性情怀，一种挥之不去的心灵感怀。可以说，这正是形成江南诗性文化和文学发展的重要基础。

在探讨江南文化的历史变迁和文学发展中，还要特别指出的是“唐

① 李泽厚：《美的历程》，中国社会科学出版社 1984 年版，第 253 页。

诗之路”的深刻影响。[①] 从绍兴出发，由镜湖向南经曹娥江，沿江而行，入浙江名溪剡溪，溯江而上，经新昌，最后至天台山，全长200多公里，这就是著名的“唐诗之路”。这条集山水嘉美、六朝风韵、仙风遗踪、佛教圣地于一体的形胜之地，面积达2万平方公里，成为唐代诗人荟萃之地。据统计，唐代先后在这条路上走过的诗人就多达400余人，留下两千多首诗歌，如著名诗人李白、杜甫、骆宾王、白居易、王维、孟浩然、刘禹锡、贺知章等，他们都曾在这个区域、这条路上写下脍炙人口的诗篇。如李白曾四进浙江，三到剡溪，两上天台山，给江南此地留下26首诗词，流传千古的《梦游天姥吟留别》就是他的代表作之一。杜甫20岁来这里，盘桓达四年之久，留下“越女天下白，镜湖五月凉。剡溪蕴秀异，欲罢不能忘”（《壮游》）的诗句。白居易从13岁到17岁避乱在越州，曾写下“思远镜亭上，光深书殿里。渺然三处心，相去各千里”的诗句。“初唐四杰”的卢照邻、骆宾王，“饮中八仙”的贺知章，“中唐三俊”的元稹、李德裕，“晚唐三罗”的罗隐、罗邺、罗虬，都先后来到剡中，在小溪边、青苔上、山间的小道上、树荫下，对酒当歌，吟诗赋词，踏歌而行。绍兴、上虞、嵊州、新昌、天台、剡溪、天台山……这条“唐诗之路”本身就是一首充满诗情画意的诗，是一条潇洒飘逸的诗意之路，它所形成的诗情传统，也是江南诗性文化和文学的有机构成部分，是孕育江南诗性文化精神、文学精神的重要元素。

---

① 1988年，《唐代文学》第1辑发表了浙江新昌县当地学者竺岳兵的《李白“东涉溟海”行迹考》一文，对李白曾多次到剡中的史实进行了详细的考证，确立了李白四次到浙江，三次入剡中，两次上天台的观点。后来他从《全唐诗》和《全唐文》中摘录与“剡中”相关的诗作，对整个唐代诗人的行踪范围进行了考证，发现李白、杜甫、王维、王勃、骆宾王、杜牧等400多位唐代诗人曾入剡或与浙东剡溪有关，认为他们曾来江南浙东一带进行所谓的“壮游”“宦游”“隐游”“神游”“避乱游”，等等。1991年5月2日中国唐代学会在南京召开的“中国首届唐宋诗词国际学术研讨会”上，竺岳兵在大会上宣读了《剡溪——唐诗之路》的论文。对于“唐诗之路”，他认为：“所谓‘唐诗之路’，是指对唐诗特色的形成起了载体作用的，具有代表性的一条道路。”这里所说的“代表性”，一是指范围的确定性，即在一个相对独立的地区，有大量的威望甚高而格调多样的唐代诗人游历歌咏于此；二是形态多样性，诗人在这一区域旅游的表现形式丰富多样；三是文化的继承性，这一地区的人文景观、自然景观与唐诗有着整体性的渊源关系。因此，“唐诗之路”既是一条具体的有迹可寻的诗人走过的道路，又是一条“文化之路”“思想之路”。2004年7月8日浙江省旅游局在给唐诗之路研究社的贺电中这样称赞道：“唐诗之路是浙东山水与唐诗文化的美妙结合，是浙江地方文化的集中体现，千百年来，‘唐诗之路’以一种特殊的形式，散发着璀璨的光辉。”参见傅建祥主编《解读新昌旅游》，中国旅游出版社2007年版，第41—49页。

如果说魏晋南北朝期间形成了以山水为对象的抒情诗创作传统，那么，在盛世大唐，一大批追慕魏晋遗风（其中也包括先秦文化），强调山水抒情诗创作的诗人，都曾先后来到江南，亲身感受江南秀美的自然山水风光，从中陶冶性情，寄寓内心情怀，抒发心中的情感，获得对自我和人格的审美观照。这条"唐诗之路"一直贯穿唐代的初（唐）、盛（唐）和晚（唐）各个时期，江南自然山水景观——会稽山、天姥山、天台山、镜湖、禹陵、越王台、若耶溪、剡溪、沃州等，都留在诗人的笔下，呈现出一派美丽的景象。同时，诗人也在江南优美的自然山水中，吟鞭游屐，登览怀古，吟咏越地风土人情，处处留下他们对越地那迷人山水流连忘返的种种诗情。像被称为"诗仙"的大诗人李白，在唐玄宗开元十三年（725）深秋，"舟从广陵去，水入会稽长"（《别储邕之剡中》），意气风发地仗剑辞亲远游，出巴蜀，穿三峡，沿长江东下来到江陵，与隐居在剡中的司马承祯相见。[①] 司马承祯称李白有仙风道骨，又向他介绍了天台山、天姥山及剡中美丽的山水风光。李白对此念念不忘，畅游剡中、登临天姥山就一直成为他心中的梦想。在亲身登临天姥山中，李白是沿着当年谢灵运开辟的"谢公道"向心中的圣山进发的。虽然在游历天姥山和剡中时，并没有找到所谓传说中的王母，也没有看到石壁上的蝌蚪文字，但天姥山秀丽的风光则使他流连忘返，在他的脑海中留下深刻的印象，后来他又一次游览天姥山，从而使天姥山、剡溪美名远扬。天宝元年（742）秋，李白奉诏入京，但仕途并不顺畅，遭受谗言，受到排挤。天宝三年（744），政治上失意的李白再度回到游历生涯，曾与杜甫等人相携漫游齐鲁，出入吴越，游山玩水，排遣心中的郁结和忧愁。天宝四年（745）在即将离开东鲁、南游吴越时，李白醉酒后，第一次游天姥山的情景历历在目，仿佛又亲临其中，于是在汶水之滨，挥毫赋诗，写下脍炙人口的《梦游天姥吟留别》：

海客谈瀛州，烟涛微茫信难求；

① 司马承祯是当时倾倒朝野的道教宗师，曾受到过武则天、睿宗皇帝的召见，后来又颇受唐玄宗的赏识。唐玄宗多次下诏，召他赴京讲道，他坚辞不去，尽情享受浙东剡中的自然山水之乐，后实在推辞不得，只得应诏赴京，到新昌境内的惆怅溪桥头时，后悔不已，跌下马来，后人将此桥命名为"司马悔桥"。参见傅建祥主编《解读新昌旅游》，中国旅游出版社 2007 年版，第10 页。

越人语天姥，云霞明灭或可睹。
天姥连天向天横，势拔五岳掩赤城。
天台四万八千丈，对此欲倒东南倾。
我欲因之梦吴越，一夜飞度镜湖月。
湖月照我影，送我至剡溪。
谢公宿处今尚在，渌水荡漾清猿啼。
脚著谢公屐，身登青云梯。
半壁见海日，空中闻天鸡。
千岩万转路不定，迷花倚石忽已暝。
熊咆龙吟殷岩泉，栗深林兮惊层巅。
云青青兮欲雨，水澹澹兮生烟。
列缺霹雳，丘峦崩摧。
洞天石扉，訇然中开。
青冥浩荡不见底，日月照耀金银台。
霓为衣兮风为马，云之君兮纷纷而来下。
虎鼓瑟兮鸾回车，仙之人兮列如麻。
忽魂悸以魄动，怳惊起而长嗟。
惟觉时之枕席，失向来之烟霞。
世间行乐亦如此，古来万事东流水。
别君去兮何时还？
且放白鹿青崖间，须行即骑访名山。
安能摧眉折腰事权贵，使我不得开心颜！

“梦游”天姥，而不是实写天姥，这本身就给天姥山增添了一种思绪万千、想象无限的诗性感怀，抒发了郁积在心中的那种万丈的豪情，表达了不服侍权贵、不为五斗米而折腰的人生志气。弗洛伊德曾说，梦是最能产生诗意的境地。诗人假托“梦游”，就成功地借鉴了梦境的光怪陆离镜像，用驰骋万里的想象、大胆夸张的艺术抒发，表露出超越世俗藩篱束缚的人生理想。

江南的山水给了李白一种前所未有的审美快慰，他将许多优美的诗句，献给了他钟情的江南山水。在《送王屋山人魏万还王屋》一诗中，李白这样赞美越中会稽：“遥闻会稽美，且度耶溪水。万壑与千岩，峥嵘镜湖里。”在《越女词》里，也这样赞美道：“镜湖水如月，耶溪女如雪。新妆荡新波，光景两奇绝。”在《子夜吴歌》中，李白深情地写道：“镜湖三百里，菡萏发荷花。五月西施采，人看隘若耶。回舟不诗月，归去越王家。”李白非常推崇东晋著名的山水诗人谢灵运和谢朓，在山水抒情诗的创作中，也多留有二谢之遗风，如《秋登宣城谢朓北楼》一诗：“江城如画里，山晚望晴空。两水夹明镜，双桥落彩虹。人烟寒橘柚，秋色老梧桐。谁念北楼上，临风忆谢公。”江南山水作为独立的审美对象、抒情对象，自东晋六朝以来就已成型，在唐代则是得到更进一步的推崇而日臻成熟。

唐代另一位大诗人杜甫也曾来到江南，并在此居住下来，多次漫游越中，对会稽、剡溪的山水大加赞赏，据陈贻焮的《杜甫评传》中记载，杜甫在越中游历时间达三四年之久，直到24岁赴洛阳应试。杜甫在越中的诗作大多失传，现留有一首题为《壮游》的诗篇。其诗云：

枕戈忆勾践，渡浙想秦皇。
蒸鱼闻匕首，除道哂要章。
越女天下白，鉴湖五月凉。
剡溪蕴秀异，欲罢不能忘。
归帆拂天姥，中岁贡旧乡。
气劘屈贾垒，目短曹刘墙。

此诗写于代宗大历元年（766），是杜甫漫游越中名胜美景后的诗意感想。江南秀美的山水，镜湖、剡溪、天姥山都在诗中得到尽情地赞扬。越中的自然山水景观，使诗人流连忘返，在《送孔巢父谢病归游江东》一诗中，杜甫写道：“南寻禹穴李白，道甫问信竟如何？”可见，两位诗人在越中的游历生活是爽心爽意的。

唐代著名诗人孟浩然也曾留下许多脍炙人口的诗篇。被李白称为“风流天下闻”的孟浩然40岁入长安应进士考落第，失意东归，自洛阳东游吴越，开始他的“山水寻吴越，风尘厌洛京”的游历生活。唐开元十八年（730）十二月，孟浩然到达越中新昌，游大佛寺，并创作《腊月八日于剡县石城寺礼拜》一诗。诗云：

石壁开金像，香山绕铁围。
下生弥勒见，回向一心归。
竹柏禅庭古，楼台世界稀。
夕岚增气色，余照发光辉。
讲席邀谈柄，泉堂施浴衣。
愿承功德水，从此濯尘机。

孟浩然还创作《宿立公房》一诗，抒发自己愿像东晋名士那样地隐居和诗意栖居的情感。在另一首题为《与崔二十一游镜湖寄包贺二公》中，孟浩然对越中会稽的山水，也大加赞赏："试览镜湖物，中流见底清。不知鲈鱼味，但识鸥鸟情。帆得樵风送，春逢谷雨晴。将探夏禹穴，稍背越王城。府椽有包子，文章推贺生。沧浪醉后唱，因子寄同声。"唐代大诗人白居易与江南的关系更是不言而喻。除了在杭州任地方官，后来为杭州留下不少的名胜古迹和名作诗篇外，据考证，[①] 白居易曾三次游览越中。第一次是建中四年（783）、兴元元年间（784），13 岁的白居易随父从安徽符离集来浙东，其诗《江楼望归》题下自注云："时避难在越中"。其诗《泛春池》云："白萍湘渚曲，绿筱剡溪口。"在《缭绫》一诗中，白居易说缭绫"应是天台山上月明前，四十五尺瀑布泉"。第二次是他任杭州刺史时，他的好友元稹在绍兴任越州刺史，曾应邀去越中。两人惺惺相惜，频频唱和。在《郡中闲独寄微之及崔湖州》一诗中，白居易云："苹州会面知和日？镜水离心又一春。"说的是与元稹分别又一年了。在《宿云门寺》《题谢公东山障子》等诗中，也较为详细地记录和抒发了他游历越中的感受和心情。第三次是在太和三年（829），白居易在《想东游五十韵并序》中云："太和三年，予病免官后，忆游浙右数郡，兼思到越一访微之。"诗中与元稹相约作浙东谢公之游。太和六年（832）白居易为白寂然作《沃州山禅院记》，从中记叙和抒发了他对越中风光的赞美之情：

东南山水越为首，剡为面，沃州、天姥为眉目。夫有非常之境，

① 此段考证部分参考了唐樟荣《历代名人与新昌》一文，在此特致谢！参见傅建祥主编《解读新昌旅游》，中国旅游出版社 2007 年版，第 137—138 页。

> 然后有非常之人栖焉。……凡十八人或游焉，或止焉。故……谢灵运诗云：“暝投剡中宿，明登天姥岑。高高入云霓，还期安可寻?”盖人与山中相得于一时也。

有“元白”之称的白居易好友元稹，在与白居易的对诗当中，也对江南的自然山水大加赞赏，如《寄乐天》：

> 莫嗟虚老海壖西，天下风光数会稽。
> 灵汜桥前百里镜，石帆山崦五云溪。
> 冰销田地芦锥短，春入枝条柳眼底。
> 安得故人生羽翼，飞来相伴醉如泥。

江南自然山水乃是诗人赏心悦目的审美对象，同时也是产生江南诗性文化和推动文学发展的重要基础性条件。那么，江南自然山水为什么会产生如此之大的审美吸引力呢？个中的原因尽管是复杂的，但有一点则可以充分肯定，那就是江南自然山水之清秀，与北方自然风光之粗犷，构成了鲜明的对比：“铁马秋风塞北，杏花春雨江南”。江南与“大漠孤烟直”的塞北风光，分别属于“优美”和“壮美”两种不同的审美形态和类型，也就是说，江南自然山水在审美的意义层面上总是称为“优美”形态的审美载体。如果说白居易的《忆江南》为江南进行了精准的审美定位，那么，江南也就成为中国文化、中国文学，尤其是中国抒情文学的最富有诗性特质的审美载体，同时，也成就了江南文化“越名教而任自然”的超功利、顺乎自然的审美特质。在古典的审美视阈中，与江南形成强烈的视觉和情感冲突的，以及与杏花、春雨、江南形成绝对情感色差的，是铁马、秋风、塞北……因此，从民族的文化审美心理而言，这似乎也就暗示了“江南”的和平、安逸、美好，因为与它总是相对于铁马（战争）、秋风（肃杀、凋零、冬之将至）、塞北（荒漠、孤寂）的审美而言的，呈现出特定的诗意、诗性的审美特征。

历史不断变迁中的江南，往往是人们心目中的“堆金积玉地，温柔富贵乡”。她的繁华、她的富庶、她的舞榭歌台、她的诗词歌赋、她的琴棋书画、她的小桥流水，都可以说是人们对于美好生活的想象和期盼。就精神层面而言，江南之所以如此长久地存在于人们的精神世界，或者说，人们之所以对于江南的热烈向往，超越了时间、地域，甚至种族（民族）的界限，是因为人的心灵世界依然存放着故乡的情怀，江南正是可以存放心灵的家园，是梦中的模样、模态，一种生命自由的象征，一种诗性特质的审美经典存在。大多数从北方南迁的人士，在饱经人世沧桑和人生苦难之后，那种受政治压迫而产生的情感转移，使之在江南秀丽的自然山水当中，获得了最适合的审美心理的对应，获得了性情的陶冶，从而使所抒发出来的情感也总是呈现出一种诗性的审美智慧，特别是南北文化的交汇和交融，则使这种诗性的审美智慧，更是表现得明丽清澈而淋漓尽致。

对于“江南”诗性的审美特质，徐复观曾以“人伦鉴识”为题，论述了其形成的原因。他指出：“这种人伦鉴识，开始是以儒学为鉴识的根据，以政治上的实用为其所要达到的目标；以分解的方法，构成他们的判断。而其关键之点，则在于通过可见之形，可见之才，以发现内在而不可见之性，即是要发现人之所以为人之本质。……竹林名士出而政治实用的意味转薄；中朝名士出而生命情调之欣赏特隆；于是人伦鉴识，在无形中由政治的实用性，完成了向艺术的欣赏性的转换。自此之后，玄学，尤其是庄学，成为鉴识的根柢；以超实用的趣味欣赏，为其所要达到的目标；由美的观照，得出他们对人伦的判断。……凡当时人伦鉴识中之所谓精神、风神、神气、神情、风情，都是传神这一观念的源泉、根据，也是形成气韵生动一语的源泉、根据。”① “传神”“写意”“气韵生动”，这些都是建立在对江南文化诗性本体的审美感悟和阐发基础上而得出的认识结论。所以，东晋六朝以来的山水抒情诗创作，与其说是对江南自然山水的单纯歌咏，毋宁说是一种心灵情感的真切抒怀。众多的名人雅士、文人骚客，前赴后继地来到江南，徜徉在江南丘陵和水网密布、江河纵横交错的山水胜地，不仅仅只是单纯地陶醉于山水之中，更是在寄情于山水当中找到能够与心灵相对应的审美能指对象，找到真正属于自己世界的精神家园，从中激发生命自由的情怀，发掘生命自由的价值和意义。因此，江南的山水在诗人那里就是由表及里，由浅入深，由单纯的视觉审美和欲望的满足，进而深入到心灵的层面、精神的层面，将其转化为心灵之抚慰、精神之超脱、情感之抒发的审美对应物，并在不断升华的精神满足当中，不断地激活生命的诗性本体，促使郁积在心中的豪情勃发，并由此获得生命情感的释放和

① 徐复观：《中国艺术精神》，华东师范大学出版社 2001 年版，第 93、95 页。

诗性智慧的展示，使山水抒情诗真正地成为心灵自由、精神解放的审美对象和载体，正如宗白华所指出的那样：“诗和春都是美的化身，一是艺术的美，一是自然的美。我们都是从目观耳听的世界里寻得她的踪迹。某尼悟道诗大有禅意，好像是说‘道不远人’，不应该‘道在迩而求诸远’。好像是说：‘如果你在自己的心中找不到美的踪迹。’……你的心不是‘在’自己的过程里，在感情、情绪、思维里找到美；而只是‘通过’感觉、情绪、思维找到美。……这节奏，这旋律，这和谐等等，它们是离不开生命的表现，它们不是死的机械的空洞的形式，而是具有丰富内容，有表现，有深刻意义的具体形象。形象不是形式，而是形式和内容的统一，形式中每一个点、线、色、形、音、韵，都表现着内容的意义、情感、价值。”①

作为独立的审美对象，江南的山水内含着丰富的美的意蕴，形式与内容是高度统一的，最适合心灵情感的抒发，能够充分地传达出内心世界那种不可言传的生命自由情怀。这种情怀使江南文化自身内部种种对立又统一的元素，在构成其特有的诗性本质与审美精神当中，也使文学具有一种可以超越一切现实利害的审美愉悦功效，同时也使江南文化获得了一个坚实的主体基础，使以往过于政治化的传统文明结构中，出现了一种非功利的审美精神的制约与均衡。而江南就是这样一个被充分诗化了的审美对象，从中显示出它对儒家人文观念的一种超越，即在儒家文化身后看到了人性的诗性存在及其价值与意义。东晋六朝以来，南迁的士人、诗人在江南山水当中，通过自己的心灵感悟和沉醉的审美感怀，找到了自己心中的美。正是从这个意义上来说，作为审美对象的江南，集中地展现了东晋六朝以来中国文人的一种浪漫抒情的唯美主义的人生理想和审美志向，或者说是东晋六朝以来，中国文人在江南找到了一条通往心灵深处的情感之路，找到了一种在失意或苦难人生中，以自然山水为审美对象的唯美主义的人生理想和生命范式。因此，江南历史变迁之路也好，“唐诗之路”也好，都是一条“心灵之路”“情感之路”，是江南文化的诗性精神显现，是诗性智慧的审美情感展现。

作者单位：浙江大学中文系

① 宗白华：《美学散步》，上海人民出版社1981年版，第12—15页。

齐文化与《列仙传》研究

何　亮

民众的语言、饮食、服饰、习俗等受地域环境之浸染，这一现象很早就引起了学者们的关注。《礼记·王制》曰："凡居民材，必因天寒地暖燥湿，广谷大川异制，民生其间异俗，刚柔轻重，迟速异齐，五味异和，器械异制，衣服异宜。修其教不易其俗，齐其政不易其宜。中国戎夷，五方之民，皆有性也，不可推移。"[①] 地域不同，不仅人的体格、用具、居住、习性等大相径庭，风俗也截然有别。汉代史学家班固讨论各地风俗时称："民函五常之性，而其刚柔缓急，音声不同，系水土之风气，故谓之风；好恶取舍，动静亡常，随君上之情欲，故谓之俗。"[②] 自然地理的不同，还会影响到不同地域作家的创作风格、作品的思想内容，形成独具特色的地域文化，如鲁文化、燕赵文化、晋文化、秦文化、吴越文化、荆楚文化、巴蜀文化等。

《列仙传》的诞生，受神仙方术思想盛行、毗邻海滨的齐文化之影响。其地域范围，大致在今天的鲁北、鲁中及山东半岛地区（也就是海岱之间的山东地区）。[③] 近年来，文学与地域文化的研究成为学术的热点。本文拟以齐地文化与《列仙传》之间的关系略作探讨，以期深入对这一问题的研究。

---

① 阮元校刻：《十三经注疏附校勘记》卷第十一《王制第五》，中华书局 1963 年版，第 1338 页。

② 班固：《汉书》卷二十八下《地理志下》，中华书局 1962 年版，第 1640 页。

③ 齐文化是历史上以国家概念形成的古国型地域文化，不同于领域文化，也不同于非国家概念形成的地域文化和现代国家概念的地域文化的特点，它既有国界概念的限制，又不像现代国家那样疆界明确。因此，本文对其含义及所涵盖的具体范围，采取从宽的原则：齐文化是以先秦齐国文化为中心和重点、以先秦、齐国的大体疆域为界限，包括先齐和后齐的齐地的地域文化。（参见郭默兰、吕世忠《齐文化研究》，齐鲁书社 2006 年版，第 5—11 页。）

一　齐文化与《列仙传》神仙思想渊源

《列仙传》是中国最早且较有系统地叙述古代神仙人物事迹的志怪小说，体例仿《列女传》。其成书受当时盛行的神仙思想影响，意在宣扬道教的神仙信仰。关于神仙思想之渊源，可追溯到东夷的史前文化。

战国末年至西汉中期，神仙之说盛行于齐国一带。神仙思想在齐地史前文化，即东夷史前文化，就已萌芽。[①]《后汉书·东夷列传》云："'东方曰夷。'夷者，柢也，言仁而好生，万物柢地而出。故天性柔顺，易以道御，至有君子、不死之国焉。"[②] 对于"夷"字，《说文》释曰："夷，东方之人也，从大，从弓。"[③]《说文》"羌"部补充"夷"之含义："南方蛮闽字从虫，北方狄从犬，东方貉字从豸，西方羌从羊，西南僰人，焦侥从人。盖在坤地颇有顺理之性，唯东夷从大。大，人也，夷俗仁，仁者寿，有君子不死之国。"[④] 不死、寿的观念，透露出欲求长生的神仙思想。

神仙思想萌生、盛行于齐地，与其独特的地理位置息息相关。齐地处海滨，北有渤海，东、南毗邻黄海，岛屿众多，水系发达。大海的浩瀚变幻、容纳百川，孕育了齐人灵动、富于想象力的思维，激发他们对神秘莫测的海洋世界的遐想和探索。如梁启超所言："试一观海，忽觉超然万累之表，而行为思想，皆得无限自由。"[⑤] 齐地"形解销化"的方仙道思想，邹衍"闳大而宏辩"的"大九州"说，以及《山海经》《齐谐》《十洲记》《神异经》等描绘海外神山的怪异之作，都是海洋影响的产物。近海的生活环境，也促进了当地航海业的发达及海上的探险活动。春秋时期，齐人航海已成寻常之事。《国语·齐语》说："方舟设泭，乘桴济河。"[⑥] 山东半岛附近的居民，经常乘坐木筏出海。到远海捕鱼的渔民，已懂得利

---

① 齐文化源自远古时期的东夷史前文化。当时，齐地的原始土著人称为"东夷"。但"东夷"称呼之具体起始、东夷文化形成的最初时间，因历经时间漫长、自然及社会历史的变迁，已难详考。

② 范晔撰，李贤等注：《后汉书》卷八十五《东夷列传第七十五》，中华书局 1965 年版，第 2807 页。

③ 许慎撰，段玉裁注：《说文解字注》，上海古籍出版社 1981 年版，第 493 页。

④ 同上书，第 146 页。

⑤ 梁启超：《饮冰室合集·文集之十》，中华书局 1989 年版，第 985 页。

⑥ 徐元诰撰，王树民、沈长云点校：《国语集解》，中华书局 2002 年版，第 234 页。

用海流和潮汐进行航海活动。《管子》提及齐人的航海情况时说："渔人之入海，海深万仞，就彼逆流，乘危百里，宿夜不出者，利在水也。"[①]统治者喜好波澜壮阔的海景，为之流连忘返，齐景公就是这样一位国君。《韩非子·外储说右上》"齐景公游少海"记载了齐景公曾经到胶州湾游玩，刘向《说苑·正谏》讥讽他耽于逸乐，到海上玩乐长达六个月之久，导致国政荒废、群臣激愤："齐景公游于海上而乐之，六月不归，令左右曰：'敢有先言归者，致死不赦'。"[②]就连未见过大海的孔子，也说"道不行，乘桴浮于海"[③]。齐国的航海技术处于领先地位，吸引了来自周邦各国的学习者。《越绝书·吴内传》记载，越国勇士曾到齐国学习水战技巧："习之于夷，夷，海也。"[④]

经常性的航海活动，地处海滨的天然地理优势，使齐人有机会观测到海洋奇观，尤其是海市蜃景。较早对此进行记载的是《史记》，《史记·封禅书》云：

> 自威、宣、燕昭，使人入海求蓬莱、方丈、瀛洲。此三神山者，其传在勃海中，去人不远；患且至，则船风引而去。盖尝有至者，诸仙人及不死之药皆在焉，其物禽兽尽白，而黄金银为宫阙。未至，望之如云；及到，三神山反居水下。临之，风辄引去，终莫能至云。[⑤]

方士、巫觋、道士等迎合人们惧死、求长生的心理，对海市蜃楼现象加以渲染，编造出蓬莱、方壶等五神山、山上有不死药的神话："渤海之东不知几亿万里，有大壑焉……其中有五山焉，一曰岱舆，二曰员峤，三曰方壶，四曰瀛洲，五曰蓬莱……而五山之根无所连箸，常随潮波上下往还。"[⑥]后来，发展成《史记·封禅书》中位于渤海的蓬莱、方丈、瀛洲"三神山"。当时渤海所指海域，包括现在的渤海和黄海，但与海市有密

① 《管子》卷十七《禁藏第五十三》，《诸子集成》第五卷，中华书局2004年版，第760页。

② 刘向撰，向宗鲁校证：《说苑校证》，中华书局1987年版，第207页。

③ 杨伯峻译注：《论语译注》，中华书局1980年版，第43页。

④ 张仲清：《越绝书校注》卷第三《吴内第四》，国家图书馆出版社2009年版，第95页。

⑤ 司马迁撰，裴骃集解，司马贞索隐，张守节正义：《史记》卷二十八《封禅书第六》，中华书局1963年版，第1369—1370页。

⑥ 杨伯峻：《列子集释》卷第五《汤问篇》，中华书局1979年版，第151—152页。

切关联的，则只有所属齐国的蓬莱以北的海面。因此，虽有五神山、三神山之说，人们看重的却是蓬莱山。《山海经·海内北经》郭璞注云："蓬莱山在海中，上有仙人，宫室皆以金玉为之，鸟兽尽白，望之如云，在渤海中也。"[①]《史记·孝武本记》把三神山称为"蓬莱诸神山"；《史记·孝武本记》《后汉书·郊祀志》称神仙为"蓬莱神仙""蓬莱神人"；汉武帝多次巡游至齐国所辖区域登州，也是"冀通蓬莱焉""将以望祠蓬莱之属"。可见，"蓬莱"成为了仙境、神山的代名词。

神山有神仙、不死药，引起了人们对成仙的向往。自战国时代起，齐威王、齐宣王等国君，不惜重金，前赴后继地派人前往海外神山寻求仙药。所有帝王中，入海求仙的始作俑者虽属齐威王，最狂热的却是秦始皇和汉武帝。秦始皇听信方士蛊惑，曾多次派遣徐福、韩终、卢生等入海采药，寻找"蓬莱仙人"。秦始皇五次出巡，三次到过蓬莱。汉武帝宠信栾大、李少翁等术士，授予高官厚禄，命其率领大队人马到蓬莱求仙。他自己八次东巡，七次到过蓬莱。历代帝王将求仙付诸现实的举动，方士、道士等的鼓吹，动荡、战乱频繁的社会环境等，更激发了人们成仙的欲望。东汉末，道教开始形成，奉老子为教主，《道德经》为经典，并对神仙信仰观念加以改造。人们相信天地形成前，神仙就已存在。他们餐风饮露，不食人间烟火，主宰着芸芸众生。除非以巫觋与方士为中介，否则人与神之间无法沟通。魏晋时期，道教进一步吸收黄老学说，神仙思想理论基本形成。道教宣称，世间凡人通过自我修炼可将长生、成仙付诸实现。神仙由遥不可及的梦想，变成了经过后天努力可以达到的目标。宣扬神仙思想的作品相继涌现，《列仙传》就是其中之一。

二　齐文化对《列仙传》内容的影响：求道学仙

战国末年至秦汉，燕齐一带的海滨盛产方士，流行求仙，是神仙思想最为盛行的地区；汉武帝第五次出巡，发现在齐国东北部濒临渤海、黄海的地方，可望见海中蓬莱山，"因筑城以为名"，蓬莱正式获此殊名；海滨以西的泰山石闾，汉武帝时被命名为仙人闾，成为官府祭祀的圣地。齐地极为浓厚的神仙信仰，孕育、诞生了为神仙列传、宣扬求道学仙思想的

① 袁珂：《山海经校注》（最终修订版），北京联合出版公司 2014 年版，第 281 页。

《列仙传》。

《列仙传》共为七十一位神仙列传，有远古时就已存在的神话人物赤松子："赤松子者，神农时雨师也。服冰玉散，以教神农，能入火不烧。至昆仑山，常入西王母石室中，随风雨上下。炎帝少女追之，亦得仙，俱去。"① 有见于史籍的真实历史人物，黄帝、老子、吕尚、介子推、范蠡、琴高、萧史、东方朔、钩弋夫人等，如老子："老子姓李名耳，字伯阳，陈人也。生于殷，时为周柱下史。好养精气，贵接而不施。转为守藏史。积八十余年。"② 神仙人物的身份不拘，无论男女老少，还是帝王贵胄、王侯将相、医巫厌祝、樵夫、商贩、农民等，都可以成为神仙。道教贵生、平等的思想，在这部作品中表露无遗。如有贵为帝王的黄帝："黄帝者，号曰轩辕。能劾百神，朝而使之。弱而能言，圣而预知，知物之纪。自以为云师，有龙形。自择亡日，与群臣辞。至于卒，还葬桥山，山崩，柩空无尸，唯剑舄在焉。"③ 有身份卑微的采药人偓佺，"槐山采药父也，好食松实，形体生毛，长数寸，两目更方，能飞行逐走马"④；被秦王朝暴政逼迫入山中的"毛女"，"毛女者，字玉姜，在华阴山中，猎师世世见之。形体生毛，自言秦始皇宫人也，秦坏，流亡入山避难，遇道士谷春，教食松叶，遂不饥寒，身轻如飞，百七十余年"。⑤

《列仙传》中的神仙，虽身份、年龄、性别等有差异，成仙的方式不尽相同，但都崇信道家，将"学道求仙"作为人生的追求。《列仙传》所描绘的成仙方式，后出道经多以此为蓝本。归纳起来有以下几种：

第一，服食灵药、瓜果、动物的脑髓。或食用自然界的矿物质，如水玉、石脂、云母、茯苓、石钟乳。邛疏煮石钟乳服之，数百年仍然"往来入太室山"；或自然界的植物，如甘草、地黄、当归、羌活（独活）、苦参散、百草花、松实、苣胜实、桃李、蒲韭根、松脂、橐庐木实、芜菁子、荔枝、葵。赤将子舆，不食人间五谷而吃百草，"能随风上下，日行百里，一岁十易皮，后仙去"；或有灵气的动物脑髓，如龟脑、龙脑。象林桂父，用龟脑和桂及葵，历经几百上千年，"累世见之"；或炼制的丹

① 王叔岷：《列仙传校笺》，中华书局2007年版，第1页。

② 同上书，第18页。

③ 同上书，第9页。

④ 同上书，第11页。

⑤ 同上书，第132页。

药。巴人赤斧，服食用丹砂和硝石炼制的药物后，“身轻，而毛发尽赤”；或饮用神泉水。淄川人鹿皮公，饮用岑山上的神泉七十余年。百年后，仍在世间卖药，容颜不老。

第二，服气养气、交接。神仙以气为形之本，服气是修养的重要方法。服气，即呼吸吐纳之法也。帝颛顼之孙彭祖，善导引行气，八百年过去了，依然健在；自称黄帝师的容成公，守生养气，“发白更黑，齿落更生”；交接，即“男女合气之术”。虽本质上是一种男女交媾的性爱方法，或称之为房中术，却具有消灾散祸、延年成仙的宗教意义。陈市上沽酒的美妇女丸，养性的同时，御年少者以交接术，三十年过去了，颜色更如20岁，后弃家追仙人去；容成公善补导之事，取精于玄牝，养神不死。

第三，行善积德。神仙修炼不仅需要道术、心性，还需要伦理道德的修持。被道教视为圣经的《道德经》，就有慈善助人的思想，如《道德经》第六十七章“我有三宝，持而保之，一曰慈，二曰俭，三曰不敢为天下先”，第七十九章又有“天道无亲，常与善人”之说。随着道教的发展，逐渐把“积德行善”与“得道成仙”相联系，信教之人必须行善、济世、度人。如木羽的母亲曾帮助一位妇人生产，小孩子刚生下来便睁开眼睛，望着她大笑。原来，此儿是为报恩来到世间。十五年过后，木羽的母亲因行医积善被仙人迎接，成仙而去。

第四，得神人点化或异人相助。道家修炼成仙之法异常烦冗，许多人望而却步。迎合喜易、速成的心理，道教宣称只要有仙缘，得到神仙或异人的指点就可以成仙。这种观念大大降低了修炼的难度，争取了更多的信徒。济阴人园客，得神女相助养蚕、收蚕，采得大如瓮的茧百二十头，缫一茧，六十日才尽。茧缫尽后，与神女一起不知所踪；陈留济阳氏，往来海滨。在祠中遇三位异人，令他闭眼担瓜数十颗，睁开的时候却到了方丈山。后常往来莒，取方丈山上珍宝珠玉卖之，容貌越来越年轻。

神仙之说肇始并盛行于燕齐，燕齐的神仙观念影响了《列仙传》的撰写。《列仙传》记录了上古至汉代的七十余名神仙，虽对各神仙的身份、形貌、年龄、事迹等均有不同程度的介绍，但大量笔墨却集中于成仙方式的描述。据此可知，《列仙传》之神仙观念有很深的部族文化渊源。据《史记·封禅书》记载：“自齐威、宣之时，驺子之徒论著终始五德之运，及秦帝而齐人奏之，故始皇采用之。而宋毋忌、正伯侨、充尚、羡门高最后皆燕人，为方仙道，形解销化，依于鬼神之事。驺衍以阴阳主运显于诸侯，而燕齐海上之方士传其术不能通，然则怪迂阿谀苟合之徒自此兴，不可胜数也。”① 燕齐为方术盛行之地，卢生、徐福、李少君、少翁、栾大、公孙卿等都为齐国方士，均倡求道学仙之说。为迎合帝王，他们作空疏迂怪之谈，为神仙的出现提供了生存的空间，产生了神仙灵迹的故事。

三　齐文化对《列仙传》人物地域分布的影响

《列仙传》仿史传体例专为神仙人物列传，从书之命名可知作者以“实录”精神，肯定神仙人物实存：“惟此外有刘向的《列仙传》是真的。……刘向的《列仙传》，在当时并非有意作小说，乃是当作真实事情做的，不过我们以现在的眼光看去，只可作小说观而已。”② 秦汉魏晋时期的小说，即使内容神奇怪诞，与真实风马牛不相及，人们也当成实有其事来看待。史学家干宝写《搜神记》就是为了明神道之不诬陷；裴启《语林》本风行于世，所记谢安事经谢安本人指出与真实不符，身价大减，以致湮没不闻。鲁迅先生在《中国小说史略》中对此有论：“中国本信巫，秦汉以来，神仙之说盛行，汉末又大畅巫风，而鬼道愈炽；会小乘佛教亦入中土，渐见流传。凡此，皆张皇鬼神，称道灵异，故自晋讫隋，特多鬼神志怪之书。其书有出于文人者，有出于教徒者。文人之作，虽非如释道二家，意在自神其教，然亦非有意为小说，盖当时以为幽明虽殊途，而人鬼乃皆实有，故其叙述异事，与记载人间常事，自视固无诚妄之别矣。”③ 受巫术、方术、道教等的影响，《列仙传》大肆渲染神仙思想，其中的不少神仙来自齐文化圈，受齐文化之浸染。

范蠡为早期道家学者，是《列仙传》中不出生于齐国，功成身退后隐居齐国，在此地修炼成仙的重要人物：“范蠡，字少伯，徐人也。事周师太公望，好服桂饮水。为越大夫，佐勾践破吴。后乘舟入海，变名姓，适齐，为鸱夷子。更后百余年，见于陶，为陶朱君，财累亿万，号陶朱

① 司马迁撰，裴骃集解，司马贞索隐，张守节正义：《史记》卷二十八《封禅书第六》，中华书局1963年版，第1368—1369页。

② 鲁迅：《鲁迅全集》第八卷，人民文学出版社1963年版，第318页。

③ 鲁迅：《中国小说史略》，人民文学出版社2007年版，第43页。

公。后弃之，兰陵卖药。后人世世识见之。”[1] 其至齐国生活的事迹，《史记》卷四十一《越王勾践世家》可证。范蠡辅佐越王勾践成就霸业后，一洗会稽之耻，被尊为上将军。睿智的范蠡深知盛名之下难以久居，且勾践为人只可共患难，难以享富贵，“蜚鸟尽，良弓藏；狡兔死，走狗烹”，于是装其轻宝珠玉，与其私徒属乘舟浮海“出齐，变姓名，自谓鸱夷子皮，耕于海畔，苦身戮力，父子治产”[2]。齐国的自然环境、治国政策适宜经商，否则范蠡不可能在短短的时间内“致产数十万”，成为享有盛名的“陶朱公”。自姜太公开设稷下学宫后，齐国文化开明、包容，唯才是举。范蠡虽为异国人，但杰出的经商才能，赢得了齐国统治者的青睐，被齐国国君委以重任。范蠡为道家思想家文子的高徒。北魏李暹为《文子》作注时指出，文子“姓辛，葵丘濮上人，号曰计然，范蠡师事之。本受业于老子，录其遗言为十二篇”[3]。计然为老子的弟子，而范蠡又是文子的学生，范蠡必受老子思想之影响。尊崇的地位，与道教千丝万缕的关联，在齐地生活的经历，使道教将其拉过来作为神仙敬奉、崇拜。

东方朔诞生于齐国，是一位颇具神异色彩的人物。受齐国喜迂阔怪异之谈的影响，其性格诙谐幽默，言词敏捷，滑稽多智。班固评曰：“少时数问长老贤人通于事及朔时者，皆曰朔口谐倡辩，不能持论，喜为庸人诵说，故令后世多传闻者。然朔名过实者，以其诙达多端，……其滑稽之雄乎！朔之诙谐，逢占射覆，其事浮浅，行于众庶，童儿牧竖莫不眩耀。”[4] 关于其诙谐、神异、多智，典籍多有载录。在《西京杂记》卷二中，汉武帝想杀其乳母，乳母求救于东方朔。东方朔设巧计，行刑时让乳母不言一语，只频频回顾东方朔，东方朔则以“汝宜速去，帝今已大，岂念汝乳哺时恩邪”[5] 激汉武帝。东方朔揣摩汉武帝之心思，忖度人之常情，用人最忌讳的不再念旧恩的反语，唤醒潜藏于武帝内心的感恩与愧疚，成功

① 王叔岷：《列仙传校笺》，中华书局 2007 年版，第 58 页。

② 司马迁撰，裴骃集解，司马贞索隐，张守节正义：《史记》卷四十一《越王勾践世家第十一》，中华书局 1963 年版，第 1752 页。

③ 萧统编：《文选》卷三十七《曹子建求通亲亲表》，李善注，中华书局 1977 年版，第 1035 页。

④ 班固撰，颜师古注：《汉书》卷六十五《东方朔传第三十五》，中华书局 1962 年版，第 2873—2874 页。

⑤ 刘歆撰，葛洪集，向新阳、刘克任校注：《西京杂记》校注卷二《方朔设奇计救乳母》，上海古籍出版社 1991 年版，第 73 页。

将乳母救出。东方朔的怪诞神奇，使人们只要提及异事，都喜附会于他。《殷芸小说》中，有一次汉武帝驾临甘泉宫，路途中看到一只五官分明、有鼻子有眼的红色小虫，可无人能识。汉武帝很好奇，让博学多闻、见多识广的东方朔去辨认。东方朔告诉汉武帝，这虫名叫怪哉，酒可溶解。汉武帝令人把虫子放进酒中，不一会儿，虫子果然消失得无影无踪。东方朔受道教推崇，被尊为神仙，与其身世也息息相关。东方朔家族世代奉道求仙，他父亲就是得道成仙的仙人。《汉武帝别国洞冥记》卷一对其进行了详细记载：

> 东方朔，字曼倩。父张夷，字少平，妻田氏女。夷年二百岁，颜如童子。朔生三日，而田氏死，时景帝三年也。邻母拾而养之。年三岁，天下秘谶，一览暗诵于口。①

东方朔的父亲好道，修炼长生之术，两百多岁了，容颜还如孩童一般。由于母亲早亡，他由邻居养大。东方朔才三岁就爱图谶之书，好方术，能诵天下秘书，具有不同于常人的异能。《汉武故事》直接指出东方朔实为贬谪于人间的神仙：

> 东郡送一短人，长五寸，衣冠具足。上疑其精，召东方朔至，朔呼短人曰："巨灵，阿母还来否？"短人不对。因指谓上："王母种桃，三千年一结子，此儿不良，已三过偷之。失王母意，故被谪来此。"上大惊，始知朔非世中人也。②

东方朔偷盗西王母的长生药蟠桃，从而被贬凡间历劫。这一记载，介绍了东方朔天赋异能的原因，显而易见，已被道教神化。《风俗通义·正失》还记载东方朔前身为太白星精：

> 东方朔，太白星精，黄帝时为风后，尧时为务成子，周时为老

① 上海古籍出版社编：《汉魏六朝笔记小说大观》，上海古籍出版社1999年版，第124页。
② 同上书，第173页。

聃，在越为范蠡，在齐为鸱夷子皮。①

时人把东方朔说成是老子、范蠡的后身，一方面神化其才能；另一方面说明当时人已经看出他身上浓郁的道家气息。其思想、性格等受齐文化之浸润，道教文化的魅力在他身上得到了彰显。

除此之外，《列仙传》中的瑕丘仲、负局先生、玄俗、鹿皮公、东方朔、犊子、昌容、啸父、商丘子胥、木羽、介子推、服闾、园客、平常生等都来自齐文化圈。他们或出生于齐国，或曾长时间在齐国生活，或与齐国文化有关联。作为位列仙班的神仙，凸显了齐国作为神仙思想发源地的重要地位，也宣扬了齐国文化及其神仙道教思想。

四　结语

齐文化是产生于齐地的一种地域文化，特色鲜明，具有独特的文化内涵。齐作为神仙思想的发源地，其文化对《列仙传》的成书体例、人物、内容等有重要影响。在内容上，《列仙传》构筑了一个怪诞离奇的神仙世界，详尽描述了诸黄老道者的仙迹异行。不仅如此，还将齐地的相关人物纳入仙班，宣扬道教神仙思想。从这些都可寻觅出齐文化影响的踪迹。《列仙传》作为我国影响颇大的道学著作，罗列出七十位仙人传，表示仙人的存在不可置疑。这些仙人有来自传说中的神话人物，如赤松子、神农时雨师，还有很多在历史典籍中有真实记载的人物，如黄帝、东方朔、老子。《列仙传》以史家“实录”精神为这些人物立传，传播他们得道成仙的事迹，都是为了证实仙人的存在是无可争辩的，为宣扬道教神仙思想，推动道教的发展做出了重要贡献。

说明：本文系2016年教育部人文社科青年项目“宋前小说与公牍文关系研究”（编号：16YJC751005）的阶段性成果。

作者单位：重庆师范大学文学院

① 应劭撰，王利器注：《风俗通义校注》，汉京文化事业有限公司2015年版，第108页。

宋代地域性诗文集刍议
——以《会稽掇英总集》《成都文类》为中心

左福生

所谓地域性诗文集，有些学者也称之为地域性文学选本，[①] 是指收录某一地区在一定时段内文学作品的集本或选集。作品集以地域命名，并收录某一地区作家作品的文集形态应该早有先例，高仲武的《中兴间气集序》中提到："《丹阳》止录吴人。"[②] 其《丹阳》便是指唐人殷璠所集的《丹阳集》，这部诗集专收丹阳（今江苏镇江）籍诗人作品，故曰"止录吴人"。这正是关于地域性诗文集的较早记录，遗憾的是，这部诗集早已散佚不存，只为后人提供了有关地域性诗集的某些猜想。宋代社会经济、文化得到长足发展，裒辑、编纂地域性诗文集的风气极盛，使得一系列这类诗文集不断涌现，李兼在《天台集序》中写道："州为一集，在昔有之，近岁东南郡皆有集。"从小规模的地方性一时之唱和诗集的编纂，到规模宏大的州郡历时性的文献辑集，这是宋代地域性诗文集呈现的大致趋势，其文化价值及对后世的影响不容忽视。本文对此从文化背景、编者构成、形态体例、选文范畴及流风余韵、价值等方面加以整体观照和论述。

一　宋代重文之策与文献辑录之风

宋代自太祖以来的最高统治者都十分重视文化的作用和影响，其中突出的一点就是对往代文献遗产的整理和编录，使其可以为本朝的文治发挥积极作用又可使之完好地传承下去。宋代有几部对当时及后世影响极大的典册，如《册府元龟》《文苑英华》《太平御览》《太平广记》等就是在

① 丁放、张晓利：《宋代地域性诗文选本与地理志的关系》，《江淮论坛》2013 年第 2 期。

② 黄霖、蒋凡主编：《中国历代文论选新编》，上海教育出版社 2007 年版，第 325 页。

最高统治者的倡导、推动下成书的，宋真宗在《册府元龟序》中说：“朕遹遵先志，肇振斯文，载命群儒，共司缀辑。”（《册府元龟》卷首）可见宋代重文统绪的遵祖意识和一脉相承。

对于历史文献统治者采取的是积极的保护之举，对当时的文化成果也同样予以重视，释文莹在《玉壶清话》中有一段记录，写道：“枢密直学士刘综，出镇并门，两制、馆阁皆以诗宠其行，因进呈。真宗深究诗雅，……亲以御笔选其平淡者，止得八联，……上谓综曰：‘并门在唐世皆将相出镇，凡抵治，遣从事者以题咏述怀宠行之句，多写于佛宫道宇，纂集成编，目太原事绩，后不闻其作也。’综后写御选句图，立于晋祠。”① 这一记载见出宋代统治阶层对本朝诗文唱和成果的保护、宣扬的积极姿态，当事者每以纂集成编的形式对之进行整理和保存，为当时地域性诗文之辑集树立了典型范式。林师蒧编《天台续集》卷一就录《送张无梦归天台》诗 32 首，作者为宋真宗、王钦若、钱惟演、丁谓、刘筠等 32 人，此正是为统治者所重视的唱和成果在地域性诗文集中留下的投影。

翻开宋代的史料文献，地方官积极投身一方文献整理、编纂、刊刻的事例不为鲜见，而他们编纂、刊刻所呈现的最终形态一般为两类：一为石刻；二为图籍。比如宋人对杜甫的景仰与推重，使得对杜诗的纂集与注释成为这一时代的文化热点，形成千家注杜的盛况。在辑录传播杜诗方面，除各类纸本杜集之外，石刻也是保存和传播杜诗的流行方式。仅四川境内辑录杜诗的石刻就有多处，尤以成都府浣花草堂石刻规模最大、知名，且进行过两次刻石，网罗了所有杜诗的 1400 余首。其一为北宋哲宗元佑年间，资政殿学士知成都军府事胡宗愈书字造碑于浣花草堂；其二为南宋高宗绍兴年间，宝文阁学士知成都府兼安抚使张焘为救胡宗愈所造杜诗碑之漫灭而再刻杜诗，立碑于重修后的杜甫草堂。

在纸质文集方面，由于造纸、印刷技术的进步，及统治者对文化的提倡与重视，宋代呈现的文献成果也远远超越前代任何时期。地方官组织刻印大型文献的现象也时有发生，如周必大《文苑英华序》中就说：“臣伏睹太宗皇帝丁时太平，以文明化成天下。既得诸国图籍，聚名士于朝，诏修三大书：曰《太平御览》，曰《册府元龟》，曰《文苑英华》，各一千

① （宋）文莹著，杨立扬校点：《玉壶清话》卷一，中华书局 1981 年版，第 2 页。

卷。今二书闽、蜀已刻……"[①]

周必大所提到闽、蜀已刻的二书就是指《太平御览》与《册府元龟》，二者都是在地方官发起和监督下完工。如蜀刻《太平御览》就是在成都府路转运判官兼提举学事蒲叔献的积极组织下，为“明我宋历圣相承之家法，补吾蜀文籍之阙”[②]而刻就成书的。时人李廷允记下当时的细节：“部使者锦屏蒲公被命将输，兼提蜀学，简册之外，澹无他营，凡台中彝常之馈，弗可却者，姑外积焉。一日，大斥之，募工锲木，以广斯文之传，廷允获与校雠，凡金根亥豕，皆厘正之，字三万八千有奇，其意有弗可猝通，而无所援据以为质者，则亦传疑，弗敢臆也。”[③]说明蜀本《太平御览》还在原书基础上加以校雠、厘正、补录，使之更加完善、宏富。这也体现了宋代地方官对待文献的积极、主动态度和创新、发明之精神。

从以上事例可知，宋人对文献，尤其是和地方文教发展密切相关的文献极为关注和用心，多以整理、纂集、刻印之行动进行保护与传播；而主其事者一般由地方官员来担任，地方军政之首通常以弘扬文教、保护文献的名义相号召，其影响力和权威性自然会起到显著之效。即使是刊行全国性大型类书，主事官员也会从地方文教利益的角度加以揄扬，如蒲叔献组织刊刻《太平御览》就强调“补吾蜀文籍之阙”的重大意义，把一部本为天下共享的典籍纳入治下的地方文化构成中来，其用意可谓耐人寻味。如果是针对一州、一府的文献进行整理和纂集，则更能引起地方文士的积极回应与支持，其成书速度往往会超出预期之效。

宋代地域性诗文集就是在此文化土壤和时代风气中出现的文籍刊行现象，据丁放先生统计，“在宋代文学选本中，属于地域性选本的就多达70余种”[④]。如果排除书籍之外的汇集形态如名胜刻石诗文集，宋代地域性诗文集本的数量也颇为可观，《会稽掇英总集》《成都文类》就是其中的出彩之作。另如《天台集》《严陵集》《赤城集》《昆山杂咏》《吴都文粹》等也很有影响，在保护地方文献上发挥了不可忽视的作用。

① （宋）周必大：《文苑英华序》，《文苑英华》卷首，中华书局2011年版，第11页。

② （宋）蒲叔献：《蜀刻太平御览序》，《太平御览》，中华书局影印本。

③ （宋）李廷允：《刻太平御览跋》，《太平御览》，中华书局影印本。

④ 丁放、张晓利：《宋代地域性诗文选本与地理志的关系》，《江淮论坛》2013年第2期。

二　编者构成与作用

宋代地域性诗文集所收作品一般以当时的行政区即州、府、县为界域，或者说就是以一州、一府、一县在某一时间内的文献（主要为文学作品）为对象，进行结集成书。如《成都文类》就是南宋庆元间建安袁说友任四川安抚制度使时组织编纂的一部诗文总集，其编书的宗旨为彰显成都的“江山之雄，文物之盛”，弘扬蜀地名公才士、骚人墨客的文思盛藻。因此，所辑录的对象多以“其文以益而作者”，使得“其以益而文者，悉登载而汇辑焉”。①《会稽掇英总集》是一部与绍兴关系密切的诗文集，绍兴汉时为会稽郡治所，北宋名越州，南宋改称绍兴府，下领会稽、萧山、余姚等八县。该文集成书于熙宁五年，由知越州军州事领浙东兵马钤辖孔延之就任后组织地方人士辑录而成，故所录文献即是会稽及所辖区域内的铭志歌咏。

通观宋代的地域性诗文集大凡为统领一方的官员发起搜编，宋代的文官制度十分完善，地方政权多由文官掌任，即使是一些重要军职，也多由科第出身的文官挂印。这些以挥洒笔墨为能事的官员多博雅好文，有些地方官自身就是文坛盟主或名擅一时的写手，如范仲淹、欧阳修、苏轼、范成大等宋代重要作家，他们都有做地方官的经历，同时也积极地参与到地方文化活动中。如范成大十分留意苏州的地方文献，其编修的《吴郡志》就收录了大量有关苏州的诗文，对后来郑虎臣编《吴都文粹》有很大的影响和启发，故《吴都文粹》有“与范成大吴郡志相辅而行”之誉。任职蜀都的蒲叔献也是一位好文之士，所谓“简册之外，澹无他营”，可见其儒雅好古。地方官员的好文喜书，及对了解、搜求地方文献的浓厚兴趣，也促进了他们对乡邦文化的自豪感和传承文献的使命感。如果说前文所述宋代重文统绪是宋人专注文献的时代内因的话，那么，宋代地方官整体文化素养的提升及好文喜书的习性，则是宋代地域性诗文集得以大量出现的一个直接动因。主持编录《会稽掇英总集》的孔延之在其序起首便说道：“予尝恨诗书之阙亡，使善恶之戒不详见于后代，盖编脱简落不能补之故也。”于是，“故自到官，申命吏卒，遍走岩穴，且捃之编籍，询

① （宋）袁说友：《成都文类序》，《成都文类》，中华书局2011年版，第6页。

之好事”,[①] 正因如此，他走马上任不久就组织编成是书。李兼在《天台集序》中也有类似表达：“天台以山名州，自孙兴公赋行江左，迨今千祀，大篇春容，短章寂寥，未闻省录之者。予来经年，思会粹为一编书，顾无其暇。方延诸儒议修图谍，谓兹尤所先急。”[②]

对于行将消失的地方文献，宋代的地方官普遍有珍惜和顾虑之念。然而，要为历经千年的州郡做一番文献总结，这不是一朝一夕就可功成的大事，尤其是宋之前较少有系统整理地方文集的先例，不少材料和内容或失传，或散落，或隐匿，着手起来殊为不易。加之这些主事地方官多为外任，初来乍到，人地陌生，如时任四川安抚制度使、兼知成都军府事的袁说友是建安（今福建建瓯）人；而领事修会稽文献的孔延之，也非出生越州，且他在越为官的时间仅一年之余。环境的陌生和文化传统的隔阂对有志于整理、刊行地方文献的地方官来说是个不利的因素，那么他们是如何克服这一困难，并顺利成书的呢？这里值得一提的仍然是宋代相对昌盛的社会文化，由于宋代普遍重文的制度，加上科举、教育的发展和推广，地方知识阶层得到相应的壮大。生于斯、长于斯的地方文士既具备文学创作的素养与条件，同时，他们也是本地文献的爱好者和收集者，有些文士平时就留心收集乡邦诗文，在官方着手纂辑之前他们就有了初步的积累，这样，他们的前期准备就成为编纂的起点和基础，大大方便和加快了结集工作的进程。以《天台集》为例，其成书之速就是得益于地方文士的奉献，“州士李棨昆仲出其先公御史所裒文集四帙以为赠”，同时，“州学谕林师蒧又示唐宋诗三百余篇”，可以说，该文集在未正式成书之前，当地知识人士手中就已有相当的积累和储备了，以至于李兼在序中由衷感叹：“不出户庭而尽睹海山之胜，不费探讨而坐获巾笥之藏，天下之事成于有志，其理固然，未有若是之捷且速也!”[③] 董棻编《严陵集》也不例外，其中作品除“搜访境内断残碑版及脱遗简编”所得“逸文甚多”外，“复得郡人喻君彦先悉家所藏书讨阅相示”。[④] 如果没有李棨、林师蒧、喻彦先这样的地方文士的有心和奉献，《天台》《严陵》二集是不可能如此顺利成书的。孔延之为会稽文献的纂辑动了不少心思，除四处遣人、搜岩剔

① （宋）孔延之：《会稽掇英总集序》，《会稽掇英总集》，人民出版社 2006 年版，第 6 页。

② （宋）李兼：《天台集序》，《天台前集》，影印文渊阁四库全书本。

③ 同上。

④ （宋）董棻：《严陵集序》，《严陵集》，丛书集成初编本。

薮外，也广开求寻之路，即“捃之编籍，询之好事”，说明其中部分内容也是来自地方文士的私藏和目记。《成都文类》致力于汇集“断自汉以下，迄于淳熙”的文篇，其中辑录了杜甫寓留成都时期的大量诗作，近年已有学者考证出其中后世杜集未备之作若干首，这与当时草堂两次网罗杜诗石刻文献不无关系，也和宋代成都地区保存杜诗的优越人文环境密不可分。

地方悠久的人文传统和文士的积极相助为地域性文集提供了宝贵而充分的文献资源，也消解了地方官因环境的陌生和对文化传统的隔阂带来的不利，而文集编纂成书的关键还在于主事者的眼光、能力及经验。从宋代几部有影响的地域性诗文集来看，组织和参与者一般都是深富编辑经验的专业人士，如《成都文类》的主持者袁说友在辑该书之前就参与或编刻过他种文集。他知袁州时，就曾支持、协助尤袤刊印李善注《文选》，在版本史上颇负盛名。后经胡克家校订翻刻，成为李注《文选》的标准本。另外他还组织刻印过《昭明太子集》，今有盛宣怀、刘世珩的翻刻本，影响也不小。《成都文类》的辑集还凝聚了其他几名重要参修者的智慧，如永康军扈仲荣、利州州学教授杨汝明、广安军军学教授费士威、成都府府学教授何惪固、知夔州云安县主管劝农公事程遇孙等八人。其中杨汝明也以文献整理和编校而知名，他对苏轼诗文的辑录保存亦颇为有功。

林表民也是一位编纂文献的行家里手，其父林师蒧就是《天台续集》的主要编纂者。家庭的耳濡目染和后天的勤奋用功使他能够青出于蓝而胜于蓝，在前二集基础上进行“搜奥擢奇”、勘定谬误后相继推出更为完善和宏富的集本《天台集别编》和《天台续集别编》；林表民《天台集拾遗跋》指出：“《天台集》所刊本颇多舛伪，或者妄有增入，予甚病之，因再辑晋、唐以来诗为别编。郡守齐公喜而锓诸木，遂复厘正旧集阙误四十有五处，及削去沈约《沈道士馆》《玉盘樟林》、皮日休《天竺桂子》三诗，以李巨仁《登台山》、李端《赠衡岳禅师》、皮日休《夏日即事》三诗补入。刊既讫，又得二诗，姑附载于此。”① 这些做法足以体现一个文献编辑者大胆的怀疑和革新精神，难怪陈耆卿在两集之《别编》序中称叹：“今而后遂成完书矣！”此外他还编有《赤城集》一部，吴子良序中称：“《天台集》不暇载、《赤城志》载不尽者，逢吉（林表民字）复分

① （宋）林表民：《天台集别编跋》，《天台前集别编》，影印文渊阁四库全书本。

门会粹，并诗为一，号《赤城集》，凡若干卷，而前后太守丁侯瑇、沈侯墍为锓之梓。”① 仍可见其编纂文集的独特视角和对地方文献的不遗余力。

从编辑地方文献的主导者而言，有些身为地方长官，如袁说友、孔延之，他们既掌治理一方之权，又拥有普遍较高的文化素质和长期从事文籍编纂的专业经验。因此他们可以最大限度地调动当地的人力和物力资源，为编书提供有利条件。虽然有些主编者非地方官，但其最终成书往往仍须仰赖官方的资助，如林表民《别编》，是“郡守齐公喜而锓诸木”；其《赤城集》则是“前后太守丁侯瑇、沈侯墍为锓之梓”。编者自身的文化素养和编纂经验则使文集有了充分的质量保障，加之地方文士的积极相助和编者精益求精的敬业之心，为这些文集的诞生注入了优秀的文化意涵。

三　编纂体例与收文标准

产生于宋代的地域性诗文集在体例上必然保留着宋代文集、选本的基本特征。古代文集的编纂一般有依体编目、依人系篇、分门别类、先分体再分类等体例。宋代文学选本，采用分体编录方式的非常普遍，一些重要的大型选本多用此法，如《皇朝文鉴》与《唐文粹》。《皇朝文鉴》全书150卷，分为59种文体，如赋、记、行状、墓志、墓表等；《唐文粹》全书100卷，选录作品两千余篇，分别依20种文体加以编录。

宋代地域性诗文集多采用先分体、再分类的体例，《会稽掇英总集》《成都文类》是这一层级结构的代表。前者的总体结构是诗、文二分，即前十五卷为诗；后五卷为文。但是它的体例并非仅限于此，在十五卷的诗歌部分，编者又进行了细分，每卷内部则改为先分类而再分体，具体为每卷以题材为依据进行分类，每类之下再分律诗、古诗两体，有些卷还增加古律诗一体，分别将诗篇系之于相应诗体之后。以卷三为例，此卷收录了历代咏会稽名胜鉴湖和兰亭的若干诗篇，故第一层分“鉴湖”“兰亭”二类，鉴湖之下则分律诗和古诗二体，分别录律诗12首，古诗5首；兰亭类之下无律诗，全系王羲之等27人兰亭雅集古诗。

《成都文类》先分体、再分类的体系十分明晰，第一卷为赋；第二至

① （宋）吴子良：《赤城集序》，祝尚书：《宋人总集叙录》卷七，中华书局2004年版，第346页。

第十五卷为诗；第十六卷为诏策；第十七至第五十卷分别系以诏敕、表疏、书、笺、奏记、序、记、檄、难、牒、箴、铭、赞、颂、诔、祭文等若干体，全书累计分19种文体，各体内根据内容之多寡再进行分类系篇。以第二卷为例，其第一层级为诗，第二层级含都邑、城郭、宫苑、楼阁四类，各类系诗若干。

这种层级结构有较早的历史，现存最早的文学选本萧统《文选》采用的就是这种结构，它首先分体编录，将所选作品纳入39种文体，然后对某些重要的文体，依所收作品的题材内容加以分门别类，如赋分京都、郊祀、耕藉、畋猎、纪行、游览、宫殿、江海、物色、鸟兽、志、哀伤、论文、音乐、情巧类；诗分补亡、述德、劝励、献诗、公宴、祖饯、咏史等24类。

袁说友曾参与刊印李善注《文选》，故其对此编排体例深有心得，从《成都文类》的篇章处理我们可以发现二者之间的继承和借鉴关系。

这种先分体、再分类的编排处理方式，有其内在的要求。先分体表明文体观发展到宋代已有了比较充分的理解和普遍的共识，文体意识已得到人们的广泛认同和遵循。遵体意识的加强促使编者将“体”置于文集的第一层级，然后在体下进行分类布局安排。这样处理可以使那些作品有条不紊、确定有序地各归其类，尤其适合那些作品繁杂、内容庞大的文集的编排。宋代地域性诗文集收录的往往是缁徒不遗的文献，故作品繁杂在所难免，以体统类的处理办法自然就成为编者的首选，操作起来也十分便利。

当然，先分体、再分类的编排体例在处理地域性文献时也不是完美无缺的，加之编者主观上的一些随意和偏失，有些地方难免出现丛脞杂乱之弊。如《会稽掇英总集》的诗歌部分，由于为突出会稽的山川文物之貌，孔延之在分类上就出现一些前后重复、归类混乱的毛病：比如第六卷下为“云门寺”类，其下录“宿云门寺”“游云门”等与云门寺相关诗篇34首；第七卷下为“若耶溪”类，然而其下也收录“游云门寺”“宿云门寺”等与云门寺相关诗篇22首，把内容相近的作品归属于两个完全不同的类目之下，让人读后难免心起疑窦。更为不可思议的是，第八卷下分“天衣寺”“应天寺”“天章寺”等五类，辑录相应的诗歌。然而第九卷又有“寺观”一类，寺观本就包括第六、第八卷中各寺的类目，这样等于将属概念和种概念置于同一并列层级，犯了属、种混淆的错误，显得极不严谨。

在作品收录范围方面，宋代地域性诗文集在基本一致的方向上又有各自的一些特点，比如有些集子只收一种文体，如《吴兴诗集》仅录诗歌。而以辑集多种文体为内容的地域性诗文集，其辑录的作品也会有所侧重。《会稽掇英总集》以散佚、隐匿之作为贵，“因博加搜采，旁及碑榜石刻”，而存于作家别集且保存较好的文献，虽咏及会稽却一般不录；《成都文类》收文则突出“以益而文者”，凡以成都为题材的诗文则都在收录之例，不论存、散与否，如对杜甫创作于成都的诗歌，编者都毫无遗漏地一一归录于相应的类部，也正因为编者的严谨，才使后世杜集未备的作品于此得存。

在历时性范围上，宋代地域性诗文集所录作品大致遵循当时的通例，即“然而近世作者不预焉，盖遵前人已立凡例”（李庚《天台集序》），如《成都文类》成书于南宋庆元五年，但所辑录作品时段则为“断自汉以下，迄于淳熙”，不录编者近世作品。不过《会稽掇英总集》则收录“自太史所载至熙宁以来”的铭志歌咏，其成书也在熙宁，可见孔延之却不受“近世作者不预”之凡例的拘囿。

对作者的取舍方面，宋代地域性诗文集都比较重视各个时期的名人名作，这当然与地域性文集的编纂宗旨直接相关，因为编地方诗文集多以藻饰河岳、表章人物、有益风化为目的，名家名作自然是编者关注的重点。从本旨和习惯来说，地域性诗文集是以辑录本籍或仕宦本地的作家作品为限的，如《成都文类》“辑汉以下迄宋淳熙蜀人诗五十卷”，明确了辑录的作者仅限蜀人，与“《丹阳》止录吴人”的规范完全一致。但为了增加影响，诗文集有时也会收入一些与州郡不大相干但影响又较大的作家作品。如《严陵集》在收录界域上就有所突破，“其未尝至而赋咏实及此土，如唐韩文公，近世司马温公、苏东坡、黄鲁直，盖不得不录也；其有名非甚显，尝过而赋焉，一篇一咏，脍炙人口者，盖亦不得而遗也”[1]。对“尝过而赋”的作品收录进来本已显得偏于宽泛了，而将那些“未尝至而赋咏实及此土”的作家作品也纳入进来，这就多少带有一些牵强和点缀的意味了。前文提到林师蒧编《天台续集》收录宋真宗、王钦若等《送张无梦归天台》诗即有此倾向。

---

① （宋）董棻：《严陵集序》，《严陵集》，丛书集成初编本。

以上提及的共性和差异正反映出宋代地域性诗文集的时代性、丰富性特征，也体现出编者对文学地域性的理解与认识。

四　流风余韵与价值认同

宋代地域性诗文集的大量产生不是偶然的历史文化现象，而是社会文化、经济发展到一定阶段的产物，其价值得到时人乃至后世的普遍认同。这一文化认同的具体表现就是相关文集续作的陆续出现。《会稽掇英总集》出现后，随着新作品的诞生和发现，于嘉定中产生《续会稽掇英集》，乃汪纲俾郡人丁燧为之；《天台集》的续作最为丰富，《天台集》为李庚原编，随后有林师蒧补编《天台集别编》；林师蒧之子林表民广其父志，搜奥抉奇，裒辑而成《天台续集》《天台续集别编》。据祝尚书先生所述，林表民还编有《天台集拾遗》和《天台续集拾遗》，[①] 二者是否为《天台续集》《天台续集别编》之别称，由于证据不足，尚难确考。就名目来说一方文献出现如此丰富的成果，足见地域性诗文所引发的关注度之高。

除《天台集》的续作大量产生于宋代之外，其他地域性诗文集的续篇多在明代出现，如明嘉靖初，王理之辑元、明人咏昆山诗百篇，附于龚昱本《昆山杂咏》卷末；隆庆间，俞允文再次补辑，范围上推到晋唐以前，分类编为《昆山杂咏》二十八卷。《吴都文粹》续编在明代有钱穀的《吴都文粹续集》五十六卷，及《吴都文粹续集补遗》二卷。关于《赤城集》的明代续作，李东阳在《赤城诗集序》中道："台，古赤城郡地也，吏部郎中黄君世显，翰林侍讲谢君鸣致（铎）诵其遗篇，而胥叹曰：'此吾邦文献之懿，其不可以废。'乃辑宋宣和至我朝洪武、永乐间，得数十人，若干篇，为六卷，名之曰《赤城集》。"[②] 虽然也称《赤城集》，但从辑集作品的起始时限看，明显是宋林表民《赤城集》的延续。至于《成都文类》的续篇，情况则较为复杂，明人杨慎编有《全蜀艺文志》，似乎与《成都文类》无直接关系，其实它正是在后者基础上延续扩充而成，这一点四库馆臣已明确指出："以杨慎《全蜀艺文志》校之，所载不免于

① 祝尚书：《宋人总集叙录》卷四，中华书局2004年版，第159页。

② （明）李东阳：《赤城诗集序》，《怀麓堂集》卷二四，影印文渊阁四库全书本。

挂漏。然此集创始难工，而慎书踵事而增则易于为力，故不能一例视之。且使先无此书，则逸篇遗什，慎必有不能尽考者。”① 从中肯定了《成都文类》的开创之功；近人傅增湘编《宋代蜀文辑存》也得其奠基和沾溉。

地域性诗文集薪火相传、延续不绝的原因是多方面的，从承载的内容来说，它是“藻饰河岳、表章人物”的一方文献载体，可以起到弘扬地方文化和表彰乡贤的现实作用。同时，通过裒辑地方文献，也可传达出修书者对乡邦悠久的历史与文化的自豪感和认同感。若从这些文集的序文做细致的解读，我们还可发现，这些作品的价值与功能往往被抬升到与儒家经典相似的高度，寄寓了时人对作品的深层价值追求。

董棻在序《严陵集》时表示：“《诗》三百篇，大抵多本其土风而有作，圣人删取，各系其国，如《二南》，皆正风也，周、召既分陕而治，则系诗有不得而同。……使夫后世观《诗》者，因土风而知国俗，则秦勇豳恕，郑淫魏褊，皆自乎此而得之矣。近代有裒类一州古今文章叙次以传者，其亦得圣人之遗意欤。……呜呼，其亦庶几诗人本其土风之作，而圣人各系其国之遗意乎!”②

以上引文绝不是编者的附庸风雅、自我标榜，而是对此类文献的一种价值肯定，所“裒类一州古今文章”正如儒学视野中的《诗经》一样，是“诗人本其土风之作”，具有极高的认知和教化功能，可起到“因土风而知国俗”之用，故以“圣人各系其国之遗意”相比附。这种知国俗、关风教的取向几乎成为宋代地域性诗文集编、序者的普遍共识和终极追求。范之柔《昆山杂咏序》也指出：“若人物习俗文章议论，系治乱、关风教者，盖有志焉。”③ 吴子良作《赤城集序》则强调：“此书君子推本之，以为是本朝风华之所召。台之士大夫读是书而知其故，必将慨然奋厉，期无负君师，以自昭于不朽，孰谓于风化无关乎!”

这一共识与续书的余风并行传递，明人孟绍曾也有类似的看法：“庶既诵其诗，又知其人，……且书虽专于一邑，而四方名贤之往复题赠，其流风余韵，真足以征一时政治之兴衰，此又图经之所未备者也。”④

对地方文献价值的肯定甚或是拔高，自然会引发编、序者对地域性文

① （清）纪昀：《〈成都文类〉提要》，影印文渊阁四库全书本。

② （宋）董棻：《严陵集序》，《严陵集》丛书集成初编本。

③ （宋）范之柔：《昆山杂咏序》，道光《昆新两县志》卷三五，道光六年刻。

④ （明）孟绍曾：《昆山杂咏书后》，《宋人总集叙录》卷五，中华书局2004年版。

献的未来思考与展望，于是情不自禁地流露出续修文集的示意和寄望。在他们看来，续编本邦文献的应是博雅君子天经地义的使命，故曰："后之博雅君子，续之又续之，正自然耳。"（《天台续集跋》）有些期望显得颇为殷切，极具时空的穿透力，如："继自今或有得，当陆续书之，亦可使后人之后人祖其意而有述也。"[①]

前人的展望与鼓励有如一股绵延的精神动力，鼓舞着一代又一代的人士积极投身于地方文献的整理与刊行事业中，这或许是地域性诗文集续书不绝的一个关键因素吧。

作者单位：重庆师范大学学报编辑部

① （宋）范之柔：《昆山杂咏序》，道光《昆新两县志》卷三五，道光六年刻。

20世纪30年代的北平图书馆与孙楷第的古代文学研究

张　莹

一　引言

孙楷第（1898—1986）是一位成就斐然的学者，在古代文学研究领域取得了丰硕成果。通过简要梳理孙楷第的生平便不难发现，他的学术经历与北平图书馆有着重要的交集。

孙楷第1898年生于河北沧县，1922—1928年在北平师范大学（今北京师范大学）国文系读了六年大学；1928年于北平师范大学毕业并留校担任助教，同时被聘为中国大辞典编纂处编辑；1930年，孙楷第正式进入北平图书馆工作；1930—1940年，孙楷第虽曾有过几份兼职工作，但其固定工作单位就是北平图书馆，直到1941年日本宪兵接管北平图书馆，孙楷第方才彻底告别北平图书馆工作；离开北平图书馆后，孙楷第还曾先后在辅仁大学、北京大学、燕京大学工作，新中国成立后从1953年开始，进入中国社会科学院文学研究所工作，直到1986年去世。①

孙楷第一生经历丰富，学术成果丰硕，不过其成果大多完成于新中国成立前，新中国成立后则主要是补充修订新中国成立前所完成的成果，现代负责整理孙楷第学术成果的黄克先生就曾指出："其（孙楷第）钻研进取则只集中于毕业后的二十年间。"②

笔者按时间顺序仔细考查孙楷第的学术成果后，进一步认为：孙楷第

① 参见黄克《建立科学的中国小说史学——孙楷第先生晚年"自述"及其他》，《文学遗产》2008年第4期。

② 同上。

学术研究的黄金时期就是在北平图书馆工作的 11 年（1930—1941），因为他毕生的学术成果中大部分是产出于这一时期，其最重要、最具开创性和影响力的学术成果也都产出于这一时期，例如：孙楷第的扛鼎之作，被誉为“中国小说目录学开山之作”的小说目录学三书：《日本东京所见小说书目提要》《大连图书馆所见小说书目提要》和《中国通俗小说书目》均出版于 1932—1933 年；深受国内外小说戏曲研究者盛赞，被认为是解决了学术界的重要纷争，至今仍被视为定论的重要论文《三言二拍源流考》和《吴昌龄与杂剧西游记》分别发表于 1931 年和 1934 年；被现代学者视为研究白话短篇小说必读资料的《小说旁证》主要完成于 1933 年（随后陆续有补充）；另外，《小说专名考释》《三国志平话与三国志传通俗演义》《关于儿女英雄传》《李笠翁与十二楼》《水浒传旧本考》《述也是园旧藏古今杂剧》《敦煌写本张怀深变文跋》《唐代俗讲轨范与其本之体裁》等对后世小说戏曲界和敦煌学界产生了不俗影响的成果也均产出于这一时期。甚至他生前一直未能正式出版的重要著作《戏曲小说书录解题》的内容其实也是完成于这一时期，[①] 只不过由于种种原因，所以直到他去世后的 1990 年才由人民出版社正式出版。

孙楷第毕生的重要学术成果为何如此集中“井喷”于他在北平图书馆工作时期？笔者在探考这个现象的过程中发现，这个现象的发生并非偶然，与当时的北平文化背景密不可分，对此，目前尚未有专文论述，本文拟进行初步的揭示和探讨。

二　20 世纪 30 年代的北平文化背景

1927 年，南京国民政府成立，正式定都南京；1928 年 6 月，北伐军占领北京，并把北京改名为北平，开始把北平定性为与南京、上海并列的中央直辖市，后来再降格为普通市。这一举措对北平的政治、经济和文化都有巨大影响。

1927 年前的很长一段时期，北平（原北京）曾是国家权力最集中的地方，不但官僚、政客众多，而且吸引了大批的商业巨贾、知识分子聚居于此，所以经济、文化也十分繁荣，堪称全国政治、经济、文化中心。

① 杨镰：《孙楷第传略》，《文献》1988 年第 2 期。

1927年后，随着南京定都，北平从国家权力的中心转变为一座区域性城市，政治地位急剧下降，随之而来的是官僚、政客、商业巨贾批量南迁，从而导致对政治依赖性很强的经济形势也持续恶化。另外，随着北平政治、经济地位的日趋边缘化，以南京、上海为代表的江南地区成为新的政治经济中心，吸引了大量文人知识分子，文化日益繁荣，致使北平原来的文化中心地位也岌岌可危。

面对北平各方面由盛转衰的严峻形势，正如一些学者所言："北平民间与官方都在重新考虑城市发展的新方向与新路径，在这一探索过程中，文化因素被凸显。"[①] 例如《大公报》刊发的文章代表了当时民间的观点：

> 北平之特色，即在文化之价值，故最宜于设为教育区。而首都南迁，北平去政治中心甚远，环境洁净，尤便于讲学。况其风俗质朴，人情敦厚，于青年之精神修养，复较南方之浮嚣隐糜为适宜。[②]

时任北平市长的何其巩也在报刊上发表了代表官方的看法：

> （北平）原有学校，多属最高学府，讲艺之风，逾于邹鲁，加之故宫之文物，焕然杂陈，各图书馆之册籍，庋藏丰富，其足以裨益文化考证学术之资材，几于取之不尽，用之不竭，而文人学士之乔寓是邦者，亦于斯为盛，市府要当整理社会，修废起顿，以期革除旧染，溶发新机，使秩序宁静，环境改观，以为国家振兴文化之辅助，此职责尤不可容缓者也。[③]

笔者以为，当时北平民间和官方均把"文化"视为振兴北平的发展方向，这既是无奈的选择，也是明智之举。因为众所周知，随着国都南迁，除非改朝换代，否则北平曾经的政治中心地位绝无可能恢复；原来北平经济对政治资源依赖性太强，一旦政治资源优势丧失后，其经济地位短期内已很难赶超正处于迅猛发展的以上海、南京为核心的江南地区。相对而言，

① 王建伟：《南京国民政府时期北平的文化格局（1928—1937）》，《安徽史学》2014年第5期。

② 《大公报》1928年7月31日。

③ 《益世报》1928年10月12日。

北平当时只有在"文化"方面尚有一定优势，如能继续确保其全国文化中心的地位，可以让北平在与上海、南京的潜在竞争中保持一定尊严。

当然，"文化"是一个模糊的概念，所以不同的语境下常常需要作一些更明确的界定。从何其巩文章中所提及的"讲艺之风""故宫""图书馆""文化考证学术"等核心词来看，他所谓的"文化"主要是指北平的文物、古迹、文献、习俗等（这些确实是北平相较其他城市的优势所在），而不包括现代自然科学技术。这一点还可从当时的其他文献中得到印证，如1929年张荫梧继任北平市市长的就职典礼上，张继、蒋介石等人称"北平为中国文化之中心""要想改进北平……应先保护旧文化"；[①] 何成濬（曾担任过北平市市长数日）在1930年11月国民党三届四中全会上所提交的《繁荣北平以固国防案》一文提出应让北平"保持其为全国文化之中心"，使之成为"学术渊薮"。[②] 在1931年4月1日的《国闻周报》上，记者如此描述"北平新气象"：

> 好谈政治者，近来十九已不谈……善诗者吟诗，喜字者作字，爱字画者谈字画，爱金石者谈金石，好为各种学问者，各为专门之研究，相率在"文化"一路竞进……文化的北平之运命，视政治的北平为悠久而灿烂。[③]

综合当时的报刊文献，笔者认为，北平当时强调要发展文化，其核心就是要大力发展古代文史方面的学术研究。这样的"文化"发展好了，确实如一些有识之士所言，可以带动北平旅游业、教育业的发展。虽然北平有人强调在发展文化的同时，也必须发展工商业："文化工商之发展，不可偏废。"[④] 但无论如何我们都可以这么认为：20世纪30年代的北平具有非常浓郁的学术氛围，空前重视文史学术研究。

20世纪30年代的北平重视发展文史学术研究是明智的，也是成功的。如当代学者在比较1927年迁都后民国时期的北平和上海在知识界（文化界）的地位时，曾这样总结：

---

① 《华北日报》1929年6月28日。

② 《中央党务月刊》1930年11月刊。

③ 《国闻周报》1931年4月1日。

④ 《华北日报》1931年3月4日。

> 上海以文学见长，北平以学术称胜；上海是文学中心、出版中心、新闻中心，而北平则是教育中心、学术中心和议政中心；北平有大批一流学者，亦有若干位一线文人，上海有大批一流文人，但缺乏一流学者。这就表明迁都后的中国知识界已出现了双中心的格局。正是这种格局，支撑了其时中国活跃的、多元化的知识界，也支撑了战时中国的文化格局，甚至在一定程度上影响了和正在影响着当代中国的文化生态。①

20 世纪 30 年代，北平的不少机构确实都在朝着发展“文化”（学术）的方向努力，呈现出一些新特点，北平图书馆就是其中的一个典型。

三　20 世纪 30 年代的北平图书馆

北平图书馆的前身即 1912 年成立的京师图书馆，1928 年北京改名为北平后，原京师图书馆也改名为国立北平图书馆，但就在这一年，南京国民政府决定在南京创设国立中央图书馆，这一决定对当时的国立北平图书馆的发展产生了深刻影响。

京师图书馆本是国内最大、最重要的图书馆，在当时图书馆界的地位首屈一指，然自改名为国立北平图书馆（以下简称“北平图书馆”）之初，其“国立”之称谓就有些名不副实，因为其主要经费并非来自政府，而是来自一个特殊的民间文教机构——中华教育文化基金会②。南京政府创设国立中央图书馆的决定公布后，意味着民国将至少有两个国立图书馆，且北平图书馆的地位将逊于中央图书馆。随后发生的一系列事件也证实了这一点。例如：1930 年 3 月，教育部发布《新出图书呈缴规程》，其中明确规定：“凡呈缴之图书经教育部核收后，发交教育部图书馆、中央教育馆、中央图书馆各一份分别保存（中央教育馆及中央图书馆未成立前，暂由教育部图书馆代为保存）。”③ 这里把北平图书馆作为国立图书馆

---

① 刘超：《论 1927 年后北平在中国知识界的地位》，《北京社会科学》2008 年第 4 期。

② 中华教育文化基金会是用美国退还的“庚子赔偿”建立起来的一个民间文教机构，1924 年由北京政府批准成立。

③ 李致忠：《中国国家图书馆馆史资料长编（1909—2008）》，国家图书馆出版社 2009 年版，第 158 页。

应有的接收新书呈缴权利剥夺了。同月，教育部训令与国外交换刊物应以中央研究院出版品国际交换处为正式收发机关；[①] 1933 年国立中央图书馆正式进入筹备阶段后，出版品国际交换业务自此归属国立中央图书馆管理；这里又把北平图书馆的出版品国际交换权也剥夺了。

总之，1928 年成立的北平图书馆虽有国立之名，但由于首都南迁，其地位和处境与北平一样是颇为尴尬的。而就在这样一种背景下，北平图书馆也走上了文化（学术）强馆之路。

1929 年，蔡元培、袁同礼分别被任命为北平图书馆正副馆长（蔡元培其实是挂名，实际工作由袁同礼主持），同时还成立由马叙伦、任鸿隽、陈垣、刘复、周贻春、孙洪芬、傅斯年等人组成的图书馆委员会。我们看到，北平图书馆的领导班子成员多是当时的文史研究专家，其核心领导袁同礼是位学贯中西的学者，不但曾留学美国，而且精通版本目录学，在中国古代文史领域有精深造诣，发表过《永乐大典考》《宋代私家藏书概略》《明代私家藏书概略》《清代私家藏书概略》等学术论文。袁同礼等文史研究专家在这一时期被委以重任，与当时北平强调文化（学术）兴邦的背景密切相关。

袁同礼等人上任不久即对北平图书馆做出了新的定位："国立北平图书馆虽归行政系统，但其事业实属专门科学。既为学术机关，自应与政治脱离关系。"[②] 这里明确称北平图书馆为学术机关，并强调要远离政治，很显然是与当时北平的地位变迁相呼应。

袁同礼等人 1929 年还明确提出北平图书馆重视学术研究的办馆方针："以后本馆进行方针，重在学术"，[③] 1931 年进一步明确提出要把北平图书馆建成"中国文化宝库"和"中外学术重镇"。[④] 为此，北平图书馆采取了一系列鼓励学术研究的举措，如引进学术研究人才，对本馆学术研究人员给予优厚待遇和宽松环境，创办学术刊物，等等。从这些举措可以看

---

① 李致忠：《中国国家图书馆馆史资料长编（1909—2008）》，国家图书馆出版社 2009 年版，第 172 页。

② 《民国十八年七月至十九年六月国立北平图书馆馆务报告》，北平图书馆 1930 年编印，第 3 页。

③ 袁咏秋、曾季光：《中国历代国家藏书机构及名家藏书叙传选》，北京大学出版社 1997 年版，第 133 页。

④ 《中华图书馆协会报》1931 年第 6 期。

出，北平图书馆与“文化”并提的所谓“学术”其实主要仍是指古代文史研究，因为北平图书馆所引进的人才均是古代文史研究者，创办的学术刊物也属文史类学术刊物。

袁同礼等人经过一段时间的努力，北平图书馆确实不负众望，在20世纪30年代成为了蜚声全国、在国外也有一定知名度的学术重镇，其学术地位获得了后人的普遍认可，如曾在北平图书馆工作过的学者谭其骧回忆：“那时的北平图书馆不光是一个专司采购、编目、庋藏、借阅图书的机构，同时也是一个学术研究机构。”[①] 张秀民回忆：“袁馆长不仅发挥国家图书馆的社会教育职能，使人感到图书馆的重要性。同时又把它成为一个学术研究机构，与当时的中央研究院、北平研究院的人文科学部门媲美。”[②]

由于各种原因，20世纪30年代的北平图书馆在许多方面都被后来成立的中央图书馆赶超，但北平图书馆的学术地位则始终是中央图书馆望尘莫及的。这一时期北平图书馆不但产出了许多重量级的学术研究成果，而且培养出了不少重量级的古代文史研究专家，孙楷第便是其中之一。

四　20世纪30年代孙楷第的古代文学研究

20世纪30年代是孙楷第学术成果的“井喷”时期，也是孙楷第从一个初出茅庐的大学毕业生成长为一个著名学者的关键时期，通过考察孙楷第的学术经历、学术研究方向、研究环境、研究资料及研究成果，不难发现这一切都与当时的北平图书馆及北平文化背景有着密不可分的关系。

（一）研究方向和研究环境

1928年孙楷第大学毕业后曾留校任助教，1929年开始在《国立北平图书馆月刊》上正式发表论文，1930年便正式进入北平图书馆工作，并担任善本部写经组组长。就在1930年他到北平图书馆工作后，中国大辞典编纂处的黎锦熙建议他“从小说书目入手，先辑录《中国小说书目》。我遂以北平图书馆有关藏书为根据，开始了工作”。[③] “一九三〇年间，余

① 谭其骧：《值得怀念的三年图书馆生活》，《文献》1982年第4期。

② 张秀民：《袁同礼先生与国立北平图书馆》，《北京图书馆馆刊》1997年第3期。

③ 黄克：《建立科学的中国小说史学——孙楷第先生晚年“自述”及其他》，《文学遗产》2008年第4期。

始辑小说书目”。[①]

根据孙楷第的自述，他于 1930 年便确立了自己的主要研究方向：古代小说目录学，这一方向的确立，固然源于黎锦熙的建议，但显然与他自己的工作环境也有密切关系。

孙楷第在北平图书馆善本部的工作环境，对于他的学术研究十分有利：第一，因为当时北平图书馆善本部收藏有不少古代通俗小说，所以如孙楷第自己所言，他的通俗小说目录学最早就是以这些馆藏通俗小说为依据开始进行研究的；第二，当时北平图书馆交给孙楷第的主要工作任务就是揭示和研究馆藏资源，且并未规定硬性的工作指标，这就使孙楷第的日常工作和他的学术研究紧密结合，有充裕的时间和精力投入到自己喜好的学术研究中；第三，孙楷第的工作岗位可获得 200 银圆的月薪，这在当时算相当高的收入（当时普通工作人员月薪约 30 银圆），丰厚的月薪不但改善了孙楷第的生活条件，让他不必再去从事过多的兼职，为其学术研究免除了许多生活方面的困扰，而且还可购买一些书籍和研究资料。

孙楷第对于自己在北平图书馆的工作岗位，显然是十分满意的，如他晚年回忆这段时期的工作和研究环境时，用了“富裕”“优越”“理想”等形容词：

> 这时，因为师大的长期欠薪，我不得不辞去助教的职务，而专任北图的研究员和编纂处的编辑。北图给我两百元的月薪，使我的生活稍微富裕起来，也可以买点书了。但更为优越的是，我得了一个理想的读书环境。[②]

1930 年，孙楷第大学国文系毕业仅两年，就能进入北平图书馆从事专业学术研究工作并享受如此令人艳羡的优厚待遇，这恐怕只能是那个特定历史时期的北平才会出现的特殊现象。

（二）研究资料

孙楷第初到北平图书馆善本部工作并确立小说研究方向时，北平图书

① 孙楷第：《日本东京所见小说书目提要》，国立北平图书馆暨中国大辞典编纂处，1932 年排印，“序”。

② 黄克：《建立科学的中国小说史学——孙楷第先生晚年“自述”及其他》，《文学遗产》2008 年第 4 期。

馆的善本部所收藏的古代通俗小说为他的小说研究提供了宝贵的研究资料，而孙楷第并不满足于此，还多次到位于北平的孔德中学图书馆、北京大学图书馆以及马隅卿先生住所收集通俗小说研究资料。

1931 年，孙楷第了解到日本藏有不少中国古代通俗小说，希望到日本去访书，尽管这时孙楷第到北平图书馆工作时间不长，资历尚浅，但他的这一想法还是获得了北平图书馆的大力支持而得以实施。

孙楷第到日本后，主要以位于东京的宫内省图书寮、内阁文库和帝国图书馆等公立图书馆为中心收集资料，在日本友人的帮助下，还收集了不少私人藏书资料；他回国时路经大连，在友人的介绍下，又到当时的大连图书馆去访书，大连图书馆领导对这位图书馆同行十分关照，为他在图书馆收集资料提供了特殊的服务。

由于各地图书馆的大力支持和友人的帮助，孙楷第到日本和大连的访书之行十分成功。访书完成回到北平图书馆不久，孙楷第即把自己的访书成果整理出来，并于 1932 年出版成书，即《日本东京所见小说书目提要》和《大连图书馆所见小说书目提要》；随后，孙楷第又结合自己在北平所收集的小说资料，于 1933 年出版了《中国通俗小说书目》。这三本著作并称“小说目录学三书”，被誉为“中国小说目录学开山之作”，最初都是由北平图书馆和中国大辞典编纂处资助排印出版的。

由于孙楷第访书之行所获取的资料堪称海量，他在占有这些海量资料基础上完成的小说目录学三书便不同凡响：三书共收录了 800 余种古代通俗小说书目及其版本信息，为当时各地小说研究者提供了空前丰富的研究资料；三书中孙楷第对宋代到民国前 800 余种通俗小说的分类、介绍和考辨同时还具有目录学和小说史研究的性质，具有重要的学术价值，所以至今仍然是治小说者的案头必备之书。

虽然现代也有一些学者指出孙楷第访书及搜集资料的不足：

> 在地域上，国内偏重于北京地区，而对明清通俗小说编撰与刊印中心的江南及闽广地区，几乎没有涉及；国外多集中在日本，而对朝鲜半岛、越南、欧美等国的中国小说庋藏情况反映甚少；即便是日本，亦多限于东京一隅。①

① 潘建国：《古代通俗小说目录学论略》，《文学遗产》2000 年第 6 期。

但我们只要了解当时北平与江南的微妙关系，了解当时北平图书馆经费十分有限但却尽全力支持孙楷第学术研究的背景，我们就不应对此苛责。

（三）研究成果

“千里马常有，而伯乐不常有。”相信现在许多从事学术研究的人对韩愈的这一名言都深有体会：辛勤耕耘出的研究成果却常常难以得到及时发表。而 20 世纪 30 年代前后生活于北平的孙楷第则应该无此忧虑，因为那时他这匹千里马遇到了不少伯乐，其中最重要的伯乐就是《国立北平图书馆馆刊》。

北平图书馆当时办有两份学术期刊，分别是《国立北平图书馆馆刊》（曾名《国立北平图书馆月刊》，后更名并改为双月刊）和《图书季刊》，在学术界颇有影响；另外，当时还有一份图书馆专业学术期刊与北平图书馆有密不可分的关系，即中华图书馆协会的会刊《图书馆学季刊》，袁同礼曾先后任中华图书馆协会的董事部书记、理事长等领导职务，该刊主要编辑如刘国钧、向达也是来自北平图书馆。

据笔者从“晚清民国期刊全文数据库”所获得的资料统计，孙楷第从 1929 年开始在学术期刊上发表论文，至 1949 年这 20 年间，共发表期刊论文 52 篇，其中 32 篇发表于 1941 年离开北平图书馆前。孙楷第 1929—1941 年发表期刊论文具体情况如表 1 所示：

表 1　　孙楷第 1929—1941 年发表期刊论文数量统计表

期刊名称	主办者或主管单位	备注	发文数
《国立北平图书馆月刊》	北平图书馆	二者为同一刊物：原是月刊，后改为双月刊	4 篇
《国立北平图书馆馆刊》	北平图书馆		8 篇
《图书季刊》	北平图书馆		4 篇
《图书馆学季刊》	中华图书馆协会	主要编辑来自北平图书馆	3 篇
《国语周刊》	国语统一筹备委员会（北平）	主要编辑为钱玄同和黎锦熙	5 篇
《辅仁学志》	辅仁大学（北平）		2 篇

续表

期刊名称	主办者或主管单位	备注	发文数
《学文》	《学文》杂志社（北平）		2 篇
《国学季刊》	北京大学		1 篇
《国立中央研究院历史语言研究所集刊》	国立中央研究院历史语言研究所（北平）		1 篇
《师大月刊》	北平师范大学		1 篇
《文史（北平）》	北平中国学院		1 篇

1929—1941 年是孙楷第由一位初出茅庐的大学毕业生成长为著名学者的关键时期，从以上统计数据可知，这一时期发表孙楷第论文的刊物都是清一色的由北平主办的刊物（国立中央研究院历史语言研究所是 1936 年才迁往南京的），其中发文最多的刊物就是《国立北平图书馆馆刊》（《国立北平图书馆月刊》），共发了 12 篇。

《国立北平图书馆馆刊》名为图书馆期刊，但事实上所发文章绝大部分是古代文史类学术论文，据统计：其刊载论文中被《图书馆学论文索引》收录的论文篇目仅 16 条，但被《中国史学论文索引》收录的论文篇目达到了 160 余条，[①] 其所刊载的古代文学论文数量与史学论文数量大致相当。了解了当时北平图书馆强调文史学术研究的背景，这一现象并不难理解。而正因为如此，所以孙楷第的许多古代文学论文才得以在该刊发表。

当然，这一时期在学术界颇有影响的《国立北平图书馆馆刊》《图书季刊》《图书馆学季刊》等期刊如此青睐孙楷第的论文，这除了孙楷第论文本身的原因外，显然还与 1929 年北平图书馆出台的扶持本馆学术的办馆方针有关："以后本馆进行方针，重在学术，希本馆同人，均有所编辑，于刊物上发表。"[②]

学术论文能及时地在学术期刊上发表，意味着自己的学术成果能得到学术界的及时关注和重视，这十分有助于激励学者尤其是尚未成名的年轻

① 王阿陶、姚乐野：《图书馆学季刊及其学术特点刍议》，《图书情报知识》2015 年第 5 期。

② 袁咏秋、曾季光：《中国历代国家藏书机构及名家藏书叙传选》，北京大学出版社 1997 年版，第 133 页。

学者继续创造出新成果，从而形成良性循环。所以我们不难想象：年轻勤奋的孙楷第获得《国立北平图书馆馆刊》等学术期刊的助力，这对于他的学术研究无异于如虎添翼。

五　结语

综上所述，孙楷第的学术经历、学术研究方向、研究环境、研究资料和研究成果都深深地烙上了北平图书馆的印记。孙楷第大学毕业不久进入北平图书馆工作后，很快便在学术界崭露头角，随后十余年学术成果持续高产，40 岁出头即成为当时全国著名的学术大家，这固然是由于孙楷第聪颖勤奋，“除去吸烟、喝茶，别无嗜好，只喜读书”，[①] 但北平图书馆的“力挺”显然也在其中起着不可替代的重要作用，而北平图书馆如此“力挺”孙楷第学术研究的深层原因即是当时的北平文化背景。因此可以说，孙楷第是一位典型的由特定历史时期的北平文化（这里的“文化”主要指人文环境）培育出的著名学者。

笔者在查找资料时注意到，这一时期北平还有不少著名学者情况与孙楷第类似，如王重民、赵万里、谢国桢、徐鸿宝、萧璋、向达等，他们的具体研究领域虽与孙楷第不尽相同，但都属文史领域，而且他们的学术研究及其成功之路都与北平图书馆及当时的北平文化背景有着密不可分的关系。从这个角度看，本文也可视为探讨这一时期特定学者群的学术研究与北平文化关系的个案研究，希望这样的研究能为今天的区域文化与文学研究提供具有价值的参考。

作者单位：重庆师范大学图书馆

① 黄克：《建立科学的中国小说史学——孙楷第先生晚年“自述”及其他》，《文学遗产》2008 年第 4 期。

区域文化与现当代文学研究

主持人：赵黎明

主持人语：

本期选取的四篇论文，分别代表了区域文化与文学关系研究的四种范式。周晓风教授的《当代文学与区域想象》是一种“概论”性质的研究。从现代国家观念、空间构成及政治现实出发，他认为新中国实际上是一个巨大的区域概念，新中国文学既是一种国家文学，也是一种区域文学；据此，他提出了“判断和评价中国当代文学最为复杂的问题”，即如何处理当代文学内部“国家文学的统一性”与“区域文学的差异性”“地域文学的自发性与区域文学的体制性”之间的关系问题。这个问题的提出对当代文学史的书写无疑具有重要的启示作用。杨剑龙教授的论文属于微观层面的比较研究。通过对端木蕻良《吞蛇儿》与契诃夫《牡蛎》的对比阅读，他发现二者描写都市下层社会“生存噩梦”的主题共性，从而揭示前者对后者的借鉴与超越，反思现代都市文明的负面因素。论文虽然立足于历史细节，但立意宏远，是一篇迂回讨论城市空间与现代文学关系的优良之作。刘泉

《山东现代文学期刊述论》则在中国现代文学期刊发展的历史背景下，凸显“山东”这一特定历史场域中文学期刊的独特面貌，其在大量实证材料基础上概括的“地域分布的独特性”“办刊主体的丰富性”“价值取向的多极性”，应该说比较真实全面地反映了山东现代文学期刊的办刊实际。冯肖华《家族贵气与民间正气的诗化书写》，以陇上诗人何小龙的《圣水吟》为典型个案，发掘诗作以“诗性化的诗学手段聚焦复现家族历史”的生命伦理价值，是一篇立足地域、聚焦民间的区域文学研究标配之作。

当代文学与区域想象

周晓风

中国当代文学从一开始就注定了它与区域文学的不解之缘。这是因为中国当代文学在其历史发展过程中逐渐形成了自身的一些重要特征。这些特征最重要的一点，就是中国当代文学由于各种力量的推动而成为一种高度统一的国家文学，更准确地说，是一种高度统一的社会主义国家文学。值得注意的是，作为国家文学的中国当代文学所赖以依存的这个国家被称做新中国，所以也有不少学者把中国当代文学称做新中国文学或共和国文学。[①] 从现代民族国家的意义上看，新中国当然是一个新兴的主权国家，拥有现代民族国家的基本要素。问题的复杂性在于，新中国的现代国家要素是不充分的，甚至也可以说它还不是一个全称的中国国家概念，因为它在相当长的一个时段里无法在行政管辖权上有效管理属于中国的台湾、香港和澳门等地区。这就提出一个需要重新认识的问题，新中国文学可以概括整个中国当代文学吗？换言之，新中国文学等于中国当代文学吗？在笔者看来，新中国既是一个现代主权国家，有自己的国土、人民、政府和文化，但在一定时间范围内，新中国显然不能等同于全称意义上的中国。新中国主要是指中国大陆地区，即被新生的革命政权有效管辖的地区，它在某种意义上其实更像是一个扩大了的解放区。我们可以说新中国代表了全中国，但它还不等于全中国。新中国需要和台湾、香港、澳门等地区一起构成完整的中国。因此，新中国实际上可以看做一个巨大的区域概念。正是基于这样的背景，我们也可以在某种意义上把新中国文学的设计者对于新中国文学的构想看做某种区域文学想象。这就带来了判断和评价中国当

① 参见张炯主编《新中国文学五十年》，山东教育出版社 1999 年版；杨匡汉主编《共和国文学 60 年》，人民出版社 2009 年版；李洁非、杨劼《共和国文学生产方式》，社会科学文献出版社 2011 年版。

代文学最为复杂的问题，即，新中国文学既是一种国家文学，也可以看做是一种区域文学的范例。有关新中国文学的想象既是某种有关一个新兴民族国家文学的想象，同时又是某种特殊的区域文学想象。如果说这种关于新中国文学的想象在新中国成立前夕召开的第一次全国文代会上还只是勾画了一个轮廓的话，它们在以后的一系列关于新中国文学的重要会议和政策、领导人的重要讲话，以及作家评论家的认知中得到进一步表达。其中最主要的内容被概括为文艺为工农兵服务，为无产阶级政治服务。周扬曾经在新中国成立前夕召开的第一次全国文代会上明确提出："毛主席的《文艺座谈会讲话》规定了新中国的文艺的方向，解放区文艺工作者自觉地坚决地实践了这个方向，并以自己的全部经验证明了这个方向的完全正确，深信除此之外再没有第二个方向了，如果有，那就是错误的方向。"① 正是在这样一种方向指引下，新中国文学经过六十余年的发展，形成了自己区别于中国现代文学的重要特点，更重要的是，正是这些重要特点使新中国文学与大体同时期的中国台湾文学、香港文学和澳门文学表现出明显的区别，甚至致使它们几乎难以运用某种统一的认知框架给予概括和表达。洪子诚先生甚至还特别指出，自 50 年代中、后期开始，"新文学"的概念便被"现代文学"所取代。"'现代文学'对'新文学'的取代，是为'当代文学'概念出现提供'空间'，是在建立一种文学史'时期'划分方式，为当时所要确立的文学规范体系，通过对文学史的'重写'来提出依据。而这种依据，主要来自毛泽东的《新民主主义论》等论著。"因此，"'当代文学'概念的生成，不仅是文学史家对文学现象的'事后'归纳，而且是文学路线的策划、推动者'当时'的设计"。② 新中国文学的这些特点虽然也包含了国家文学的某些基本属性，却又因为某些历史的原因而无法涵盖整个中国当代文学，由此带来中国大陆当代文学与台湾文学、香港文学和澳门文学的复杂关系，以及中国当代文学史在处理台湾文学、香港文学和澳门文学所遇到的尴尬局面。新中国成立后最早编著成书的中国当代文学史著作之一是武汉华中师范学院中国语言文学系 1962 年出版的《中国当代文学史稿》。该书分上下两册共计 65 万字，却

---

① 周扬：《新的人民的文艺》，《中华全国文学艺术工作者代表大会纪念文集》，北京新华书店 1950 年版，第 70 页。

② 洪子诚：《中国当代文学》，洪子诚、孟繁华主编：《当代文学关键词》，广西师范大学出版社 2002 年版，第 2 页。

没有一个字谈到台湾文学、香港文学和澳门文学。该书在“前言”中说道：“十一年，在历史的长河里，只是一瞬间，但新中国文学艺术事业的发展，却取得了巨大的成就。要论述十一年来文学艺术运动，无疑是一件光荣而艰巨的任务，这需要全体专业文艺工作者和广大群众的共同努力。我们编写的《中国当代文学史稿》，只是在这方面的一个初步的尝试。”① 这就不仅明确说明该书所说的中国其实只是新中国，而且在事实上把台湾文学、香港文学和澳门文学置于该书所说的中国当代文学之外。但是完整的中国当代文学不能不包括台湾文学、香港文学和澳门文学，而新中国文学的解释框架又难以有效整合台湾文学、香港文学和澳门文学。这种情况一直要到新时期改革开放以后才逐步发生变化。1997 年华艺出版社出版了张炯等主编的三卷本《中华文学通史 · 当代文学编》，开始把港、澳、台文学纳入其中，随后 1999 年高等教育出版社出版的朱栋霖等主编的《中国现代文学史》、2002 年上海文艺出版社出版的金汉主编的《中国当代文学发展史》以及 2003 年高等教育出版社出版的王庆生主编的《中国当代文学史》等书也都以不同的方式把台湾、香港和澳门当代文学编入书中，却又存在新中国文学与台湾、香港、澳门当代文学在逻辑上难以整合的内在矛盾。为此，有学者提出另外一种 20 世纪中国文学的解释框架，把新中国文学看做 20 世纪中国文学的中心部分，把台湾、香港和澳门文学看做 20 世纪中国文学的边缘部分。② 这或许是一种可供选择的解决问题的方案。但这一方案实际上进一步确认了新中国文学的区域想象特征，新中国文学的区域性特征得到进一步确证和强化。

不仅新中国是一个巨大的区域概念，新中国的区域性与台湾、香港和澳门等同属中国的地区之间的复杂关系及其所带来的诸多自然、社会、政治及人文问题也成为需要解决的新的课题，而且在新中国内部，新中国的高度统一性与各行政辖区的差异性也因区域不平衡关系构成复杂的内在矛盾，由此带来另一种类型的区域想象，即国家内部不同行政辖区的区域文学想象。中国当代文学内部的区域文学想象主要涉及国家文学的统一性与区域文学的差异性的矛盾以及地域文学的自发性与区域文学的体制性的矛盾。一方面，前面提到中国当代文学是一种高度统一的国家文学，这里所

① 华中师范学院中国文学语言系编著《中国当代文学史稿》，科学出版社 1962 年版。

② 参见顾彬《20 世纪中国文学史》，华东师范大学出版社 2008 年版。

说的“统一的国家文学”的含义包含了以下几个方面：首先是统一的指导思想。这就是用毛泽东《在延安文艺座谈会上的讲话》中提出的“文艺为工农兵服务、为无产阶级政治服务”的思想作为新中国文艺的指导思想。其次是统一的管理机构。第一次全国文代会召开后，成立了全国统一的文学艺术管理机构中国文联及其下属的各文艺家协会。其中与文学直接相关的主要是作家协会，以及管理作家协会的各级执政党党委宣传部。最后是统一的评价标准。这一评价标准最初还只是较为笼统的政治标准和艺术标准，以后经过毛泽东在《关于正确处理人民内部矛盾问题》中对“六条标准”的进一步阐述，形成较为完整系统的批评标准。由上述几个方面的“统一”，进而形成中国当代文学在另外一些方面的趋同性乃至模式化一起构成了上面所说的所谓“统一的国家文学”。其中最重要的有题材、主题、创作方法以及创作风格等方面的“趋同性乃至模式化”。“文化大革命”中所谓“八亿人民唱八个样板戏”可说是这种“趋同性乃至模式化”最集中的表现。如此一个大国的文学采用高度统一的体制化模式进行管理，使之成为洪子诚先生所说的“一体化”文学，给中国当代文学发展带来诸多值得思考的问题。首先就是高度一体化的文学显然难以比较充分地满足广大人民群众丰富多样的审美需求；其次是国家文学的高度统一性要求与区域文学发展的差异性形态之间构成一种复杂的矛盾关系，高度统一性要求实际上在一定程度上限制了中国当代文学的多样性发展。所以，新时期改革开放以来，随着中国外部政治地缘关系的改善以及内部经济发展的不平衡，区域文化与文学发展呈现出活跃的态势，提出了重新认识国家文学的统一性与区域文学的差异性关系问题，其中一个普遍现象就是，各省区市都把包括文学在内的文化建设纳入区域社会发展的规划目标，并且依据各地对其重要性的认识和经济实力以及文化传统等因素给予有差别的资源投入，产生不同的客观效果。这就有一个如何正确认识所谓国家体制性因素对于文学发展的意义和作用的问题。有人不承认现代民族国家体制性因素对于文学的重要作用，却不得不面对国家体制性因素对文学发展提供的资源支持和由此带来的趋同化文学管理模式的巨大挑战；也有人重视现代民族国家体制性因素对于文学发展的重要作用，却又把文学简单理解为革命斗争的工具和武器，最终把文学的命也革掉了。深入研究区域文化与文学，其实就是研究政治地理语境下的文学，研究行政区划中的体制性因素对于一个地区、一个国家乃至更大范围的国家集团文学的意义和作用。新中国文学有许多这方面的典型案例，既有成功的作品，也有失败的教训，值得认真总结研究。

另一方面，当代文学的区域性是一个与文学的地域性有密切联系却并不相同的概念。文学中的地域因素主要是指文学创作中的地域文化特色，具体地说，是指作家受地域文化的浸染和影响，在创作中有意无意地选择富有地域文化特色的表现对象作为作品的构成要素，在语言艺术上表现出某些具有地域文化特色的表现方式，进而形成具有地域文化特色的艺术风格。中国早期的重要文学作品《诗经》和《楚辞》就是具有这种鲜明地域文化特色的作品。而且这种地域文化特色伴随着不同的地域区分一直发展至今。所谓“齐鲁的悲怆”“秦晋的苍凉”“西北的雄奇”“楚风的绚丽”“吴越的逍遥”“巴蜀的灵气”等，仍是今天当代文学研究的重要话题。[①] 但进一步的研究表明，文学中的地域因素具有更多自然选择的色彩，在交通不便和交往不发达的农耕时代表现得较为普遍，那时的作家对地域文化特色的表现也具有某种自发性和必然性。随着工业文明和商业文化的发展，交通的便捷，教育的普及，不同文化的交融变得越来越频繁，作家的“见多识广”使得富有地域文化特色的表现对象和表现方式发生了新的变化。特别是现代民族国家兴起以后，强大的国家管理资源更是促使不同地域文化融入统一的国家共同体之中，国家体制内部的行政区划带来的种种社会体制性因素构成新的区域性因素，其作用和影响远远大于传统的地域因素，并与地域因素一起构成新的区域文学力量。文学的区域因素日益成为影响文学发展的重要方面。从这个意义上讲，新中国文学作为国家文学的形成既是中国当代社会发展道路选择的产物，也是文学发展从地域文学到区域文学的必然结果。因此，今天所说的“巴蜀文学”“齐鲁文学”“西部文学”概念就具有了某些新的属于区域文化的内涵。所谓“陕军东征”“晋军崛起”之类的说法以及几乎所有重要的文学艺术活动，包括所谓重点作品的“打造”，名家名作的“包装”，文学大奖的“评选”等，也都包含了区域文化竞争发展中体制性因素“运作”和“博弈”的努力。可见，当代文学的区域想象已经因为体制的要素超越了自然地理的限制。它一方面必须服从于和服务于高度统一的国家文学的基本要求；另一方面又不得不站在各行政区域的立场规划文学的发展轨迹。体制内文

① 参见樊星《当代文学与地域文化》，华中师范大学出版社 1997 年版。

学是如此，体制外文学也是如此。所以，尽管今天仍然有作家相信什么样的地理出什么样的作家,[①] 但这里所说的文学地理实际上已经不是传统社会里的自然地理，而是包含了诸多体制性因素的人文地理甚至政治地理。这不仅充分体现了中国当代文学的体制化特征，而且也使得当代文学的区域想象变得极为复杂和诡异。正确认识其中的规律及其存在的问题，促进当代文学的健康发展，已成为当前文学发展亟待解决的重大课题。

作者单位：重庆师范大学文学院

① 贾平凹：《什么样的地理出什么样的作家》，2016 年 4 月 13 日 “在华中科技大学当代写作研究中心的演讲”，载《长江日报》2016 年 4 月 26 日。

写出都市下层社会的生存噩梦
——都市文化视阈下的端木蕻良《吞蛇儿》与契诃夫《牡蛎》之比较

杨剑龙

在中国现代文坛上，萧红、萧军、端木蕻良、骆宾基等东北流亡作家群成为一道靓丽的风景线，其中端木蕻良是最杰出的一位。司马长风指出："端木蕻良是九·一八以后出现的东北作家之一，但是他的文学成就，绝非'抗日文学'所能范围。他的短篇小说，具有东北作家共有的粗犷和豪放，但却独有东北作家所缺乏的精雕细刻的形象描画。"[①] 短篇小说《吞蛇儿》就鲜明地呈现出端木蕻良短篇小说创作的精雕细刻，受到了俄罗斯文学影响，《吞蛇儿》与契诃夫的短篇小说《牡蛎》异曲同工，写出了都市下层社会的生存噩梦。特别是二人都以少年的视角与心理感受描写噩梦般的乞讨经历，有少年人的梦境的书写。其不同之处在于：《吞蛇儿》采取第三人称叙事视角，《牡蛎》采取第一人称叙事视角；《吞蛇儿》中有朦胧的反抗意识，《牡蛎》中有鲜明的畏惧色彩；《吞蛇儿》写出都市社会对于苦人的凉薄，《牡蛎》写出上流社会对于乞丐的奚落。从《吞蛇儿》可见出其短篇小说的臻于完美。因此，将二人的小说创作置于都市文化视阈下进行考察，就不难发现二人各自匠心独运的创作理念的关联和审美风范。

一

端木蕻良深受俄罗斯文学影响，在创作观念、审美取向、表现技巧和

① 司马长风：《端木蕻良〈遥远的风沙〉》，司马长风：《中国新文学史》中册，昭明出版有限公司1978年版，第76—77页。

手法，乃至创作的气度等方面，都受到俄罗斯文学的熏陶。他曾自认为对其影响大的作品："外国作品首推《复活》和《安娜·卡列尼娜》《死魂灵》《贵族之家》等。还有《块肉余生述》《鲁宾逊漂流记》《拊掌录》《娜拉》《冰岛渔夫》《悬岩》《争强》等。"① 托尔斯泰的《复活》《安娜·卡列尼娜》等深刻影响了端木蕻良，他说："托尔斯泰的写实主义现身在每个生灵的内部，并且用他们的目光去观察他时，在最下贱的人中亦找到爱他们的必然，使我们感到这恶人与我们中间有兄弟般的情谊联系着，由于爱，他渗透了生命的根源。"② 屠格涅夫的《贵族之家》《猎人笔记》等深刻影响了端木蕻良，屠格涅夫抒情的笔调和细腻的情感书写，给端木"留下最深的影响"③。契诃夫的《一个小公务员的死》《变色龙》等小人物"几乎无事的悲剧"影响了端木蕻良，以忧郁的笔触描写小人物的不幸遭际，暴露他们庸俗、虚伪的灵魂，有学者认为端木蕻良的作品"有契诃夫小说的特征"④。

短篇小说《吞蛇儿》是端木蕻良为数不多的以都市上海为背景的作品之一，发表于1937年2月《中流》第1卷第10期，是受到契诃夫影响的作品之一。

1932年端木蕻良加入了北平左翼作家联盟，于6月创编北平左联刊物《科学新闻》，他给鲁迅赠寄刊物，与鲁迅有信函来往。1935年，端木蕻良参加了"一二·九"抗日爱国学生运动，此后即离开北平奔赴上海，与鲁迅有更密切的交往，后来他参加了鲁迅的葬礼。在上海生活期间，端木蕻良结识了茅盾、胡风、王统照等上海文人，对于都市上海的生活有了比较深入细致的了解，创作发表了以都市上海生活为背景的短篇小说《吞蛇儿》，副标题为"百哀图之二"⑤。

从现代都市文化的维度来展开都市想象与都市书写，端木蕻良小说创作突出了对都市异化进行审视和批判的特点。这一点与契诃夫的小说创作

---

① 端木蕻良：《治学经验谈》，《端木蕻良文集》第5卷，北京出版社2009年版，第575页。

② 端木蕻良：《文学的宽度、深度和强度》，《七月》1937年第5期。

③ 端木蕻良：《我喜爱屠格涅夫——黄伟晶译〈贵族之家〉序》，《端木蕻良文集》第六卷，北京出版社2009年版，第394页。

④ 王富仁：《端木蕻良小说前言》，王富仁选编：《端木蕻良小说》，浙江文艺出版社2003年版，第8页。

⑤ 端木蕻良在1936年10月15日《作家》第2卷第1号发表《爷爷为什么不吃高粱米粥——百哀图之一》。

极为相似。来到半封建半殖民地的上海大都市，端木蕻良看到由于受到现代化进程影响，中国的现代都市迅速膨胀，既与现代化大都市的发展特点密切相关，也保留着较浓厚的半封建半殖民地农耕社会的特点。以上海为例，它是当时可与世界上最著名的大都市，如伦敦、巴黎、纽约、东京等相媲美的大都市，但却又是半封建半殖民地中国农耕社会开出来的一朵奇葩。上海都市文化是以现代的工业化、商业化的都市为特征的。上海外滩的改造，工商经贸的国际化，以及由现代化所带来的南京路的繁华，高楼、洋房、霓虹灯、电影院、舞厅、舞会、咖啡店、跑马场、赌窟、弄堂……这些上海显性的形象，所对应的则是摩登、欲望、消费、时尚、白领、小资、赌客、市民等上海形象的隐性内涵。现代传媒业的发达，与蓬勃发展的工商业和繁花似锦、多姿多彩的都市生活，以及巨大的贫富生活差距结合在一起，构成了上海大都市独特的节奏和独特的文化韵律，最为突出的是形成了上海所特有的现代消费文化环境。在这种环境的制约下，上海被赋予另一种现代性内涵，即上海不仅是中国的一个现代都市，同时还是远东最具魅力的都市，并且与西方发达的工业国家的大都市，如巴黎、伦敦、纽约等，几乎处在同一水平线上，具有现代的工商业文明的现代性内涵。因此，从现代都市文化反观镜像上来看端木蕻良的都市书写，也就不可避免地带有对现代都市文化的先进性审视的书写特点，又带有对现代都市文明病的诸多特征的批判性书写。他重点把对都市的审视聚焦在对生活在都市的小人物、社会底层人物的艰难生存的书写上，与契诃夫的小说创作的审视与聚焦极为相似。

《吞蛇儿》以在都市上海表演吞蛇乞讨为生的小伙子水根为对象，写出了都市下层社会的生存噩梦。小说以水根的噩梦形成作品的独特构思：这位16岁干枯得像朽柴的小伙子干吞蛇乞讨已三个冬天了，一到晚上他就会做被蛇吞食的噩梦：外滩海关大钟十二点时，水根梦中的蛇海像黄浦江的波浪一样汹涌，在各色张着血盆大口赶来的蛇群中，有一条直立舞动的大白蛇，突然变成了看他吞蛇表演穿白熊皮的太太，当水根向她伸手乞讨时，她惊叫着跳上汽车逃跑了。红头阿三举起白漆棍向水根打来，却化做飞蛇飞上天空。水根向那条可爱的白蛇搂去，却被师傅一个嘴巴打醒。

小说接着描写梦醒后的水根回忆三年前他是如何走上吞蛇乞讨之路的，三年前带他乞讨的父亲在舞场门口被美国水兵踢死，一个白胡子老叫花子给了他五个小烧饼，从此水根就有了一个师傅。在严冬饥寒交迫时，师傅逼迫他学习吞蛇表演，乞讨会得到更多的钱，水根回忆第一次如何将冬眠的小水蛇吞进吐出的腥恶经验，睡不着的水根盼望被惊碎的梦能再重新圆上，听着师傅的鼾声，水根心里充满了愤懑，师傅什么事也不做，乞讨来的铜钿却全被师傅拿去，他恨不能放一条有毒的蛇将师傅咬死。

小说接着描写天明后水根吞蛇乞讨的情形：水根被师傅跟着到静安寺附近的马路乞讨，水根吞蛇的表演得到看客们的喝彩，水根到腊味店，老板给了一个铜板撵他走，水根到五金店，老板看他表演吞蛇，却并不给铜板。水根想他的表演大概人家看腻了，他就不想再走其他店铺了，师傅却赶过来要敲他，水根觉得师傅就像他在梦中那条赤黑巨蟒的化身缠绕着他，他想到春天就要来了，蛇要苏醒了，他想做一些内心愿意做的事情。擦身而过的轿车中的“毛子”、十字路口的巡捕、煞神般的师傅都骂水根为“猪猡”，水根糊里糊涂地想向车流的街心跌下去，却被一只黑色的大手攫回。

端木蕻良以细腻的笔触描写都市上海下层社会的生存噩梦，以十六岁吞蛇乞讨为生的水根的梦境、回忆、乞讨三部分形成作品的结构，勾勒了在都市底层为生存而挣扎的水根形象。水根自小跟着父亲在都市里乞讨，父亲被美国水兵踢死后，因白胡子老叫花子给饿了三天的他几只小烧饼，水根就有了这个师傅，饥寒交迫中在师傅的诱惑与逼迫下，他走上了吞蛇乞讨之路，他忍受着冬眠的蛇在喉咙里滑进滑出的腥恶，他忍受着遭遇商店老板、马路巡捕的责骂殴打。十六岁的他犯着痄腮病，“胳臂伸出来简直吓人，除了干枯得像朽柴外，还布满了一丝一丝的青筋”，皮肤上“有许多白色的鳞粉纷纷下落”。水根成为师傅唯一的经济来源，水根想反抗师傅的压迫，却找不到合适的途径，水根甚至想结束自己的生命。乞丐水根的人生遭际反映了20世纪30年代都市上海下层社会的生存噩梦，具有普遍的代表性。

二

著名学者王富仁先生将端木蕻良的短篇小说与契诃夫的作品作比较，认为：“《雪夜》有契诃夫小说的特征，它像契诃夫《哀伤》《在峡谷中》一类小说一样，在一个特定情景下反思人的一生并在这种反思中改变了自己感受和评价生活的角度，实现了对人生的一次新的感悟。”[①] 端木蕻良的短篇小说《吞蛇儿》的构思上，也有与《哀伤》《在峡谷中》这类小说类似的构思，主人公水根在噩梦醒来后，反思其一生，在这种反思中水根表达出对目前生活状态的不满，尤其对于遭受师傅剥削压迫的愤懑，他期望反抗与改变这种生活状态。

苏联学者叶尔米洛夫在评说契诃夫的创作时指出：“契诃夫是为着‘小人物’而生活和写作的，直到自己生命的尽头，他都深深感觉到自己对他们的责任。”[②] 他的作品“提高了无数的‘小人物’的地位。在这些人物的现象里，契诃夫剖露了俄罗斯性格的深藏的特点，以及它那含蓄的、隐蔽的力量和美”[③]。与契诃夫的创作相似，端木蕻良的创作也大多以小人物为描写对象，在描写小人物的不幸人生与处境时，针砭社会的黑暗与不公。

端木蕻良的短篇小说《吞蛇儿》，与契诃夫的短篇小说《牡蛎》有某些相似之处，在对于都市下层社会乞讨者生存噩梦的描写中，呈现出两篇作品的异曲同工之妙。

契诃夫的《牡蛎》以父子俩在莫斯科大街上乞讨为情节，父亲五个月前来到京城，却一直没有找到工作，走投无路中决定在大街上乞讨。八岁的儿子“我”在极度饥饿中看到一白色牌子上有“牡蛎”两个字，他问父亲牡蛎是什么东西，父亲告诉他是生吃的海洋动物，“我”在大街上喊出“给我牡蛎！给我牡蛎！”两个戴圆筒礼帽的先生问“我”“你知道怎么吃吗?”“我”被人拖进店里，“开始吃一样滑溜溜的东西”，闭着眼睛狼吞虎咽，甚至把壳也咬碎了，人们大笑。后来我躺在自己床上，全身痛得睡不着，发烫的嘴有一股怪味。“到第二天清晨我才睡着，我梦见了一只有螯、有壳、眼珠子老转动的青蛙。”而父亲一直在后悔没有伸手向他们乞讨。

端木蕻良的《吞蛇儿》与契诃夫的《牡蛎》的相似处在于：两篇作品都描写都市下层社会的生存噩梦，《吞蛇儿》中是在都市上海水根吞蛇乞讨的苦难人生，回忆了三年前水根跟随爸爸乞讨的情景；《牡蛎》中是

① 王富仁：《端木蕻良小说前言》，王富仁选编：《端木蕻良小说》，浙江文艺出版社 2003 年版，第 8 页。

② ［苏］叶尔米洛夫：《契诃夫传》，张守慎译，人民文学出版社 1960 年版，第 128 页。

③ 同上书，第 171 页。

在都市莫斯科父子俩走投无路初次乞讨的尴尬场景，写出父亲对于自己难以开口乞讨的后悔。两篇作品都精细地描绘了饥饿的感受：《吞蛇儿》中的水根在饥寒交迫中，师傅以熏鱼烧饼引诱他吞蛇，“一阵馥郁的香气从他的鼻子一直钻到心脏里去……只要吞一下那无毒的蛇，再吐出来，这熏鱼就属于他了”。《牡蛎》中的“我”想象着牡蛎的美味，“香味浓极了，惹得我开始咀嚼起来。我又嚼又咽，好像我的嘴里当真含着一块牡蛎肉似的”。听父亲说牡蛎是生吃的后，“我”将牡蛎想象成令人害怕、讨厌、作呕的有螯、有壳、眼珠子老转动的青蛙，等有人施舍牡蛎时“我”闭眼狼吞虎咽。

两篇作品都以少年的视角与心理感受描写噩梦般的乞讨经历：《吞蛇儿》中是十六岁的水根，《牡蛎》中是八岁零三个月的“我”，两篇作品都有回忆的视角，水根回忆他如何在父亲死后走上吞蛇乞讨之路，《牡蛎》以“我不必费力追忆，就能记起一件往事的全部细节”开篇，奠定了整篇作品“我”的回忆视角。吞蛇和吞牡蛎形成两篇作品中主人公害怕、讨厌、作呕的感觉：在师傅的引诱逼迫下水根开始吞蛇乞讨，那蛇在喉咙里滑进滑出特别腥恶；“我”在极度饥饿中“开始吃一样滑溜溜的东西，那东西很咸，有一股潮气和霉味”，“我狼吞虎咽般吃起来，不嚼，不看，也不想弄清我吃的是什么”，这种因抗拒饥饿的“吞”的描写异曲同工。

两篇作品都有少年人的梦境的书写：《吞蛇儿》中是水根的蛇海汹涌梦境，各种各样张着血盆大口赶来的蛇，那条立起身子跳舞的大白蛇；《牡蛎》中是“我梦见了一只有螯、有壳、眼珠子老转动的青蛙”，“我”闭眼吞食的牡蛎想象中是“这种有壳、有螯、眼睛闪亮、皮肤粘乎乎的动物”。《吞蛇儿》详细地描绘水根梦境中的蛇，《牡蛎》简约地勾勒“我”梦境中的牡蛎，蛇与牡蛎已经成为两篇小说中的核心物象，甚至成为某种意象：“水根只在这无尽的逼迫下，吞这自己并不愿意吞的蛇——其实乃是蛇在吞食自己”，道出了都市下层人们被社会吞噬的事实；“我觉得，如果我睁开眼睛，那我一定会看到一对亮闪闪的眼睛，螯和尖利的牙齿”，道出了都市下层人们面临被吞食的险境。

受到俄罗斯文学影响的端木蕻良，他的短篇小说明显受到了契诃夫的影响，以社会底层小人物为描写对象，对于小人物投以同情怜悯的目光，抨击社会的无情与黑暗，成为端木蕻良与契诃夫相似的创作取向。

三

端木蕻良的《吞蛇儿》与契诃夫的《牡蛎》也有不同之处：《吞蛇儿》采取水根第三人称叙事视角，《牡蛎》采取“我”第一人称叙事视角。《吞蛇儿》以水根的视角展开叙事，通过梦境、回忆、乞讨将过去与现实结合起来，尤其通过梦境的详细描写，展现出水根被欺凌遭摧残的生存噩梦，甚至以梦中水根搂抱白蛇透露出水根潜在欲望的萌动。《牡蛎》以“我”的回忆形成小说的叙事结构，通过想象牡蛎、吞食牡蛎、梦见牡蛎将生存噩梦生动地呈现了出来。第三人称的叙事使故事生动细腻，第一人称的叙事让故事亲切真挚。

《吞蛇儿》中有朦胧的反抗意识，《牡蛎》中有鲜明的畏惧色彩。《吞蛇儿》中的水根是一位十六岁的乞丐，在三年的吞蛇乞讨生涯中，他遭遇到种种不公的遭遇，已经具备了朦胧的反抗意识，师傅逼迫水根走上了吞蛇乞讨之路，对于此水根内心愤愤不平：“他什么也不做，竟让我一个人吞，然后把铜钿全数拿去。吃的不算，还天天贪馋喝酒。而每次喝醉了酒，脾气更坏，作兴举起拳头就敲人。”水根想反抗师傅的压迫，却找不到合适的途径，水根甚至有用毒蛇咬死、用绳索绞死师傅的想法，在走投无路、无可奈何中，水根甚至想糊里糊涂地朝车流的大街上跌下去。《牡蛎》中八岁零三个月的“我”，在极度饥饿中想象牡蛎：“我立即想象出这种从未见过的海洋动物是什么模样。它应当是介于鱼虾之间的一种东西”，想象着“从厨房里飘出煎鱼和虾汤的香味”。当父亲告诉他“这东西要生吃”“它有壳，像乌龟一样”时，“我”想象“这种有壳、有螯、眼睛闪亮、皮肤粘乎乎的动物”，“我”充满着畏惧心态闭着眼狼吞虎咽，在梦境中的牡蛎是“一只有螯、有壳、眼珠子老转动的青蛙”。

《吞蛇儿》写出都市社会对于苦人的凉薄，《牡蛎》写出上流社会对于乞丐的奚落。《吞蛇儿》中的水根作为都市下层社会人物的代表，美国水兵踢死了他的爸爸，师傅无情剥削压迫水根，红头阿三举棒责打，腊味店老板撵他离开，五金店老板一毛不拔，十字路口巡捕的辱骂，写出都市社会对于苦人的凉薄。《牡蛎》中的“我”在莫斯科大街上饥肠辘辘几乎倒下去，“我”看到牡蛎的招牌询问父亲后喊出“给我牡蛎”的乞讨，戴圆筒礼帽的先生将“我”拖进灯火通明的旅店给“我”牡蛎，“他们哄笑着好奇地瞅着我”，“‘哈哈哈！他连壳也吃了！’人们大笑”，“我”的闭眼吞食牡蛎成为一种表演，戴圆筒礼帽的先生们因此获得了快感。

有学者曾经认为：“端木的这些从30年代到40年代的短篇小说，就艺术成就来说，不比他的那些长篇小说差，毋宁说比它们更高，他的长篇小说显示出惊人的才华，但也存在着刺目的缺陷和遗憾，而这些短篇小说则几乎臻于完美；就艺术的选择和才情而言，我觉得端木更适合写中短篇小说和散文。”① 指出了端木蕻良在短篇小说创作方面的重要成就，从《吞蛇儿》也可见出其短篇小说的臻于完美。从端木蕻良的《吞蛇儿》与契诃夫的《牡蛎》的比较，我们既看出端木蕻良的短篇小说创作受到契诃夫的影响，也看出端木蕻良在短篇小说创作中的不断探索与杰出成就。

的确，端木蕻良的这篇小说揭示出以上海为代表的现代都市文明的光怪陆离之现象，以及在现代都市生存的小人物、下层社会人物的生存艰难，由此来展示现代都市文明之“恶”的感性认识和深刻的心理体验。

都市是天堂，也是地狱，它牵动着现代中国敏感的神经，既折射着中国社会向何处的宏大命题，也反映出现代中国人的生存境况，尤其是小人物、社会底层人物的生存状况。现代都市文化镜像中的都市，折射出中国现代都市进程中的种种矛盾与冲突：断裂与发展、传统与现代、屈辱与自尊、文明与罪恶，这一切都构成了中国现代都市的奇特面貌：它既是生机勃勃的，又是腐朽的；既是伟大的，又是堕落的；既有着西装革履的洋场阔少，也有长袍马褂的前清遗老；既产生着最激进的思想理论，也维持着最传统的生活方式。西式洋房中陈列着明清时代的红木家具，西裤外面罩着中式的长袍，中西杂陈，华洋共处，既是达官贵族们花天酒地的场所，又是小人物们艰辛生活的不堪之地。从文化上来说，中国都市文化在以西方为范本的同时，又保留了诸多的本土特征。中西文化的碰撞使各自的文明都成为碎片，然后又成为现代都市（例如二三十年代的上海）的大拼盘，令人陶醉、迷恋，又令人眼花缭乱、手足无措。不过，需要指出的是，端木蕻良的这种都市书写，不完全是像西方现代作家那样致力于形而上的哲理角度来表现人，特别是表现作为个体存在的人的生存状况和未来前景。像卡夫卡，他的深刻之处在于始终都是以关注着人类发展前景和对人的命运的严峻思考，来透视人的生存境况和人性的困惑。在现代中国都

① 逄增玉：《论端木蕻良小说创作的两种追求与风格》，《河北学刊》2000年第1期。

市特定的文化语境中，端木蕻良的都市想象与都市书写，与20世纪中国所热衷的进化论思想和“革命性”话语，与强调民族独立、社会解放的社会文化思潮，以及与张扬人的主体性、个体性等精神元素的书写形态紧密相关，对应着现代民族国家现代化的发展进程。在这个意义上，端木蕻良的都市书写，无论是作为叙述场景，还是作为新文学中都市文学的特定意象，都具有相当的思想深度、想象张力和丰富的精神内涵。

说明：本文为国家重点学科上海师范大学比较文学与世界文学项目、上海市高校创新团队中外文学关系研究项目、上海高校一流学科（B类）建设计划规划项目的阶段性成果。

作者单位：上海师范大学都市文化研究中心

山东现代文学期刊述论

刘　泉

山东现代文学期刊，既是中国现代文学期刊大家族中不可或缺的重要一员，同时又是山东现代文学发展史上非常重要的文学现象与传媒现象。研究山东现代文学期刊，既必须以中国现代文学期刊发展史为背景，在与兄弟省市的比较中确立自己的地位与价值，更应该从山东现代文学自身发展、沿革中，厘清属于自身的规律和特征，以期在大背景下进一步彰显自我的位置和独特的形象。

一　山东现代文学期刊与其他省区现代文学期刊的数据研究

山东作为并非通都大邑也不是皇城帝都的一个东部沿海省份，与上海、北京、天津、重庆四大直辖市，在各方面都不具备比较的可操作性，也不具备比较的价值与意义。由于历史的原因和笔者自身的局限，对山东及相关省区的现代文学期刊的各项因子开展全面的多层次的科学系统的比较，在当下也还有诸多难以克服的困难。因此，笔者拟首先从期刊创刊这一具体明确而又具备一定说服力的角度入手，试图让客观的数据来大体复原已经消逝的历史的某一侧影、某种略图。

据不完全统计，从1915年《新青年》创刊到1949年新中国成立，创刊在100种以上文学期刊的省份大约有14个，按照多寡排列，大体顺序是：

广东：1057

江苏：682

四川：464

浙江：408

湖南：393

湖北：274

福建：263

山东：196

广西：175

陕西：148

江西：144

云南：141

河南：122

河北：120①

尚未列入上表的还有若干个省区。仅从数量这一颇具局限性的视角来看，山东大约可以进入前十位，既非出产稀少寡薄，也称不上丰富多样。必须指出的是，以上数据，既包括纯文学期刊，也包含涉文学期刊，即设有文学、文艺栏目，或安排一定篇幅发表比较多文学作品的综合性期刊、文化类期刊。

如果把文学期刊的其他影响力考虑在内，山东的位置恐怕还要排后一些。例如安徽，其立煌、泾县等偏远县城，在抗战时期，都曾创刊过不少有较大影响的文学期刊，例如《战时文化》《中原月刊》（发行10卷以上）以及由上海移刊至此的《现代中国》，似乎均为山东所未及。再如抗战时期的江西，其吉安、上饶、泰和等似乎“名不见经传”的县城，也出版、发行过《东南文艺》《战地文化》《大路》《东线文艺》《文化导报》《诗歌与木刻》《青年文学月报》等颇具影响力的文学期刊，发表过相当不错的文学作品。陕西一省，因为具备“两安”：延安与西安，其文学期刊就更具特色。前者具象地展现了由文学家办刊过渡到党组织办刊的历史沿革，是新中国成立后几乎全部文学期刊办刊模式的先导；后者在抗战时期曾一度成为西北地区的政治、文化中心，在郑伯奇、谢冰莹等著名文艺家的努力下，陆续出版了《抗战与文化》《西北文艺》《黄河》《西北文化》《文化导报》《高原》等厚重坚实的文学期刊，从某种意义上扭转了中国文学期刊一直偏重东南沿海地区的格局，从而把西北地区的文化风格、黄土高原的文化气质，较好地融入了中国文化的总体色调。其历史

① 详见2015年国家出版基金项目《1872—1949文学期刊信息总汇》。

功勋是不应该被漠视的。可能是由于抗战时期独特的地理位置、时代特征、战争形态，云南昆明也曾经合格地一度充当中国文学期刊西南地区的中心，与陕西的延安、西安正好成为堪称犄角互补的两极。抗战时期，作为大后方之一的昆明，集聚着众多的文艺家和人文学者，他们在战时独特的环境里，为抗争中的民族、艰难挣扎中的民族文化，奉献出弥足珍贵的精神产品。《文艺季刊》《文化岗位》《战歌》《警钟》《诗与散文》《集体创作》《西南文艺》《文聚》《微波》《黎明》等都发表了大量的文艺作品，展示着中华民族不屈的灵魂和中国作家与民族灾难、民族生存的血肉关联，《当代评论》《文学评论》《中法文化》《人文科学学报》《国文月刊》《文艺的民主问题》等刊物，或致力于文艺理论的探讨，或侧重于国语、国文的研究，或发扬着五四以来重视中外文化交流的宝贵传统，都为抗争中的中国文化、文学增添着光彩，聚集着浴火重生的力量。对于《战国策》的不同理解与评价还在进行中，但这是一份具有独特风格的文学期刊，上下几十年都没有可以取代者的观点，却似乎已成定论。广西的桂林，作为战时“文化城”的历史地位，早就写进中国现代文学史特别是抗战文学史了。此间创刊于桂林的文学期刊，粗略述说，就有《战时艺术》《文化》《五月》《东方文坛》《少年战线》《逸史》《工作与学习》《抗战文化》《顶点》《笔部队》《文化通讯》《诗月刊》《抗战文艺》（桂刊）《新中国戏剧》《文化线》《新道理》《十月文萃》（复刊）《野草》《新文化月刊》《青年生活》《戏剧春秋》《半月文艺》《文艺新哨》《诗创作》《文化杂志》《艺术新闻》《文艺生活》《文艺杂志》《创作月刊》《文学译报》《半月文萃》《文学报》《种子》《山水文艺丛刊》《文学批评》《文学创作》《青年文艺》《人世间》《绿洲》《自学》《艺丛》《明日文艺》《大千》《文学杂志》《新文学》《当代文艺》等。如果再把创刊于其他城市而移刊于此的刊物例如《自由中国》《西风副刊》《文艺战线》《诗》等列入，这将更是一份堪称丰富的名录。这份名录背后，究竟蕴含着多少编辑者的心血，淤积着多少文化人的愤懑，隐含着多少曲折的故事与时代的印记，恐怕很难完全发掘、复原了。但著名作家、编辑王鲁彦在《文艺杂志》编辑途中贫病交加命丧桂林的情境，是我们后人无论如何不该忘却的伤痛记忆！

作为土生土长在山东的后辈学人，对于兄弟省区文学前辈的功业与成就，笔者深怀敬意；同时，更愿意把所知不多不全的关于故乡文学期刊发展沿革的历史格局与独特风貌，缕述于后，希望得到四方师友的批评、教正。

二　山东现代文学期刊的独特性研究

（一）分布地域的独特性

中国现代文学期刊的分布，是极不均衡的。上海一市，大约占据了全国所有文学期刊创刊地的半壁江山。其他如北京、南京、武汉、广州、桂林、重庆、天津、成都、香港、台北等大中城市，也都拥有相当数目的文学期刊。除去抗战时期极个别情况外，偏远省份、中小城市，大都几乎与文学期刊无缘，更遑论乡镇农村。

在这种分布不平衡的状态里，大多数省区的文学期刊，几乎都集中在省会城市，这是不难理解的。例如福建之文学期刊多集中在福州，厦门虽有自己的独到处，究竟无法与省会比肩。陕西虽然有西安、延安两大文学期刊集中地，但后者主要是以办刊模式、刊物内容的独特性著称，在数量上，依然未曾超越西安。广西是一个特例，其省府先在桂林，1912 年迁往南宁，1936 年再迁至桂林，1950 年复迁南宁。恰在 1936—1946 年，桂林蒙战时格局“所赐”，又兼省会的优势，于是以极大的优势成为全国闻名的文化城，自然更是广西一省文学期刊的集聚地与大本营。

与兄弟省区不同，山东文学期刊的分布，呈现出更明显的独特性。据不完全统计，现代文学期刊在山东主要集中在青岛、济南、烟台三市，其大约的数量是 56∶52∶17。其他县市，均不足十种。除以上三市外，其他文学期刊，大多聚集在胶东、鲁中一带，即胶济铁路沿线交通比较便利因而经济、文化也相对比较发达的地区。鲁西北又略多于鲁西南，可能是北上联系北京、天津比较方便的缘故。抗战时期，鲁中、鲁南一带，曾创办不少文学期刊，可惜大多未具体注明编辑、出版、发行的具体地址，因此也就很难确切地给以合理的归类。

青岛之所以能够以非省会城市而超越省会，有多种原因。

首先是其独特的地理位置、自然环境以及政治、经济形态。

清朝以降，青岛就以碧海青天、不寒不暑、绿树红瓦、可舟可车闻名于世，受到康有为等名士达人的青睐，流风余韵，一脉传承。据青岛市史志办公室披露，自 1891 年起，青岛就因其独特的地理位置引起清政府的重视和德国、日本侵略者的持续争夺。1897 年 11 月，德军占据青岛，次年 3 月，德国强迫清政府签订《胶澳租界条约》，强租胶州湾 99 年，享有修建铁路、开采矿山的优先权。4 月，德国议会决议划拨 500 万马克修建港口，后又追加 350 万马克。6 月，德军开始测量气象。夏，设立海军野战医院。10 月，命名胶澳租借地的市区为青岛。12 月，始建大港防波堤。1899 年 6 月，设立青岛市区电话局并开始营建胶济铁路，投资 5400 万马克，1904 年 6 月竣工通车，干线全长 395.2 公里，支线长 45.7 公里，实际使用建筑费用 5290 万马克。1900 年，青岛德国电报局开业，同月又投资 158.7 万马克，修建四方铁路工厂。1901 年 1 月，开始发行胶州普通邮票；2 月，《胶州报》创刊；3 月，青岛至德国第一条远洋航线开辟。德国人卫礼贤接管教会中学改名为礼贤书院。1902 年 5 月，青岛海员俱乐部开放，迎来第一批成批量的外地游客，似乎可以看做青岛成为著名旅游城市的开端。1903 年 8 月，英德联合开办盎格鲁—日耳曼啤酒厂，青岛的啤酒，由此开始成为城市的品牌与名片，远播重洋，扬名世界。10 月，青岛电灯厂建成发电。11 月，建成海水浴场。1905 年，德国胶澳当局实行鸦片高税专卖。1907 年 6 月，德国银行在青岛发行纸币；7 月，青岛造船厂正式命名，招收工人 1117 名。1908 年 1 月，中国同盟会会员陈干在青岛设立震旦公学，宣传民族民主革命思想。12 月，震旦公学被德国殖民当局查封，陈干等被勒令离境。1909 年 10 月，青岛第一所大学、中德合办的德华特别高等学堂（简称德华大学、黑澜大学等）开学。1912 年 1 月，青岛观象台落成。9 月 28 日，孙中山先生由济南抵青岛，在特别高等学堂发表演说。1913 年 5 月，日本第二舰队寄泊青岛。1914 年，多名日本高官来青岛“调查”“游历”。8 月 23 日，日本对德宣战；11 月 11 日，日军侵占青岛，德华特别高等学堂被迫停办，部分学生转入上海同济学校。1915 年，日本强迫中国政府签订《会订签订重开海关办法》，攫取德国在青岛一切特权。日军在青岛开始大肆贩卖烟土，1916 年进口熟膏 6300 斤，波斯土 2660 斤，台湾土 2740 斤。同时，中日奸商勾结私贩铜钱，冶为铜块，贩运至日本。1916 年贩运净铜 67 万担，海关估价 960 万两，直、鲁、豫三省均深受其害。1917 年日本军舰 11 艘驶抵青岛。9 月，日本公布《日本驻青岛守备军民部条例》《青岛守备军司令部条例》《青岛守备军民政部事务分掌规程》，中国政府外交部驻日使馆照会日本迅速撤销其在中国非法设立的民政机构，日本置之不理。1918 年，日本守备军司令部制定《青岛盐业规则》，规定青岛经济命脉之一的盐田的开发及使用均需经过日本军方许可。本年日本歉收，从青岛进口小麦36万担。12月，日本守备军司令部公布《青岛港则》，规定青岛港口事宜均由日本管理与决定。1919年，巴黎和会上中国代表提出山东问题，强烈要求将胶澳租借地、胶济铁路及德国在山东强占的其他权利直接归还中国，遭到日本极力反对。5月4日，五四运动爆发，强烈要求拒签和约，收回青岛，严惩国贼，取消丧权辱国的“二十一条”。1920年，日本股票落价，华商损失千万元以上。1921年，中国外交部公布拟提交国际联盟的关于山东问题的标准案，主要内容有八条。1922年2月，在华盛顿会议上中日代表签署《解决山东悬案条约》及其《附约》；12月，《山东悬案细目协定》签字，日军须于20日内撤完，中国为胶济铁路归还付出日金4000万元；12月10日，中日举行行政事宜交接仪式。1923年，中国政府备价600余万元赎回日本在青岛所占胶澳盐田。1924年9月20日，私立青岛大学开学。1925年5月，军阀温树德与日本人合谋杀害日商内外棉纱厂罢工工人，死8人，重伤17人，被捕75人，是为震惊全国的“青岛惨案”。1926年7月，青岛形成比较完整的公共交通营运体系。1927年6月，日本借口保护日侨，派兵2000余人自青岛登陆，阻止南京国民政府北伐。9月，日轮“现德号”因故意超载沉没，获救121人，仅找到191具尸体，近百人失踪，王统照据以写成短篇小说《沉船》。1928年，青岛福禄寿大戏院建成。“光明剧社”成立。青岛观象台以高水平科研报告证明中国观象事业的成功，粉碎了日本推延交付青岛观象事业的野心。《青岛工人》报创刊。《青岛日报》创刊。始修于1927年的《胶澳志》出版发行，线装本10册12卷约60万字。《崂山游览图》出版。东镇商业舞台建成。①

1929年4月，内政部部长赵戴文向南京国民政府提交《拟请明定青岛为特别市案》，呈文陈述理由有五：一、在地理、港口和军事上，“青岛位于山东半岛，背山面海，气候温和，内联铁道，外通航线，港内水深，隆冬不冻，揆之津沪两埠，兼有其长，且津沪分居该岛之南北，各据数百海里，呼应极灵，实为中国海岸线上最优良而兼有军事上之重要地位者也”。二、在历史和国防上，“自德人租用该地十余年间，积极建设，

① 青岛市史志办公室编：《青岛市志·大事记》，五洲传播出版社2000年版，第2—79页。

是有‘小柏林’之称。厥后欧战发生，又为日本管理。殆华府会议后，始行交还中国，是在历史上及国防上已不能不认为重要之区”。三、在人口构成上，“该埠华洋杂处，日人约占十分之二，其他外国人约占百分之五，此人口之复杂者一”。四、在市政建设上，青岛“街道、房产、饮水、园林等建筑无不完美整洁”。五、在经济上，“贸易额据大量观察则年有增加，而盐场出产，犹非他埠所及”。呈文称，按照国民政府《特别市组织法》规定，特别市应具备三个条件：一、首都；二、人口百万以上；三、其他有特殊情形之城市。“青岛居民虽不满百万，但基于以上事实，在历史上、国防上以及将来贸易发展计划上确有特殊情形而合于特别市组织法所定之第三种之条件。拟呈请国民政府以明令定青岛为特别市。”4 月 20 日，南京国民政府确定青岛为特别市，属行政院直辖。[①]

综上所述，至 20 世纪 20 年代末，青岛已经成为一座殖民色彩异常浓重的北方现代型都市，交通之便捷，经济之发达，在内战连年的北方堪称雄厚独特；电厂、电灯、电话、电报、马路、港口、公园、饮水、排水、饮食等城市基础设施比较完善；影院、剧院、报社、书店、杂志社、咖啡厅、游乐场等文化载体基本齐备；从 1909 年起陆续有大学在这里沿革，1929 年更有国立青岛大学开始筹办，1930 年正式开学；蒋冯阎中原大战的烽火还没有波及此地；上海的文化论争也相距比较遥远——此刻的青岛，确属一块难得的文化乐土，一方适宜于相对边缘化的文化现象例如文学期刊滋生蔓延的绿洲。

其次是大学在青岛的决定性作用。

大学，特别是设置有人文学科的综合性大学，不仅是现代城市的文化名片，而且是其思想的源泉、智慧的宝库、文明的载体，是现代城市走向未来、走向世界的母港。没有或失去此类大学的城市，或者像无水的山峦，或者像落叶的枯树，或者像失魂落魄的人物。分别缕述济南和青岛两市大学创办及沿革的历史过程，对于认识山东的文学期刊分布，应该是有一定意义的。

1901 年，清政府在济南开办官立山东大学堂，是山东也是济南第一所大学。1904 年改称山东高等学堂。1911 年改称山东高等学校。1914 年停办。1926 年，奉系军阀张宗昌督鲁，在济南设立省立山东大学，1928 年停办。

---

① 青岛市档案馆编：《青岛通鉴》，中国文史出版社 2010 年版，第 236—237 页。

1909 年，中德两国政府合办的青岛德华特别高等学堂开办，是青岛第一所大学。孙中山先生曾莅临该校讲演，高度评价该校筹建的意义。1914 年青岛被日本侵略者占据，德华大学被迫停办。1924 年，青岛绅商筹办的私立青岛大学开办，1929 年 5 月因经费匮乏等原因停办。

1929 年，蔡元培先生倡议把正在济南筹办的山东大学移至青岛，改为筹办青岛大学。同年，国立青岛大学预备班招生开学。1930 年，国民政府教育部主持的国立青岛大学正式开办，由蔡元培的学生杨振声担任第一任校长，赵太侔辅佐。1932 年，国立青岛大学改名国立山东大学，杨振声去职，由赵太侔担任校长，奉行没有杨振声校长的杨振声办学模式。1937 年，青岛沦陷于日本侵略者，国立山东大学在仓促西迁中沦亡。1945 年抗战胜利后，山东大学师生奔走呼号，极力复校。1946 年山东大学正式复校招生开学，仍由赵太侔担任校长。后来山东大学多有变迁。1958 年山东大学西迁济南后，直至 1985 年新的青岛大学组建，青岛一直未有类似的综合性大学。

众所周知，从国立青岛大学到国立山东大学，由于两任校长的知人善任，礼贤下士，曾经延请到闻一多、梁实秋、洪深、沈从文等知名作家、文学家任教，使青岛一时成为中国文学的高端地带之一。复校以后，赵太侔校长沿袭旧制，高度重视人文学科建设。中文系主任由山东现代文学第一人王统照担任，作为国内外文史界栋梁的高亨、陆侃如、冯沅君、萧涤非、游国恩、丁山、赵纪彬、杨向奎、丁西林、杨肇嫌、童书业、黄孝纾、陈同燮、黄云眉、郑鹤声、张维华、王仲荦、赵俪生等知名教授，也先后执教于此。山东大学的图书馆长，则由孙昌熙担任。他利用抗战刚刚胜利文物尚少有人重视的机缘，在王统照的鼎力支持下，收购了大批县志，于是山东大学成为国内图书馆收藏此类图书最为丰富者。这些知名教授，除去亲力亲为创办极有分量的文学期刊例如《刁斗》①《中兴周刊》②

① 《刁斗》季刊，1934 年 1 月 1 日创刊于山东青岛，青岛山东大学“刁斗文艺社”编辑、发行，青岛“胶东书社”印刷，1935 年 4 月出至第 2 卷第 1 期停刊（一说出至第 3 卷第 1 期停刊，惜未见）。16 开本。主要栏目有论文、文艺理论、创作小说、散文、剧本、诗选、批评与介绍、书评、补白等，著译兼收。

② 《中兴周刊》，1946 年 1 月 1 日创刊于山东青岛，“中兴周刊社”编辑、发行，孙昌熙编辑，社长、发行人谭镇远，1947 年 6 月 15 日出至第 7 期停刊，共出 7 期。16 开本。主要栏目有论著、科学、国学研究、专载、社会服务、文艺等。

等，还营造出适合文学期刊一纸风行广为传播的社会文化氛围，更培养了大批文学青年，成为文学期刊坚实的读者群体与后备作者群体，这是文学期刊能够此伏彼起的重要基础。

山东现代文学领军人物王统照的历史性作用，尤其不容忽视。

王统照于1912年10月从故乡诸城相州移居济南，1913年年初考入济南山左学堂（翌年改名山东省立第一中学）就读，1918年年初，因考入中国大学英国文学系而从济南赴北京。1926年秋，因母病辞去在北京的职务，回到故乡山东诸城。1927年3月，定居青岛观海二路49号，在这里完成了他最具代表性的长篇小说《山雨》以及优秀的散文《青岛素描》等。1936年赶赴上海主持大型文学月刊《文学》的笔政，直到战火烧到上海，《文学》与其他几种刊物合并为《呐喊（烽火）》，在上海的国难声中，发挥了呼唤国魂的重要历史作用。1945年抗战胜利前夕，王统照便装潜回青岛，后任复校后的山东大学教授兼中文系主任，直到因支持学生民主运动被山东大学解聘。1950年3月从青岛赴济南就任山东省人民政府委员、山东省文教厅副厅长，1957年11月29日病逝于山东医学院附属医院。

王统照先生两度居留济南，前期为其中学时代，虽已风华正茂，显示出不凡的才华，但毕竟初出茅庐，文学创作的成就不宜评价过高。后期为晚年时代，体弱多病，又担任山东省文联主席、山东省文教厅长等职，公务繁忙，不可能以较多精力从事文学创作。而两度青岛生涯，却正是他年富力强、创作丰盛的收获期，是奠定他在中国现代文学史上位置的生命时段。青岛时期，除却他自己创作繁盛、影响深远外，还创办、主持了青岛第一份纯文学期刊《青潮》①，培养了臧克家、吴伯箫、于黑丁、杜宇、王亚平等一大批文学青年。他的观海二路49号故居，就是当年青岛若干文学青年的讲习所。孙昌熙编辑的《中兴周刊》，就曾得到王统照的大力扶持。

（二）办刊主体的丰富性

从1872年11月中国第一份文学期刊《瀛寰琐记》创刊以降，办刊

① 《青潮》，月刊，1929年9月1日创刊于山东青岛，王统照主编，杜宇、姜宏、李同愈、王玫等参与编辑，青潮月刊社出版，1930年1月出至第2期终刊，共出2期。大32开本。主要刊发诗歌、小说、剧本、小品、译作等。

主体就呈现出一种大体一致的模式，即出版机构与编辑人结合办刊的形态。例如梁启超与新小说月刊社，李宝嘉与上海商务印书馆，陈去病与大舞台丛报社，胡适与竞业旬报社，吴趼人与乐群书屋，黄人与小说林总编辑所，天虚我生与著作林社，黄伯耀、黄世仲与中外小说林社，亚东破佛与竞立小说月报社，林紫虬与新小说丛社，胡石庵与中西日报社，倪轶池与宁波小说日报社，王西神等与上海商务印书馆，陈独秀与群益书社等。这种结合，有的是编辑人寻找出版机构作为依托，由后者负责印刷、发行等事务，自己则专心于联系作者、编辑刊物、提高编校质量；有的是出版机构出资礼聘有影响的作家、文化人担纲主编，以扩大刊物的影响范围与号召力量，最终目的还是在于扩大销路，借此牟利。此后，商务印书馆、中华书局、群益书社、文明书局、北新书局、开明书店等，大都是由于聘请到著名作家担纲主编而刊物一纸风行，销路风生水起，甚至具备了领起某一时段文学期刊之风尚的优势，当然也就获利丰厚，渐成牛耳在握之势。编辑与出版机构的合作，也并不总是一帆风顺、两厢愉悦的。文学家办刊注重的大多是期刊的文学价值，出版家看重的则往往是商业价值，二者之间难免诱发摩擦，处置不当，还可能导致激化。鲁迅与北新书局、生活书店的矛盾，就是非常典型的例证。

山东因为一向没有类似商务印书馆、中华书局这样具有全国乃至世界影响的出版机构，也就极少出现上述办刊模式的成功先例。随着 20 世纪 20 年代中国文学期刊办刊模式的多样化，山东文学期刊也几乎同时加入了这种多样化的时代潮流，但依然具备比较鲜明的自我特色。例如作家办刊、教授办刊、中小学教师办刊、党政军机关办刊、社会人士办刊等，都有可圈可点的成功例证。

山东第一份纯文学期刊，是 1929 年创刊于青岛的《青潮》，主编就是定居青岛不久的来自中国新文学中心北京的王统照。他在主编《青潮》的同时，联系并培养了一批文学青年，比如臧克家、吴伯箫、王亚平、杜宇等，此后也都成为诸多文学期刊的编辑人或撰稿人，为山东文学期刊的繁荣发展，立下“汗马功劳”。

如前所述，山东的济南与青岛，20 世纪各有著名的综合性大学，其中人文学科的教授，在教书育人传道授业之余，也往往关注文学期刊的编辑、出版。因为教授学养的深厚与社会影响的广泛，再加上大学当局的支持，这类期刊一般具有厚重广博的特色，同时也带有承办大学的鲜明烙印。《齐大月刊》① 是济南齐鲁大学的校刊，老舍曾担任编辑部主任（一说为主编）。该刊的综合性非常明显，所刊发文章，医学类远多于文学类，省府的官样印痕，不时有所流露。《刁斗》创刊于青岛，是国立山东大学所办，纯文学的色彩就比较浓厚，颇有独立于地方政府而“我行我素”的味道。

中、小学教师办刊，恐怕是山东文学期刊办刊模式比较突出的特色之一。除济南、青岛两大城市外，潍县、寿光、黄县、惠民、牟平、泰安、蓬莱、历城、掖县、曹州、益都、临沂、滨县、寿张、滕县、文登、博山、邹平、莱阳、堂邑、聊城、莒南、即墨、昌乐、莘县、鲁西张秋镇等县城乃至乡镇，都曾出版过若干文学期刊，而其编辑者，大都是该地的中小学教师。这些期刊的寿命有长有短，影响有大有小，但却共同构建起山东文学期刊堪称广泛的社会基础，培植着文学期刊成长的社会基础，造就着繁荣文学的文化氛围，其历史功绩，是不宜一笔抹杀的。其中创刊于掖县、由时任山东掖县九中教师的田仲济主编的《青年文化》②，还创造出中小学教师在偏僻县城编辑，却在省城发行，后来居然一纸风行于中国文学期刊大本营上海的期刊发行史的“神话”，就是一个颇值得研究的个案。

1938 年 12 月 15 日创刊于山东掖县的《海涛》③ 半月刊，是由八路军

① 《齐大月刊》，1930 年 10 月 10 日创刊于山东济南，济南（私立）齐鲁大学编辑、出版，老舍、马彦祥等曾任编辑部主任，每卷 8 期，1931 年 6 月 10 日出版的第 1 卷第 8 期为现存最后一期。32 开本。主要刊发该校学术研究、文艺创作、校事报告等。

② 《青年文化》，月刊、半月刊，1934 年 11 月 10 日创刊于山东济南，1936 年 9 月出至第 4 卷第 4 期停刊，1936 年 11 月复刊出新 1 卷第 1 期，1937 年 9 月出至新 4 卷第 4 期终刊，“青年文化月刊社”编辑、发行，济南“北洋书社”出版、代理发行，实际编辑为田仲济，参与编辑的还有冉晋叔、朱宝琛、苏亦农、孙珍田、尚希平、王卓青等。自第 4 卷起改为半月刊，1936 年 7 月第 4 卷第 4 期起迁至上海，由“华联书局”出版、发行。该号发表启事，称已邀请梁宗岱、李守章、吴伯箫、李广田、卞之琳、沉樱、臧克家为特约撰稿人。曾由北平“文化批判社”“朔风书店”代售。1935 年 6 月 10 日第 2 卷第 2 期有“反存文读经特辑”，第 3 卷第 1 号为“革新号”。主要栏目有论文、国际大事述评、诗选、小说作法漫谈、戏剧与小说、科学丛谈、散文杂感、小说、诗歌、随笔、文化情报、短论、珍闻一束、书评、青年园地、杂文、独幕剧、特载等。

③ 《海涛》，半月刊，1938 年 12 月 15 日创刊于山东掖县，八路军山东纵队第五支队第 21 旅（旅长郑耀南）主办，“海涛半月刊社”出版，社长由郑耀南兼任，李佐长、罗竹风主编，编委有马少波、张子明、张加洛等，同年 11 月停刊，共出 3 期。主要栏目有发刊词、时事漫谈、文艺（小说、诗歌）、名人介绍、大众讲座、通讯、专论、半月大事记等。

山东纵队第五支队第21旅主办的文学期刊，社长郑耀南，即该旅旅长。该刊是军队办刊而获得成功的案例。此前还有国民党国民革命军陆军第46师政治训练处编辑的《导路》半月刊等，之后还有1940年创刊于山东抗日根据地、八路军第115师政治部主办的《文艺学习》等。其他署名为社会教育经理处、教育学会、省外留学生联合会、文化革新会、民众教育馆、繁荣促进会、基督教农村事业促进会、省立剧院编译处、笃信福音学生联合会、进德会、学行事业互进会、博文学会、治安维持会、社会局、教员联合会、留日同学会、文化教员振兴委员会、文化供应社等为编辑、出版单位者，所在多有，不胜枚举。

（三）价值取向的多极性

在新中国成立以前，文学期刊的外部风貌和内在品质，主要取决于以下多种要素的综合作用：一是政治、经济、军事特别是文化背景；二是出版商的政治观点、经济实力、营销策略、文化取向、人脉网络特别是对文学期刊社会历史价值的认知水平与担当能量；三是编辑特别是主编的文化立场、编辑艺术、威望魄力、人际关系，等等。其中最具有决定性作用的，当是第三方。编辑与出版商的关系，可能有多种模式，有屈从于出版商的编辑，有与出版商合作默契的编辑，也有宁为玉碎不为瓦全的编辑……鲁迅就曾与几家出版商公开“决裂”，先是几与北新书局老板诉诸法律，后是为《译文》助编黄源的去留与生活书店几度“博弈”。倘若编辑的力量足够强大，出版商就往往“服软”，否则就可能把编辑的权限制约到似有若无。应该强调指出的是，即使编辑无须与出版商折冲樽俎，也依然能够在一定范围、一定程度上彰显自己的风格。革新后的《小说月报》，即从1921年到1931年，其总体风貌是大体一致的。但沈雁冰比较注重文学理论与批评译介，新锐的锋芒比较引人注目；而继任的郑振铎更看重传统文学的科学整理与研究，刊物就显得厚重沉实；继续接编的叶圣陶则特别注意发掘、扶植名不见经传的新进文学青年，如丁玲、巴金、戴望舒等，《小说月报》就经营、长养成为最适合文学青年成长的园圃。所以，编辑实在是文学期刊的灵魂与旗手，是诸种要素中往往占据核心位置，最具决定性也最为活跃者。

正是由于山东文学期刊的编辑主体的多样性，也就决定、制约着文学期刊价值取向的多极性。

作家教授主持的文学期刊，由于编辑者对于文学事业的钟爱，往往不肯盲从流俗，不肯放弃高雅文学品位的追求，往往不屑于俯就一般读者的低水平期望，所以就以高雅为标准，以文学性为刊物的生命。王统照主持的《青潮》和王亚平主编的《诗歌季刊》①，都是这类刊物的典型。他们不愿丢弃高雅，也就难以获得更普遍的市民读者的认可与拥戴，如果再得不到强有力的出版商的资助，寿命不长，就可能是这类高雅文学期刊共同的命运。高雅是高雅者的墓志铭，在旧中国，这往往是必然的。

抗战时期和解放战争时期，共产党领导的根据地、解放区内出版、发行了为数不少的文学期刊，显示出文学期刊对大众化、通俗化的追求。这一方面是主管机关与编辑主体在积极贯彻毛泽东在延安文艺座谈会的讲话所大力倡导的文艺为工农兵服务的方针；另一方面他们也必须面对现实读者——文化水平普遍不高但又急需文化翻身的农民，以及出身农民的战士——的实际需求。这类以通俗为主要特色的文学期刊，从文体到语体，都进行了极大的改革，在面貌与风格上，形成一种完全不同于五四以来以城市知识青年为读者主体的文学期刊的样式。快板书、数来宝、街头小剧、民间歌谣、小故事、配图识字、连环画、漫画配诗歌短句、农谚农谣、生产知识、卫生启蒙等通俗文学形态，大面积呈现，大幅度推广，成为五四以来文学期刊极为罕见的态势。同时，那种为知识青年所钟爱的文学体裁、文学语体乃至作品篇幅，也一改旧态，实现了完整的变革。当然，与这种变革同时出现的，还有文学高水平的矮化，大面积影响的消失。这类文学期刊，由于印刷技术与使用纸质的局限，再加上时代造成的发行区域偏小等局限，往往较少有全省性更遑论全国性影响。更为遗憾的是，战争年代结束后，其内容与形式不再受到重视，许多公共图书馆和大学图书馆大多收藏不全，现在已经很难看到其比较完整的面貌。

与若干兄弟省市略有不同的是，山东文学期刊中有不少是由中小学编印的，或者是校长们主持，或者由校长委托语文教师执行编辑，资费一般由学校或教育当局担承。这类刊物的读者，一般限于本校，至多扩大至本县。撰稿人以本校教师为主，也往往安排“学生园地”“征文专栏”“习作选评”等栏目，推荐或发表学生的优秀习作，以推进学生的写作兴致

① 《诗歌季刊》，1934年12月15日创刊于山东青岛，王亚平、袁勃等创办，王亚平编辑，“诗歌季刊社”出版，天津“南洋书店”、青岛“中华书局”“上海杂志公司”等发行，第1卷第2期起迁往上海出版、发行，1935年3月出至第2期停刊，共出2期。创刊号为32开本，第1卷第2号为16开本。主要栏目有创作、歌谣、时调、译诗、论文、诗坛、读者之页等。

与作文水平。刊物关注的内容，以学校生活为主，偶或亦有县城现实生活的剪影，或农村农民悲惨生活的写照。文体以散文（游记居多）、诗歌、日记为主，间或有短剧、短篇小说、短篇评论、杂文等。篇幅一般比较短小，语体以浅近的白话为主。这类期刊，注重文学形式与教育内容的融合互补，是对文学期刊的有益补充与扩展，又是校园文化的重要组成部分，理应得到治史者们的青睐。从刊物编辑的设想看，往往是希望办成具有高雅气质的纯文学期刊，以推进本地、本校文化的长远性、基础性建设，可惜功力未逮，又兼资费供应难以持久，寿命往往不长，就令人遗憾地成为欲高雅而画虎不成、思久远却每每夭折的期刊现象。但这些刊物对于地方文化建设的初衷，特别是对于培养热爱文学的读者群落，丰富地方文化样式，与大城市文学期刊形成呼应之势的历史性功绩，却是不可一笔抹杀的。

八年抗战期间，山东涌现了许多血洒故土的民族英雄，虽然未必个个记载于史册，但却永远活在人民心中。同时，山东也是汉奸辈出的地方，从省城济南到各地县城，曾经像雨后的毒菌一样，滋生过各种规模的“新民会”。他们从各自的政治、经济目的出发，也曾出版过为数不少的打着文学旗号的刊物。作为中国文学期刊的某种怪胎，其特色是异常明显的：在“王道乐土”的骗局与“同存共荣”的叫嚣之上，往往披上一层文学的外衣，借以推销为正义未泯的国人所厌恶至极的货色。其文体往往是混杂的，既有诗词铭诔，又有散文诗歌，某某日寇将领的敕令或某某汉奸头目的训词，又往往置于刊物的封面或扉页，成为臭名昭著的“招牌”。其语体也是驳杂的，非驴非马的古体诗词，往往充斥着版面，“征文”或“编后”，又每每是半吞半吐扭扭捏捏的白话。如果要寻找文学期刊的变态，这应该是可供选取的“标本”之一。如果要研究中国为什么汉奸那么多，汉奸的心理状态究竟怎样，此中也应该可以提供某些答案。

抗战胜利后，上海等大中城市，曾经出现过媚俗小报小刊趁机“复活”的场景，青岛也有“呼应”的态势。一些打着“文化复国”旗号的驳杂色彩的人物，竞相粉墨登场，出小报，创小刊，形成战后文化界的一种特殊景观。这类刊物，往往以驳杂的版面，刊发“豆腐块”般的“快讯”“影评”影戏“花絮”，戏剧旦角生活照片与剧照，名门闺秀出访、游乐、骑马、“读书”、游泳、化妆等搔首弄姿的照片，在矫情的画面上发配更加无聊的说明文字。32 开的版面，有时安排六七块文字或彩照，拥挤不堪中毫不掩饰地透露出明显的商业企图。为了迎合小市民读者的低俗阅读情趣，往往把当红女星的婚恋绯闻、职场花絮，大肆渲染，添油加醋，甚至无中生有，捏造谣诼，作为助推刊物销路的“拿手戏”与“撒手锏”，对于败坏社会风气，冲破文化底线，毒害缺乏鉴别能力的青少年读者，起着特别恶劣的作用。不过，它们可以使明智的读者由此看到此后若干以低俗为旗帜的所谓文学期刊的某种来源，还是有一定“历史功绩”的。好像是鲁迅先生说过：要想知道中国无聊的文人和文人的无聊，某些上海的报刊，真是不可多得的事物！其实，这并非上海的“特产”，山东就有啊！也不是20世纪的“特产”，现在也并没有绝迹，不过渐有向影视、网络领域扩展的趋势，这倒是值得关心世道人心者不可不格外注意的。

总之，山东的现代文学期刊，在中国这极其庞大的文学期刊家族中，实在不能称得起繁茂旺盛的分支。但因为其分布地域的特殊性、办刊主体的多样性、刊物价值取向的多极性，也颇具特色，自成家数，有一定贡献。也就应该占据一定的地位，应该作为有一定代表性的章节，写进中国现代文学期刊的宏伟史册。

说明：本文系山东省社科规划项目“山东现代文学期刊研究”（项目批准号：14CWXJ08）的阶段性成果。

作者单位：青岛大学汉语言学院

家族贵气与民间正气的诗化书写
——励志叙事长诗《圣水吟》的生命伦理价值

冯肖华

当下中国学界，有关家族文化的发掘和研究已是方兴未艾，潮起潮落；有关家族记忆的小说、影视剧的文学创作更是年甚一年，华章肩比；而以叙事长诗的形式、诗性化的诗学手段聚焦复现家族历史的篇章并不多见。陇上诗人何小龙的《圣水吟》[①] 便是一例。艺术形式的新的尝试和探索，其创作付出当值，其探索精神可贵。

长诗《圣水吟》说的是甘肃灵台白草坡村古今历史变迁、时代演绎的古老而又新颖的故事。全诗1470余行，由“沧桑老屋沟”“圣水泉记忆”“白草坡纪事”“永恒的怀念”“咏怀”五个乐章构成。诗人以白草坡村千年流淌，源源不断，滋润土地，滋养生命的“圣水泉”为时代符号，以任氏家族几代掌门人的造福乡里为描写对象，在较为广阔的历史背景下，聚焦、浓缩、再现了白草坡村民的艰难生存过程和顽强的生命演绎，彰显了任氏家族成员于白草坡众中挺立，群中垂范，以其仁厚排忧解难，以其智慧勇于创新，以其胆识敢为人先的脊梁品质和家族伦理精神。诗人以记者的亲临，诗者的情怀，作家的敏锐，从人文精神到生态环境，从整体视觉到细节织入，从往昔记忆到未来点拨，较为深刻地揭示了白草坡村民的勤劳朴实，聪慧贤淑，纯净善良的本质，揭示了以任氏家族为核心所凝聚的勇于改变贫困面貌的奋斗精神。从这个意义上看，长诗较好地处理了集体力量与个人引导的关系，民间精神与家族功德的关系，乡村文化与智者先觉的关系，社会进步与民众愿望的关系，使得长诗避免了个人

① “圣水”，是诗人诗化的一个符号。实指甘肃省灵台县西屯乡白草坡村老屋沟底的一眼千年自然流淌的泉水，此泉水供白草坡村方圆数里以内的人畜用水，老百姓亦称之为“生命泉”。在诗人笔下升华为“圣水泉”。

崇拜的极致描写，家族功德的至上叙述等等弊端。这就保证了长诗在家族功德与民间精神中轴上的客观“秋色”和历史进程的相益和谐，保证了诗者把捏这一题材的分寸感和客观历史性。

一 “老书屋”“老油坊”：家族贵气的启示

中国社会政治结构的形成，是以家庭成员为组成基点的分封制，以家族血缘关系为纽带的宗法制，以祖先崇拜和孝悌伦理为特征的文化规范制，以君权与民本互补思想为特征的集权一统制，以人与自然整体观为特征的生态和谐制，以中庸价值观为准绳的礼仪垂范制的强大政治国体。千百年来，人们在中央集权精神、民间文化精神、家族伦理精神三者既互为影响，又无不掣肘的纷纷扰扰中演绎着千姿百态的生存悲歌和生命壮歌。叙事长诗《圣水吟》所及的陇东黄土高原白草坡村的历史变迁便是这生命壮歌中的一例。

作为商周文化发祥地、古丝绸之路一脉的甘肃灵台，文化积淀深厚，历史遗存丰富，地缘文化之内涵和外延特色鲜明。商周文化的文明源头，对本辖区后人、后世社会道德规范，民众伦理情操，行为心态的濡染发生着深刻的影响。这种地缘文化的历史性和区域性张力，使白草坡村产生出诸如任氏家族这样的先进文化类族，和具有周人进取精神的英雄村民类群，当是先进文化怡人、时代发展造物的本然典型了。

一个家族的诞出，“老书屋”“老油坊”两个历史焊接点的创业演示，成为白草坡村改变现状的启明灯。任氏“祖先对知识的重视”，使一个“家族的胸怀 \ 更接近蓝天的辽阔”。所以“耕读传家”成了祖训。“简陋的窑洞 \ 变成祖先智慧的头脑 \ 可以粗茶淡饭 \ 甚至可以吃糠咽菜 \ 但求知这碗饭 \ 不能减量。”任家的窑洞书房，延伸至白草坡村天地；书房窑洞里的知识曙光，点亮了村人们的智慧。这就是一个家族先知先觉的文化搅动与群体后发勃起共谋事业，求取幸福的历史史实和时代真实。这样的事例遍布中国大地。历史是由人民创造的，是由千百个诸如任氏先知祖先们的文化启蒙者所推动。所谓先哲、先贤、志士、仁人、英雄、领袖，无不是这样的文化启蒙者、智慧推动者、勇气弄潮者。敬佩当为自然，缅怀须更为时常。因为“忘记过去就等于背叛”（列宁语）。

虽然时过境迁，任家的老油坊，以它黝黑的面孔留下了岁月的记忆。

那“转动绳索的天辘轳、地辘轳”，“蒸熟油籽的锅灶、大陶缸”，“碾场用的碌碡”，是“祖传的胎记 \ 像是要为后代 \ 留下怀念的依据”。这些原始的、充满艰辛的手工作坊劳动，正是任氏祖辈创造财富，历练精神，造福村人的时代记忆。它如同“老书房院”的文化启蒙一样，在精神和物质两个层面上体现出劳动技能智慧的先知先觉。从大处说，是中华民族聪明智慧的结晶，从小处论，是灵台先祖们生存智慧的传承和再现。

第一乐章《沧桑老屋沟》，诗人紧扣“老书屋”“老油坊”两个颇具历史具象的视点，亲临其境，予以感同身受的细致寻访，体察认知和情感书写，勾勒出任氏祖辈于精神文化和物质生存层面的个者生命追求以及奉献乡里的家族贵气。

二 “圣水泉”：生命载体与情感供养的符号

“多好的泉呀 \ 难怪老祖宗会在老屋沟安家”。这是任氏门人任耀恒的由衷感慨。是的，纵观华夏先祖们的起家落根，无不是依山傍水的最佳地缘选择。山，成为遮风挡雨的天然屏障；水，成为生息繁衍的生命保障。史载炎帝以姜水居，黄帝以姬水成，都体现着安居成业的生存大智慧和上天造人赐物的神秘学经略。

位于甘肃灵台白草坡村老屋沟底的圣水泉，便成为方圆数里百姓的生命泉。有论者这样描述：“圣水泉水纯净，清澈，甘甜，不含杂质”，“水清如澈，一眼到底，冬暖夏凉”，夏饮“甘甜可口，清热纳凉”，冬用“不觉冰冷而倍感舒服，使你神清气爽”。[①] 不仅如此，还有医治和预防关节、大骨节病痛的疗效作用。这样一种聚天地万物精华为一眼的泉水，被老百姓敬之为“圣水泉”，自然蕴含着敬畏天地自然赐福的良好意愿。从人文自然观论，诚如当地百姓所说：“圣水泉的水，千年来，哺育着白草坡人民，生长在这里的人们聪慧、善良、贤淑。男性高大，英俊，健康壮实。女性秀气，白净漂亮”。“圣水泉赋予了白草坡人民不可磨灭的灵性和不可改变的志气，这里的水使我们洗一身清洁，染一池灵动，追一方梦想。”[②] 这种现实生存写照与理想情感的交织，使得“圣水泉”没有理由

① 任义祥：《灵台县白草坡老屋沟圣水泉》，见“平凉毛体书法家协会网站”。

② 同上。

不成为白草坡村众生生命载体与情感供养的特有符号。

诗人以欢快的节奏、舒畅的笔法由衷书写着圣水泉的“泉旺水甜”，那“翻卷着莲花般的波浪”，那“一担担闪颤着圣水的兴奋水桶”，那“家家水缸盛满的清澈圣水的爱”，以及元宵节户户锅里圣水飘起的“汤圆”，大年三十沸腾在圣水中的“饺子和长面”。有道是“一方水土养一方人”，白草坡村民对圣水泉的依恋，使诗人置身其间，感动着，享受着，“感觉自己 \ 也成了被‘圣水泉’喂养的孩子”。将自己投进去，予以对象化的抒情，这在诗学理论中尤为讲究和重要。诗人做到了。

1956 年，作为第一任白草坡村的合作社社长任耀恒，成为白草坡村维护圣水泉洁净思虑最多最缜密的智者。“一堆牛粪的提醒”，得知“泉水蒙受委屈”。于是，他果断解决了“人畜争泉的尴尬”，“一座半人高的草棚 \ 让‘圣水泉’住进 \ 她的‘闺房’”。这里，作为社长的领导责任，作为任氏门风的垂范责任，作为任耀恒个者的生态伦理责任，被诗人“一堆牛粪提醒”的精彩了语，提升了对圣水泉天赐敬畏的生命意味。真可谓画龙点睛，了语成章。“月亮如一条鱼 \ 静静地游弋泉里 \ 栖枝的山雀 \ 打盹的蒲公英 \ 提着灯笼夜游的萤火虫 \ 都会听到泉水 \ 哼唱的摇篮曲。”静默淡然，如同少女羞涩婀娜的圣水泉夜半身姿，在诗人的笔下被描写得惟妙惟肖，令人神往……

鉴于此，“圣水泉”，白草坡方圆的生命载体与情感供养的符号有了诗性的历史刻度；任氏家族的伦理贵气亦同时赋予了时代的记忆。

三　白草坡鏖战：脊梁挺立的任氏汉子

甘肃灵台白草坡村，是中国传统乡村的一个缩影，而中国传统乡村文化中的民间权威，又是以具有先进伦理垂范的明哲家族来体现。这就出现了不以阶级、不为政党而独立存在的，村民认可的、信服的、敬佩的、爱戴的乡村领袖，即民间权威性人物。这类人物遍及中国乡村各个角落，其职责是以传统文化、古礼祖训、乡约族规来约束人们的行为，教化民众的情操，维护乡里伦理规范，确保本地一方平安。这种特有的中国土生土长的千千万万个地方领袖（民间权威），正是中国封建社会秩序在民间于君君臣臣、父父子子、男男女女、上上下下、左左右右等的规范中长期得以稳固延绵，长治不衰。从文化层面说，这即民间精神隐性和显性的自在，而具有先进伦理垂范的家族（族长）便是这一精神的重要载体。

在长诗《圣水泉》“白草坡纪事”篇中，诗人记载了甘肃灵台白草坡村这样一个民间精神的载体——任氏家族，鏖战白草坡，脊梁挺立的七位任氏汉子的英雄业绩。

共和国初年，白草坡合作社的第一位任氏社长任耀恒，是“一个称职的社长”。“性格耿直\作风正派\两袖清风”，在党旗下“宣布了自己朴素的想法\——垦荒增地!”于是，“喇叭一响\镢头铁锨就聚拢在一起\曾经站不住雨水和羊蹄子的山坡\硬是从荒草和石头缝里抠出来\千亩良田”。这就是共和国初年社长的豪气和英气，一个崭新的、赋予国家创业大计的“民间权威”。“他站在那里\就是一座顶天立地的路标\就是白草坡的旗帜和希望。”可以说，任氏家族的贵气由此延传，一种精神和血脉的传承。第二任村支书任步祥，“拖着一条\在延安培训时受伤的跛腿”，思考的是孩子们在环境恶劣的村庙里念书的不安。“他决心把白草坡的花朵\从钟钵和香火的夹缝里\移栽到一座阳光明媚的‘温棚’\白草坡走得出穷窝窝\还得靠这些娃娃哩!”朴素的话语，却有着文化哲人前瞻性的思路。于是二百平方米的建筑，六间桌凳齐备的教室，“让白草坡\从贫困到富足\从蒙昧到文明\实现一次精神的飞跃。”这里，诗人选材精到，以两位人物的不同行事方略，从物质和精神两个层面，揭示了任氏家族成员所承载着的深层文化生存智慧和理念。事实证明，这一文化生存智慧和理念，对白草坡后世经济文化的发展有着实践性的导向意义和实质性的施教作用。

如果说，任耀恒的增田生存理念，任步祥的文化智慧理念是任氏家族文化积淀之一脉的话，那么，作为庄子社社长的任步贤，却是以坝体垮塌、山体掩埋的英年早逝完善着任氏家族献身乡里、造福村人的贵气精神!“泉水呜咽\雨声淅沥\悲痛的村民\一捧一捧掬来泉水\为他清洗着沾满脸上的黄土\一张36岁的脸颊。”是啊，36岁，一位多么年轻的领夯汉。“在他身上\秉承了\前几任村支书的美德\干练正直有魄力。”多少年后，他那激越的夯声，依旧回荡在白草坡人们的记忆和怀念中。

从增田的土地意识，到建校的文化意识，再到舍身的奉献意识，一条任氏家族血缘贵气的伦理传承责任是为鲜明。三个汉子，三种精神，三条导向，这就是家族贵气和民间正气在个者、民间权威中的融合与彰显。诗人的勾勒可谓力透纸背，浩气淋漓而又深沉悲壮，感念生者的伟岸，怀念逝者的不朽。同样使读者的心灵震撼，情感的几多酸楚啊。

如前所说，乡村文化与智者先觉的关系，民间精神与家族功德的关系，常常在村落广大人民群众的生产劳动和生活琐细中体现。不同的文化教养，各自的内在修养，也随之以个者技艺、品德等的优劣、高下、巧拙而凸显。这就涉及中国乡村文化的教育普及问题和家族文化率先垂范引领的问题。纵观古今，凡大户家族由于倚重文化教育，就使其成员大都胸怀笔墨，身有技艺，于是在服务乡里的社会化过程中因其德才兼备也就成为村人尊敬的所谓乡里能人。那么这种服务既是个者先觉智慧的荣光，同时又给家族功德的彰显增添了色彩。

《圣水吟》所叙述的任氏家族虽然非名门望族，但其祖辈对文化知识作用的认知在白草坡村是先觉的，因此好学聪慧的任氏族人任志敏便成为白草坡村民众公认的乡村能人。这是共和国初年一批农村社会主义革命的有知识、有技能、有思想的先进分子代表。他能“让哑巴了的收音机重新唱”，能把“村里第一辆自行车 \ 蹬断了的链条 \ 重新接上”，能让“第一台不吐烟圈 \ 瘫痪的铁牛 \ 撒开欢子”，能使“一台电磨的轰鸣 \ 打破小村亘古的寂静”。在那个年代，一个小学生就是一位令众人尊敬的大先生。任志敏的技艺和品德，赢得了村民们亲昵的夸赞：“你日能的咋办呀!”是啊，这种“能”是家族文化教养和自身修得所致。虽然“他的孩提和青春 \ 那时日子紧巴”，但他的脸上“找不到一丝消沉的杂色 \ 胸前飘动的红领巾 \ 焕发出蓬勃的朝气 \ 校园土台上，他的歌声清亮 \ 不论谁听到 \ 心里都会溅起赞叹的浪花。”俗话说，三岁看大。青少年的任志敏就如此懂事，富有朝气，坚定，好学。诗人尽其笔墨，就其成长叙事的挖掘，给他日后乡村能人的技艺施展做了信服的铺垫。1975 年，西屯乡农中校办工厂，“他被聘为机械教员 \ 自学的手艺 \ 成为一本活教材 \ 教出了许多技术员。”一个自学成才，常年与黄土打交道的地道农民，竟然成为农校讲台上的先生；一双被锨把打磨的粗糙的手，依然那样灵巧，为学生们所惊叹。任氏家族的智者，白草坡的能人；乡村文化的体现者，家族功德的秉承者，在农村社会主义初期革命的起跑线上，给后人留下了励志的足迹。

在中国社会发展演变过程中，一个先进家族的伦理责任对所在村落的整体影响往往是潜在的、深刻的、持久的。这不仅仅是指所谓能人技艺之表率层面，还在于对事物发展的认知判断，对利益争端中是非把捏的思想水平，对大局和小我界限的价值取向。《圣水吟》，诗人捕捉到了这样一件令后世赞叹的事情。任氏成员任邦儒、任耀杰，在山洞里刨出了西周文物散件。“1967 年 9 月的白草坡 \ 出现许多陌生面孔 \ 鬼祟的眼神闪烁不定”。“任步祥顿感保护西周古墓 \ 责任的重大”。于是，“十几把警惕的手电光 \ 像钉子一样 \ 铆在了古墓跟前 \ 将磨着贪婪牙齿的阴谋阻断 \ 使今天的人们 \ 才能在灵台博物馆一睹 \ 西周‘青铜王国’的神秘与瑰丽”。此举使小小的白草坡村成为新闻热点，任氏族人率先护宝，以身垂范的文物意识在考古界，在民间成为佳话。相形之下，白草坡农民当年的真诚朴质之举，与当今欲望社会时见的哄抢、盗卖文物的利欲恶行其灵魂、道德之高下形成鲜明的对照。作为叙事体的长诗，诗人以“顿感”“果断”“及时”“知道”“采取”等行为词汇，形象地刻画了任步祥一位领导者处事作风的敏锐、决断，以“十几名身强力壮的社员”，“十几把不灭的手电筒”，“打草惊蛇的策略”等有效措施，赞美了一位出自任氏家族的白草坡带头人的智慧谋略，以及肯定了任氏族人任邦儒、任耀杰在私欲小我与国事大局问题上心底透明的价值取向。可以说，这些叙事和描写，达到了作者“还原和再现任氏家族的生存轨迹”和“以期为白草坡子孙后代树立一座追念先祖生存与进取精神的路标”的创作目的。

白草坡鏖战，任耀恒的荒山要地，任步祥的建校先知，任步贤的筑坝殉职，任志敏的技能巧施，以及任邦儒、任耀杰的公私两分，等等。几位脊梁挺立的任氏汉子，在诗人饱含深情的笔下，被淋漓尽致地活脱出来，其形象英气，其品德贵气，其壮举豪气，其思变勇气，其做人骨气有着雕塑般的质感。这一组组浸满着任氏家族伦理贵气和民间精神正气的劳动创举，似一曲曲壮丽的行进歌，似一幅幅英雄的鏖战图，在改变着白草坡的贫困面貌，改写着人们古老的生存方式。他们的创世业绩将伴随着《圣水吟》的问世，又一次在新时期以文学的方式永远镶嵌在甘肃灵台历史发展的宏伟版图中。作为诗的艺术机巧，诗人以任义祥作为叙述人，使得长诗更多了些感同身受的亲历意味。很显然，作为再现任氏家族生存轨迹的长诗，这部分当为核心。

四 复调情歌：从白草坡到什字塬

号称灵台“一塬”的什字塬，地处灵台县腹内中心要地，而西屯乡白草坡村又位于什字塬的腹地。面对这样一处中心与毗邻相连的上风上水之地，及其生活在这片土地上的勤劳而质朴的人民，什字塬、白草坡就成了诗人纵情抒怀，恣意放歌的情感投放对象。

要知道，诗歌这种文体的特殊性，就在于诗者对客体情感投放中的恣肆汪洋和不可抑制性，进而造成“天地与我并生，万物与我为一”的“魂交”“形接”的最高艺术境界（庄子《齐物论》）。这在中国古代诗学理论上称之为“物化理论”，在西方美学史上又叫做“审美移情说”。朱光潜先生曾这样解释“物化”和“移情”的作用：“它就是在人观察外界事物时，舍身处在事物的境地，把原来没有生命的东西，仿佛它也有感觉、思想、情感、意志和活动，同时，人自己也受到对事物的这种错觉的影响，多少和事物发生同情和共鸣。”① 这即主客观一体化的物化和移情，而一体化艺术效果的取得，必是人之所造这一诗学奥秘。因此，一个好的诗人，必是一个情感的奢侈者，情感恣肆的“疯子”，否则他只能去做小说了。

对何小龙的了解，我觉得真是这样一位诗情饱满，作诗能移情恣肆不羁，吟诗常忘情自抹珠泪的诗人。《圣水吟》的诸多章节，故事情境，人物场面，典型细节，其字里行间所触摸到的情感律动，读来无不感觉到诗者的炽热体温。如“古老农具的遗照”一节，一组静态的老照片，在诗人的物化移情作用下就有了生命的体征，思想的灵魂，情感的奔涌。“石磨石磙碌碡 \ 木叉木锨簸箕 \ 竹筐背篓箩筐 \ 镢头耧耙镰刀 \ 马车手推车架子车”，这些赋予了生命灵性的农具，都早出晚归地劳作，去“耕地播种 \ 施肥灌溉 \ 收割打碾 \ 扬场晒粮”；这些赋予了思想使命的农具，“熟悉自身木头的纹理 \ 遵从节气的安排 \ 始终和庄稼保持着亲密关系 \ 完成环环相扣的生长和收获的程序”；这些赋予了情感取向的农具，“和祖先一起 \ 在泥泞的山路经受颠簸 \ 在瓢泼大雨中忍受透骨的寒意 \ 在晒场承受烈日的炙烤。”它们和面朝黄土背朝天的祖先“生死相依 \ 它们是祖先的另一个影子 \ 以里程碑的姿态，见证 \ 祖先胼手胝足的奋斗历程。”这里，静态的古老农具，动态的鲜活诗人；客体的张张遗照，主体的灵魂诗者，就这样在一个诗的境遇中、诗的论域下有了“天地与我并生，万物与我为一”的“魂交”“形接”的物化移情的审美效果和哲理

① 朱光潜：《西方美学史》下，人民文学出版社 1984 年版，第 597 页。

思考。

由此可以说，作诗已十余年，且创作实践和经验积累较丰富的诗人何小龙，这一诗学基础理论的修养，实际习作中的运用还是较为熟练和得心应手的，这在他的许多诗作中都能得以验证。

作为叙事文体的叙事诗，故事的叙说，情感的织入，其构架就有个客体和主体的相依，叙述人和抒情人二者的交替并存。那么，诗中的任义祥以亲历者的身份，提供了白草坡鏖战的壮阔壮行，讲述了他们当年陕西赶场当麦客的艰辛。于是在诗人的笔下便诗化为这样的情景，“每年端午节前后 \ 旋黄鸟一叫 \ 关中麦子黄了 \ 三把镰刀 \ 三件破棉衣 \ 一条装有干粮的蛇皮袋 \ 被一个共同的心愿 \ 捆在一起 \ 扛上父亲和两位哥哥的肩头。”这里，讲述者和诗者不仅共同完成了白草坡人民和任氏家族的创业故事，而且共同完善了叙事诗所必需的情节场面的推动，思想情感的赋予，故事构架的圆满等艺术要素。诗也就多了些故事的真实可感，人物的可亲可触，艺术的灵动飞扬。这就是所谓“复调情歌：从白草坡到什字塬”的含义之一。

复调情歌含义之二，指第五章“咏怀”篇。从长诗《圣水吟》总体艺术构思看，从任氏家族和白草坡人民这一叙事对象看，是叙事主体的放大和拓展，即白草坡在什字塬以东；从诗者情感投放程度看，又是诗人情感视角、情感律动恣肆汪洋，不可抑制的放纵和放阔。情感色彩，抒情气韵，语感的灼热程度都有所加强。尤其对什字塬以东更为广袤的文化景观、自然景观、村落景观、历史名人的诗性聚焦和书写，有着“陇上雪式”的情意绵长和拳拳留恋的特有韵味。“我原来如此喜欢乡村的黄昏 \ 一钩新月如镰，收割着最后一缕 \ 晚霞的余晖 \ 落山的太阳”，“蛐蛐的叫声 \ 纺织着一种静谧的气氛”，多美的村落黄昏景观，读来有些陶醉啊；“达溪河，以一腔柔情 \ 医治着大地的创伤 \ 让几经裂缝的灵台 \ 重新勃起昂扬的雄姿 \ 难怪她会被灵台人视为自己的娘”，多么柔怀而乳汁饱满的圣母河，读来有些依恋啊；“苹果树酥梨树牛心杏 \ 有露的晶莹 \ 风的柔情 \ 在大地的怀里 \ 显得如此安详”，多么丰富的果品经营，读来有些春华秋实的喜悦啊；那西川的“蔬菜基地 \ 黄瓜番茄辣椒 \ 在一根根丝带的扶持下 \ 攀援生长 \ 远离二聚氰胺 \ 一切人为的灾害”，多么生态的无公害蔬菜，读来有些饭桌放心的惬意啊；更有那什字塬的人文景观也赋予了诗性的历史内涵。西周古墓中的“车马残骸”，“征战沙场的宝剑”，“宏伟壮观的宫殿”，抑或“盛放佳肴的器物”，无不是“荣华与卑贱”“欢笑与哭泣”的一曲悲欢的历史记忆。而这一切，在辽阔的什字塬黄土覆盖中，却正催生和孕育着一种“新的生机和希望”，多么哲思的历史穿透，读来有些中国未来梦自信的坚定啊。

所以，复调情歌之二“咏怀”篇，是《圣水吟》全诗的一个艺术提升，即叙事视域的提升——从白草坡一隅再什字塬时空；叙事哲思的提升——从任氏家族聚焦再西周文化思考；叙事情感的提升——从个者艰苦创业抒怀再历史回声和未来梦想的放歌。一个好的递进式的结尾，曲尽而意味悠长。

《圣水吟》是何小龙的第二部叙事长诗，从他个人，从诗的基础来说，有许多成熟的技巧，如基调的长于抒情；语言词句韵律的圆润；诗行排列组合因情、意、韵相协的搭配；叙事主次、轻重的考虑安排等都是值得肯定的。但叙事长诗必定是一项较大的综合性的艺术工程，就本诗而言，一些潜在的艺术缺陷仍须再修饰琢磨。如结构上一些诗节穿插的失当，影响了以《圣水吟》为主题叙事的统一性；如一些诗节的过度抒情，出现了诗句膨胀浮华而失精当的现象；如一些典型事件、典型细节的选材不够意味，减弱了诗的感染力。这些不足仍需要再思考和提高。

说明：本文为陕西省社会科学基金项目“关陇神话传说与华夏文明渊源研究”（编号：13J230）的阶段性成果。

作者单位：宝鸡文理学院文学与新闻传播学院

区域文化与抗战文学

主持人：靳明全

主持人语：

抗战文学作为中国现代文学的重要组成部分，既含时间内容，又含空间地域。从区域性的理念出发，围绕“抗战”下功夫，同时结合其地方特色、风土人情、人文景观和自然景观等进行研究，是拓展与深化抗战文学研究的一个重要而独特的视角。本辑所收三篇文章，刘静教授从一个更广大的时空，通过对 T. S. 艾略特诗歌与“九叶派”诗歌的比较，显示出二者在战争的极端处境中，对生命审美的异同。金安利博士从不同的维度，着力探讨抗战小说中的日本民众形象，揭示了“日本民众形象”所蕴含的丰富的多面性。王劲松副研究员则通过对近代东北文化与伪满女子校园文学的考察，呈现出女性文学、校园文学和近代东北区域文化的历史价值。三位学者的视角与观点，均不乏可圈可点之处。

二战时期艾略特与九叶诗人的生命审美

刘 静 吴 珂

二战不仅给人无尽的伤痛，更有对生命的极致渴望与深层感悟。艾略特亲历了第一次和第二次世界大战，尤其第二次世界大战中，他迁居英国，处在战争的中心，据彼得·阿克罗伊德在《艾略特传》中叙述，他每日惶恐不安，“德国的空袭还经常使他担惊受怕，就是在‘假战’的日子里，他都会产生房屋被炸的幻觉”①。此间他创作了《东库克》《干赛尔维其斯》《小吉丁》等作品，体现出独特的生命审美意识。当然“他所追求的，并不仅是发挥一名杰出诗人的作用，在《基督教社会的概念》一书的跋中，他已经谈到战时需要‘建设性思想’”②。二战期间，艾略特积极投身于基督教运动，致力于在战争带来的生命恐慌中重建精神堡垒，为世人内心的荒原寻找生机。

同时期的中国，崛起了一批年轻诗人，后因出版《九叶集》而被称为“九叶诗派”。纷飞的战火让辛笛、陈敬容、杜运燮、杭约赫、郑敏、唐祈、唐湜、袁可嘉、穆旦这九位热血青年因为共同的生命体验和对艾略特等现代主义诗人的景仰等原因走到了一起。其中穆旦、杜运燮、郑敏和袁可嘉是西南联大的学生，每天在空袭的阴影下度日，“敌机不断来袭，狂轰滥炸，联大的师生不得不时时‘跑警报’，再也没有安定的日子”③。杭约赫于“七七事变”后奔赴山西抗日前线，亲身经历战争的残酷。与艾略特相似的是，他们历经战火，并且在此期间不停创作，期望生命灿烂绽放。辛笛的《手掌集》、陈敬容的《交响集》、杜运燮的《诗四十首》、杭约赫的《撷草集》、郑敏的《诗集 1942—1947》、穆旦的《探险队》等

---

① ［英］彼得·阿克罗伊德：《艾略特传》，刘长缨、张筱强译，国际文化出版公司 1989 年版，第 249 页。

② 同上书，第 247 页。

③ 陈伯良：《穆旦传》，世界知识出版社 2006 年版，第 52 页。

诗集中的大量作品都创作于这一时期。

九叶诗派对艾略特的阅读并不始于战争岁月。20世纪30年代中国就大量翻译介绍艾略特作品，尤其在文学界掀起了阅读艾略特的热潮。“新月派、现代派诗人对艾略特的模仿、译介、阐释和创造性接受，成为‘九叶’诗派理解和接受艾略特的重要知识背景。”① 而“英国现代派诗人燕卜荪任教西南联大，直接向部分‘九叶’诗人讲授过艾略特，并带来了很多艾略特诗作和诗论原版”②。在西南联大就读期间，“在朱自清、闻一多、冯至、卞之琳，以及燕卜荪等一大批著名诗人的影响下，穆旦与郑敏、杜运燮、袁可嘉、王佐良等青年人开始阅读艾略特、奥登……系统地接触到英国现代诗歌和诗歌理论”③。杭约赫的诗作《复活的土地》被学界公认为是模仿艾略特而作，尤其《饕餮的海》一章“在意象、措辞、作诗法（如暗指、典故的广泛应用）都受到了艾略特深刻的影响”④。“特别是唐祈和杭约赫对时间的思考，有很多与艾略特相似的地方”⑤。杭约赫在《诗创造》上直接称赞，艾略特是“现代英语世界里的最主要的诗人”⑥。唐湜“在1948年译出的T. S. 艾略特的《四个四重奏》第一个《燃烧了的诺顿》，也启发另一九叶派诗人唐祈写出了《时间与旗》”⑦。而辛笛更是在“爱丁堡大学读书时还见到他‘仰慕已久’的艾略特，聆听过他的讲座”⑧。

也许由于上述原因，艾略特与九叶诗派不仅拥有相似的战争经历，而且特殊时期的生命审美意识也在很大程度上具有相似性。他们都在作品中表现出生命求而不得的焦虑感，并进而思索生命的本质与理想。

---

① 董洪川、邓仕伦：《历史的关联：“九叶”诗派接受T. S. 艾略特探源》，《外国文学研究》2005年第1期。

② 同上。

③ 王淑萍：《中国现代诗人谱系》，河南大学出版社2010年版，第98页。

④ 李章斌：《地狱之城与乌托之邦：杭约赫与艾略特诗歌比较》，《中国比较文学》2015年第4期。

⑤ 虞又铭：《T. S. 艾略特与九叶诗派对“时间”的不同思索》，《南京师范大学文学院学报》2006年第2期。

⑥ 王圣思选编：《“九叶诗人”评论资料选》，华东师范大学出版社1996年版，第363页。

⑦ 李春林：《他拿起东方的歌琴弹奏着瑰奇的乐章——评唐湜的几篇意识流长诗》，《山东师范大学学报》（人文社会科学版）1990年第6期。

⑧ 董洪川、邓仕伦：《历史的关联：“九叶”诗派接受T. S. 艾略特探源》，《外国文学研究》2005年第1期。

在艾略特看来，生命的理想便是“信仰”，只有信仰才可以消除战争给生命带来的不安与痛苦，他通过创作“提醒人们借助上帝创造的至爱从不断重复的生活中解脱出来，超越历史的循环，以‘谦卑’之心获得永恒的意义”①。在《干塞尔维其斯》中他是这样描述的：“幸福的时刻——不是良好、/结果、实现、安全或爱情、/或甚至一顿丰厚的晚餐的感觉，而是突然启发的感觉。”② 将信仰视为灵魂永生之路的艾略特，对生命的审美不是欲望的满足，肉体的享受，而是“灵”受上帝感召，穿越混沌的世俗的“突然启发的感觉”。因而，在艾略特的诗歌中，生命也是一种向死而生的状态：“无论我们能从幸运者手里继承什么，/我们却从战败者那里得到了/他们不得不留给我们的——一个象征：/一个在死亡中臻于完美的象征。/一切都将变好，还有/所有的事物都将变好，/凭着动机的纯净，/在我们恳求的土地上。”③ 所有的一切都在战争的死亡中向“好”的方向发展，死亡不代表终结，只是一个“变好”的契机。“纯净”在艾略特的原文中是用“purification”来表示，它除了“纯净”的意思外还有“涤罪”的意思。死亡在艾略特的生命意识中是涤罪的一种手段，因为肉体的死亡并不意味着“灵”的消逝，只是“灵”所必经的苦难，而这种苦难也许正是获得上帝之道的路径。正如他在《东库克》里提到：“我对我的灵魂说，静下来，让黑暗降临到你身上，/那将是上帝的黑暗。就像在戏院里，/灯光熄灭，是为了让布景换下。”④ 可见，他追求的是摆脱肉体的束缚，让灵魂迎接黑暗，接受上帝的历练，以求“涤罪”。艾略特在他的《基督教与文化》一书中提到：“从今以后，为了不至于沦入地狱，唯一的选择便是进入炼狱。”⑤ 据天主教教义，世人生前犯有未经宽恕的轻罪，或已蒙宽恕的重罪以及各种恶习，其亡灵在升入天堂之前，预先经过净化，这种净化的场所就称为炼狱。这种向死而生，灵魂穿越炼狱而永恒的生命审美意识来源于艾略特亲历战争的人生体验。烽

① 刘彦：《浅析 T. S. 艾略特〈四个四重奏〉蕴涵的宗教思想与情感》，《语文学刊》2007年第4期。

② ［英］托·艾略特：《四个四重奏》，裘小龙译，漓江出版社1985年版，第207页。

③ 同上书，第224—225页。

④ 同上书，第198页。

⑤ ［英］T. S. 艾略特：《基督教与文化》，杨民生、陈常锦译，四川人民出版社1989年版，第17页。

烟中无数花瓣一般凋零的生命，强化了艾略特对永恒生命的想象与讴歌，当然这种永生不是肉体的，而是“灵”的永恒。

九叶诗人也热衷于在诗歌艺术中审视生命，探索生命本质和理想。不过有别于艾略特的超验想象，生命被视为生老病死的具体过程，没有所谓的永恒，生命存在终点。如杭约赫在《题照相册》中的感慨：“匆忙的闪过，闪过/这短促的一生：忧患和/安乐的交替，风雨袭来——/婴孩大了，年轻的老了……”① 正因为无法避免疾病和死亡，时间的流逝，所以九叶诗中的生命是乐观的，多彩的，也是世俗的。既然无法把握生命的长度，生命无法无限延续，便关注生命的宽度吧！因此他们更强调对生命某个现实的理想状态的审美观照，强调在时间上的激荡幅度与空间上的沉淀厚度。如陈敬容的生命理想是这样的：“许多天的阳光，许多夜的月光/还有不时的风雨掀起白浪/这一切它早已收受/在它的成长中，变做了它的/所有。”（《珠和觅珠人》）②

可以说，直面战争、生灵涂炭和人们的精神贫瘠，使艾略特与九叶诗派都不约而同地对生命进行审美观照。艾略特“要作超越时空、跨越生死界限的尝试，就像死而复活的拉撒路把生命的真谛带给人间”③。而“九叶”更期待繁复生动的现实生活，挥洒青春的能量。同处战争岁月，无论是肉体伤害还是精神荒芜，都使诗人们对生命理想无法实现产生强烈的焦虑感，这种焦虑感的宣泄口之一便是对文明异化、生命异化的批判。

艾略特和九叶诗派除了直接抨击战争外，还努力寻找源头，直指与二战息息相关的文明异化。文明异化勾起人性的贪婪，对金钱的无尽追逐，让残暴的杀人武器被发明，造成了人精神上的贫瘠和朝不保夕的生命恐慌，同时也导致生命本质的异化，毁灭了艾略特和九叶诗人的生命理想。艾略特在《东库克》中写道：“噢黑暗黑暗黑暗。他们全进入了黑暗，/那空旷的星座空间，空旷进入空旷，/船长、商业银行家、卓越的文人，/慷慨的艺术赞助人、政治家、统治者、/著名的政府工作人员、众多委员会的主席、/工业巨头、小承包商，全进入了黑暗。/黑暗，太阳和月亮，高斯人的年历/股票交易所公报，董事中的董事长，/冰冷了，感觉，失去

① 辛笛等：《九叶集》，作家出版社2000年版，第132页。

② 同上书，第66页。

③ 刘彦：《浅析T. S. 艾略特〈四个四重奏〉蕴涵的宗教思想与情感》，《语文学刊》2007年第4期。

了，行动的动机/我们全和它们一起去了，进入沉默的葬仪，/无人的葬礼，因为无人需要埋葬。”[①] 艾略特认为，现代西方文化荒原后面的根本原因是“上帝死了”。信仰的缺失，让所有人都即将进入“沉默的葬仪”，但又是无人的葬礼，因为这种葬仪只是对人形如枯井的精神世界的默哀。作为二战期间活跃于中国诗坛的九叶诗人，主要生活在重庆、昆明、上海以及北平等城市，同样身处腐朽污浊的大都市和大夜弥天的现实，对艾略特的认同感更为强烈。穆旦的《城市的舞》就体现出与艾略特相似的焦虑：“阳光水分和智慧已不再能够滋养，使我们生长的/是写字间或服装上的努力，是一步挨一步的名义和/头衔，/想着一条大街的思想，或者它灿烂整齐的空洞。”[②] 城市中的钢筋水泥、汽车、巨厦，以及一系列戕害人性的发明，不仅遮蔽了阳光水分等生命必要因素的存在空间，也剥夺了生命的真正意义。在文明异化的压迫下，生命只剩下空壳，精神已死。陈敬容更直接在《出发》中抨击异化文明的虚伪；“时间的陷害拦不住我们，/荒凉的远代不是早已经/有过那光明的一盏灯？/残暴的文明，正在用虚伪和阴谋，/虐杀原始的人性，让我们首先/是我们自己；每一种蜕变/各自有不同的开始与完成。”[③] 异化的现代文明不仅带来战争，让冰冷无血性的杀戮摧残生命，也植入了“虚伪和阴谋”，让人性的热血刚正化成虚无，人性中原本的真诚温暖被一点点地蚕食。因此诗人呼吁在二战这种非常时期，人应该保持住原始人性中的质朴和为家国战斗的热血。

可以说，艾略特和九叶诗派都不约而同地关注到战争中生命的异化。不过，艾略特更关注生命的“失灵”状态，如他在《东库克》中感叹：“而我们知道，山岭和树木，遥远的全景/还有建筑物生动的正面，都在逝去——/或仿佛像一辆列车，在地铁里的车站间停得太久，/谈话声渐渐升起，慢慢又归于沉静，/在每张脸庞后面你看到那种精神空虚正在加深/只留下无所可想的越增越剧的恐惧。”[④] 九叶诗派则更关注和谐淳朴的生存方式被打破后生命的冷血与无意义。穆旦在《一个老木匠》中首先描绘了老木匠生活的辛劳和困苦，这是一种没有机械运作仅凭人力的无奈和疲劳，春夏秋冬，年复一年的枯燥和辛苦，但是，老木匠看似辛劳，内心

---

① ［英］托·艾略特：《四个四重奏》，裘小龙译，漓江出版社 1985 年版，第 198 页。

② 穆旦著，李方编：《穆旦诗全集》，中国文学出版社 1996 年版，第 263 页。

③ 辛笛等：《九叶集》，作家出版社 2000 年版，第 67 页。

④ ［英］托·艾略特：《四个四重奏》，裘小龙译，漓江出版社 1985 年版，第 198 页。

却是满足的，他不会颠沛流离，随时担心失去生命。闲暇之余，“老人偶尔吸着一枝旱烟，/对着漆黑的屋角，默默地想/那是在感伤吧？但有谁/知道。这也许就是老人最舒适的一刹那/看着喷着的青烟缕缕往上飘。”[①]这种生活有滋有味，才是真正有意义的生命，是在战争时期太多人求而不得的生命理想状态。穆旦借以表达心中的生命想象，控诉战争，也直接抒发了他对重建家园的渴望。

艾略特和九叶诗派在展示文明异化、生命异化方面的差异，很大程度来源于中西不同的社会现实与文化。艾略特认为，现代工业化带来的物质主义的泛滥，使人们忘记基督教教义，冲杀掠夺，与基督渐行渐远。人在过分贪恋物质生活的时候，失去了灵魂，无法拥有真正意义上的生命，这是艾略特无法容忍的事情。而中国，农耕文化带来的是使人怡然自得的自然淳朴的生活方式，柳絮飘飞、桑叶凋落、黍稷成熟、蟋蟀鸣叫中有生命的真谛。而文明异化带来的战争和杀戮，破坏了这种自然与人和谐共处的美好的生命状态。“九叶”力图用诗歌激发起人抗战的热血和重建家园的激情。

对生命的焦虑，对战争中惶惶度日的芸芸众生的关注，诗人们的使命感油然而生。怎样拯救在文明异化摧残下的行尸走肉，使他们重新获得真正的生命，是诗人们思考的问题。艾略特和九叶诗派都用创作做出了回答。

艾略特提出，“一个可使文明艺术的创造活动得以繁荣和延续的社会，其唯一有希望的发展趋势，只能是变成基督教社会。”[②] 战争使一代人都产生幻灭感，找不到生命的价值，肉体成为一具空壳，而信仰“为人们提供了从虚伪的文明中获得新生的可能性”[③]。艾略特在《干赛尔维其斯》中写道：“那里这一切有个终结——无声的悲啼，/秋日的花朵默默的凋零，/花瓣飘落，花茎一动不动；/哪里又有终结——漂浮的破碎船片；/海滩上白骨的祈祷，在灾难的/宣布时的无法祷告的祷告？”[④] 诗句

① 穆旦著，李方编：《穆旦诗全集》，中国文学出版社1996年版，第9页。

② ［英］T. S. 艾略特：《基督教与文化》，杨民生、陈常锦译，四川人民出版社1989年版，第17页。

③ ［英］彼得·阿克罗伊德：《艾略特传》，刘长缨、张筱强译，国际文化出版公司1989年版，第247页。

④ ［英］托·艾略特：《四个四重奏》，裘小龙译，漓江出版社1985年版，第206页。

中出现的飘零的花瓣、海滩上的白骨、漏水的船只等是生命终结和生命价值消散的表征。这些都是由于抛弃信仰、无爱和不忠而受到的惩罚。但是紧随其后，他又感叹，无论是悲啼、花朵、运动、漂流，都“没有终结”，都是永恒的。因为这些都是生命的化身，悲啼虽然无声却一直持续着，花朵是不停地枯萎而不是结束，运动始终继续，漂流也是一种延续的状态。已经化为骨头，祷告仍在继续，这是艾略特作为一名虔诚的教徒对有信仰的生命状态的描述。根据译者裘小龙的注释，这一章的名字“干赛尔维其斯”，是美国安海岬附近一座岛屿的名字，岛上设有灯塔，在当地成为遇险船只的希望，艾略特希望借此引出“神”的形象，使其成为人精神荒原上的指引，生命的风向标。在《小吉丁》中他直接呼吁：“这里，祈祷是一直见效的。祈祷远远/超过一道命令的言辞——祈祷的头脑中/意识到的工作，或祈祷着的嗓音。/死去的，当他们还活着时，没有语言能说的一切/他们现在能告诉你，因为已死去了：死者的/沟通用火焰做成舌头，超越了生者的语言。”[①] 死者拥有生者没有能力获得的语言，这是一种对死亡的超越。艾略特从超验的角度突出了生命的价值就在于有信仰的灵魂的存在。

区别于艾略特重建生命信仰，九叶诗派寻求的生命慰藉则更具现世感。他们从现实苦难的阵痛出发，在国家民族危亡之际，认准带动人们寻找生命真谛、保家卫国、重建家园的不是缥缈虚无的上帝，而是现实中能够真正起到引领作用的活生生的英雄，辛笛借《布谷》来描绘心目中的英雄：“你是我们中间的先知/是以血来化作你的声音/化作也是我们的声音/在田野上溪畔林中/随处你都召唤起一些人/一些怀有人民热情的人。”[②] 陈敬容的《斗士·英雄》纵情讴歌民主斗士闻一多：“多少房屋得要修改，/多少道路得要开筑，/得寻找新的图样，新的器材，/怎忍歇一歇肩，停一停步。/斗士的血迹溶入尘土，/大地上年年有新草茁生；/风刮不走，水流不去——/英雄的业绩亘古长存！”[③] 在诗人心目中，只有闻一多这样的民主斗士，才能消除这个战乱世界的生命恐慌，慰藉百姓心灵，实现生命的真正价值。

---

① ［英］托·艾略特：《四个四重奏》，裘小龙译，漓江出版社 1985 年版，第 217—218 页。

② 辛笛等：《九叶集》，作家出版社 2000 年版，第 16 页。

③ 同上书，第 46 页。

综上所述，站在地球两端的诗人——艾略特和九叶诗派，因为各种机缘，产生了千丝万缕的联系。他们同时在战争的极端处境中审视生命，用创作讴歌生命理想，谴责现代文明中生命的异化，并努力探索救赎之路。但由于各自的人生阅历、文化背景、哲学思想等不同，他们的思索表现出或多或少的异质性。前者力求超越肉体的存在而追求“灵”的永恒，后者力求在有限的时间中绽放光彩，在灿烂的瞬间展现生命价值。作为特殊历史时期的艺术，他们对于战争岁月中生命的审美，不仅让诗歌观照生命的内蕴更加深厚，而且为后人留下了丰富的精神启示，值得审视与研究。

说明：本文系重庆市抗战文史研究“两江学者”计划的阶段性成果。

作者单位：重庆师范大学重庆市抗战文史研究基地

抗战小说中的日本民众形象

金安利

在十四年的抗战期间，日本军人形象无疑是抗战小说中日本人形象的主体。从历史上看，日本军人形象与倭寇形象存在着一定的联系。倭寇越海而来，抢掠财物、伤害沿海的百姓；抗战时期的日本军人却是在武器装备更加精良和先进的条件下大肆侵略中国，飞机、大炮、坦克……对中国人民造成的伤害远比倭寇惨烈。在这样特殊的语境下，日本军人形象又一次非人化，从原先残酷的人类转变成野兽和魔鬼。

在汗牛充栋的抗战小说中，日本人形象除了侵华日军外，还有非军人类的日本民众形象。抗战时期的中国左翼文坛，对于日本人采用的是阶级分析的单一视角。于是，“日本民众”被他们想当然地赋予了与侵略成性的“日本政府”相对立的立场，自然也就成为一个友好群体，被寄予了厚望：“我们对日本民族并不悲观，因为那里还有劳动大众在，人类的正义的革命的战士将从他们中突举起烧毁人类大敌的火来的；而且也只有这样，日本民族才能从危机中脱离出来。”① 从这种阶级论的观点出发，中国左翼作家们塑造了一些乌托邦型的日本民众形象。

那么在论述这些日本民众形象之前，有必要先说说对外扩张语境下的日本民众，或者说是日本人民对日本对外扩张的态度究竟是怎样的呢？

一

“人民”一词在内涵和外延上极为复杂，在不同的国家和不同的历史

① 冯雪峰：《令人战栗的性格》，《雪峰文集》第二卷，人民文学出版社 1983 年版，第 80 页。

时期具有不同的内容。综合中英两种语言的几本辞书对人民的解释,[①]其共同之处可以归纳为两点：一、人民是表示群体的集合名词，在整个国家人口中占绝大多数。二、人民在一国之内处于被统治地位，不属于社会上层，不直接决定国家政策。

在中国近现代的历史中，因为中日两国之间特殊的关系，“日本”成了一个出现频率最高的国家名词，“日本人民”的说法也屡屡被提及。在中国（无论是官方还是民间），人们谈及“日本人民”时往往赋予他们一种正义和无辜的色彩，认为他们也是日本帝国主义穷兵黩武的被欺骗者和日本对外扩张的受害者。

在抗战时期，中国文坛看待日本人的基本思路，就是把日本军阀与日本民众区别来对待。正如天虚《两个俘虏》中所写的那样：“我们部队里，每个指战员都要学会三句日本话：一、我们的敌人是日本帝国主义、军阀！二、你们是我们亲爱的兄弟！三、缴枪不死。”[②]

在抗日战争胜利之后，这种日本认识论继续在中国普遍地延续下去。当时的中国政府首脑蒋介石就说过：“我们要严密责成忠实执行所有的投降条款，但是我们切不可予以报复，更不可对于敌国无辜人民加以侮辱。”1948 年 4 月 6 日发表的《中国各界名人对日政策声明》中称：“我们反对日本复兴，完全因为现在日本政权仍掌握在少数侵略派手中，并非反对一般日本人民，反之我们很愿意与日本广大人民合作，促成日本真正民主化早日实现。”1950 年 1 月 17 日题为《日本人民解放的道路》的《人民日报》社论中说：“日本帝国主义曾经并且现在仍然是中国人民的敌人，但是日本人民却是中国人民的朋友。日本人民和中国人民有共同的敌人，这就是日本帝国主义及其支持者美国帝国主义。”[③]尽管发表上述三种言论的人代表各自不同的政治立场，但他们的共同之处都是把“日

---

① 《现代汉语词典》（汉英双语）对“人民”的解释是：“以劳动群众为主体的社会基本成员 the people; basic members of society consisting mainly of the laboring masses”。《朗文当代高级英语辞典》（英英·英汉双解）对“人民”的解释是：“the people [plural] all the ordinary people in a country or a state who do not have special rank or position 平民，民众，老百姓”。*Oxford Advanced Learner's Dictionary* 对“人民”的解释是：“the people [pl v] ordinary persons who do not have a special rank or position in society”。

② 天虚：《两个俘虏》，《中国抗日战争时期大后方文学书系·第四编·报告文学》，重庆出版社 1989 年版，第 137—141 页。

③ 周建高：《日本对外扩张中的人民》，《读书》2004 年第 6 期。

本人民”与“日本政府”作为对立的二元实体来认识。

日本人民果真如我们想象的那样，一贯是与政府对立的、反对日本对外扩张侵略？其实事情远非这么简单。这种日本认识论除了简单、肤浅和自欺之外，其实是对日本的最大误读。

自日本进行海外扩张以后，它就和中国、俄国、东南亚诸国以及美国进行过一系列的战争，大规模征兵的次数不可胜数，动用的军队达数百万人。这么庞大的一个群体，难道就没有人能够认识国家和个体的关系以及战争对于个体生命的威胁吗？事实上，日本民众深切地认识到了充当炮灰的危险，但是他们依然慷慨赴死，这只能证明“日本人民”在对外扩张上与“日本政府”保持着高度的一致性。尽管日本国内也存在阶级矛盾，日本的工人、农民反对国内的资产阶级，但是一旦日本对外战争，国内的阶级矛盾就会被民族矛盾、国际矛盾所掩盖和淡化。因此，在日本对外战争时，“日本人民”和“日本政府”就凝结成为一个共同体，不存在“日本人民”反对“日本政府”的情况。然而在较长的历史时间里，中国人只看到他们之间对立的一面，有意无意地忽视和抹杀了他们合谋的一面，所以才得出乖违事实的结论。

日本人民和日本政府的合谋，有诸多的例证。

譬如1894年甲午战争中，日本侵略朝鲜、中国之际，其国内出现了空前的民族团结。日本诸多实业家就组成了报国会，为政府积极筹措军费。妇女们则从事恤兵运动。与政府相对立的国会，也在开战后通过了巨额预算，作出了协助战争的决议。佛教各宗和基督教徒随军布道，慰问军队。战争以日本的胜利而告终，于是日本社会到处充斥着歌颂战争的声音，就连小学生都唱起了这样的歌谣：“支那佬，拖辫子，打败仗，逃跑了，躲进山里不敢出来。”

以“九一八”事变为标志的日本侵华战争开始后，因为战线不断扩大，日本不得不向中国不断地增派兵力。由于日本整个国家都成了战争机器，此时的出兵已不只是政府行为和军队行为，而是有许多民众热情参与欢送仪式的全民族行为。当时日本各地的火车站，甚至连偏僻的乡镇小站，都常常会出现欢送出征士兵的人海。他们手中挥舞着小旗，高呼万岁之声不绝于耳。南京沦陷后，日本全国举行了游行庆祝，万人聚会一起高唱《爱国进行曲》。可见日本民众对于侵华战争的普遍关注和热情支持。

太平洋战争爆发后，起初阶段日本军队推进很顺利，从1941年年底进攻珍珠港以后不到半年，相继占领了菲律宾、马来西亚、新加坡、印尼、缅甸等地。政府、军队和绝大多数国民，都陶醉在日本的胜利之中。当美军逐渐转守为攻之后，却遭遇到日本军队和日本民众的顽强抵抗。在塞班岛的战斗中，日军战至最后一人，非战斗人员包括妇女则集体跳海自杀；在攻占硫磺岛和冲绳岛的战斗中也遇到过类似的情况。当时冲绳岛人口 47 万人，大约有 1/3 战死，当地不少居民混在军队中，就连妇女、学生也直接参战。1945 年 8 月 15 日天皇宣布投降后，不少民间“志士”相约集体自杀，也有很多百姓匍匐在皇宫前号啕大哭，表示因自己努力不足而向天皇请罪。

然而，日本人民与政府的合谋却常常被中国人忽视或抹杀。例如，在中国人编撰的日本史著作中，提及战争时期的日本人民，大多是写他们的反战斗争。这些叙述中可能潜伏着这样一种逻辑思路：日本政府是资产阶级利益的代表，是和日本人民的根本利益相对立的。资产阶级赞成的，日本人民必然就会反对；资产阶级反对的，日本人民必然就会赞成。日本的对外侵略和扩张，是资产阶级获取利益的手段和资本主义发展的必然结果，所以必然要遭到人民的反对。人民是进步的、爱好和平的，因此不可能支持侵略战争。这样以阶级观念为前提叙述出来的历史，并不能揭示认识对象的真实本质。

这种把日本人先定性、分类，再根据某类人具有某种性质的公理，称军国主义者本性就是要侵略，人民天生就爱好和平，而且他们之间判若天壤，再推导出结论来的分析方法，实际上是用静止的、绝对的观点看待人和社会。这样是很难正确地认识日本人民的。

就近代日本来说，尽管人民、政党和政府之间时常会出现纷争，但是在对外扩张侵略中，他们则是高度一致的。在日本侵华历史中，固然有被胁迫入伍者，但是从比例上来说，没有证据表明他们占了人口的多数。工人、农民、企业主、知识分子（包括宗教界、教育界、新闻界等），这些人民的基本成分，是积极支持对外扩张的。他们是日本社会的基础。如果这些支持战争的人不算人民，只有反战的人才被称为人民的话，那么人民在日本社会中就是极少部分人。因此，我们与其说日本人民反战，不如说“他们是反对资产阶级独占海外利益，倒不是同情受害国人民”①。日本之所以走上军国主义的

① 周建高：《日本对外扩张中的人民》，《读书》2004 年第 6 期。

战争道路，不仅仅是天皇、内阁和军部等少数人推动的结果，而是全体日本人在国内、国际多种因素作用下，各种合力相互影响的结果。

然而在战时双方交战的状态下，中国广大作家尚未有足够的理性来认识到这一点。如左翼文坛基于阶级论至上的单一视角，使得大多数作家把日本军阀与日本民众截然区别，认为日本民众必然与中国民众站在同一立场上反对日本军阀。左翼文坛未能从民族性、民族文化的角度来思考日本民众仅仅是法西斯的受害者，还是法西斯产生的土壤和温床。

这种超越民族、超越国家的阶级至上的共产主义理想，终归是一种乌托邦的想象。阶级意识的觉醒，使人类社会的进步有了必然的方向，那就是无产阶级终将战胜资产阶级，社会主义终将代替资本主义。唯其如此，马克思、恩格斯才会在《共产党宣言》里充满自信地向全人类号召："全世界无产者，联合起来!"毛泽东才会庄严呼唤："全世界无产者和被压迫的人民、被压迫民族，联合起来!"历史进步的巨手指引着人类告别过去，奔向未来，在新与旧、进步与反动、光明与黑暗之间立下一道严酷的、非此即彼的界限。在这种历史条件下，"阶级性"的不断扩张使得"民族性"自然地受到了遮蔽。

二

在民族矛盾急剧上升的时刻，阶级意识真的能轻松地实现对民族意识的跨越吗？把抗战叙述为一场跨越民族的阶级革命的叙事意图，是当时的社会语境下中国作家和批评家的一种普泛性的共同努力。早在《八月的乡村》中，萧军就尝试着用阶级意识超越民族意识，借陈柱司令的名义提出了"兵不打兵，连外国兵也不打"的主张：

> ……那些万恶王八蛋，吸兵血的军官们，我们不要饶过他。无论是日本，还是走狗们的。他们全是吸兵血！兵们，全是好弟兄！和我们是一样的痛苦！只要枪，除开实在太妨碍我们进展了，才要伤害他们。他们将来全要和我们一起合作……"兵不打兵"，记住，同志们记住吧……除非万不得已的时候……[①]

① 萧军：《八月的乡村》，人民文学出版社1954年版，第73页。

然而，这却面临着叙述的困难和来自现实的尴尬，所叙述的结果只能是民族斗争和阶级斗争并置和游离的场景。为了克服叙述的困难，让阶级意识跨越民族界限，也有作家采取了另一种可行的方式，那就是由叙述中国国内的阶级矛盾转向叙述战时日本国内的阶级矛盾。在为数不多的这类作品中，谢挺宇于1942年在延安创作的短篇小说《去国》是最具代表性的一篇。

《去国》为我们叙述了一个在侵华背景下日本国内的阶级压迫故事，描绘了一幅残酷的阶级压迫场景，塑造了永井敏雄、上野高一等几位反抗统治者阶级压迫的日本民众形象，从而建构起了一幅乌托邦想象中的日本民众反抗阶级压迫的情景。

永井敏雄是日本伊东一家贫苦佃户的儿子，参加侵华战争四年。光荣负伤后，他得到批准归国，却发现他和他的家人竟然没有饭吃。在战争爆发前，他家靠租种土地为生，虽然租税沉重，但加上打几条鱼、捡一些破纸破布的少许收入尚可勉强度日。他去中国参战后，家里的土地被地主收回，转租给大财阀三井地产公司用来种植军需大麻。他家不但失去了可以租种的土地，而且紧接着仅有的一匹马和一条小渔船也被征用。他的妻子信子只好和其他生计无着的妇女一样，到陆军部开办的煤矿开发公司做随时可能丧命的苦工，但仍难以维持生计。在他归家后正为生计发愁时，他被通知和其他贫苦家庭一起，作为帝国的开拓者向中国东北移民，而且必须交纳高额的移民培训费。因为交不起培训费，他家仅剩的房屋等一点可怜的家产被抵偿。

永井敏雄和他的家庭的遭遇并不是仅有的个例，菊池、上野高一、小山弥等都是贫民，都是和他家一样的遭遇，然而去中国能改善经济状况和地位却又与他们无缘。当他们被迫踏上向中国运送移民的船只后，每天却还要忍受饥饿的折磨。虽然船上大米很多，却被军官扣下来准备到目的地后赚外快。带头组织民众请愿要求吃米饭的上野高一，却被残忍的军官装入麻袋抛进了大海。显然，这篇小说为我们营造的是一幅残酷的阶级压迫和阶级剥削的场景。对于日本国内来说，侵华战争的发动和进行过程被叙述成大地主、大财阀等统治者剥削和压迫贫民的过程。

日本国内的政府和军阀一直用舆论宣传欺骗着民众。就如这次动员贫苦民众移民到中国东北的事件，警察署的长官就曾这样壮志豪言地为他们画饼充饥："奉陆军部和内政部的命令，你们带同家族作为光荣的移民；帝国的开拓者，向中国，向新的大陆上开拓去。……反正到了中国，什么都有了，那边是真正的王道乐土！诸君，应当为了接受这光荣的任务而感激，……"① 这些被强制移民的民众参加了为期三个星期的"大陆勤劳服务队"集中培训，新年之际他们即将启程，临走前还聆听了社会各界代表所发表的激励他们移民的演说，如大队长御室利彰的演讲是这样的："这次去中国，到新的大陆上去，诸君的使命是重大的。百战百胜的皇军，已在中国作战了四年，其忠勇勤劳，实在值得全国人民的感激涕零！为了协力贯彻圣战的目的，彻底实现大东亚共荣圈的使命，更为了打下建立世界帝国的基础，诸君必须以自己的血肉，来报答皇恩！诸君是大和魂的优秀人物，应有对新大陆的崭新认识，应有农业开发、劳动报国之决心！……"② 在诸如此类舆论宣传的狂轰滥炸下，好些被迫移民的日本民众开始憧憬起移民后的光明大道，憧憬起移民东北后过上那所谓的神仙般的日子。

小说还塑造了日本民众中反阶级压迫的勇士——上野高一，在这个异国形象身上可以寻觅到作者所寄托的乌托邦理想。高一曾是日本共产党，因带领工人罢工而遭到七年的牢狱之灾。"他从前是横滨码头的工人，现在一家杂货铺做伙计，好像坐过牢似的，平时是很沉默的，只是用耳朵听，用眼睛看，跟大家合得来，一个挺结实和气的家伙。"他的家庭也遭遇了强迫移民。几个相同命运的人凑在了一起聊天，有个同伴说自己想到中国去发洋财，高一无情地打破了他的美梦："你想发洋财，你还不知道洋财是该谁发的？告诉你，洋财是给三井、三菱、中岛、鲇川他们发的！"他不断地启迪着自己的同伴要起来反抗压迫："……我看去中国绝不是办法，不过，现在不去不成功，去一趟试试看吧，只要有压迫的地方，斗争是一定有的！"③

在运送移民去中国的大船上，这批日本民众再次遭到了压迫。船上的军官把原本该发给他们吃的大米扣着，每天只给他们吃两顿苞谷糊糊。饱受饥饿之苦的民众，在高一的号召下为争取吃米饭而反抗起来，推选了高

① 谢挺宇：《去国》，《延安文艺作品精编（小说卷）》，浙江文艺出版社 1991 年版，第 134 页。

② 同上书，第 140—141 页。

③ 同上书，第 137 页。

一和另两名小商人为代表与军官谈判。军官声称大米是送给前方将士的军粮，并表示若自己揩油将切腹谢罪，从而拒绝了他们的要求。随后，军官就开始提审鼓动民众反抗的高一，诬蔑他是间谍、叛逆和卖国贼，企图策划海上暴动。在得到宪兵司令部随机断然处置的电报后，军官们决定杀一儆百，于是当着众人的面把高一装入麻袋，活生生地给扔进大海喂鱼去了。

敏雄因看不下去这种无辜而残忍的屠杀，就大声抗议起来，却被军官下令逮捕了起来。“两个宪兵走过来了，敏雄忘记了自己曾经是个‘皇军’，用农民的天然的粗野动作，仅有的右手抗拒着，一千多双眼睛看着这幕壮烈的搏斗，连西洋的拳击都学过的宪兵，瞅个空往敏雄左下巴下面只一推，敏雄就站不住了，宪兵趁势挟住他，把他拖到禁闭室去了。”目睹了一切的民众愤怒了，他们开始咆哮起来：“老太婆的喃喃的声音，女人们的尖利的高音，壮年人的有力叫喊，压倒了巨大的风浪声，显出是一支可怕的力量；叫喊继续着……”作者用隐喻来暗示了广大人民反抗的巨大力量。然而，随着高一被抛进大海的惨剧发生，大家也被这意外的杀戮吓昏了。这股反抗的力量很快就被残酷地镇压下去：

> 狂风中大雨点猛烈地下着。波浪像挟了千万年的愤恨，吞下了这活生生的牺牲品，愤怒地溅着很高的浪花。
>
> ……女人和孩子们大声地哭着，壮年人抿着嘴，什么也不响。老年的就倒在铺盖上，长长地叹着气，和舱外的风声混在一起，像悲号，又像呜咽，像一群幽灵的夜哭，又像饥饿的狼嗥；悲痛的、绝望的声音，好像无边无际的黑夜，不断地伸展开去……
>
> 船，继续地望黑暗的前面驶去。①

在这里，作者为我们提供了日本国内民众反抗压迫的惨烈情景。然而这反抗的路又在何方呢？小说并没有指明出路，一切依然是在黑暗中继续，掀起的那股抗争力量终究还是被黑暗所吞噬。

把谢挺宇《去国》和萧军《八月的乡村》联系起来进行考察是意味

---

① 谢挺宇：《去国》，《延安文艺作品精编（小说卷）》，浙江文艺出版社 1991 年版，第146—147 页。

深长的。如果说，萧军因为试图在被入侵的中国国土上赋予日军士兵以阶级同情，不得不面临困难，那么，谢挺宇通过把日本国内的战时场景纳入叙述的视野而克服了这个困难。在《去国》中，永井敏雄是一个“光荣的凯旋勇士”，但他却是通过对中国人民的屠杀而成为勇士的。他英勇的身影让我们似曾相识，那就是《八月的乡村》中的松原。永井敏雄正是像松原那样，在侵华的战斗中负伤后获准回国的，他的双手毫无疑问也沾满了中国人的鲜血。《去国》恰恰是从他回国开始文本叙述的，从而成功地描绘了日本国内的阶级压迫场景。

但是，这叙事努力仍然没有完成。如果把抗战视为阶级革命的国际化，那就必须进行两个阶级划分：一是把侵略进行阶级划分；二是把国内政治力量进行阶级划分。此外，还必须把革命的阶级力量进行整合，即国内的革命力量和国外的革命力量联合起来反抗阶级压迫。但是，永井敏雄并没有加入抗日反战的队伍。他虽然在日本国内受到残酷的阶级压迫，但在中国战场上，他和松原一样，都是凶残的入侵者。与他的家庭一起移民中国东北的那些被压迫者，他们所忧虑的也不是如何与中国的被压迫者进行联合，而是担心中国人不够驯服，他们希望“生活安定，中国人服服帖帖地给我们做牛马”[①]。

尽管日本的民众、政党和政府之间时常会出现纷争，并且日本民众反抗资产阶级压迫的斗争也的确发生过，但是在日本进行对外扩张战争的时候，民族矛盾早已超越了阶级矛盾，于是他们的枪口是一致对外的，保持着高度的一致性。所以，作者所描写的这种战时日本国内民众反抗压迫的情景，实则是他的一种叙事策略，而非日本国内真实场景的再现。因为毕竟这种场景即使在当时的日本国内有所发生，恐怕也只是零星的火花，而绝非一种普遍的社会场景。后来事实也证明，战时甚至战后的日本社会，并没有出现我们所期待的国内阶级革命，所谓中日人民联合打倒日本军阀的理论预想遭遇了来自现实的尴尬。

所以，在这样的叙述背后投射出来的是作者谢挺宇自己的乌托邦想象。他的小说《去国》发表后，在解放区延安引起了广泛的反响。或者说，作者是把中国国内解放区阶级斗争如火如荼的场景转移到了日本国

① 谢挺宇：《去国》，《延安文艺作品精编（小说卷）》，浙江文艺出版社 1991 年版，第 136 页。

内，或许说是有意把日本30年代左翼运动的场景置换到了战时日本，从而在一定程度上遮蔽了战时日本国内的现实情况。这样的作品出现在谢挺宇笔下，也与作家自身独特的人生经历是分不开的。

谢挺宇，1911年出生于浙江原宣平县农村。谢家是个殷实行医的书香门第，他从小熟读儒学经典，最推崇的屈原《离骚》及其“忠君”思想影响了他一生。1927年就读上海大夏大学，1931年转入北平朝阳学院，1934年留日就读东京政法大学文学院。1937年5月未及完成学业，谢挺宇神情焦灼于日本军国主义的侵华气焰和祖国同胞的生死安危，如“泣血的杜鹃”毅然提前离开日本和他的东京恋人回国。1937年年底，经周恩来批准介绍，谢挺宇踏上奔赴延安的革命征途。征途中，于1938年5月在武汉八路军办事处加入中国共产党，1939年9月在重庆《扫荡报》任记者，经历国统区斗争磨练后，终于在1940年1月到达延安，后在新华总社做译电员。谢挺宇的文学创作生涯则始于1933年。留日期间，他创作了《三等避暑地带》《雾夜紫灯》《没有光的彗星》等短篇小说；延安时期创作了小说《黑牢红流》《去国》和长诗《毛泽东同志》等，在抗战文学中久负盛名。

以上的勾勒告诉我们，谢挺宇在抗战时期追随着左翼路线。战时中国左翼文坛普遍是用阶级划分的观点来看待日本民众，认为日本民众也是战争的受害者，是我们的阶级兄弟和战友，将与我们一起携手反抗日本法西斯主义。在这种信念的引导下，作者把留日时目睹的日本国内左翼运动挪到了战时日本，写出了《去国》这样充满乌托邦色彩的作品。

三

在中国左翼红色热潮之外，也有极少数的清醒者。当国内大多数人用阶级论的观点把“日本人民”与“日本政府”截然区分的时候，他们通过自己的小说作品颠覆了这样的观念。

比如，凌叔华的短篇小说《千代子》就相对真实地反映了被卷入战争狂潮的日本民众。《千代子》中的京都小市民，因生活清苦而抵挡不住中国料理的诱惑，垂涎于中国大陆富饶的物产。一份份中日战争的“号外”似乎更刺激了他们的想象，激起了他们对扩张战争的狂热。中国在他们眼里也妖魔化了：“支那人，男的是鸦片烟鬼，女的一多半是瘫子，那三寸的小脚儿，你想她能做什么事，这还是我们日本人没有拿准主意，在上海若是连着打下去，还不灭了他的国吗?”[①] 在日本主战派的舆论宣传中，中国已经是衰败不堪了。日本的草根阶层接受了这种战争说教和中国想象，甚至还责怪起政府来：“如果我们去年什么都不管，打下去，此刻你我都可以放量吃支那料理，玩支那女人的小金莲了。”[②] 由此可见，在对外战争中，日本民众和日本政府之间是一种共谋的关系。

崔万秋的长篇小说《新路》更是把“日本人民”和“日本政府”当成了一个硬币的两面看待。在日本对外战争的时候，民族意识已超越了阶级意识，他们结成了利益相关的民族共同体。政府对外战争的行为得到了民众的大力支持，在日本政府对中国增兵的时候，日本人民总是热情送行的。

《新路》叙述的是 1931 年 4 月到 1932 年 4 月所发生的事情。在这期间，发生了震惊中外的“九一八”事变和“一·二八”事变。两次战事的胜利不仅冲昏了日本政府和军阀的头脑，让他们侵略中国的行径也越来越嚣张，同时也让日本民众在舆论的大轰炸下不由自主地卷入了战争狂热中，为日本的侵华战争起到了推波助澜的作用。在这全民的集体狂欢中，日本彻底地跌进了战争的深渊而不可自拔，直至 1945 年日本投降为止。

在小说《新路》的一开头，叙述者就描述了一个壮观的送别场景：在东京火车站，有诸多民众来为即将到大连就任关东军司令长官的本庄繁中将送行。本庄繁此次到中国东北担任新职务，与平常司令官之维持大连带租借地的治安任务不同，他是肩负了“发扬国威”的“重大的使命”出发的。陆军大臣南大将特意送到车站，握着本庄繁的手嘱咐道：“本庄，‘满洲’的责任全交付给你了，打起精神来干！重托重托!”本庄繁立即表示：“小官当竭尽所能，发挥国威。”鉴于上述的重大意义，因此送行的人也非常多，有军部大臣、各级将官、退伍军人、新闻记者以及大量的平民。当列车启动的时候，“人山人海的欢送者，全脱帽呼万岁”。在日本人狂热的欢呼声中，当时唯一在场的中国人袁北安深感忐忑不安：

① 凌叔华：《千代子》，《凌叔华文存》上，四川文艺出版社 1998 年版，第 302 页。

② 同上。

“他敏锐的神经，感觉到日本对东三省的侵略一天露骨似一天，今天本庄繁出发，日本的欢送情形，俨然欢送出征的将军，他觉得这一年的东三省，怕有大祸临头。”①

对日本来说，“九一八”事变的爆发绝非一时兴起，而是精心策划和长期准备的必然结果。这种野蛮可耻的侵略行径早晚要在一个合适的时机爆发出来。用小说中日本军人的话来说，1931 年“正是进攻的时候”，因为那年中国共产党在南方活动频繁，北方又有石友三闹事，再加上全国性的大洪水，导致大量灾民流离失所，出现了哀鸿遍野、民不聊生的局面。故早有预谋的日本紧紧抓住这个机会痛下毒手。

说起早有预谋，是因为“满蒙”在日本“大陆政策”中占据了非同一般的战略地位：“日本的国策有夺取‘满蒙’的必要，夺取‘满蒙’，是明治维新以来的国是。甲午之战，辽东半岛本来已经是日本的了，因为那时日本还是新进小国，所以抗不住德法俄的压迫，忍痛又归还给支那，现在是要复那次的仇，这是日本陆军积年的计划，岂是一朝一夕的事。”② 既然“满蒙”是日本一直梦寐以求的地方，所以他们长期向国民灌输这样的思想，那就是“满蒙”是日本不可缺少的一部分。如张资平的小说《银踯躅》中有这样一个细节值得关注：日本人在“满洲”“蒙古”地图上题着“吾人伸足的地方”几个字，在东亚地图上把中国的“满洲”“蒙古”、山东、福建涂成与日本、高丽、中国台湾一样的颜色——红色，并题着“本年的地图变色”！由于“地图是特殊的意识形态纲领的产物”“是信念的纹章”。③ “满蒙”是日本垂涎三尺的目标，这可以看做是日本侵略野心的赤裸裸的彰显和最直观的注释。

为了让国民对“满蒙”这一特殊战略地位认同，日本政府就通过教育的方式来强化国民的意识。《新路》描写了当时堪称日本高等教育最高学府的东京帝国大学，其“满蒙”研究会成立之时所用的宣传标语是这样的赤裸裸：

① 崔万秋：《新路》，四社出版部 1933 年版，第 18—19 页。

② 同上书，第 228—229 页。

③ ［英］丹尼·卡瓦拉罗：《文化理论关键词》，张卫东等译，江苏人民出版社 2006 年版，第 162 页。

“满蒙”是日本的生命线！
“满蒙”是日本的第一道国防线！
欲保全日本的生命，先要守护“满蒙”！
欲守护“满蒙”，先要抓住“满蒙”！
欲抓住“满蒙”，先要了解“满蒙”！
有志的诸子！
有血气的诸子！
有爱护国家的热情的诸子！
一齐来参加我们的“满蒙”研究会！[①]

中国的东北和内蒙古地区，俨然成了日本的领土，守护“满蒙”成了日本学子爱国热情的表现。正如基尔南所言：“帝国必须有一套灌注其中的思想范式或者条件反应机制。”[②] 为了给侵略“满蒙”奠定坚实的群众基础，日本社会舆论也在不断地掀起国民对于“满蒙”特殊地位的关注。在教育和舆论的双重作用下，“‘满蒙’是日本的生命线”的理念深入人心。这使得日本对中国东北地区的任何侵略行为都成为日本国民追捧的对象。

“九一八”事变爆发之后，占领奉天的号外使日本全体国民都沉浸在一片疯狂的欢乐之中。大街上都挂满了太阳旗，所有的人都在喜形于色地议论“满洲”事件。激进的日本军人除了挂旗之外，甚至还打破了早餐不喝酒的惯例，“但今天太快活了，所以命内人特别烫了两瓶正宗，作为帝国陆军新发展的祝贺”[③]。由此可见，日本民众早已深陷于战争的狂热之中，并非我们所一厢情愿的那样：中、日两国民众将携手对抗共同的敌人——日本军国主义。

由于军队出征不仅是政府和军队行为，更是有许多民众参与欢送的全民族行为，所以中国留日学生抓住这种机会对他们当头棒喝，提出警告，并晓之以理，期望着能使他们迷途知返。当深秋街市的夜空中，中国学子散发的传单像雪花一般飞舞时，毫无思想准备的日本人无不感到惊骇和突

① 崔万秋：《新路》，四社出版部1933年版，第153页。

② ［美］爱德华·W. 萨义德：《文化与帝国主义》，李昆译，生活·读书·新知三联书店2003年版，第110页。

③ 崔万秋：《新路》，四社出版部1933年版，第231页。

然。当时陷入战争狂热之中的日本整个成了一架战争机器，除了极少数人对于中国留学生表示“同感”之外，绝大多数人都被日本战争思维所蛊惑，认同军国主义意识形态，对于中国留学生的策反不以为然。他们有的指责中国留学生忘恩负义辜负了日本的培养，有的叫喊“支那留学生说什么梦话”，有的甚至破口大骂“支那大马鹿”。[①]

日本民众尚且如此，那么日本军人更是可想而知。“战争期间，日本军人喜欢说：‘我决心就当死了，以报答恩德。’这句话包含着一系列行动，如在出征前为自己举行葬礼；发誓要把自己的身体‘变成硫黄岛上的一抔土’；决心‘与缅甸的鲜花一起凋落’等等。”[②] 日本士兵对天皇是无比忠诚的，“只要天皇有令，纵然只有一杆竹枪，也会毫不犹豫地投入战斗；同样，只要是天皇下令，也会立即停止战斗。”[③] 因此，中国留学生要以散发传单的形式动摇军人的意志，实非易事。

因而，在崔万秋的《新路》中，我们看到了“日本民众”与“日本政府”的浑然一体，而不是像阶级论观点所预设的“日本民众”与“日本政府”的截然对立。探究其原因，不妨从日本民族性格的本质入手。神权崇拜思想是日本民族的精神支柱，而集团主义则是他们那个世界的铁的法则和每个人都自觉奉行的行为规范，这些因素又与封闭的岛国自然环境、单一性的民族构成结合在一起，在日本人的心灵中营造起一道牢不可破的精神堡垒，产生了强烈的趋同性格与排外意识。在这样的文化土壤上，培育了尚武思想与军国主义。这种民族精神一旦被某种势力利用，被宣传错误地诱导，就会造成整个民族不分男女老幼的群体投入，使他们义无反顾地前行。

战时的日本，全民都已经深陷于军国主义意识形态的蛊惑之中。日本最终走上军国主义战争的不归路，这不仅仅是天皇、内阁和军部等少数人推动的结果，而是全体日本人在多种合力下相互作用的结果。正如加藤周一所言：“在15年的战争中，作为个体，日本没有一个战争责任者。即大家都有错。战争责任由全体日本国民承担，不是由领导人承担。所谓‘一亿人总忏悔’，就是说无论是香烟铺的老板娘还是东条首相，都有一

① 崔万秋：《新路》，四社出版部1933年版，第280页。

② ［美］鲁思·本尼迪克特：《菊与刀》，吕万和等译，商务印书馆1990年版，第173—174页。

③ 同上书，第24页。

亿分之一的责任。一亿分之一的责任，事实上几近等于零，即变得没有责任。大家都有责任，几乎等同于谁也没有责任。……在日本，无论失败还是胜利，不论做什么，责任都在集团全体，而不在个人。”① 这种文化上的特殊性，也正是导致战后日本右翼人士美化战争和否认侵略事实的深层根源。

说明：本文系国家社科基金项目“中国抗战文学中的日本形象研究”（编号：16BZW130）、重庆市抗战文史研究“两江学者”计划的阶段性成果。

作者单位：重庆师范大学重庆市抗战文史研究基地

① 加藤周一：《日本社会文化的基本特征》，《日本文化论》，光明日报出版社2000年版，第244页。

近代东北文化与伪满女子校园文学

王劲松

一　东北现代文学的历史文化基因

东北地处北纬寒温带，是东北亚的核心地带。由于气候寒冷，远离中原内地，自古以来经济文化较为落后。清朝1858年前，东北包括辽河、黑龙江、绥芬河、图们江等领域，远至库页岛，土地面积达百万余平方公里。地理多平原、高山、森林、湖泊，冬长夏短，气候严寒。古时有100多个民族在白山黑水间繁衍生息。土著民族的生产和生活方式与中原从事农耕的汉民族有很大的不同，他们以渔猎、狩猎为主要生产方式。原始的生产方式完全依赖于自然。当一个地方的自然资源被消耗殆尽，种族部落就必须迁徙。随着种族人口的增长，种族之间为争夺自然资源连年发生战争。

严酷的气候逼迫着土著民族必须有强健的体魄才能生存下去，而过于依赖自然的原始生产方式又使各民族不得不崇尚武力。因此，“勇武雄强成为东北各民族普遍而持久崇尚的文化价值精神，成为东北以渔猎为本的物质文化基础上产生并迭代相传的最重要最有地域特征的精神文化现象”。[①] 此外，东北严寒的气候，原始的渔猎生活方式决定了人们必须依靠集体性协作才能生存下去，个体无法独立承担这样恶劣的生存条件，因此就必须养成团结一致的集体主义精神。

地处严寒地带的古东北先民在漫长的民族生存史中，逐渐养成了崇尚能够带来光明与温暖的太阳的民族心理。为了生存，一些民族追逐太阳而南下，与之相应的是内地汉民族的官吏、商贾出于各种原因迁徙北上，一

① 逄增玉：《黑土地文化与东北作家群》，湖南教育出版社1995年版，第19页。

些流人也因罪发往东北。汉民族带来了中原文明，与土著民族呈现出相互交融的文化趋势。因此，本土性和移植性构成了东北文化的主体特征。在东北现代文学作品中，很难找到江南小桥流水人家的静谧和祥和的氛围，而更多的是豪爽热烈的气氛。不仅作品如此，作家主体人格也倾向于主动追求、积极参与的人生态度和价值取向。作品及作家人格的热烈直率的外倾性是受东北自然环境与生产方式形成的地域文化精神的影响。如“满洲”女作家杨絮的散文集《我的日记》《我的罪状》极其坦诚地陈述自己的婚恋心理，成为当时伪“满洲”国轰动一时的新闻。再有，东北流亡女作家萧红的作品也以外倾式的张扬为特色。萧红一生的坎坷经历与其性格也有很大关联。萧红的流芳之作《生死场》以慷慨激昂的情绪状态，及时地满足了抗战初期国人反抗外族侵略的精神需要。同为沦陷区，“满洲”女作家激动亢奋的创作心理，与北京女作家张秀亚的禅学作品、雷妍乡村翁媪的田园牧歌形成了鲜明的对比，“满洲”女性文学的雄强之气呈现出鲜明的地域文化个性。

东北作家的外倾性艺术追求在虎狼入侵的历史时刻，一些优秀的作品的确起到了鼓动抗争的民族情绪，这在日据初期东北流亡作家群中尤为显著。东北流亡作家群中两位女作家萧红、白朗也以极其鲜明的抗日题材作品饮誉文坛。由国仇家恨的生存危机体验到的切肤感受，以一种雄浑强悍的气势消解了女性细腻柔婉的特征，呈现出一种原始的抗争力量。

任何一种文化都有其正面价值和否定性价值。外倾式的文化表征毕竟缺乏厚重的文化沉淀。在长达 14 年的伪满洲国统治时期，殖民者残酷的法西斯统治和殖民奴化思想的长期灌输，面对生存危机，这种缺少“内敛”的外倾式文化状态极易被误导而发生转化和扭曲。伪满女作家的精神向度与外倾式的创作状态和人格特征，都可透视出地域文化的负面价值。

“逐山林水草而居”的渔猎生涯带来的必然是漂泊迁移的不安定的生活状态。与中原儒家守土安邦的传统思想相异的是，东北人的守土观念相当淡泊。这同样也来源于自然生存状况。土著民族渔猎生存方式中，民族迁徙形成的漂泊自由精神以及闯关东的移民开拓冒险精神，都是自然历史环境中形成的地域文化基因。地域文化基因无时无刻不与人类生存相关。生存的需要使得东北人形成了迥异于其他地域的独特的人文景观。千百年来，逐渐渗透在种族不断繁衍生息的生存方式和精神氛围中，成为一种群体性的集体无意识和文化无意识。

二　“九一八”事变前的东北校园文化

1919 年五四新文化运动到 1931 年“九一八”事变的这段时期，是东北现代文学的拓荒期。五四新文化运动后，一批先进的知识分子相继从关内来到了东北。他们当中有李光汉、穆木天、徐玉诺、恽代贤（恽代英之弟）、葛季英（恽代贤之妻）等人。他们把《新青年》《新潮》《创造》等杂志和李大钊、鲁迅等人的著作以及其他进步刊物从关内传入了东北。在吉林毓文、一中、女师等校的许多师生中都传阅着这些书籍，启迪和开阔了青年学生的思想和视野。在这些进步书籍的引导下，毓文、女师、一中、一师等吉林学校相继创办了《春鸟秋虫》《毓文周刊》等校刊，刊载白话诗文，揭露旧礼教，宣传新文化，提倡新道德。

新文化的传入，使新文学创作首先在校园中出现。“九一八”事变前的东北，校园活动相当活跃。校园文艺刊物与新式教育的关系非常密切，成为新文化接受者们从事新文学创作的实践基地。1928 年，东北大学学生发行了《怒潮》《夜航》刊物。同年，吉林省立第六中学学生高鸣千、张逢汉、张峻峰、张德济、李德沂、王岫石，长春第二师范学校学生郑健等人，在语文教师楚图南①和程沐寒的指导下，成立了新文学社团“灿星

① 楚图南（1899—1994）：原名楚方鹏，曾用名楚介青、楚贞、楚曾，字高寒。著名外交家、教育家、革命家、翻译家、文学家、书法家。1899 年 8 月出生于云南省文山县。曾任中国人民对外文化协会会长、第六届全国人大常委会副委员长、民盟中央主席、民盟中央名誉主席、第二至第五届全国政协常委等职。中国书法家协会第一届、第二届名誉理事。1919 年昆明联合中学毕业后，考入北京高等师范学校（北京师范大学前身）史地系。其间结识中国革命先驱李大钊，参加组织劳动文化社。1922 年加入社会主义青年团，成为中国早期接受和宣传马克思主义的青年知识分子之一。1926 年加入中国共产党，同年被中共北方区委派到哈尔滨从事革命活动。先后在哈尔滨三中、六中、省立女中、吉林六中等中学及长春二师等校任教。1928 年在吉林省立第六中学创立“灿星文艺社”，出版《灿星》进步文艺周刊，1930 年，楚图南因为震惊东北的“吉林五中共产党案”被当局逮捕入狱，《灿星》周刊被查禁。1934 年 6 月，伪满溥仪“执政”大赦，楚图南提前出狱。出狱后去上海、昆明等地继续从事革命活动。历任暨南大学、上海大学、云南大学、上海法学院教授。1943 年春，楚图南加入中国民主政团同盟，1945 年当选为民盟中央执行委员。代表作有散文集《刁斗集》《荷戈集》，译著有［美］惠特曼诗集《草叶集选》、［德］威尔布《希腊的神话和传说》、［俄］涅克拉索夫长诗《在俄罗斯谁能快乐而自由》《枫叶集》等。

社”，创办文学刊物《灿星》，深受师生欢迎。因经费问题只出了一期，后改在哈尔滨《国际协报》副刊附页上出《灿星》周刊，高鸣千为编辑。《灿星》周刊至1930年4月26日第2卷第30号终刊。同年，长春第二师范学校的教师楚图南与宋铁岩又创办了校刊《秋声》，该刊经常发表进步思想的诗词和论文。1929年，东北大学学生马加[①]、叶幼泉、李英时等人创办了《北国》[②] 杂志。马加曾发表《文学与阶级》《文学与时代》等文章，在东北第一次提出文学的阶级性，提倡无产阶级文学。1929年，东北大学附中学生郭维城、李政文、赵殿礼、范修德、王德印、朱家语等人，在奉天组织了以批判旧文化、倡导新文学为目的的冰花社，并集资创办了文学刊物《冰花》[③]。《冰花》中的作品多受后期创造社的影响，每期都详细介绍了新兴进步的文艺理论，歌颂俄罗斯烽火，译载日本左翼作家的短篇小说，如小林多喜二的作品。《冰花》杂志在创办过程中一直受到中共“满洲”省委的帮助，当时的中共“满洲”省委书记刘少奇曾派杨一辰[④]与该刊编辑部郭维城等人联系，给予具体的指导。日系翻译家、评论家大内隆雄[⑤]曾评价《冰花》：“关于新兴文艺的理论，每期都有详细介绍，取得了不少成绩。在创作技巧上虽然还幼稚，但其创作意识则逐渐

① 马加（1910—2004）：原名白永丰，笔名白晓光、马加等。辽宁省辽河人。1928年考入东北大学，开始文学创作，曾与人创办《文风》《黎明》《文学导报》等进步刊物。1935年加入北平“左联”。1938年5月投奔延安。1941年10月加入中国共产党。伪满时期作家、诗人。代表作品有小说《寒夜火种》《北国风云录》等。

② 《北国》：东北大学学生马加、叶幼泉、李英时、林霁融、张露薇、申昌言等六人创办的校园刊物。

③ 《冰花》：1929年创刊，先为周刊，出版约20期后，改为月刊，续出5—6期。1930年，《冰花》遭当局查封。冰花社随即停止活动，其主要成员先后入关，继续从事革命活动。

④ 杨一辰（1905—1980）：原名杨翼宸，字德如，又名台三。山东金乡人。1930年4月起任中共抚顺特支书记、“满洲”临时省委组织部长、沈阳市委书记、哈尔滨市委书记、奉天特委书记等职。

⑤ 大内隆雄（1907—1980）：原名山口慎一，笔名徐晃阳、T. O、矢间恒耀、大内隆雄等。日本福冈县人，日本著名翻译家、作家。曾加入日本共产党，后变节转向。大正年代使用笔名“大内隆雄”。1921年到中国东北，在长春商业学校读书。1929年上海东亚同文书院卒业。先后任职于“满铁”本社（情报课、经济调查会）、新京日日新闻社，曾任“满洲”映画协会娱民映画部文艺课长、“满洲”杂志社编辑长、《“满洲”评论》编辑、“‘满洲’国编译馆”责任者等职。“‘满洲’文话会”总会常务委员，“‘满洲’文艺家协会”日系委员。1944年为“‘满洲’艺文联盟”日系委员。侵华时期著有《支那研究論稿》《支那革命論文集》《滿洲文學二十年》，小说《或る時代》，評論集《東亞新文化の構想》，译著《原野》《蒲公英》《平沙》《沃土》《綠たす穀》《黃金の窄き門》《歐陽家の人ヶ》等。

确立，把握着文艺的现实性。”[①]《冰花》杂志是1929年“继续着普罗文学的元进”[②]的诸种期刊中最为有力的一份。1929年5月，在长春，吉林大学学生出版了《吉林大学学生月刊》和《吉大月刊》。吉林大学文法学院文学社“凭栏社”的学生还创办了《春蕾》月刊。同年冬天，在哈尔滨，东特一中学生会创办了《曦光》月刊。1930年至1931年，奉天兴权中学由姜灵非[③]组织爱好文艺的学生，成立南郊社，创办《南郊》[④]不定期刊。“九一八”事变前，平旦中学还创办了《长白山》杂志，这是中国共产党领导的进步刊物。

“九一八”事变后的校园文艺刊物，大多产生于中等学校，主要是本校发行或用于学校间的交换。多是开本小的薄本小册子，大都为不定期刊或油印刊物。1931年10月，南满营口商中王痕青创办并主编了文艺性校刊《余霞》杂志。1934年7月，南满盖县熊岳三区区立归州两级小学教师田贲[⑤]，在校任教期间创办校刊《春风》《秋潮》《飞浪》。1934年年末，北满齐齐哈尔的黑龙江省立第一师范学校的刘真、关钟奇、杨洁华等十几名学生成立了课外文学研究小组——“漪澜读书会”。他们相互传阅鲁迅、巴金、冰心、郭沫若、茅盾等著名作家作品。“漪澜读书会”得到黑龙江民报社副刊编辑共产党人金剑啸[⑥]的指导和支持。在金剑啸的帮助

① 转引自张毓茂主编《东北现代文学大系·资料索引卷》，沈阳出版社1996年版，第32页。

② 同上。

③ 姜灵非（1913—1943）：原名姜琛，笔名灵非、未名、未明、倦鸿等。沈阳人。“‘满洲’文艺家协会”会员。1929年创办校园文艺刊物《南郊》。“九一八”事变后组织冷雾社，在奉天《民报》创办《冷雾》周刊。历任奉天《新青年》、新京《兴满文化月报》编辑。伪满时期作家，擅长短篇小说、童话创作。

④ 《南郊》：1929—1931年，奉天兴权中学的姜灵非、成弦、金音等人组成南郊社，创办校园文学刊物《南郊》。《南郊》仅出三期即停刊。该刊以刊登短诗和散文为主，没有任何主张，只是为文艺而文艺。

⑤ 田贲（1912—1946）：原名花喜禄，曾用名花喜露，字灵莎，笔名田贲、花蒂儿、山川草草、哭夜郎、黑田贲夫等，辽宁盖平人，满族。1936年在盖平组织“LS文学研究社”，创办《行行》《星火》等小型文艺刊物，1940年创办《营口新报》副刊《星火》。1944年4月加入中国共产党。伪“满洲”国时期左翼作家、诗人、小说家。后被捕入狱，饱受摧残，1946年出狱后病逝。

⑥ 金剑啸（1910—1936）：辽宁沈阳人。原名金承栽，号培之，笔名巴来、剑啸。1931年加入中国共产党。日据时期东北左翼文学的开创者、诗人、画家。1936年8月，在齐齐哈尔被日本宪兵队杀害。代表作：《兴安岭的风雪》。

下，于1935年出版了油印文艺刊物《漪澜》月刊，刊登会员的诗歌、小说等作品。创刊号出版时，金剑啸用“金健硕”的名字给他们题词，并在《黑龙江民报》副刊上为读书会开辟了《漪澜旬刊》，专载读书会会员的稿件。“漪澜读书会”将文学创作与政治形势结合起来，因而他们的左翼文学活动受到敌伪当局的注意：“在该师范学校内学生组织了一个自称为漪澜读书会的研究会，它目前表面上研究时事的名义而实际是从事于共产主义的研究宣传并获得党员运动的一个中共党系的外廓机关，最近则埋头于左翼方面的研究。在该校毕业学生中间尚有国民党系师友会的组织而且在活动。从目前的情况看，与其说是国民党倒不如是有共产党领导下从事共产主义的研究宣传的活动。”[①] 同年，抚顺的詹艺婴组织“彗星社”，依托《抚顺民报》创刊《彗星》杂志，出刊30余期，该社成员多为中小学学生，其作品内容浮浅，未引起文艺界重视。1936年9月，北满三江省桦川县佳木斯中学的学生创办了文艺不定期刊《桦光》杂志。同年12月，南满安东省立两级中学创办了不定期文艺刊物《雄风》杂志。此外，还有安东商科高级中学创办的校刊《商中月刊》，内容多以科技为主，兼有文艺内容。

在众多的校园文艺刊物中，有两个女子中学的校园刊物引人注目，即1932年创刊的新京萃文女子国民高等学校的校刊《萃文季刊》和1934年奉天省立女子师范学校校友创办的《兴仁季刊》。伪满时期，曾经在吉林毓文中学任教的何霭人[②]编辑了女学生文艺作品集《窗前草》[③]。1941年，曹连毅编辑的《学生国文文库》，曾由奉天盛京书店连续出版。此外，还有宋毅编辑的《“满洲”帝国全国中学文库》，由新京益智书店出版。[④]“九一八”事变后校园文艺刊物的大量出现，反映了不甘寂寞的文学青年力图打破文学沉寂和滞后局面的努力。从这些校园文艺刊物上刊发的稚嫩的文学创作中，不难窥见东北新文学创作初期的校园风貌。

---

① 齐齐哈尔档案馆2号全宗，126号卷，敌伪档案。

② 何霭人：生卒年待考。曾任吉林毓文中学语文教师，伪满教育部官员。曾编《“满洲”学童》杂志，吉林女子中学作品选《窗前草》。伪“满洲”国童话作家。1949年后定为“汉奸文人”，曾在东北师范大学任职，“文化大革命”期间投河自尽。

③ 《窗前草》：伪“满洲”国校园女子文学作品选，何霭人编，新京益智书店“康德”一年（1934）十月初版，“康德”四年（1937）二月再版，“康德”五年（1938）四月三版。

④ 《“满洲”帝国全国中学文库》，由新京益智书店出版，笔者所见未有出版年代。

伪满政府十分重视青少年的思想建设，官方媒体专门辟出学生专栏。从“康德”七年（1940）始，官方报纸《大同报》开辟了“学生园地”和“学生”专栏，大多刊发文艺作品。“‘满洲’图书株式会社”创办的官方杂志《新“满洲”》从“康德”八年（1941）始，开设了“学生俱乐部”栏目，专门刊发国民高等学校及大学生文学作品，设“短篇创作特辑”“散文特辑”“大学生书简特辑”“大学生作品特辑”“特辑中学生征文”以及多种形式的征文佳作和全满大中学生征文等活动，历时四年多，直到1945年日本战败停刊。《新“满洲”》[①]杂志是伪“满洲”国时期寿命最长的大型综合性文化期刊，由于是官办杂志，时政性较强，但文学作品占1/2强。《新“满洲”》杂志生长的学生创作，使发展中的校园新文学进入了较为开阔的视野。从官方媒体中成长起来的女学生作者乙卡、郁莹、叶子等人由此而走出了校园刊物的狭窄境地，成为日后“满洲”新进女作家中的主要成员，同时也将新文学创作的一角——校园题材带入了公共媒体的空间。

三　从校园刊物到官方杂志学生栏目

从整体意义上讲，东北现代女性文学的发生，不仅依赖于现代大众传媒的普及，也与现代教育的兴起，特别是新式女学密切相关。20世纪30年代的东北女子教育不仅以其迥异于传统闺阁教育的价值理念，为具有主体意识的“新女性”的产生准备了必要条件，同时，也以独特的校园文化环境为“新女性”与“新文学”的结合提供了必然的历史契机。绝大多数东北现代女作家的思想观念、文化心态以及女性意识的现代性变迁都是在20年代甚至“九一八”事变后的伪“满洲”国中等教育的文化语境中完成的。女性新文学是从校园文化氛围中逐渐确立的。

30年代东北女子中学较为出名的有吉林女子中学、新京萃文女子国民高等学校等。新京萃文女子国民高等学校的校园刊物《萃文季刊》是当时专门刊发女学生文学作品的园地。《萃文季刊》1932年创刊，每年两

① 《新“满洲”》：1939年1月在新京创刊，1945年4月终刊，历时7年，共出刊74期。编辑人：王光烈、季守仁；发行人：驹越五贞，“满洲”图书株式会社发行。伪“满洲”国官方杂志，月刊，是伪“满洲”国时期存在时间最长的综合性期刊。

期，春学期和秋学期各一期，1939年终刊，历时七年，设“小说类”“文艺类”“论说类”“新剧”“我们底诗”“儿童园地”“小学园地”等栏目。由于激烈动荡的社会局势等原因，大多数校园刊物都处在一种极不稳定的状态中，《萃文季刊》是寿命最长的。《萃文季刊》的女学生新文学作品，从题材类型到创作技巧，都显示出日据时期的“满洲”女学生对新文艺思想接受的主观能动性和对新文艺技巧驾驭的稚嫩、生硬。《萃文季刊》颇能代表发生期的东北校园文学和作为殖民地的“‘满洲’国”历史转型时期文学发生的变化。

从前期的《萃文季刊》可以看出，女学生所关注的表现封建婚姻对青年女性的摧残、渴望教育改变女性命运等新文化倍受张扬的话题，都是女性自身性别存在的现实问题。尽管创作技法还比较拙稚，有可能是教师课堂命题作文，但已表现出在殖民地文化较发达地区，女子新学对新文化思想的接受和实践。新文学实践便以这种形式，成为校园文化和新式教育的一部分。

自“康德”二年（1935）始，《萃文季刊》后期作品与前期内容出现断裂的痕迹。《萃文季刊》第七期春季号刊发了数篇同题《现代女青年应有的责任》的文章。中五级杨奉先在该文中说：“我国历代受传统思想的束缚，‘男外女内’的生活，已成为铁律”①，作者呼吁女青年应“尽作人的责任，方不负‘青年’两字”②。作者进一步提出：“（一）提倡女子教育；（二）孝养父母；（三）扶植国家之衰弱；（四）扫除社会黑暗。盖天下事，凡男子能干的，女子也皆能做到，若能负起人类尽有的责任，何患男女不能平等呢!?”③ 中五级费安璞论述道：“从前的女子只能在家庭里料理家事，而对于国家毫无关系，因他们认为国家与她们并没有干涉，渐渐放弃了责任。”“试看欧美各国的女子也能帮忙于社会，服务于国家。当男子出外战争，国内女人也能和男子一样的尽职。”④

从倡导女子教育，女子经济独立，进而追求婚姻自主，这些都表明了

① 杨奉先：《现代女青年应有的责任》，《萃文季刊》第7期（春季号），1935年，第37页。

② 同上。

③ 同上。

④ 费安璞：《现代女青年应有的责任》，《萃文季刊》第7期（春季号），1935年，第39页。

30年代的东北文化氛围对女性新文学的影响。女性新文学的存在语境也是随着校园文化氛围不断地变迁。如果说日据初期，校园文化对女性新文学创作的影响还停留在五四时期关内的热门话题，日据中后期“女性的国家责任教育”则鲜明地体现出殖民地历史气候，显示出伪“满洲”国校园文化氛围的转变。

在校园文化的狭小范围内，“满洲”女性文学还未形成一个高潮；那么，当文学逐渐从校园走向社会，校园文学与公共媒体特别是官方媒体结缘，年轻的新文学作者则突破狭小的校园环境，呈现出自己的创作特色和历史氛围。

如果说校园文艺刊物《萃文季刊》刊发的稚嫩的女学生习作，表明了特定的校园文化氛围中“新女性”价值理念，官方杂志《新“满洲”》“学生俱乐部”栏目的作品则更加趋于成熟。作为公开出版的官方杂志，自然有一套官方评审标准，而每一期“学生俱乐部”几乎都配有一套写作指导——“青少年指导讲座”，呈现出官方媒体办刊方针的载“道”趋向。安东女子国民高等学校女学生启瑞的书信体散文《归来吧！纶姊》叙述了一个结婚前夕仓皇逃婚的年轻女性，只身来到北国一个偏僻的小城任教。纶姊逃婚的真正原因是对未婚夫“订婚前未有过充分的熟悉”①，这反映现代女性社会主体意识萌发后对女性生命价值的认识和尊重。然而作者对“反抗没有爱情的婚姻”持否定态度，大段的说教彰显了伪“满洲”国历史语境中女性意识形态的特质：

> 纶姊，你到社会目的是报效国家，以学而不仕即步入家庭为可耻，主张解放，要和男人一样到社会上去服务，不愿服从男人，但你却忘记了在你今日的立场，国家向你所要求的却是比你服务社会还要重大的——建筑你健全的家庭——。
>
> 因为家庭是国家组成的基本细胞，细胞如果能充满生命力而健全起来，那么那个集细胞而成的国家才会发展起来，我们的一切活动最终目的不是要我们的国家发展起来，使我们的子孙永远继续着健康的呼吸吗？那么我们何不走这条简而捷，益而速的路呢？且女人的天赋生理性格各方面都是适于家庭经营方面的，古人，有“男子主外，

① 启瑞：《归来吧！纶姊》，《新“满洲”》第5卷第4期，1943年4月1日，第77页。

女子主内”的训语，今人有“女子宜回到家庭里”的倡言，现在各先进国家都施行对适龄而不婚的男女征收独身税，这不也是证明国家社会在急切的要求健全家庭的大量产生吗？我们是社会人，社会的条件是我们必须尊守的，在社会要求女子回到家庭里的时候，我们确实有尊从的必要。①

长达14年的伪“满洲”国殖民地，由于日本统治时间较长，与其他地区相比，中国东北的殖民化程度更深。在各种政治势力彼此斗争、相互交织的复杂情况下，居留在“满洲”占总人口近半数的妇女成为各种政治势力争夺和关注的对象。伪满当局对妇女的控制和诱导，呈现出殖民地意识形态的独特之处。学校教育极力宣传和倡导“新女性”观，但殖民地“新女性”内涵已与五四新文化运动以来所寻求的“新女性”有了本质的区别。“新女性”意识形态是五四时期已经废除的伦理思想和殖民统治理论相结合的变异产物，目的在于束缚妇女的思想和行为，使她们成为殖民地的顺民，并且诱导她们发挥对战争的胁从作用，为殖民地的建设做出贡献。贤妻良母主义便是“新女性”意识形态的主要内涵之一。

随着日军占领时间的延长，左翼进步势力式微，殖民统治逐步走向系统化、体制化。日伪当局对殖民地人民的思想建设逐步明细化，对妇女的要求写进了伪“满洲”国基本国策大纲中的《民生纲要》：“活用国防妇人会、女子青年团等，而努力于妇道之涵养、品格之向上。尤对满系妇女子，图勤劳及卫生思想之普及。”② 对“妇德”的强调和对满系妇女的教化改造的具体体现便是“贤妻良母”主义的“王道政治”的灌输与执行。对妇女意识形态控制，不仅在传播领域扩张“妇德”的影响，还以一种教育制度的方式，确立了它的合法性。对于“女子国民高等学校，教育的重点放在培养贤妻良母的天性，改善家庭生活这一点上。因而，各科目致力于提高妇德，修养情操及实务训练。”③ 在女子国民高等学校校令的

① 启瑞：《归来吧！纶姊》，《新“满洲”》第5卷第4期，1943年4月1日，第78页。引文保持原样，笔者未作修改。

② 《“满洲”国基本国策大纲·民生纲要》，武强主编：《东北沦陷十四年教育史料》第一辑，吉林教育出版社1989年版，第31页。

③ ［日］“满洲”国史编纂刊行会编：《“满洲”国史·分论》（内部资料），东北沦陷十四年史吉林编写组译，1990年，第692页。

第一条中，首先明确了女学生品德教化的宗旨：

> 女子国民高等学校以涵养国民道德，特别注重妇德，修炼国民精神，锻炼身体，授与女子所必需之知识、技能，培养劳作习惯，养成堪为良妻贤母者为目的。[①]

在教学规则中又进一步明确了品德教育的基本内涵：

> 应阐明建国之由来及建国精神，并使知访日宣诏之缘由，借使深刻体会日满一心一德不可分之关系，培养忠君、爱国、孝悌、仁爱之至情及民族协和之美风，而努力涵养妇德，以期自觉为女子之本分。[②]

作为殖民地的“满洲”教育体制自然源于殖民宗主国日本的教育移植和渗透。近代日本的女子教育，从 1881 年 5 月制定的《小学教则纲要》，把“修身课”提高到第一位，1882 年的《幼学纲要》，强调“孝行”“忠君”和“妇德”。1883 年文部省再次修改了《小学修身教科书》，取消照搬欧美国家的伦理道德，全面采用儒家道德。到 1890 年，明治天皇发布了《教育敕语》，完全确立了军国主义教育体制和以儒学为核心的女子教育方针。30 年代后半期至太平洋战争爆发之前，日本加快了法西斯军国主义的步伐，为了适应战时体制，实施战时军国主义教育，教育扩展到学校以外的社会生活。1937 年 12 月，日本设置了教育审议会，修改了高等女学校的课程，强调修身、公民科、国语等课程。殖民地“满洲”在“日满两国一德一心”意义上，明确强调日满两国不可分的关系。“满洲”的女子教育从教育理念到课程标准，甚至教科书等都是从日本移植过来，教育体制与近代日本的贤妻良母主义教育、国家主义教育、战时体制下军国主义教育，一脉相承。

伪“满洲”国时期是现代性和殖民文化相互交融的时代。五四新文

① 《女子国民高等学校令》，武强主编：《东北沦陷十四年教育史料》第一辑，吉林教育出版社 1989 年版，第 531 页。

② 同上书，第 534—535 页。

化之后，东北本土文化对现代性的接受呈现了不可抗拒的时代趋势。尽管东北地处边疆，文化较内地发达地区滞后，伪满当局又对文化实施严酷统治，然而，各势力集团——无论是官方媒体还是民间同人社团，对新文学的接受都显示了不可抗拒的时代潮流。依托校园文化背景成长起来的女作者，成为1940年后“满洲”文坛受人注目的文学新人。官方媒体在对新文学传播过程中，更注重新文学“道”的功能。文学的“载道”功能在殖民地青年一代得以发扬，这既顺应了现代性的趋势，也遵循了殖民当局的意识形态。

从《萃文季刊》前后期的学生作品到官方杂志《新“满洲”》“学生俱乐部栏目”，稚嫩的女子校园文学通过新文学实践而走向社会，在其踽踽起步的成长过程中，新女性的价值理念始终随着殖民地文化语境而变迁。

说明：本文系国家社会科学基金“伪满文艺体制研究”（编号：15XZW031）、重庆市抗战文史研究“两江学者”计划及重庆师范大学博士启动基金“伪满文艺体制与日本殖民关系”（编号：10XWB026）的阶段性成果。

作者单位：重庆师范大学重庆市抗战文史研究基地

巴渝文化与重庆作家

主持人：张育仁

主持人语：

我们注意到，在20世纪重庆文学的发展历程中，那些具有独特艺术魅力和精神气质的文学作品都与它们所赖以生长的巴渝文化历史有着极为重要的血亲联系；同时巴渝文化也正是通过重庆作家的创作而凸显出其特异的气质禀赋，以及个性特征和言说方式等。在这个意义上，重庆文学的地域文化特性和审美特性在当代中国文学谱系当中应该有它自己的一席之地。

近一个世纪以前，较刘师培更为精到的是，梁启超在《中国地理大势论》中深刻揭示了文学的生成和发展与特殊地域环境及历史文化的逻辑关系，特别是就南北“气概”和“情怀”之殊异对作家精神气象以及作品风格韵致的影响作了相当重要的提示。因此，重视重庆地域文化与重庆作家、重庆文学之间的复杂关系的研究，必然关系到重庆文化与文学空间的进一步拓展，也关系到我们如何对重庆文学的地域文化面貌进行重新认识等问题。

重庆直辖以后，巴渝文化从过去被

蜀文化涵盖或遮蔽的状态之下唤醒并独立了出来，于是巴渝文化与重庆文学的地域文化属性得到了特别的提示和重视。但有一种值得警惕的倾向，那就是重庆民间普遍存在的“去四川化”的狭隘地域观念给学术研究带来的冲击。从地域文化以及历史渊源上讲，巴渝文化试图完全彻底与蜀文化割裂，不仅是肤浅可笑的，而且也是徒劳的、荒谬的。尽管巴渝文化与蜀文化之间的确有一些微妙的差异，然而，两地文化之间的交融性，甚至某种程度上的“同质性”却是有目共睹的。如果我们在研究中急于与四川、四川人乃至四川的历史文化划清界限。这样的研究不仅显得可疑，而且显得十分小气。本辑“巴渝文化与重庆作家”栏目编选了三篇文章，分别从文学和文化的视角，从具体作家和区县的地域历史特性，对这种具有“重庆叙事”特色的研究做了有益的尝试和探询。希望能够吸引更多的研究者加入到这个研究队伍中来。

论“莫怀戚现象”与重庆地域文化性格特征

张育仁

一　重庆地域文化的乡土情韵和江湖气息

在莫怀戚的文学世界中，特别是小说营构中，重庆是一个非常神异的“场域”。事实上，作家正是凭借这样一个十分特殊的“场域”，并且将其作为重庆人、重庆文化，乃至重庆精神赖以产生和生长的“根据地”——有声有色地描述和托举了起来。莫怀戚是一个讲故事的高手。他的语言天赋，他的叙述才能，他的营造动人情节和洞悉社会人性和人心的本领，等等，确是他能始终抓住读者并深深打动他们内心的长项。但是，假如我们将他所具有的这些本领统统抽离重庆这样一个特殊的地域文化“场域”，显然莫怀戚和他的小说就成为无源之水、无本之木！当然，莫怀戚并不仅仅满足于此。因为地域文化“场域”并不等同于文学“场域”，小说家必须经由地域文化“场域”而将其创造为文学“场域”。所以，在小说写作中，他更醉心于揭开重庆地域文化“场域”的物质层面，进而向重庆文学气质这一精神层面逼近。他很早就认识到，简单、浮浅地描摹和图解重庆生活或重庆文化并不难办，难的是能真正突破重庆生活或重庆文化的物质层面而真正抵达其精神内核。归根到底，对莫怀戚小说叙事而言，“重庆”是作为一个文化空间，一个文学场域，一种美学风范，以及一种艺术风尚和艺术格调——这样繁富而深厚的精神意涵凸显的。莫怀戚在《经典关系》中是这样概括重庆的文化品格和艺术气质的：

> 重庆是长江流域最具有艺术气质的地方。她的舞蹈和雕塑全国一流。别指望重庆能出什么大学者或者大思想家，这里的人不习惯那种状态，更没有那种欲望，而且耐性也成问题。但这里出艺术家；如果

说，雕塑是来自山，那么，舞蹈则来自水……

就重庆这个特殊的“地理空间”而言，其最显著的地域文化特点无疑是它的乡土气质和乡土情韵。社会学家费孝通过去有个说法：传统的中国社会实质上就是一个超大型的乡土社会。有一次，在沙坪坝陈家湾的一个小饭馆里，莫怀戚和我聊到这个话题。他说：“这个费孝通估计没来过重庆，其实重庆才是一个充满乡土气息和乡土乐趣的大都市!”他还特别解释说：“现在有人说，重庆不过就是一个农村直辖市罢了。有的人听了不舒服，认为是在挖苦贬低重庆，我的看法恰恰相反。我认为这是在高度地赞美重庆。乡土或者村社的重庆难道不是更精彩吗？我只要一看到棒棒军三三两两、成群结队在解放碑、在沙坪坝、在观音桥……在重庆的大街小巷野性十足地走来走去，我就喜欢得不得了。”在中国的小说家当中，莫怀戚是一个异类。他住在城市的水泥房子里，但从本质意义上讲，他却是一个乡野之人。他具有浓厚的乡土习性、粗豪的乡土做派和浪漫的乡土气息。因此，说他在精神内质上是一个乡土作家，应该是实情。我觉得这不是对他的贬低，而是褒扬，是对他的准确定位。乡土，在莫怀戚那里一直是作为一个文学场域和一个精神文化空间——因为，唯有在这样的“场域”里面，他的叙事个性和美学风范才有可能得以凸显。

莫怀戚有一篇不足千字的短文名气很大，叫《写作让我愉快》。他在里面说：“我生长在重庆，半个世纪了；我很热爱这块粗糙的地方，也很熟悉她的一切。”然后他故意卖了一个关子说：“我不知道她有什么不同于京津沪的地方……重庆有自己的独特的历史，但她的现实独特性又在哪里?”其实，他十分明白：重庆的独特性就在于她那浓厚得化不开的乡土情韵和粗朴性格。当然必须承认，这种乡土文化的独特性是由重庆独特的历史气韵长久地滋养而成的。关于“现实的独特性”，这正是他要在他的小说叙事中苦苦寻找的尤物。

“粗糙”，是莫怀戚状写和品味乡土重庆时用得最频繁、最深情、最大气的一个语词。“粗糙”，主要是指重庆地域文化品格中的那种原始质朴，豪勇奔放，同时也蕴含着重庆人重感情而轻理性的个性特色。用“粗糙”来赞美乡土重庆，特别是重庆人的文化性格是莫怀戚最热衷的一件事。除了“粗糙”之外，莫怀戚描写和概括乡土重庆性格时还喜欢用“糊涂”这个语词。所谓“糊涂”就是说重庆人自来重感情而少理性。在

《山水回旋曲》中是这样概括的：

> 重庆就是这点不好，太阳很大，能见度却不高，看什么都像刷了一层米汤。让人无端想起“糊涂”这两个字；重庆人不以精明清醒见长，恐怕就是这个原因。

“粗糙”和“糊涂”的乡土化的重庆与南北许多城市还有一个最显著的不同点就是：它一直顽强地保留着浓厚的码头习性和江湖气息。本来，中国传统的“江湖”在几近一个世纪的革命和“现代化”的击打之下已迹近灭绝。但十分奇怪，在重庆，码头性格和江湖气息却十分顽强地延续下来。其实，重庆人的“粗糙”和“糊涂”还可以合并起来，叫做“撇脱”。在《重庆文友》中莫怀戚是这样解释的：“成都人爱说我们重庆人撇脱。撇脱就是洒脱。重庆人的洒脱，是全国共识。重庆文友的洒脱在于，不想刻意成为大作家。心不重，将写作视为一种生活，自己感觉良好就行……重庆人粗糙。但这种粗糙在有文化素养的人身上，刚好成就了文中的大气。男写手也罢，女写手也罢，文章天然阳刚，不故弄玄虚，有话就说有屁就放。这种大气的另一种表现就是：传统的文人相轻在我们这里根本不存在；要换一个字叫做文人相亲。全国主要大城市文人圈的情况我都了解，很少有我们重庆文人这样相亲相爱的。”具体到他本人：“我到成都去开笔会，我的重庆德性在那里吓死个人。我一说话，就有人踩我的脚背、打手势叫我别说这个别说那个。在重庆，我说什么，重庆文友都哈哈大笑，之后把我灌醉，缴了我的自行车，将我塞进的士送回家去。”①

我曾经和莫怀戚在重庆黄泥塝的一家小茶馆一本正经地讨论过这个问题。我们一致认为，移民城市、码头文化、游民习气和不死的侠义精神，既是重庆风土民情中的江湖气息绵延不绝的重要原因，同时也是重庆的叙事文学和抒情文学始终暗藏着独立意志的重要原因。说到码头文化，其实就是游民文化，是江湖文化的主流，其观念内核是绵延千年的侠义精神。因此自古以来，游民文化一般是作为与庙堂文化相对立的一种文化形态存在于底层社会，特别是像重庆这样地理险峻、气候恶劣、生存困难、普遍贫穷、移民成分复杂的地域之中。天高皇帝远，所以，这里的人们往往不

① 莫怀戚：《重庆文友》，《文学报》1997年2月28日第6版。

惧王法，性情古野刚猛而任侠。莫怀戚在《误伤的渡者》中，有一段简洁的文字写出了码头文化的任性好斗的气质特征：

> 在重庆这种码头气息很浓的地方，人们也有点唯恐天下不乱似的，总要暗中较劲、怂恿，两边挑拨的也大有人在。有人兴致勃勃的估计了一下，如果两边要斗，那么可能有一场百人甚至几百人规模的大战。

这就是莫怀戚赖以生长的文化乡土，一个在骨子里始终与庙堂文化、主流意志疏离乃至暗中对抗的地方。游民文化对国家管理和意志贯彻来说，不是一件好事。但是，对一个小说家而言却是妙不可言的一件大好事；可以说，正是由于莫怀戚身上一直流着游民文化的任性之血，才使他的小说始终充满生命的活力，而没有令人不安乃至厌恶的庙堂文化气息。

雷达先生颇有见地地指出："莫怀戚的创作，让人想到了'原乡意识'。古往今来许多好的作家都有自己的'原乡'。"为此，他列举了福克纳笔下那个"邮票大小的"写作天地；马尔克斯笔下的"马孔多"小镇；肖洛霍夫笔下的顿河流域；沈从文笔下的湘西；贾平凹笔下的商州和王安忆笔下的小鲍庄；等等。这些与莫怀戚的写作场域相映照，我们不难发现其中那些独特的东西。雷达先生还进一步指出：优秀的作家都有自己的精神原乡。因为，"离开了它，有人就不会写东西了，日渐下滑以致没落。我看莫怀戚，以重庆人自豪，对重庆情有独钟；他的笔触能节节深入到这座城市的肌体里。"① 那么，重庆"这座城市的肌体"到底是怎样的一种"肌体"呢？我认为，就是具有浓烈淳厚的那种乡土化的肌体。表面上看，重庆和中国许多的大城市一样洋溢着五光十色、灯红酒绿的"现代化"气息和商品化物欲气息，然而，这座城市在骨子里却积淀着浓厚的"前现代化"的底蕴，在其物质生活和世俗面目的背后保留着素朴的乡土文化的精魂。

莫怀戚之所以对重庆情有独钟，更多的是来自对这种乡土和江湖"场域"的情感依恋和感怀。他小说叙事中的许多细节，特别是他的基本

---

① 雷达：《重庆性格与风流蝴蝶梦——谈莫怀戚〈重庆性格之白沙码头〉》，《重庆师范大学学报》2008 年第 6 期。

的思想情感和人性立场的建构，都与这种乡土感知和依恋有着深刻的联系。因此，他在重庆的小说家当中是最具有乡土气息的一位；他的乡土习性和江湖做派不仅鲜明地体现在他的小说叙事中，而且他的游民秉性和码头气息还充分体现在他的日常生活，尤其是他的言行举止当中。由于重庆本质上是一个超大型的乡土社会，因此，重庆的城市“现代化”不管在表面上如何喧嚣，莫怀戚始终认为，重庆在其底蕴和精神底色方面终究还是乡土意味、江湖习性十足的。在他的小说中，那个曾经碎片化的江湖和底色黯淡的乡土，逐渐连缀得较为完整，逐渐清晰而明亮起来。他还认为，真正的民间社会应该是让万物自由生长的乡土社会，应该是能让英雄豪杰和布衣百姓自由行走的江湖。那里的行事风范和经验体系，那里的乡土伦理和江湖法则更加具有真实动人的人文内涵和审美力量。

在莫怀戚看来，“现代化”的城市再怎么热闹喧嚣，再怎么诱人，然而，它始终缺乏乡土社会和江湖人生具有的那种真实动人的人文内涵和审美力量。说实话，莫怀戚写了那么多发生在城市里的扑朔迷离、奇形怪状的故事，让他自己的身体和小说人物的身体一道，在城市这个“欲望的渊薮”中折腾来折腾去，但是，归根到底他的内心始终是落实在乡土这一乌托邦世界中的。《皈依》是莫怀戚后期小说叙事的重要篇章。在那里面他深情地剖白说：“我怀念那荒凉的异乡，是怀念自己留在那里的青春。”生活在那个乌托邦世界里面的“夏长江”，其实就是莫怀戚自己。这个与“宁静的乡间倒也相宜”的乌托邦人物，终日劳作在乡野中的他，像“中阮的声音浸润而温和”；终日行走在乡野中的他，“心脏像块点心，酸酸的，甜甜的”，令人生出无限的遐思，无限的眷恋。

他的长篇小说《白沙码头》同样具有明显的乌托邦色彩，但是，正是这种乡土伦理和江湖法则才强有力地支撑着他的小说叙事伦理的建构。在这块游民生息出入的“神奇诡异的土地上”，其原始野性和乡土人伦也因此显得格外的不同——“这里的人认为，偷窃并不坏，抢劫也不坏，杀人放火都不一定坏，但是说话不认账，坏；出卖，坏；和朋友的老婆勾搭上了，尤其坏。”不仅如此，在这个充满侠义精神的乌托邦世界中，人们对生死的理解也显得非常的特殊。他们认为，自己的命是“捡来的”，因而“不惜命”；“命运同钱一样，都是身外之物”。码头上游走的人把钱和命都看得轻了，就进入了自由放达、无拘无束的天地；就敢于拿自己的命来博取豪放任性的人生。“一个人只要不敢随意地放弃生命，他就不可能有真正的自由”；“真正自由的人，他想活就活，想死就死”。在生命与自由的关系上他们看得相当的透彻，甚至相当的“极端”。自由远远高于生命。由此他们上升到哲学的高度、审美的高度来认识这个问题：“我们因为贪生，所以我们衰老、丑陋、狼狈”；这种关于生死与自由关系的哲学认知，内中蕴含着特异的文化理念和伦理意志：“有了毒药，人就可以放心地活了”；“有了毒药，人就自由了”。这样的侠义文化性格真是让人望而生畏，但又不得不心生敬意。尤其使人惊骇不已的是，小说中那条重庆乡野的土狗“杠炭”似乎也深谙这样的生死哲学理念。它为了追寻自己的所爱，竟然不顾生死，冒险狂奔而去，与它所倾心的另一条母狗缠绵，结果悲壮地殉情于狗主人的棍棒之下。这个“杠炭”其实是一个人物，一个富含着乡土侠义精神的狂狷人物。“爱得惊心动魄，活得荡气回肠，死得肆无忌惮”——可以说，这是对乡土重庆、码头男女的人生观、价值观和审美观的高度概括和生动写照。

《经典关系》中写茅草根潜意识里深藏着的那种人伦法则同样是乡土性的：“他想干不该干的事，但他不愿意因此害了别人。他有点野心，也有点良心”等，这样的人伦法则相当具有代表性。然而，莫怀戚还告诉我们：重庆人的文化性格与“现代化”城市文明秩序潜隐的最大冲突是“讲义气，轻原则”。他在小说中还特别跳出叙事格局评点说：“这些人可以轻而易举地违反游戏规则：交友易，共事难——一言不合即可拔刀相向，或者拂袖而去。说得好，衣服裤儿脱了给你穿，说得毛了，不惜和你娃同归于尽。现代社会，尤其是经济领域，讲究双赢。这种德性怎么可能?”但是话音未落，他又忙不迭地为重庆人的这种德性开脱并赞美道：“这是成都盆地文化缺少的一种东西，就是质朴。”《假手神明》写了一个与“然诺”有关的故事。其实他所揭示的就是这种“讲义气，轻原则”的江湖人伦的质朴和诡异。小说男一号华总有个特别重情义的“兄弟”，他为兑现一个“承诺”竟然精心布下一个骗局。他通过这样一个履行承诺的故事，颂扬了重承诺者，同时让那个食言者瞎了眼睛。由此可见，作者在经验逻辑和审美理念方面受这种江湖文化浸润之深。

通观莫怀戚的大多数叙事文本，这些小说的生命情状注定与这种乡土社会的人生、人性情状，特别是与人的精神世界的种种情状纠缠不清。因此，他小说中的乡土和江湖的千姿百态、活色生香，也注定是在这种特异的乡土伦理和江湖法则的基调之上绽放开来的。这样我们就完全明白了：

莫怀戚小说世界中的那种生活和生命的质感来自哪里？其实，说到底就是来自重庆这样一个特殊的乡土文化“场域”。也就是说，莫怀戚所创造的这个特殊的文学“场域”与这个特殊的地域文化“场域”之间存在着一种紧密的逻辑关系。

二 “莫怀戚现象”与重庆地域文化性格

2000年6月，在第一次“莫怀戚作品学术研讨会”上，与会专家学者高度评价了他在中短篇小说创作上所取得的成就，充分肯定了他在小说题材、结构、语言和叙述手法上所进行的积极有益的探索；值得注意的是，他们在对“莫怀戚现象”进行正面的评估的同时，一致认为，莫怀戚小说创作的成功，与这个小说家自始至终立足于、植根于重庆这样一个特殊的地域文化“场域”，并将其创造成为特殊的文学叙事“场域”有极大的关系。

他们指出：莫怀戚的个性风格具有非常鲜明的重庆乡土文化韵味，其创作的“渝味小说”，不仅有非常深厚的巴渝传统文化底蕴，而且还具有非常精彩的现代重庆人文特征。他的小说里含纳着丰富的巴渝乡土文化智慧，既有古代巴人质朴耿介的感人情怀，又有现代重庆人的生龙活虎的行事风范。尤其是在幽默风趣、豪爽嚣张方面非常突出，因此，他的小说叙事中辐射出那种特别能感染人打动人的审美光芒和智慧力量。

正是扑朔迷离于重庆这样一个特殊的地域文化“场域”和文学叙事“场域”，他小说故事才讲述得如此的精彩和神异。评论家白烨在评价莫怀戚的《经典关系》时深有感慨地说：“这是一部集大成之作，是重庆地域文化与莫怀戚创作风格精彩融合的一部感人至深、发人深省的力作。该作品将民俗风情、地域文化、现代精神、历史思考和文学追求有机地融为一体。”[①] 应该说，这是非常有眼力，而且非常精准，同时也是非常符合实际的一个评价。其实，何止《经典关系》，莫怀戚相当多的小说佳作，可以说几乎都具有这样的地域文化品格和艺术审美特性。

2008年9月，莫怀戚的长篇小说《白沙码头》学术研讨会在重庆召开。来自首都文学界和重庆文学界的数十名评论家和作家对《白沙码头》

① 《莫怀戚长篇小说〈经典关系〉学术研讨会综述》，《当代文学研究》2002年第4期。

及莫怀戚的创作个性又一次给予了高度评价。他们一致认为，《白沙码头》不仅是一部充分体现重庆地域文化性格和作家文化精神品格的扛鼎之作，而且更集中显示了莫怀戚深厚的创作实力和重庆作家咄咄逼人的崛起势头；这部小说还充分展示了重庆性格撼人心魄的狂放和精彩。与会专家学者一致评价道："《白沙码头》不是一般意义上的传奇小说，其内涵相当深厚，而且信息量极大。它所展示的民间生存智慧、作家的民间道义和审美立场同样相当鲜明而感人。特别是对我们反省现实、反省历史、反省我们自己具有不可替代的价值意义。这部小说不仅是莫怀戚创作生涯中的上乘之作，而且也堪称中国目前小说中的上乘之作。"①

显然，专家学者们所说的"莫怀戚现象"，不仅仅是指莫怀戚本人作为小说写作领域中突然奔跑而来的一匹"黑马"，让他们大吃一惊，更重要的是他们从莫怀戚的小说文本当中发现了"重庆性格撼人心魄的狂放和精彩"；另一个大吃一惊是指：这样一个在民间具有广泛阅读影响——特别是能够同时引起雅俗两界读者浓厚阅读兴趣——的小说家，竟然没有得到文学批评界足够的重视！当然，"莫怀戚现象"主要是指这个具有特异的精神品格和叙事风格的小说家，他之所以产生的根基和成长的路径；他之所以能够引起读者的喜爱和能够产生持久的社会影响的奥秘；等等。其实，要破解"莫怀戚现象"背后的奥秘并不复杂。只要我们把这个小说家和他的小说摆放到重庆特异的地域文化语境当中，就会找到答案。可以说，"莫怀戚现象"的答案都隐藏在他的每一部作品当中。

当我们打开莫怀戚的小说会发现，重庆的人文地理特征，尤其是它的山水形貌、乡土特性无不被他刻画得形神具备、生动精彩而又耐人寻味。比如关于重庆人文地理的特殊性，他是用一种具有鲜明的风土化语言来描述的。且看《白沙码头》里的一段描述——

> 地理，高考里面的地理——只是一道大菜中的辅料，川菜称之为"翘头"，比如回锅肉里的蒜苗——也可用青海椒、胡萝卜之类代替。但地理对重庆就不一样了。可以说没有地理就没有重庆。比如说蒋介

---

① 张育仁：《重庆性格和码头文化精神的扛鼎之作——莫怀戚长篇小说〈白沙码头〉研讨会综述》，《重庆师范大学学报》2008年第6期。

石当年选重庆来当陪都。他为什么不选成都呢？成都又肥沃又凉快！重庆虽然土地贫瘠，又热又潮湿，但它山高，又多雾，日本飞机不好炸。这不是地理又是什么？

真正立足于乡土经验和感受的小说，即使这种随兴所至的地理描写，朴实中也带有十足的风土意味和山川形胜的特殊品质，也自然而然地流泻出作家独异的个体经验、人文感受。《白沙码头》一开篇，莫怀戚是这样描绘的：“重庆是两江夹一个大山包。这两江还不是无名之辈，长江不说了吧，嘉陵江发源于终南山，出身已是高贵，而它的流域，正是号称天府之国的四川盆地的腹地，一切可想而知。”重庆的特殊性还不光在于此。莫怀戚指出，关键的是它是“不可仿制”的——“两江夹一城的，多去了。武汉、南京、上海，是大块头；两江夹一山的，就更数不清了；但两江夹一座大山，山是一座大城的，委实不多。从这点来说重庆是难以仿制的。”其实，这哪里仅仅是在说重庆山川形胜的特殊品质，他在含蓄地揭示重庆地域文化，尤其是民风民性的特殊人文品质。的确，重庆这个“现代大都市”与自然的和谐相生，与乡土的天然匹配不仅体现在战略意义上，更重要的是体现在它的乡土情韵和人文性格以及艺术气息诸方面。接下来继续说重庆山川形胜的“不可仿制性”：

重庆最多的就是石头。南京算什么石头城？世间的事就是如此有趣：只有寥寥几块石头的，居然就敢叫做石头城，整座城都建筑在石头上面的，反而不这么叫。由此可见什么叫文化的修饰。长江和嘉陵江呢，在重庆人看来，只不过是这块大石头上勒出来的两道巨大的槽痕。

重庆是“三根油条夹两块烧饼”。三根油条是三个山系，由东往西依次是铜锣山、中梁山和缙云山……两块烧饼，简单说吧，市中区算一块，沙坪坝算一块。重庆的两江：长江从市中区穿过，嘉陵江从沙坪坝穿过，在市中区，半岛的尽头，在一个叫做朝天门的地方汇合。

以上这两段关于地域形胜的描述，其语言的民俗色彩和乡土格调令人叫绝。再看莫怀戚对最有乡土特色的重庆码头的形象化描述：“重庆有很多码头，这有什么?”别的地方不也有好多码头吗？他斩钉截铁地回答说：“不一样!”重庆码头有何奥妙？他又回答道：“那些地方的码头同市区的联系极为畅通。假如码头是嘴巴，那么，那些中规中矩的公路就是食道，食物可以顺利抵达肠胃。”因此，“在嘴巴这一点上，重庆与别的地方并无两样。问题出在食道。重庆的码头，背后是山。是山坡还好一点，有的根本就是石壁。所以重庆的多数码头，不通公路，只有石梯坎。随便说两个地名，诸君也就明白了：石板坡、十八梯。怎么样？请注意，这两个地方都在市中区”——最让人产生荡气回肠之感的是民谣的描述：“好耍不过重庆城，山高路不平，口吃两江水，可怜多少下力人。就是不方便，但是现在已经方便了。”

的确是“不可仿制”——“因为重庆的码头大多规模很小。货物来了，肩挑背扛……因此，码头的分工分类也就很细了。木货街、棉花街、小米市、磁器口，甚至还有筷子街。怎么样?”更加不可仿制的是：“小码头可以处于人居之中，大码头则不行。”具体到小说中的白沙码头：“那就是一个胳肢窝，缩在长江的一个尖尖的急湾里，同时也在一个深深的山之皱褶里。屈原说‘若有人兮山之阿’，说的就是这种地方。不过可不是什么‘若有人’，那是真有人。”的确有些诡异莫测：这样的所在既像桃花源，又像神秘岛，是个出传奇故事的地方。

再看他怎样状写码头江边的礁石：“礁石有多大？可以踢足球。出了三峡，就看不到这么大的礁石了。礁石从江里一直逶迤到岸上。涨大水时，礁石被淹掉，退水时又露了出来。这就好，礁石上生出许多名堂来。有灌木、有花草，有毛毯一样的青苔，有大大小小的水塘。有些水塘里还有小鱼。孩子们年年春天到水塘捞蝌蚪。甚至，有一次，起个大早的二师兄还在一个像脚板印一样的石头窝里，看见了一只熟睡了的野兔。”可谓神奇素朴清爽得不可思议。

事实上，重庆地域文化性格真正的“不可仿制性”，不仅仅体现在山川形胜的异质品格上，更重要的是体现在民风和民性的异质趣味上。《经典关系》特别指点道：“这个水码头上的人们以血性自豪，而且以此作为与其他城市的区别。不过，文明是强大的，码头上的人们终于一代一代地文明下来，只是文明得还有些生涩。”此中所谓的“文明”，指的就是“城市化”或者“现代化”。这种“文明”在这块土地上搞了一百多年，但是，这里的人们还不太习惯，所以导致这里的“文明”始终显得比较生涩。虽是小说家言，但却是实情。写磁器口，写黄桷垭，写海棠溪，等等。“现代化”在这里遭到冷落和嘲笑：

> 麻石板铺着窄窄的老街，明清老式穿斗建筑比比皆是；从古井中汲水的大有人在。现代得有些腻味的人们开始复古，津津有味地品尝着从前；被时尚一度遗忘的角落如今成了人们竞相追逐的最新时尚。石级两侧是老式的吊脚楼。爬坡的人晒不住了，就躲到吊脚楼下面乘凉。因此，吊脚楼下最常见的东西是烟屁股。房主天天开门打扫，也少有怨言，这就是山民的厚道。
>
> 那是真正的典型的山垭口。风从北方来。一进去就换了季节。所以陪都时期各国的领事馆都争相建在这里，以躲避重庆的酷热。从黄桷垭往北，经明月镇、长生镇，这些都是川东的古镇，有石拱桥，有小河和古树，还有永远不会被时尚同化的民风民俗；一直朝前走，就走到那个著名的广阳坝。

《透支时代》里面有这样的描述：“我们这个城市高山大河，结构粗糙，气候恶劣，民风野蛮。然而盛产美女。以至于我们的男人每每去了外地都很不习惯，精神不能振作，意志慢慢消沉。”莫怀戚的意思似乎是：只有待在这样的地理环境和文化风习中，重庆男人们的精神才不会萎靡，意志才不会颓废。

传统小说叙事习惯运用“闲笔”来营造舒缓优雅的故事气质，从而使叙事风格显得张弛有度，从容不迫，意蕴绵长，莫怀戚对传统有明显的师承和较为娴熟的运用。“闲笔”不仅体现出小说叙事的耐心，而且还极大地扩展了经验的空间和叙事的情趣领地。他写码头江边的礁石，大到可以踢足球的豪迈视角，小到礁石缝里的小花小草小蝌蚪，甚至“一只熟睡了的野兔”，等等。这种对乡土细小物象的柔情关注与语言捕捉，使重庆这座城市始终在经验细节当中给人以乡土的真实可信的感动和力量。至此，我们完全可以说，重庆山川形胜、地域文化的“不可仿制性”与莫怀戚及莫怀戚小说叙事风格的“不可仿制性”形成了一种内在的逻辑关系。这是无疑的。

三 乡土经验、乡土人伦与小说叙事的关系

与许多具有乡土情怀和乡土经验的小说家一样，莫怀戚非常认同这种观点：乡村或者乡野才具有熟人社会的人伦属性，而“现代化”的城市呈现的则是一个陌生化的社会。以乡土经验和乡土人伦的视角来审视，城市经验具有高度的同质化属性，而乡土经验却具有极为丰富的差异性和生动性。不仅如此。在他看来，乡土经验与城市经验最本质的区别在于：传统社会是质朴、自然和淡化功利的，而现代社会则是机巧、争斗和鼓励功利的。在《大动作的小动机》的后记中他说，之所以写这篇小说，是想提示：“这是一个现代机制和古典情怀错位的悲剧故事。现代机制依靠的是人脑，而古典情怀是靠人心。”

正是因为这两种经验的极大差异，才使莫怀戚个性化的叙事和阐释获得了想象和虚构的自由空间。他多次讲到：乡土经验对小说叙事的意义极为重要，它不仅能有效地刺激小说家的感官，同时能极大地释放小说家的自由心性。在莫怀戚的小说中，我们可以充分领略到来自乡土的千姿百态、活色生香，充分感受到小说世界的种种梦幻和隐秘，美妙和生猛，等等。显然，离开了乡土社会和乡土经验，他的叙事不仅会显得苍白无力，而且他的人伦法则和叙事秩序也会陷入困境。《无主导驱动》中有一个细节：男一号工布和女一号覃筱萱在一起回忆乡野生活。覃筱萱说：

> 有一天翻红苕藤，不小心翻出一条蛇。是一条半大的菜花蛇，两尺多长，盘成一团。我差点叫起来，但又不敢叫，是怕别人过来用镰刀打死它。那小蛇把脑袋伏着，一双黑亮的眼睛可怜巴巴盯着我。我走也不是，不走也不是，又不敢伸手。我说，小龙，小龙，我不害你，你也莫吓我。那边的苕藤已经翻过了，别人不会去，你到那边去吧！你猜怎么样？它像是听懂了人话，一声不响就梭过去了……

这一段绘声绘色的描写极具乡土经验气息和乡野生活质感。但更重要的是，我们从中真切地感受和触摸到那种古老的乡土人伦精神。覃筱萱面对突然翻出的小蛇，始则又惊又怕，继而产生怜悯之情。在叙事中，“小龙”顺理成章地被覃筱萱视为乡土人伦关系中的人格化对象。事实上，

在莫怀戚小说大量的乡土叙事情景当中，这种深切体现乡土人伦关系的例子是非常多的。更加令人不解的是，在这片奇异的乡土上还有一种人，他既挖空心思算计你，同时又非常真诚地款待你。《车仗》里的那个骑自行车在乡间野游的“我”，就遇到了这样的“不可理喻”之人。那个农民大哥卖东西时要了“我”的秤，之后“我”鬼使神差骑到了他的农舍，居然受到他的热情款待。酒足饭饱之后，他还依依不舍地送“我”上路。于是，“我”不禁感慨道：

> 他让我骑上转了两圈，才挥挥手让我上了路。我心知我不能再来做客，更不能再去买菜。世上有一些人你只能交往一次，但一次也就足够了。宁静的夜色，和谐优美的田园夜景，这真是都市旁的另一处桃花源。景美人更美。耍我的秤却又不收我的伙食费的家伙，一家人的热情款待，足以让我铭记一生——仅此一次，却是一生的记忆。

并且，这种古老的乡土人伦精神还表现在莫怀戚对“活在”日常生活中的历史和历史人物的品尝和评价当中。《美人泉华》中有一节关于虞美人花的景物描写就具有这样感人的乡土人伦力量：

> 今年虞美人花开得倒早。很美，平展开的胭脂红花瓣，还镶了一道乳白的边儿。那红色，据说是虞姬的鲜血。虞姬为霸王唱啊跳啊，然后一刀抹了自己的脖子。老师说是虞姬不想拖累霸王，要他下决心突围。但有一天她突然想到，虞姬其实是被霸王逼死的。霸王不愿她落在刘邦的手里，心想，不行，你得死掉！当然霸王不会明说——他是个政治家嘛！他暗示。虞姬当然懂得起那是暗示。所以……

这个细节的文化内涵非常丰富也非常吊诡。但内中含纳的那种坚硬不屈的民间伦理感受和评价，一点也没有被宏大的历史进程和社会演变所磨损。莫怀戚借小说叙述者的口吻，由对虞美人花的物理情状的描写，进而联想到“霸王别姬”的历史悲剧。关键是，它从真正的民间的立场和乡土视角，将两千多年来被官方“道统”定位为“悲剧英雄”的项羽彻底颠覆了。“他是个政治家嘛！”许多人竟然忘记了项羽的基本身份；而虞姬的基本身份是“政治家的情人”——只有站在民间的立场，用乡土人伦的视角才能看清这一悲剧的实质。

当然，莫怀戚同样擅长于写城市。但即使是写重庆的城市生活，我们也会发现处处流溢出浓烈的乡土质感。《经典关系》里面，写茅草根与南月一的一段对话就是如此。在城市的郊野观赏时南月一感叹说："我喜欢这个立体的城市。"茅草根说："这是乡村。"南月一说："不，这是城市。是城市的线条，是城市本身的造型。你总不能认为胳膊不是身体吧？"茅草根借题发挥，语义双关地说："让我们的身体合二为一。"男女身体的合二为一与城乡结构的合二为一，巧妙地道出了重庆地域文化的复杂性，以及无处不在的生动幽默等这样的乡土特色。

对城市人性的复杂和"现代"灵魂的幽邃的执着探询，他同样也是站在乡土人伦的立场上进行审视的。在莫怀戚那里，往往是通过重庆特殊的地域文化品格——具体而言，又往往是立足于乡土经验，通过对日用人伦的描述和道义叙写而得以呈现的。他十分清楚，真正的小说在对人生、人性乃至人情进行创造性写实的同时，还必须将小说的复杂性和生命的复杂性不露痕迹地融入他的这种乡土经验和独异的道义审美当中，否则将是劳而无功的。我们不妨品尝《隐身代理》这一段别有一番意味的文字——

> 不能以社会地位定人格，老板不一定就是心黑，雇员不一定就是心善，说不定人性中的毛病，在下层人中还厉害一些，因为生存企图加上缺乏理性……他虽也是下层一员，并不避讳下层的邪恶。一个人，对遭遇的不公本已绝望，却由法律给予了公正，而且，足够的物质性赔偿——金钱，在下层民众心中引起的震撼是要被放大的。这样，对于法律，无疑从今以后将会异常敏感。

这篇小说对"底层弱势群体"中某些人的痞子无赖做派的揭示和批判是相当深刻而尖锐的。必须看到，这是居于古老的乡土伦理和江湖道义的民间审判，并不完全是依循所谓的"现代法理"或者由官方主导的"公民道德纲要"来评析——"简直让人心灰意冷，不知该对人这种东西说什么好。尤其不知该对所谓的'弱势人群'说什么是好——谢代斌这一跑，的确让人产生怀疑和动摇。同情、悲悯、道义、公理，一切的崇高都被一个弱者亵渎了。说政府不讲法治，也不尽公平吧？说民众呼唤法治？有时候简直是扯蛋：没钱的时候希望法治，拿到钱了立刻担心法治……”因此，以为“底层”的人性就一定质朴通透而与卑劣狡诈无关，这种看法不仅幼稚，而且显得非常可笑。

仍然以他小说当中叙写的重庆码头为例。因为码头不仅是连接城乡的特殊场域，而且还是使这个城市呈现立体化“合二为一”的重要语境。他写竹木街下面的那个“连趸船都可以不需要的”码头：

> 这么说，码头就不靠船啰？只有不生崽的婆娘，哪有不靠船的码头？不但靠，而且是靠大船。

“只有不生崽的婆娘，哪有不靠船的码头？”重庆码头的气魄和襟怀，特别是日用人伦属性，它的母性柔情，等等，就在这种乡土语调的描述中显露了出来。他还写到重庆码头的那种“地方经验主义”的“热”——“那是一个大热天。码头尤其热。一般人以为长江边上凉快，那是颠倒逻辑。山水这么一夹，码头是被捂着的热……可是巴颜喀拉山的雪水还是冰凉的。”但是，重庆人对重庆码头的偏爱无以复加：“南京城好耍南京走，北京城好耍北京游；南北二京都去过，好耍不过贵码头。试想，去北京怎么可以驾船？”自傲与自豪之情溢于言表，简直是招惹不起！

他写重庆的夜景与香港夜景的“本质”区别也是如此的有意思：“山城夜景，伸手可触。人有如端坐于全世界的珠宝之中……”这是作者借小说人物关西发出的由衷赞叹：

> 重庆的夜景，其实胜过香港。香港的灯光过于密集。由于很规范的住宅又高又多，所以大片大片的清一色格子式的白色灯光霸住了人的视野。总之香港的夜景很呆板，不像重庆这样的错落有致，非常生动。

《假手神明》写华总和昔日的恋人、而今的情人伊人于乡土重庆近郊的山上欣赏夜景，异趣悠然：“他们站在南山之巅遥望山城夜景，他赞叹，这一切多像阿里巴巴山洞里的珠宝。末了，他说的一句话，大大地投合了她对家乡的热爱——他说‘这块地方天然阳刚，山水都是天工杰作’。”可谓别开生面，令人陶醉不已。

不仅如此，这座城市始终沉浸在川江号子的乡土情韵之中。茅草根说：

> 我们中国，有两类民歌可以成就大型舞蹈：一种是信天游，一种是川江号子。信天游我不熟悉，川江号子我是熟透了……小时候听父亲哼唱：船儿靠了乌江渡，拿根杉杆搭上路，大哥摸黑爬梯坎，去找幺嫂补衣服。我少不懂事，说，大哥应该找大嫂啊，怎么找幺嫂呢？父亲大笑，说，大哥找大嫂还有什么唱头？

不仅如此，“川江号子具有信天游不具有的功效：那是一种指挥集体的劳作，有时简直是在战斗。因此指挥吼唱川江号子必须要有很高的舞蹈素养”。由此可知重庆的生动和特异，究其本质不在它的“现代化”表象，而在它的传统乡土肌理，在它的“前现代”的生活情趣，以及它那与山水相依相融的底层伦常当中。

所以说，地缘文化意义上的重庆与文学审美意义上的重庆——这两个相互交织融会难解难分的“场域”，对莫怀戚来说，既是他赖以存身和成长的故乡，同时，其更为特殊的意义在于，这是他精神的滋养地和具有审美意义的文学家园；还是他的经验和忆念的矿藏。地理意义上的重庆于他和他的小说而言当然是重要的，但是，对一个真正的小说家而言，精神意义和经验意义，尤其是乡土人伦和乡土审美意义上的重庆，无疑是莫怀戚小说重要的人伦底色和叙事基础。并且，这种乡土人伦和乡土审美意义上的重庆竟然还可以跨越时空，随着小说人物的游走而出现在许多地方。你可以在北京找到重庆的感觉，也可以在深圳找到重庆的感觉。

随便举个例子。《花样年月》里面写到东北大汉关西在北京街头第一次见到“枝子酒家”招牌时，还误以为是日本娘儿们开的。及至远远望到亭亭玉立、体态优雅的重庆美女栀子，竟然脱口叫道：不可能是日本人！为什么“不可能是日本人”呢？因为他嗅到了这个女子身上那种特殊的重庆味道。于是，莫怀戚写道：

> 关西这一声将众人都吓了一跳。栀子后来说，都以为是什么人雇的杀手，来找日本人算账的。当时栀子过来，说这是川菜馆，重庆人办的。小姐您是重庆人？是。那您讲句重庆话我听听。讲就讲嘛！听

倒：重庆城，十八梯，有个大嫂笑嘻嘻。别个问她笑啥子，路上捡到老母鸡。啷个可能白滋八滋捡到老母鸡呢？关西也用重庆话问。白滋八滋即平白无故。母鸡从堡坎上飞下来，钻进吊脚楼下就看不到了嘛！大家都笑起来。这个男人带来了一团生气，栀子立刻有感觉。她请他坐下。故意在北京说重庆话的关西，是给勾起了在重庆生活的回忆，尤其是那未遂的爱情。

看见了吧，即使小说叙事的背景到了北京，地缘文化意义的重庆和文学审美意义的重庆，却如影相随、挥之难去。栀子不经意地把精神意义和经验意义的重庆品格和质感带到了京城。同样，《南下奏鸣曲》里面的那个纺织女工“7号”也把浑身上下洋溢着的重庆气息和性格带到了深圳。同样在《银环蛇之谜》里面，这种特殊的重庆气息和性格又随着人物的活动洋溢在海边。由此可见即使貌似写景叙事的闲笔，也处处透析出浓郁而醉人的文化意义和经验意义，让人真切体会到重庆品格和质感的那份“爽”劲儿。这充分反映了重庆地域文化的强大：不仅体现在它的“扩张性”方面，而且还体现在它的同化和改造能力方面。比如，外地甚至外国的故事题材到了重庆人的艺术掌控当中，立马就具有了浓郁地道的重庆文化气息。有一次是在西郊的华岩寺，莫怀戚给我举了个例子。他说：“你晓不晓得文革时期重庆川剧团的‘革命群众’集体改编了一台川剧，叫做《伊里奇三打冬宫》？那个故事是取材于苏联的十月革命。列宁、斯大林、捷尔任斯基这帮兄弟伙像梁山好汉一样去打天下。你想不想得到？那个故事被弄到川剧里这么一唱，苏联那帮兄弟伙全部都整成了重庆味道！你看安不安逸？”说着，他就立马扯开喉咙唱了起来，而且还是川剧高腔。他先是模仿列宁的语气唱道：

苏维埃的主席真不好干，
老沙皇的势力实在凶顽；
反革命的武装盘踞冬宫，
怎不让伊里奇额头冒汗。

然后意犹未尽，便乘兴又唱了列宁老婆克鲁普斯卡娅的段子：

伊里奇我的夫身在火线，
为妻我心中急到两军前；
托洛斯基他为人实在太阴险，
怕只怕，怕只怕，怕只怕夫君他难防暗箭。

我当然只能点头称是。后来，我在阅读莫怀戚小说时才发现：他经常按这个套路把一些老外的东西搞成重庆味道。最典型的就是在“大律师系列”里，不少老外的“思想理论”被他一通捣鼓，竟然具有了重庆的地域文化气息和个性色彩。简直可以说是神奇。

作者单位：重庆师范大学文学院

余薇野讽刺诗的巴渝色彩

张中宇

一 “巴人”式文学艺术的基本特征

“下里巴人”始见于《文选·宋玉对楚王问》：“客有歌于郢中者，其始曰下里巴人，国中属而和者数千人；其为阳阿薤露，国中属而和者数百人；其为阳春白雪，国中属而和者不过数十人。引商刻羽，杂以流徵，国中属而和者不过数人而已。是其曲弥高，其和弥寡。”唐李周翰注：“下里巴人下曲名也，阳春白雪高曲名也。”① “下里巴人”今多解为两首歌《下里》《巴人》，与下文《阳阿》《薤露》及《阳春》《白雪》对应。熊笃引李周翰注则标示为：“《下里巴人》，下曲名也。”② 把“下里巴人”作为一首曲。现代以前文献没有系统的标点符号，李周翰原注并没有书名号。“下里巴人”是一首歌还是两首歌，见仁见智，现有文献已难以定论。今“里”字，为“里”及“裏”“裡”三字合并简化。“里”今常用义“内部”等，为“裏”“裡”本义，但并非“里”的本义。“里”本指住宅，如《诗经·郑风·将仲子》：“将仲子兮，无逾我里，无折我树杞。”《说文》：“里，居也，从田从土。”《汉书·食货志上》：“在野曰庐，在邑曰里。”引申指古代居民区、商贾聚居区，或以居民区为基本构成的行政单位，今“故里”尚保留此基本意义。《周礼·地官·遂人》：“五家为邻，五邻为里，四里为酂，五酂为鄙，五鄙为县，五县为遂，皆

---

① 《六臣注文选》，（唐）李善等注，中华书局2012年版，第839页。《宋玉对楚王问》是否宋玉所作，存在很大争议。《昭明文选》首录《宋玉对楚王问》，梁朝距离宋玉所在战国后期已逾800年以上。《宋玉对楚王问》与战国后期及宋玉风格也有很大差异，或为汉代赋家所作。

② 熊笃：《竹枝词源流考》，《重庆师范大学学报》（社会科学版）2005年第1期。

有地域，沟树之。”[①] 但春秋以后，周王室衰微，“里”大概就不再严格依照《周礼》定制，限于25家，古代另有50户、100户等说。“里”约相当于村镇、乡镇或居住区。传也是宋玉所作，见于《文选》的《登徒子好色赋》：“天下之佳人，莫若楚国；楚国之丽者，莫若臣里；臣里之美者，莫若臣东家之子。”“臣里”即宋玉所居之区或城镇。“下里”大概是与富裕区相对而言的，指普通居民区，再引申指欠发达的乡村聚居区，即乡里。今巴渝地区的重庆话有“乡巴佬”之说，“乡”即乡里、乡下、乡间，“巴”即巴人[②]，“佬”为对一类人带有某种贬抑的称谓。“乡巴佬”就是乡下巴人，即生活在乡间、没出过远门见过世面的“土人”。“下里巴人”意义近于“乡里巴人”，他们的歌舞最为通俗，因此和者众。参照今尚沿用的“乡巴佬”为一整体，“下里巴人”以作为一个整体意义更为完整，以此指代乡间大众化流行歌舞。而“下里”或“巴人”单独表达的意义有限，分别作为曲名也不甚合理。李周翰注：“下里巴人下曲名也，阳春白雪高曲名也。”还是更倾向于作为一个整体。

早期巴地的“下里巴人”艺术，是一种乡间或民间艺术，具有贴近民众、易解易学、广泛参与等特征。商周以降，中国北方黄河流域率先进入以城市、青铜器、文字为三大标志的文明时代，都市艺术乃至宫廷艺术在这样的背景下发展起来，文学艺术开始由早期的相对粗糙，向精致化乃至经典化方向发展。但一些环境相对艰困或闭塞，发展相对缓慢的地区，其艺术则继续沿着原来的轨迹发展，植根于乡间市井，而未实现质变或显著提升，如山高水险的巴渝地区。到了战国后期或汉代，宋玉有意把“下里巴人”与“阳春白雪”进行比较，已开始有所谓“下、高”之别，唐代李周翰注则进一步明确了这样的定位。在未实现质变或显著提升的艺术中，“下里巴人”成为最具代表性的形态。“下里巴人”最早固是描述

① 《周礼译注》，杨天宇注译，上海古籍出版社2004年版，第223页。

② 《说文解字》：“巴，虫也。或曰食象蛇。象形。”但先秦文献中的“巴”没有一处可释为“虫”或“蛇”，今使用的“巴”的义项也没有一项与“虫”或“蛇”有关。许慎训释显然有误。甲骨文“巴”字，象臂长、手大、下蹲的人形，本指臂长手大的“巴人”及爬山或爬树的动作，在最早的文献中首先以此特征作为族称、国称，然后作为其长期居地名称，并逐步引申出“紧贴”“粘附”等相关意义，这些意义涵盖了“巴”的几乎全部常用义。这一演进线索非常清晰，有充分的文献材料和语用材料的支持。详见张中宇《“巴”字本源考——兼论甲骨文符号“[illegible]”与“巴”的关系》，《古汉语研究》2015年第3期。

一种音乐艺术的风格，后来实际上扩展为广义的文学艺术风格。有意思的是，这种始终保持了民间特性、关注下层生活、颇具原生性的文学艺术非但没有消失，直到今天仍然是中华文学艺术中颇具特色与活力的一支。

究其原因，是因为高度精致的宫廷艺术或非大众艺术，通常伴以难度的急剧增加，即“曲弥高”，只能由受过高度专业训练的文学艺术人才来创作、表演，普通人很难广泛传播。同时，这些高度精致的文学艺术往往过于迎合特定接受对象，而忽略了最为广泛的大众趣味。再者，受特定接受对象的影响，这一类精致艺术的题材也趋于狭窄，尤其是逐渐远离普通民众的生活和喜怒哀乐。因此，所谓“阳春白雪”艺术，通常优雅、温润或哀怨有余，而粗犷、刚勇、活泼不足。若中华文学艺术仅有“阳春白雪”，则它的构成乃至精神面貌都将严重失衡，不足以满足广泛、普遍的艺术需求。正是基于这样的原理，没有走向精致化的“下里巴人”艺术，以其始终植根于市井垅上的乡野气息、民间趣味，不但构成了中华文学艺术特有的风格，而且也是不可或缺的一极，与“阳春白雪”互动互补，相互影响，相互促进，使中华文学艺术具有更大的包容性与活力。

古代巴渝文学艺术大多没有实现向精纯化或经典化方向发展，其原因有三。一是经济欠发达，主要是农耕环境较中原地区为贫瘠、艰难，渔业较滨海地区为有限，远古盐业的支撑作用有限且被掠夺。① 经济欠发达严重制约了文学艺术的支撑基础。二是缺乏超部落的通用语，缺乏自身成熟的文字系统，② 对中原文字系统的引进也受到各种因素制约。这样，巴渝地区就缺乏沟通性强、接受度高的通用文学媒介。而超越各种方言、作为古代通用语的文言，则有力地支持了中原地区及受中原文化较早、较强影响的南方地区文学（如吴、越、蜀等）的发展。三是其地最为活跃的巴人，居住也比较分散，山川阻隔，交通不便，结构比较松散，社会组织化程度相对较低，都市化水平相对较低，这也不利于文学艺术的转型或提升。总之，城市化水平、文字，以青铜器为代表的冶炼技术这些古代文明要素，在古代巴渝地区都是滞后的。

“巴人”式文学艺术的形成，与巴渝环境、文化特性有关，尤其与创

① 张中宇：《巴渝文化属性及其对文学艺术的影响》，《社会科学战线》2012 年第 10 期。

② 钱玉趾：《巴族文字的发现及文字特征》，《三峡大学学报》（社会科学版）2005 年第 2 期。

作主体的“草根”性思维关系极为密切。由于古代巴渝经济欠发达，部族或国家难以为文学艺术发展提供良好条件或保障，巴渝文学艺术不可能获得“经国之大业，不朽之盛事”这样的地位。通常处于民间底层的“草根”创作者，所接触的多为普通民众的现实环境，这必然影响他们的思维方式、题材选择、创作方法等，形成平民化视角。在古代巴渝环境中，生存就极为不易，江河湍急，舟楫交通较平原地区车马艰难，不同地域之间相互交流成本、风险极高，不可能像荀子从赵国很方便到邻近的齐国稷下学宫去三为祭酒，也不可能有北方稷下学士“不任职而论国事”“无官守，无言责”的学术氛围和学派切磋，因此对自然、人生、未来的宏观的、有气魄的哲学思考相对匮乏。经济欠发达，环境多阻隔，相互交流、砥砺有限，制约了巴渝文学艺术创作者由相对初创、视野有限的“草根”性，转向超地域的国家、社会这样更广阔层面的普世关怀，这是古代巴渝文学艺术难以实现向精纯化或经典化发展的主要原因。因此，与代表高雅艺术的“阳春白雪”明显不同，巴渝艺术更具特色的是以平民化视角表现生活的原生状态，具有十分鲜明的“生活化”“平民化”特征。

原生状态的新鲜活泼固然具有普遍的真实性与生命力，但也相对粗糙，不能满足艺术审美的高度理想化要求。巴渝艺术的选择是，把理想化愿望，寓于对现实“非理想”部分的善意或委婉嘲讽之中，写实与批判相结合，形成“巴人”式带有喜剧色彩的批判现实主义风格。这是与长江下游的江南艺术、黄河流域的北方艺术的一个显著区别。即巴渝艺术不是通过大幅改造、高度的集中化处理或丰富的想象，对现实进行提升、净化，创造出完美艺术形象（非现实图景），表现理想化追求，而是通过逼真的现实和对“非理想”成分的夸张性凸显，表现改变或剔除“非理想”成分的强烈愿望，但大多数情况并不提供带有虚幻性的理想化图景或“完美”结果。因此，一方面，巴渝文学艺术多朴实、原生的现实表现；整体而言，巴渝艺术古今都极少理想的“圣人”形象。过分现实或有些“劣迹”的英雄、善良但又多瑕疵的平民、灰姑娘式的女性形象似乎是更有代表性的特征，从当代电视剧《傻儿师长》《山城棒棒军》等都可看到这种典型的风格。巴渝文学艺术运用典型化方法创造的形象，具有十分鲜明的“生活化”“平民化”特征。另一方面，基于艺术的理想化追求，则多对非理想成分的嘲讽和批判。这就使巴渝艺术具有相对强烈的讽刺性。

本文拟以余薇野的讽刺诗为例，对“巴人”式文学的讽刺特性及其价值进行考察。

二　余薇野讽刺诗的“巴人”式风格

余薇野本名董维汉，1924 年生于重庆，1942 年毕业于金陵大学附属中学（金陵大学后并入南京大学，金陵大学附中抗战时期迁至重庆万州区），第一篇作品《杂感二题》（散文诗）发表在 1942 年重庆《新华日报》上。新中国成立初期，余薇野发表了不少讽刺诗、杂文、评论，成为著名的“讽刺诗人”。大概正是这些讽刺诗，使余薇野人生充满坎坷。1957 年，余薇野被划为“右派”，此后在重庆远郊长寿湖渔场度过 19 年。1979 年平反之后，余薇野重返重庆文联《红岩》杂志社，后到重庆文联创联部工作。1982 年，重庆出版社出版余薇野第一部诗集《辣椒集》。1988 年，湖南文艺出版社出版第二部诗集《阿 Q 献给吴妈的情诗》。1998 年，重庆出版社出版《余薇野诗选》。

“巴人式”艺术立足现实表现，不回避现实的粗糙和矛盾，因而本多讽。生于亦成长于巴地的余薇野深悟巴人艺术精神，极善于捕捉现实矛盾，但并不选择严厉批判或痛快决斗的激烈方式。[①] 从对余薇野的近距离了解来看，他具有巴渝人天生的乐观性格，语中带刺而多幽默风趣，他的“巴人式”批判现实主义因而带有十分浓厚的喜剧色彩。“批判现实”的坏处是“树敌”颇多，反右时期自然被划为“右派”。不选择严厉批判或痛快决斗的激烈方式的好处则是，虽然“发配”长寿湖劳动近二十年，但也没有被无情、残酷追击。当然还因为余薇野挨整之后，大致选择了巴渝人的隐忍，而不是如北方老舍的激烈对抗及生死的毅然抉择。这里主要讨论巴渝环境、艺术精神及余薇野个性形成的特殊风格及其对中国诗歌讽喻传统的价值。

（一）以个性凸显“可批判”性

巴渝文学艺术运用典型化方法创造的形象，通常有意避免优质特征过分集中，避免构成“超现实”的完美形象。但对劣性特征的集中似乎并不有意回避，因此巴渝文学艺术中较多下层或“灰色”形象。这种集中

① 张中宇：《巴渝文化属性及其对文学艺术的影响》，《社会科学战线》2012 年第 10 期。

化选择也从一个侧面证明了巴渝文学艺术的批判现实主义倾向，相对较少理想主义、浪漫主义或“超现实”特征。与之相关，巴渝文学艺术中神话传说也较为零散，而现实性强的艺术形态则较为普遍。由此来看，巴渝艺术基于“写实”的形象本来就复杂、多面，通常带有难以避免的非理想或“负面”特征。如果强化这些非理想或“负面”特征，则极容易衍生成批判艺术。余薇野讽刺诗具有这种批判艺术的典型特征。例如：

> 他的“特长”是“补充、补充”，/“补充”的机会他决不放松。/只要你说上五句话，/他立刻“补充”十分钟。
>
> 你说：“母鸡会下蛋，”/他“补充”到：“下蛋的不是鸡公。”/你说：“我们必须努力学习，”/他说：“我补充一点，我们学习应当用功。”
>
> 他的“补充”实在令人头痛，/有位同志被“补充”得怒气冲冲：/“喂，你为啥专门补充废话？/简直是嘴尖皮厚腹中空！”
>
> 他依然从从容容，满面春风：/“嘿嘿，请允许我作一点简短的补充。/废话的特点是什么呢？就是空洞，/空洞的特点是什么呢？就是没有内容。”
>
> 就这样，他继续“补充，补充”，/他真是一位“快乐”的老兄。/上帝可以为我们作证：/他从来没有过一次脸红！
>
> ——余薇野《乐此不倦》

阿瑟·波拉德引约翰生《英语词典》指出，讽刺诗是“批评邪恶与愚蠢的诗”①。这篇讽刺诗的“他”是巴渝艺术中常见的形象，虽然并非十恶不赦，但具有明显的“愚蠢”或某些“邪恶”。讽刺诗并不全面表现形象的丰富性，其他性格特征显然被“忽略”，“愚蠢”的特性则被艺术性地集中、强化。这些特性越鲜明，形象就越典型，是非曲直就越清晰，通常不再也无须直接评价。前面指出，基于写实的巴渝艺术，本来就广泛存有现实的不合理、不完善、矛盾等批判性“因子”，这些“因子”一旦被集中、强化，就自然衍生出批判艺术。

余薇野集中、强化形象“邪恶与愚蠢”的主要手法，是反复描绘，

① ［英］阿瑟·波拉德：《论讽刺》，谢谦译，昆仑出版社1992年版，第2页。

追根溯源，穷形尽相。例如《用人唯笨歌——某公自述》：“用人不怕笨，/怕笨不用人。/只怕你不顺，/绝不怕你笨。/笨有啥要紧？/无非是庸人。/庸人啥要紧？/无非是无能。/无能啥要紧？/不会坏事情。/世间多少事，/坏在聪明人。/聪明不老实，/老实不聪明。/聪明眼睛尖；/聪明脑瓜灵；/聪明脾气犟；/聪明嘴巴硬。/指挥不顺手，/叫我脑壳昏，/爱讲独立性，/怎么能放心？/他一显本领，/衬托我无能。/也许我要降，/可能他要升。/有了聪明人，/睡觉不安宁；/用了聪明人，/天下不太平。/我若是刘邦，/绝不用韩信；/我若是刘备，/绝不用孔明；/我若是太宗，/绝不用魏征。/善哉楚霸王，/千古一知音。/宁可天亡我，/绝不用范增！/若问用人我要学哪个？/定学大郎武先生！”余薇野“将那无价值的”[①] 层层撕破，撕到透彻，入木三分，这是余薇野讽刺诗具有现实深度的地方。

对于讽刺艺术，夸张手法有特殊的地位，也具有悠久的历史。布瓦洛指出，罗马帝制时代的讽刺体诗人茹维纳尔（约公元42年至约123年），“用极度的夸大法写他的泼辣讥讽”[②]。讽刺艺术通过变形、夸大或缩小等手段，强化对象特征，更鲜明地揭示某种荒谬性，构成强烈的喜剧效果。如余薇野《狂吹曲》：“我的宝贝是一张嘴，/我的特长是胡捧乱吹。/蜗牛长有飞毛腿，/一高兴东西南北随便飞。/癞蛤蟆长得来千娇百媚，/天鹅下凡来和他相依相偎。/乌鸦唱歌使云雀感到惭愧，/林中的头号歌手舍它其谁，/井底蛙比海中鲸鱼大十倍，/……南郭先生吹竽最有韵味，/他不是假冒伪劣何须吃混汤锅魁。/王熙凤从不想荣华富贵，/她这人最老实一点不口是心非。/林黛玉举重跳高长跑短跑样样都会，/参加奥运会捧回金牌一大堆。/各位读者，各位听众，/只要谁给我一点实惠，/我一定放开喉咙闭着眼睛鼓足元气为他胡乱吹！”阿瑟·波拉德引用德莱登《论讽刺》指出：“骂人为无赖与恶棍是何等容易，而且又措辞巧妙！但将一个人表现得像一个傻瓜，一头蠢驴，或一个歹徒，而又不用这些骂人的称呼，又是何等困难！”[③] 余薇野似乎天生长于塑造具有“傻瓜”“蠢驴”等特征的艺术形象，这在他的诗集中随处可见。不过，德莱登所谓的极端

① 鲁迅指出：“喜剧将那无价值的撕破给人看。讥讽又不过是喜剧的变简的一支流。”参见鲁迅《再论雷峰塔的倒掉》，《鲁迅全集》第1卷，人民文学出版社2005年版，第203页。

② ［法］布瓦洛：《诗的艺术》，任典译，人民文学出版社2009年第2版，第26页。

③ ［英］阿瑟·波拉德：《论讽刺》，谢谦译，昆仑出版社1992年版，第74页。

化的“歹徒”，则几乎不见。这是因为，巴渝艺术本具有平民化、生活化特征，这些形象丰富、复杂，有显而易见的负面因子，但平民化或这些艺术形象相对较低的地位，不足以滋生大奸大恶。亦因此，余薇野的讽刺诗不是对大奸大恶的痛“骂”，而是艺术的讽刺或批评。这是“下里巴人”讽刺艺术的一个典型特征。余薇野显然避免对讽刺、批判对象的单一化或极端化（“歹徒”式）描写，以较为丰富的个性，尤其是强化其“可批判”性，通过对形象的成功塑造，来实现讽刺、批判的目的。

（二）寓言式的委婉与讽刺方式的新变

讽刺与寓言在中国本来就有渊源。中国寓言集中于春秋、战国时期，大多具有或重或轻的讽刺意义。而以动、植物设譬，以物写人，本是寓言的传统。这一传统延伸至现代讽刺艺术。例如：“有谁赞牡丹，/乌鸦大骂：‘瞎捧！’/麻雀问道：‘鸦兄，/他赞美的是花，我辈是鸟，/为何却把你刺痛？’/乌鸦答曰：‘傻瓜，你不趁早/捂住他的嘴，/他接着就会赞美百灵，赞美云雀，/那岂不衬托出咱们之蹩脚？’/麻雀肃然起敬：/‘鸦兄深谋远虑，鸟中孔明，/小弟头脑简单，是个饭桶！”（余薇野《鸟中孔明》）以动、植物设譬不但鲜明生动，更重要的还在于避免太直露。春秋、战国时期风云诡谲、险象环生，游说、谏言之士当然需要委婉以对。现代鲁迅《阿Q正传》发表，不少人疑神疑鬼，或对号入座。阿瑟·波拉德引约翰生《英语词典》指出，“正当的讽刺以其批评的普遍性，而有别于旨在攻击某个特定的人的讽刺”，同时指出，“讽喻的第二种形式是动物寓言”。[①] 以动、植物设譬，更大幅度的艺术“变形”，强化了普遍性特征及艺术形象的共性，也有利于强化讽刺艺术的“正当”性。因而，寓言成为东西方通行的传统讽刺手法。再如：

乌鸦、青蛙、麻雀，/鸡子、鸭子、白鹅。/六大歌手慷慨激昂，/正讨论：评论界为啥这样可恶？

乌鸦首先开炮：/“评论界歪人歪风太多！/其具体表现为：拉一伙，打一伙，/他们专捧什么百灵、云雀、杜鹃，/对我们这些歌手竟然保持沉默。/难道评论应当是这样吗？/你说！”

乌鸦话音刚落，/歌手们燃起了熊熊怒火：/“可鄙！”/“可

① ［英］阿瑟·波拉德：《论讽刺》，谢谦译，昆仑出版社1992年版，第5页。

恶!”/“缺乏正常的耳朵!”/“哪有音乐的感觉?”/“对他们比饼子还厚!”/“对我们比树叶还薄!”/“太不公正!”/“很不正确!”

——余薇野《六歌手诉苦记》

中国传统的“怨刺”诗也有取譬的，如《诗·魏风·硕鼠》。但直露的严厉批判更多，如白居易的《杜陵叟》：“杜陵叟，杜陵居，岁种薄田一顷余。三月无雨旱风起，麦苗不秀多黄死。九月降霜秋早寒，禾穗未熟皆青乾。长吏明知不申破，急敛暴征求考课。典桑卖地纳官租，明年衣食将何如？剥我身上帛，夺我口中粟。虐人害物即豺狼，何必钩爪锯牙食人肉!”中国传统讽喻诗往往采用一个很简单的模式：叙述事实+主观判断与批判。传统讽喻诗作者似乎认为，基于对公平正义的严正诉求，只要叙述相关事实就足可评判——其主观的批判往往十分严厉，而无须细致塑造更鲜明的形象。宋张舜民即指出，“乐天新乐府几乎骂”（《滹南诗话》卷三）。杜甫诗深沉含蓄得多，即便如此，面对沉重的苛捐杂税和官吏的贪污使人民深陷痛苦，杜诗批判现实的诗篇也十分尖锐：“群盗相随剧虎狼，食人更肯留妻子!”（《三绝句》）“万姓疮痍合，群凶嗜欲肥!”（《送卢十四弟侍御护韦尚书灵榇归上都二十韵》）“必若救疮痍，先应去蝥贼!”（《送韦讽上阆州录事参军》）杜甫、白居易都是深受以儒家思想为核心的中原文化影响的诗人，前承《诗经》，后启宋元明清以迄当代，他们代表的是北方文化的勇于担当，敢于批判，甚或锋芒毕露，这一类诗犹如杂文，白居易讽喻诗甚至具有匕首投枪般的风格。[①] 但忽略鲜明形象的塑造，以致艺术魅力不足，也是显而易见的。因而白居易也不得不感叹“人之不爱”：“今仆之诗，人所爱者，悉不过杂律诗与《长恨歌》已下耳。时之所重，仆之所轻。至于讽喻者，意激而言质，闲适者，思淡而词迂，以质合迂，宜人之不爱也。”（《与元九书》）

与《诗经》以降的“怨刺”诗强烈的主观评价及批判比较，余薇野讽刺诗通常借由更鲜明的典型形象，深层揭示某种荒谬性，变传统“怨刺”诗的主观、通常也流于简单化的批判，为客观形象的鲜明及其本身的可批判。应该指出，这是中国现代讽刺诗的新的进展。

① 参见张中宇《白居易诗歌归类考——兼及“长恨歌”的主题》，《四川师范大学学报》（哲学社会科学版）2004年第4期。

（三）语言与形式的巴渝色彩及其评价

余薇野讽刺诗以现代白话为主，有时杂以重庆方言和文言。文学艺术语言的运用历来存在争议，特别是在方言和共同语（普通话）的选择上。总的来说，文学艺术语言必须具有充分的可解性，才能实现与社会的有效沟通，进而实现艺术的价值。从这种意义上讲，艺术语言的可解性越高，艺术自身价值实现的程度就越高。共同语具有更大范围的可解性，但方言也具有某种范围的极强的沟通性和生动性。方言在特定环境的沟通质量，在某些情况下甚至可以超过共同语，具有更加新鲜，更加富于生活与大众气息和生动活泼、富于个性色彩的特点。苏珊·朗格指出："方言是很有价值的文学工具，它的运用可以是精巧的……它能微妙地转化为口语，以反映妙趣横生的思维。"她注意到，英语诗歌也利用方言俚语来表现人物的微妙个性或活动。[1] 而且，方言的成功运用还可以丰富共同语。因此，自"屈、宋诸骚，皆书楚语，作楚声，记楚地，名楚物"（宋·黄伯思《校定楚辞序》）而成"楚辞"以来，运用方言创作不但构成强烈的地域色彩，而且一直具有独特的文化价值。它的前提是，需要进行必要的量的控制和设法纳入共同语的体系，或至少在特殊语言环境中，实现与共同语体系的某种融通，即借助共同语提供的可解语境，大致能够推解少量方言的含义。例如："此公自乐。/你泼烦他那单调的歌，/他说：'谁叫你不懂音乐？'"（《蝉》）"'西施捧心，/怪模怪样；/东施捧心，/光芒万丈！'/'老兄，你怎么胡言乱语，/莫非神经失常？'/'老弟，/你懂啥子！/我刚从宫中得到消息，/西施失宠，/东施要上！'"（《东施要上》）"泼烦（厌烦）""啥子（什么）"等都是重庆方言（属于四川方言或西南方言，整体上属于北方方言）。余薇野讽刺诗中方言的运用具有明确的原则，即数量并不太多，以共同语为主，在上下语境中具有可"猜解"性，既不损害文学艺术语言的广泛融通特性，又增加了巴渝地方色彩和生活的新鲜特性及语言的丰富性。生活在一定地域环境中的创作者，恐怕都或多或少会吸收当地语言，因为这些语言可能更有利于表现某些当地特有的内涵，而共同语的相近表达方式可能造成某些意义的微妙损失。此外，余薇野诗歌有时还有文言的一些特点，例如《鹤立鸡群受窘记》："仙鹤降落

---

[1] ［美］苏珊·朗格：《情感与形式（*Feeling and Form*）》，刘大基、傅志强、周发祥译，中国社会科学出版社 1986 年版，第 252 页。

鸡群，/神气十足，左顾右盼：/‘尔等凡禽，/速来将我礼赞！’//群鸡眼睛乱翻，/表情冷冷淡淡。/公鸡爽直：‘你的歌能唤醒黎明乎？’/母鸡幽默：‘愧不能飞，颇能下蛋。’/小鸡们嘻嘻哈哈，天真烂漫：/‘这家伙一点儿礼貌也没有，/看来文化太浅。’”同样，文言数量有限，并不影响整体的现代白话性质及有效交流。余薇野使用部分文言词句，并非出于拟古，而是为了刻画形象，构成亦庄亦谐的讽刺效果。

除了诗意内涵，韵律历来是诗歌艺术外在形式的本质要素。所谓废韵、散文化思潮，不但缺乏中国诗歌艺术的传统意识，模糊文体界限，更重要的是，诗歌核心构成要素流失严重损害文体的表现能力。废韵、散文化的唯一“好处”，是创作量急剧甚至非理性膨胀。有的作者甚至声称几年间创作数万首诗，而唐代约300年间，2000多位诗人流传下来的不过5万余篇。形成鲜明对照的是，中国人对当代新诗的兴趣极为冷淡，非演唱的“徒诗”几乎被边缘化。有人归之为现代艺术的多样化导致接受者选择性分流，以及现代媒介如影视、互联网等的冲击。笔者曾指出，与小说、散文、影视艺术等相比，诗具有更集中、更有力也更精巧的抒情特性。正是由于长于抒情的诗歌与小说、影视等叙事为主的艺术并不“同质”，所以不具备互相取代的逻辑理由。因为“取代”的前提是“同质”，进而导致多余。抒情艺术与叙事艺术是一种互补关系，而非互相排斥、互相替代的关系。这种非“同质”关系，决定了由小说、影视艺术来取代诗歌，为不可能的假想。[①] 证据之一是，中国古典诗词，尤其是唐宋诗词，对读者仍然具有相当强大的吸引力。证据之二是，当代“歌”诗——包括流行歌曲、民歌等的接受程度非但没有削弱，反而可能超过了此前任何一个时代，不亚于宋代“凡有井水饮处，皆能歌柳词”的盛景。唐诗的繁荣，一个重要原因是它的“体裁系统的优势”[②]。唐代诗歌由三大系统构成：近体（格律诗，为当时“新诗”）、古体、歌行。首先，唐代没有因为新体格律诗的成熟废弃此前的“古体”。这恰恰是中国现代诗歌极不明智的选择。新诗不但切断了它与传统的关系，而且自新诗诞生以来在舆论上一直不容“旧体”，选择了单一、排斥，而不是共存、互补。

① 参见张中宇《汉语新诗的“雅化”及其前景》，《广东社会科学》2015年第2期。

② 钱志熙：《论唐诗体裁系统的优势》，《陕西师范大学学报》（社会科学版）2005年第4期。

其次，且不说宋代专以演唱的如柳词，即便在唐代，李白、杜甫、白居易等均大量创作乐府或歌行。钱志熙指出，“唐诗经常入歌，借乐流行”，“杜甫的歌行体诗，尤其是他的‘歌’体诗，摹拟歌词的特点是十分突出的，……杜甫称自己的诗为‘歌’，以歌者自居”，“在杜甫整个诗歌创作中，都贯穿着‘歌’的灵魂，构成杜甫诗歌的一种特质”，“与杜甫相似，盛唐其他诗人也同样具有以诗为歌，以歌者自居的意识”①。苏珊·朗格说：“从根本上讲，民歌具有诗的品质。”② 其实不只民歌，各种流行曲、依声填写或创作的歌词、拟歌词，它的语言艺术，本质上必然“具有诗的品质”。新诗割裂“诗”与“歌”的联系，一个重要的原因是要通过这种拒斥，为废韵、散文化提供理由。因为只要广泛接受且有韵的“歌”作为“诗”不能分割的组成部分，废韵、散文化就难以找到合理的实践依据。中国现代诗歌对“旧体”和“乐歌”的非理性排斥，使它失去了如同唐诗的“体裁系统的优势”，成为孤独、无助的吟者甚或自言自语。

讽刺诗针对典型的社会现象，本质上是一种社会性的艺术，而非仅局限于个人书写。因而，在中国大陆非理性的“废韵”大潮中，讽刺诗并不意外地保存了诗的形式要素。这和必须传唱的“歌”一样，可以从一个侧面提供证据，即只要汉语诗歌需要社会的广泛接受而不局限于“自语”，“废韵”就是不可接受的。余薇野几乎没有无韵诗，他的固守在今天具有特殊意义。但也有一些值得注意。例如《老正确善骂》：“拿错了钥匙骂锁，/捡错了处方骂药，/走错了方向骂路，/煮焦了稀饭骂锅。//做噩梦骂床，/听真话骂狂；/张冠李戴骂别人脑壳错位；/无人吹捧骂世态炎凉！”这首诗第1节4句是整齐的七言，第2节整齐中略有变化，两节均四行三韵。相对整齐与密集的韵构成余薇野讽刺诗形式的基本特征。这里需要指出的是，第1节第2句作为韵的“药”，在重庆方言中读音为“yǒ”，与“锁”“锅”是协韵的。如果按照北京语音，“药”的读音为“yào”，则在关键的偶数行位置失韵，这是作诗大忌。由于余薇野采用巴渝方言入诗，影响延及诗韵。前列举的《六歌手诉苦记》《用人唯笨歌——某公自述》等也存在类似情形。前面已经指出，方言需要进行必

① 钱志熙：《“百年歌自苦”——论杜甫诗歌创作中“歌”的意识》，《中国文化研究》2004年第1期。

② ［美］苏珊·朗格：《情感与形式（*Feeling and Form*）》，刘大基、傅志强、周发祥译，中国社会科学出版社1986年版，第319页。

要的量的控制和设法融入共同语体系，从这个意义上讲，在关键的尾韵位置使用方言读音协韵并非理想选择。这种情况刘勰就已提出："诗人综韵，率多清切。楚辞辞楚，故讹韵实繁。……可谓衔灵均（屈原）之声余，失黄钟之正响也。"（《文心雕龙·声律》）刘勰认为，《诗经》作者用韵，大都清晰响亮。《楚辞》采用楚音，所以"讹韵实繁"，"失黄钟之正响"。刘勰所谓"正响"，即雅言，为当时广泛通行的中原语音，若在今天，就是民族共同语的标准语音。刘勰即便对屈原使用"楚语"，也持批评态度。不过，艺术的原则与创作的灵活性、创作者的个性禀赋等，有时候会十分奇妙地"统一"，形成作家的独特风格。

余薇野历经劫难复出之后，他的思想与诗艺尤其是讽刺艺术更为成熟，"题材愈广，思想愈深，形式不拘一格，随物赋形，变化多端，口语鲜活，脱口而出，无妆束之态"，风格也更为鲜明，"余薇野其人快人快语；其诗，可称为快诗。在讽刺多于幽默时，为痛快；在幽默多于讽刺时，为轻快"。[①] 描写世间百态，惟妙惟肖，嬉笑怒骂，入木三分。余薇野为何用力于讽刺诗？"说一句大实话，也只有余薇野这种骨髓里浸透儒家入世思想的诗人，才对生活中那些消极面、丑恶像，如此匹夫有责地去针砭。"[②] 不过，余薇野讽刺诗与同样骨髓里浸透儒家思想的杜甫、白居易等"怨刺"诗还是有明显不同，这是因为他还融入了巴渝文化的特殊成分，形成了"巴人式"的批判现实主义风格，因而其题材选择、表现方式等就存在显著差异。

三　"巴人"式讽刺诗的艺术价值

布瓦洛在《诗的艺术》中指出："讽刺诗从古就是真理手中的武器。"在《自讼》中又指出："那讽刺诗却富于新教训和新事物，只有它才会同时有风趣又有用处，在良知的光辉中它纯化了的诗句指出时代的谬误，唤醒着一切痴愚；也只有它不顾及一切骄傲和横蛮，直指到华盖下面使邪恶惊心丧胆；又时常大无畏地用妙语一针见血，揭发愚人的陷害，使理性得

① 尹安贵：《痛快与轻快——余薇野讽刺诗散论》，《当代文坛》1993 年第 3 期。

② 曾伯炎：《一支玫瑰出巴蜀——余薇野"阿 Q 献给吴妈的情诗"读后》，《当代文坛》1990 年第 2 期。

蒙昭雪。"[①] 被贺拉斯称之为罗马第一讽刺诗人的吕希尔，生活于公元前149年至前103年，开启了欧洲古代讽刺诗的辉煌时代，贺拉斯、白尔斯、茹维纳尔都是这一时期活跃的讽刺体诗人。比较起来，中国诗歌直面现实、讽恶刺邪精神更加源远流长。中国最早的诗歌总集《诗三百》中如《伐檀》《硕鼠》，约在公元前7世纪以前，比罗马时代的吕希尔早约500年。从《诗三百》的讽刺、批判诗到唐代以白居易为代表的讽喻诗，都可看到疾恶如仇、用墨如剑的鲜明的批判精神。孔子说："诗可以兴，可以观，可以群，可以怨。"（《论语·阳货》）从孔子的论述来看，除了抒情（关于"兴"，朱熹《论语集注》释为"感发志意"），"怨刺"从来都是中国诗歌的基本功能之一。我们也许可以注意到一个现象："怨刺"诗比较发达的时代，诗歌整体境界往往是高的，例如西周到春秋的《诗经》时期，唐代，这可能是因为"怨刺"诗的社会责任感带动了诗人整体境界的提升，即便怨刺诗往往并不代表一个时代诗歌的最高水平。不过，需要指出，《诗经》以降的这类诗歌，包括白居易的讽喻诗，往往以批判为主，犹如诗中的杂文，政论性很强，文学性却时有削弱，因而流传也往往不及抒情诗久远，白居易谓为"人之不爱"。余薇野讽刺诗则具有了新的元素，通常借由更鲜明的个性形象凸显不合理性，深层揭示某种荒谬性，变传统"怨刺"诗的主观、简单化评价及批判，为客观形象本身的丰富及可批判，形成具有喜剧性的"巴人式"批判现实主义风格（非严厉抨击或痛快决斗式）。这种风格颇近于2000余年前古罗马时期讽刺体诗的一些特征。讽刺艺术文学性的增强，有利于强化讽刺艺术的社会效果。因此可以说，融入巴渝文化智慧的余薇野讽刺诗，不但在异彩纷呈的文学史上具有独特风格，而且对中国讽刺诗这一艺术品种的建设及发展，具有积极的影响。

作者单位：重庆师范大学文学院

① ［法］布瓦洛：《诗的艺术》，任典译，人民文学出版社2009年第2版，第25、91—92页。

忠县"忠"文化的起源与演变

雷学军

重庆市忠县正致力于打造"忠"文化之都，那么，对于忠县"忠"文化的起源与演变应该有比较清楚的认识。对于该问题，虽有人论及，如耕夫的《关公文化与忠文化比较》[①] 等，但论述尚不够深入。本文选取忠县从古到今与"忠"文化相关的、具有代表性的人物和事件进行考察，对该问题做稍显深入的探讨。本文所论之"忠"文化主要局限于道德的范畴。

一　"忠"的含义及其演变

要想弄清忠县"忠"文化的起源与演变，首先应该对"忠"的含义及其演变有比较清楚的认识。

一提及"忠"，一般人大都认为古人所说的"忠"是指忠君。其实，"忠"的本义并非如此。《说文解字》："忠，敬也，尽心曰忠。"[②] 据魏良弢考察，西周及其以前无"忠"字。在可以确定为春秋时期的著述中，最早出现"忠"字的是《论语》，其后是《左传》。[③] 无论在《论语》中，还是在《左传》中，"忠"都有多种含义，并非专指忠君。《论语·卫灵公》："子曰：'言忠信，行笃敬，虽蛮貊之邦行矣。'"[④] 这里的"忠"就

① 耕夫：《关公文化与忠文化比较》，邓大庆《忠文化论坛论文选编》，香港中文大学出版社 2011 年版，第 73—101 页。

② 段玉裁：《说文解字注》，上海古籍出版社 1988 年版，第 502 页。

③ 参见魏良弢《忠节的历史考察：先秦时期》，《南京大学学报》（哲学人文社会科学版）1994 年第 1 期。另，本文有关中国封建社会忠君思想的历时叙述，部分内容参考了魏良弢的《忠节的历史考察：秦汉时期》和《忠节的历史考察：秦汉至五代时期》以及雷学华的《试论中国封建社会的忠君思想》。

④ 杨伯峻：《论语译注》，中华书局 1980 年版，第 162 页。

是“诚”的意思。《左传·桓公六年》：“所谓道，忠于民而信于神也。上思利民，忠也。”[①] 谓忠是“上思利民”，是上对下、国君对百姓要忠，这和后来的忠君思想完全不同。《论语·八佾》：“定公问：‘君使臣，臣事君，如之何？’孔子对曰：‘君使臣以礼，臣事君以忠。’”[②] 这里的“忠”，就是指对国君的忠诚，但孔子是从相对关系上谈论君臣关系的，臣以忠事君，是以“君使臣以礼”为条件的，这与后人所说的臣子无条件忠君是不同的。从《论语》来看，孔子并不主张盲目忠君。《论语·卫灵公》：“子曰：‘……君子哉蘧伯玉！邦有道则仕，邦无道则可卷而怀之。’”[③]

据魏良弢考察，“忠”虽然最早见于《论语》，然而在先秦儒家经典《论语》和《孟子》中都没有出现过“忠臣”一词，“忠臣”一词最早见于《墨子》，在《老子》《庄子》《韩非子》和《荀子》中也多次出现。[④]“忠臣”一词在战国时期的出现，意味着“忠”的含义与忠君有了更紧密的联系。战国诸子对待忠君的态度大体可以分为三种：1. 坚持孔子的君臣观，如孟子。2. 反对、嘲讽忠君，以老、庄为代表。3. 主张忠君，如墨子、荀子和韩非子。[⑤] 尽管战国时期诸子的著述比春秋时期的著述更多地涉及忠君的问题，但在战国时期，“忠”的含义也还不是单指忠君。不过，值得注意的是，韩非在论及忠君时，谓忠君就是要“专心于事主”[⑥]，“无有二心”[⑦]，这种要求，对后世忠君思想产生了深远影响。

法家的忠君思想因为适合秦始皇一统天下后君王独尊的政治要求，所以得到秦始皇的大力提倡。汉武帝时，董仲舒以君权受之于天确立了君权至高无上、神圣不可侵犯的地位。在君臣关系上，董仲舒继承了法家的忠

① 吴玉贵：《四库全书精品文存》第二卷《春秋左传》，团结出版社 1997 年版，第 28 页。

② 杨伯峻：《论语译注》，中华书局 1980 年版，第 30 页。

③ 同上书，第 162 页。

④ 参见魏良弢《忠节的历史考察：先秦时期》，《南京大学学报》（哲学人文社会科学版）1994 年第 1 期。

⑤ 关于战国诸子对忠君态度的分类，参考了魏良弢关于战国诸子对忠臣态度的分类。关于战国诸子对忠君的态度，魏良弢的文章阐述清楚，在此不再赘述。参见魏良弢《忠节的历史考察：先秦时期》，《南京大学学报》（哲学人文社会科学版）1994 年第 1 期。

⑥ 王先慎等：《韩非子集解》，中华书局 2013 年版，第 512 页。

⑦ 同上书，第 37 页。

君思想，把韩非子的“臣事君，子事父，妻事夫，三者顺则天下治；三者逆则天下乱”[1] 的“三顺”思想发展为“三纲”学说，并配以传统的阴阳学为其理论依据：“君臣、父子、夫妇之义，皆取诸阴阳之道。君为阳，臣为阴……王道之三纲，可求于天。”[2] 董仲舒《春秋繁露·天道无二》云：“心止于一中者，谓之忠；持二中者，谓之患。”[3] 既然“忠”是“一心”，那么，忠君就要一心于君，这与韩非的“专心事主”是一致的。从此以后，忠君被纳入汉代儒学的思想中，成为后世儒家思想的一个核心内容。

东汉末年至魏晋南北朝，战乱频繁，中国处于四分五裂的时期。随着东汉大一统王朝的分崩离析，汉代儒学也开始失去了魅力。玄学的兴起和佛教的兴盛，使文人士大夫们不再热衷于探讨忠君问题。

隋唐两代的统治者都非常重视忠君问题，他们不仅推崇忠君思想，而且通过完备的封建法律来确保臣子对君王的忠诚。唐律完全照搬隋《开皇律》：“又有十恶之条：一曰谋反，二曰谋大逆，三曰谋叛，四曰恶逆，五曰不道，六曰大不敬，七曰不孝，八曰不睦，九曰不义，十曰内乱。其犯十恶者不得依议请之例。”[4] 凡是危害国君统治的，都在十恶不赦之列。自隋《开皇律》创设“十恶”法律以后，历代封建王朝均予以承袭。从隋以后的封建社会，忠君就不仅是一种道德规范，更是人们必须遵守的法律规范。

到了宋代，理学家们“将忠君思想抬高到‘理’的高度，是‘理’的体现，谁违背此‘理’，则为天下所不容”[5]。朱熹说：“然而举天下之事，莫不有理。且臣之事君，便有忠之理。”[6] 虽然“忠臣不事二君”最早见于《史记》，是战国时人所言，但“忠臣不事二君”成为封建时代的臣子们的道德标准和必尽的义务，则不能不归功于宋代的理学家，所以元、明、清三朝均以理学治国。

---

① 王先慎等：《韩非子集解》，中华书局 2013 年版，第 510 页。

② 《春秋繁露》，张世亮等译注，中华书局 2012 年版，第 465 页。

③ 同上书，第 455 页。

④ 《旧唐书》卷 50《刑法志》，中华书局 1975 年标点本，第 2137 页。

⑤ 雷学华：《试论中国封建社会的忠君思想》，《华中师范大学学报》（哲学社会科学版）1997 年第 6 期。

⑥ 黎靖德：《朱子语类》，王星贤点校，中华书局 1986 年版，第 232 页。

自隋唐以后，随着封建统治者对忠君思想的提倡、强化，虽然不能说“忠”的含义就只有忠君，但是，“忠”的含义呈现出逐渐向“忠君”缩小的趋势，或者说“忠”的主要含义逐渐指向“忠君”。《朱子语类》记载了朱熹与用之的一段对话：

> 用之问：“忠，只是实心，人伦日用皆当用之，何独只于事君上说‘忠’字?”曰：“父子兄弟夫妇，皆是天理自然，人皆莫不自知爱敬。君臣虽亦是天理，然是义合。世之人便自易得苟且，故须于此说‘忠’，却是就不足处说。”①

由此可见，在南宋，人们已经把“忠”的含义主要限定在“忠君”了。民国建立后，孙中山看到乡下许多祠堂庙宇“都把‘忠’字拆去。由此便可见现在一般人民的思想……以为从前讲忠字是对于君的，所谓忠君的；现在民国没有君主，忠字便可以不用，所以便把他拆去”②。可见，到民国时，一般百姓都认为“忠”就是指忠君。

二　忠州之名的由来

忠州之名始于唐。《旧唐书·地理志》：“忠州，隋巴东郡之临江县。义宁二年，置临州……贞观八年，改临州为忠州。”③《旧唐书》没有说明改名忠州的原因，《新唐书》同样也没有说明改名忠州的原因。

据蔡东洲的《严颜三墓考》，唐以后，关于忠州的得名有两种不同说法：一种出自北宋乐史的《太平寰宇记》：“贞观八年，改临州为忠州，以地巴边徼、意怀忠信为名。”另一种源自南宋王象之的《舆地纪胜》：“忠州以严颜之忠而名州。”后明曹学佺《蜀中名胜记》引《郡国志》云：“贞观始改忠州。忠州之名以巴蔓子，或云严颜”。④《太平寰宇记》《舆地纪胜》和《郡国志》所言忠州得名的依据究竟是什么，我们不得而知。《太平寰宇记》和《舆地纪胜》这两种有关忠州得名的说法，虽看似

① 黎靖德：《朱子语类》，王星贤点校，中华书局1986年版，第233页。
② 孙中山：《孙中山文选》，九州出版社2012年版，第49—50页。
③ 《旧唐书》卷39《地理志二》，中华书局1975年标点本，第1557页。
④ 参见蔡东洲《严颜三墓考》，《四川师范学院学报》（哲学社会科学版）2002年第5期。

不同，其实并非水火不容。《太平寰宇记》谓唐太宗认为忠州之人"意怀忠信"，查新、旧《唐书》，我们找不到唐朝建立至忠州改名这段时间，忠州的某个人或某个群体的忠信特别令人感动的记载。而唐以前忠州历史上足以让唐太宗感动的忠信之人，就只有巴蔓子和严颜。因为《太平寰宇记》是我们目前所见到的最早记载忠州得名原因的文献，所以我们以《太平寰宇记》所记"以地巴边徼、意怀忠信为名"为依据进行考察，严颜之事所体现的只有忠，没有信，而巴蔓子之事则体现了忠信，且信更为突出（后面将有详细论述），只有巴蔓子和严颜合在一起，"意怀忠信"方能名副其实，因此，我们认为忠州得名应该与巴蔓子和严颜都有关。

唐太宗特别重视忠君，甚至提倡愚忠。他曾"谓仕臣曰：'君虽不君，臣不可以不臣。'"[①] 裴虔通，隋炀帝时为晋王，后谋反，活捉隋炀帝，后归于唐。对于这位已经归顺大唐的前朝叛臣，唐太宗在贞观二年六月下诏曰："（裴虔通）宜其夷宗焚首，以彰大戮。但年代异时，累逢赦令，可特免极刑，除名削爵，迁配驩州。"[②] 由此可见，唐太宗对于不忠之人，是何等厌恶和痛恨！巴蔓子之事在《华阳国志》中有记载，严颜之事在《三国志》中已有记载，民间应该有一些关于巴蔓子和严颜的传说，所以，唐太宗感于巴蔓子和严颜的忠信，遂改临州为忠州，其目的就是通过推崇忠州历史上的忠信之人，感化他的臣民。忠州之忠，就是忠君之忠，这一点是确定无疑的。

三　忠县"忠"文化的起源及其演变

（一）忠县"忠"文化的起源

既然忠州得名与巴蔓子和严颜都有关，那么忠县"忠"文化的起源，最早可以追溯到东周末期的巴蔓子将军。《华阳国志·巴志》："周之季世，巴国有乱，将军有蔓子请师于楚，许以三城。楚王救巴。巴国既宁，楚使请城。蔓子曰：'藉楚之灵，克弭祸难。诚许楚王城，将吾头往谢之，城不可得也！'乃自刎，以头授楚使。王叹曰：'使吾得臣若巴蔓子，

① 《旧唐书》卷2《太宗本纪上》，中华书局1975年标点本，第34页。

② 同上。

用城何为！’乃以上卿礼葬其头；巴国葬其身，亦以上卿礼。”① 巴蔓子将军为了国家的安宁，许城乞救于楚，这是忠，是尽心。战乱平息，楚人请求兑现许诺，巴蔓子既不愿因自己而丢失国土，也不愿失信于楚，以头谢楚，是信；其以死殉国，也是忠，是尽命。巴蔓子将军的忠既是为国，也是为君。《华阳国志》是目前我们所能见到的最早记载巴蔓子之事的文献，但是《华阳国志》既没有说明巴蔓子的籍贯，也没有说明巴蔓子以头谢楚之事发生于忠州。也许是因为巴蔓子之事太过久远，无法求证，所以常璩对此采用了避而不谈的方式。曹学佺《蜀中名胜记》云：“忠州治西北一里有蔓子冢。”② 自清以来的地方志将巴蔓子视为忠州人，可能均源于此，但《蜀中名胜记》所记是否可信，则不得而知，因为在明以前的文献中，看不到类似的记载。现存的文献已经无法让我们确定巴蔓子的忠州籍贯和以头谢楚之事发生于忠州。后人认为巴蔓子是忠州人，认为以头谢楚之事发生于忠州，应该是民间传说之辞。巴蔓子之事所体现出来的是忠于国家、忠于国君、诚信和勇烈的品德。

与忠县“忠”文化起源关系密切的另一个历史人物是严颜。《三国志·张飞传》：“飞与诸葛亮等溯流而上……至江州，破璋将巴郡太守严颜，生获颜。飞呵颜曰：‘大军至，何以不降而敢拒战？’颜答曰：‘卿等无状，侵夺我州，我州但有断头将军，无有降将军也。’飞怒，令左右牵去斫头，颜色不变，曰：‘斫头便斫头，何为怒邪？’飞壮而释之，引为宾客。”③ 这是三国历史文献中关于严颜的唯一记载。但是，《三国志》载严颜与张飞事，发生在江州，即今之重庆市渝中区，与忠州无关。那么，为何宋以后将忠州得名与严颜拉上关系呢？《华阳国志·巴郡士女目录》：“壮烈：将军严颜。临江人。见《张飞传》。”④ 汉之临江即今之忠县。张飞攻江州在建安十八年（213），《华阳国志》撰写于晋穆帝永和四年至永和十年（348—354），两者相距140年左右，时间不算太久，《华阳国志》载严颜为临江人应该比较可信。

从《三国志》的记载来看，严颜忠于故主刘璋。刘璋虽不是国君，但是汉朝宗室，忠于刘璋也就是忠于汉室、忠于国君。虽然严颜

---

① 刘琳：《华阳国志注》卷1《巴志》，巴蜀书社1984年版，第32页。

② 曹学佺：《蜀中名胜记》，商务印书馆1937年版，第272页。

③ 《三国志》卷36《张飞传》，卢守助校点，上海古籍出版社2002年版，第870页。

④ 刘琳：《华阳国志注》卷12《序志并士女目录》，巴蜀书社1984年版，第931页。

拒张飞事发生于江州，但严颜是忠州人，因此，严颜是我们可以确定的忠县“忠”文化的源头。严颜拒张飞事所体现的是忠君和勇烈的品德。

综上所述，忠县“忠”文化源于巴蔓子和严颜，“忠”文化的最初内涵是忠于国家、忠于国君、诚信和勇烈。

（二）忠县“忠”文化的演变

1. 封建时代

（1）魏晋时期

甘宁（？—220），字兴霸，三国临江人。少好游侠，二十多岁后，折节读书，先后依刘表和黄祖，均不受重用，“于是归吴。周瑜、吕蒙皆共荐达，孙权加异，同于旧臣”。① 正因为受到孙权的重用，所以甘宁对孙权心怀感激，屡建战功。建安十八年（213）正月，曹操率军攻打濡须口（今安徽巢县南），“号步骑四十万……权率众七万应之，使宁领三千人为前部督。权密敕宁，使夜入魏军。”②“权特赐米酒众殽，宁乃料赐手下百余人食。食毕，宁先以银碗酌酒，自饮两碗，乃酌与其都督。都督伏，不肯时持。宁引白削置膝上，呵谓之曰：‘卿见知于至尊，孰与甘宁？甘宁尚不惜死，卿何以独惜死乎？’”③ 由此可见甘宁忠于国君和勇烈的品德。

文立（生卒年不详），字广休，巴郡临江人。官至晋卫尉。晋武帝对他的评价是：“忠贞清实，有思理器干。”④ 忠贞，忠诚坚贞，指文立忠于国君。“立自内侍……甄致二州人士，铨衡平当，为士彦所宗。故蜀尚书犍为程琼雅有德望，素与立至厚。武帝闻其名，以问立。立对曰：‘臣至知其人，但年垂八十，禀性谦退，无复当时之望，不以上闻耳。’琼闻之，曰：‘广休可谓不党矣。’”⑤ 由此可见文立的公正廉洁。在文立的身上，我们看到的是忠君、公正和廉洁的品德。

魏晋时期的“忠”文化，增添了廉洁公正的新内涵。

---

① 《三国志》卷55《甘宁传》，卢守助校点，上海古籍出版社2002年版，第1192—1193页。

② 《三国志》卷55《甘宁传》裴松之注引《江表传》，卢守助校点，上海古籍出版社2002年版，第1195页。

③ 《三国志》卷55《甘宁传》，卢守助校点，上海古籍出版社2002年版，第1195页。

④ 刘琳：《华阳国志注》卷11《后贤志·文立传》，巴蜀书社1984年版，第837页。

⑤ 同上书，第836页。

（2）唐代

从南北朝到唐，忠州本土没有出现与“忠”文化有关的著名人物和事件，但在唐代，刘晏、陆贽、李吉甫和白居易先后来到忠州。他们虽然不是忠州人，但他们在忠州的生活肯定应该纳入忠县“忠”文化的考察范围。可是，他们未到忠州之前和离开忠州之后的生活，是否应该纳入忠县“忠”文化的考察范围呢？我们认为应该将之纳入到忠县“忠”文化的考察范围，原因有二：1. 他们贬官忠州之前的生活，有些与贬官忠州有关，而贬官忠州期间的生活又对他们离开忠州后的生活产生了这样或那样的影响，也就是说，他们贬官忠州之前、离开忠州之后的生活与贬官忠州期间的生活是一个相互联系的整体，并非毫无关系，因此，我们在考察“忠”文化时，不能将三者截然割裂开来。2. 本文所论“忠”文化局限于道德的范畴，而一个人的品德的形成是长期的，一经形成，一般具有相对的稳定性，所以，我们不能武断地认为古代文献中所记载的他们贬官忠州之前和离开忠州之后的品德在贬官忠州期间就一定不存在。

刘晏（715—780），字士安，唐曹州南华（今山东东明东北）人，我国古代杰出的理财专家。历任吏部尚书同平章事、领度支、铸钱、盐铁等使。后遭杨炎陷害，于建中元年（780）二月，贬为忠州刺史。同年七月，刘晏被杨炎污蔑谋反，在忠州被杀。

宝应二年（763），刘晏“授御史大夫，领东都、河南、江淮、山南等道转运租庸盐铁使如故”。“时新承兵戈之后……京师米价斗至一千，官厨无兼时之积，禁军乏食，畿县百姓乃挼穗以供之。”① 刘晏上书宰相元载：“晏累年已来，事缺名毁，圣慈含育，特赐生全。月余家居，遽即临遣，恩荣感切，思殒百身。见一水不通，愿荷锸而先往；见一粒不运，愿负米而先趋。焦心苦形，期报明主，丹诚未克，漕引多虞，屏营中流，掩泣献状。”② 正是出于这份对皇上的忠心，刘晏对工作特别勤奋，“每朝谒，马上以鞭算。质明视事，至夜分止，虽休浣不废。事无闲剧，即日剖决无留”③。

大历十二年（777）三月，代宗因宰相王缙依附元载，贪赃枉法，命

① 《旧唐书》卷123《刘晏传》，中华书局1975年标点本，第3511—3512页。

② 同上书，第3513—3514页。

③ 同上书，第4796页。

刘晏审理。开始王缙和元载都被处以死刑，“晏谓（李）涵等曰：‘重刑再复，国之常典，况诛大臣，得不复奏？又法有首从，二人同刑，亦宜重取进止。’涵等从命。及晏等复奏，代宗乃减缙罪从轻。缙之生，晏平反之力也。”① 这体现了刘晏为官的公正，故《旧唐书·刘晏传》云：“减王缙罪，正也。”②

“晏理家以俭约称。”③ 贬官忠州，遭诬谋反被杀后，查抄其家，“唯杂书两乘，米麦数斛”④，由此可见其为官之清廉。

在刘晏的身上，我们看到的是忠君、公正和廉洁的品德。

陆贽（754—805），字敬舆。苏州嘉兴（今浙江嘉兴）人。唐代著名的政治家和文学家。大历八年（773）进士，中博学宏词科。贞元八年（792），迁中书侍郎、同平章事。贞元十一年（795），因权臣裴延龄构陷，陆贽被贬忠州。永贞元年（805），顺宗即位，诏还。诏未至而贽卒，时年五十二岁。

《旧唐书·陆贽传》：“贽性忠荩，既居近密，感人主重知，思有以效报，故政或有缺，巨细必陈，由是顾待益厚。”⑤ “贽以受人主殊遇，不敢爱身，事有不可，极言无隐。朋友规之，以为太峻，贽曰：‘吾上不负天子，下不负吾所学，不恤其他。’”⑥ 裴延龄是唐德宗的宠臣，不学无术，对经济、治国一窍不通，但他抓住唐德宗贪财的性格，倾全国财力贿赂德宗，以此深得唐德宗的宠信。虽“天下嫉之如仇。以得幸于天子，无敢言者。贽独以身当之……累上疏极言其弊。延龄日加谮毁……乃贬贽为忠州别驾。”⑦ 由此可见陆贽刚直不阿的品德。

陆贽为官十分清廉，唐德宗曾“使人谕陆贽，‘卿清慎太过，诸道馈遗，一皆拒绝，恐事情不通，如鞭靴之类，受亦无伤’”⑧。陆贽上奏曰：“贿道一开，展转滋甚，鞭靴不已，必及金玉……是以涓流不绝，溪壑成

① 《旧唐书》卷123《刘晏传》，中华书局1975年标点本，第3514页。
② 同上书，第3523页。
③ 同上书，第3515页。
④ 同上书，第4797页。
⑤ 《旧唐书》卷139《陆贽传》，中华书局1975年标点本，第3791页。
⑥ 同上书，第3817页。
⑦ 同上。
⑧ 《资治通鉴》卷234《唐纪五十》，中华书局1956年标点本，第7541页。

灾矣。”[①] 陆贽清醒地意识到防微杜渐的重要性，坚持俱辞不受。

陆贽与窦参有隙。后窦参被贬。在贬所，被人上疏检举交通藩镇，“德宗大怒，欲杀参。宰相陆贽曰：‘窦参与臣无分，因事报怨，人之常情。然臣参宰衡，合存公体，以参罪犯，置之于死，恐用刑太过。’于是且止。”[②] 不久，德宗又要求陆贽对窦参处以死刑，陆贽奏曰：“诛戮之际，不可无名……（窦参）贪受货财，引纵亲党，此则朝廷同议，天下共传。至于潜怀异图，将起大恶，迹既未露，人皆莫知……忽行峻罚，必谓冤诬……窦参于臣，素亦无分，陛下固已明知，有何顾怀，辄欲营救？良以事关国体，义绝私嫌，所冀典刑不滥于清时，君道免亏于圣德。”[③] 于是，窦参乃再贬为驩州司马。由此可见陆贽公正、大度的品德。

在陆贽的身上，我们看到的是忠君、廉洁、刚直不阿、公正、大度的品德。

李吉甫（758—814），字弘宪，赵郡赞皇（今河北赞皇）人。唐代政治家、地理学家。元和年间，李吉甫两次拜相，其间一度出掌淮南藩镇。因功封赞皇县侯，徙封赵国公。

《旧唐书·李吉甫传》：“（元和）七年七月，上御延英，顾谓吉甫曰：‘……昨于《代宗实录》中……见卿先人事迹，深可嘉叹。’吉甫降阶跪奏曰：‘臣先父伏事代宗，尽心尽节，迫于流运，不待圣时，臣之血诚，常所追恨。陛下……见臣先父忠于前朝，著在实录，今日特赐褒扬，先父虽在九泉，如睹白日。’因俯伏流涕，上慰谕之。”[④] 李吉甫的父亲忠于代宗，尽心尽力，这对李吉甫肯定会有影响。从新、旧《唐书》来看，李吉甫在削弱藩镇势力、打击宦官、裁汰冗官和巩固边防等方面，都颇有政绩，辅佐宪宗开创元和中兴，对宪宗确实忠心耿耿，所以李吉甫死后，宪宗“赐吉甫谥曰忠懿”[⑤]。

贞元八年（792），陆贽为相，曾怀疑李吉甫结党，李吉甫被外放明州员外长史。“久之遇赦，起为忠州刺史。时贽已谪在忠州，议者谓吉甫必逞憾于贽，重构其罪；及吉甫到部，与贽甚欢，未尝以宿嫌介意。六年

① 《资治通鉴》卷234《唐纪五十》，中华书局1956年标点本，第7541—7542页。

② 《旧唐书》卷136《窦参传》，中华书局1975年标点本，第3747页。

③ 同上书，第3747—3748页。

④ 《旧唐书》卷148《李吉甫传》，中华书局1975年标点本，第3995页。

⑤ 同上书，第3997页。

不徙官，以疾罢免。”[①] 由此可见李吉甫大度的品德。

元和元年（806），李吉甫被宪宗征召回朝。由于此前一直在外地做地方官，李吉甫对民生疾苦十分了解，遂向宪宗建言：“州刺史不得擅见本道使，罢诸道岁终巡句以绝苛敛”[②]，以免地方官员搜刮百姓。元和三年（808）九月，李吉甫充淮南节度使。“居三岁，奏蠲逋租数百万，筑富人、固本二塘，溉田且万顷……江淮旱，浙东、西尤甚，有司不为请，吉甫白以时救恤，帝惊，驰遣使分道赈贷。”[③] 由此可见李吉甫爱民的品德。

元和二年（807）李吉甫为相，“吉甫闻之感泣，谓中书舍人裴垍曰：‘吉甫流落江、淮，逾十五年，一旦蒙恩至此。思所以报德，惟在进贤，而朝廷后进，罕所接识，君有精鉴，愿悉为我言之。’垍取笔疏三十余人，数月之间，选用略尽。当时翕然称吉甫为得人。”[④] 李吉甫在推荐人才上不徇私情，不嫉贤妒能，唯贤是举，体现了他廉洁的品德。

滑涣是唐宪宗朝的权臣，“郑余庆当国，尝一责怒，数日即罢去。吉甫请间，劾其奸，帝使簿涣家，得赀数千万，贬死雷州”[⑤]。由此可见李吉甫刚直不阿的品德。

在李吉甫的身上，我们看到的是忠君、爱民、大度、廉洁和刚直不阿的品德。

白居易（772—846），字乐天，号香山居士，祖籍太原。唐代著名诗人。贞元十六年进士，授秘书省校书郎。元和十年（816）七月，因越职言事，被贬江州司马。十三年冬，量移忠州刺史。后任杭州刺史、苏州刺史等职。官终刑部尚书。

白居易自谓“自雠校至结绶畿甸，所著歌诗数十百篇，皆意存讽赋，箴时之病，补政之缺……往往流闻禁中。章武皇帝纳谏思理，渴闻谠言，（元和）二年十一月，召入翰林为学士。三年五月，拜左拾遗。居易自以逢好文之主，非次拔擢，欲以生平所贮，仰酬恩造”[⑥]，“唯思粉身以答殊

① 《旧唐书》卷148《李吉甫传》，中华书局1975年标点本，第3993页。

② 同上书，第4739页。

③ 同上书，第4740—4741页。

④ 《资治通鉴》卷237《唐纪五十三》，中华书局1956年标点本，第7639页。

⑤ 《新唐书》卷146《李吉甫传》，中华书局1975年标点本，第4739页。

⑥ 《旧唐书》卷166《白居易传》，中华书局1975年标点本，第4341页。

宠"[①]。白居易一方面通过诗歌创作实现其为君尽忠的愿望；另一方面，白居易认为，身为谏官，就应该为皇上尽到补遗察漏的责任，这使得白居易在面对朝廷之事时，往往奋不顾身，直言敢谏，有时弄得"上颇不悦，谓李绛曰：'白居易小子，是朕拔擢致名位，而无礼于朕，朕实难奈。'绛对曰：'居易所以不避死亡之诛，事无巨细必言者，盖酬陛下特力拔擢耳，非轻言也。陛下欲开谏诤之路，不宜阻居易言。'上曰：'卿言是也。'由是多见听纳。"[②] 由此可见白居易刚直不阿的品德。

白居易十分关心百姓疾苦。"（元和）四年，天子以旱甚，下诏有所蠲贷，振除灾沴。居易见诏节未详，即建言乞尽免江淮两赋，以救流瘠，且多出宫人。宪宗颇采纳。"[③] 白居易在《新乐府序》中明确说明其创作诗歌的一个目的就是"为民"。尽管"唯歌生民病"的目的是"愿得天子知"（《寄唐生》），但这种关心百姓疾苦的品德在任何时代都是非常可贵的。

在白居易的身上，我们看到的是忠君、爱民和刚直不阿的品德。

综上所述，可见唐代忠州"忠文化"的主要内涵是忠君、爱民、廉洁、公正、刚直不阿和大度。唐代"忠"文化增添了爱民、刚直不阿和大度的新内涵。

（3）宋代

宋代忠州"忠"文化主要体现在忠州军民的皇华城保卫战上。

宝祐二年（1254），宋度宗赵禥封忠王。后立为太子。景定五年（1264）十月继位，第二年改年号为"咸淳"。"度宗开府忠州时，曾于皇华洲设藩邸。"[④] 咸淳元年，"乃升忠州为咸淳府，移府治皇华洲"[⑤]。

元世祖至元"十四年夏，（杨文安）进兵攻咸淳府，时宋以六郡镇抚使马堃为守，文安与堃同里闬，谕之使降，堃不从，乃列栅攻城。冬十二月，潜遣勇士蹑云梯宵登，斩关纳外兵，堃悉力巷战，达州安抚使鲜汝忠与宋兵力战死。比晓，宋兵大败，堃力屈就擒"[⑥]，英勇就义。

---

① 《旧唐书》卷166《白居易传》，中华书局1975年标点本，第4341页。

② 同上书，第4344页。

③ 《新唐书》卷119《白居易传》，中华书局1975年标点本，第4300页。

④ （民国）《忠县志》，忠县档案局2008年版，第588页。

⑤ 同上。

⑥ 《元史》卷161《杨文安传》，中华书局1985年标点本，第3784页。

在当时不少南宋将领投降元人的情况下，马堃带领忠县军民，坚持抗元，谱写了一曲壮烈的民族正气歌。这不仅是对国君的忠诚，同时也是对国家和民族的忠诚。忠州军民在皇华城保卫战中所体现的是忠于国君、忠于国家、忠于民族和勇烈的品德。宋代忠州“忠”文化增添了忠于民族的新内涵。

（4）明代

秦良玉（1574 — 1648），字贞素，忠州人，明末著名女将。嫁石柱宣抚使马千乘，夫死，秦良玉代领其职，战功卓著，封忠贞侯[①]。

秦良玉曾参加平播、平奢、勤王、抗清诸役。崇祯十七年（1644），张献忠率军进犯夔州，秦良玉派兵抵挡，因寡不敌众溃败，退守石柱。当四川全境陷落后，秦良玉仍坚决不投降。她“慷慨语其众曰：‘……吾以一孱妇蒙国恩二十年，今不幸至此，其敢以余年事逆贼哉！’悉召所部约曰：‘有从贼者，族无赦！’乃分兵守四境。贼遍招土司，独无敢至石柱者。”[②] 君有外患，秦良玉毅然起兵抵御外侮。君有内乱，秦良玉慷慨领兵平乱。君死国亡，秦良玉仍然为君尽忠，对明王朝的确忠心耿耿。当外敌入侵时，秦良玉的忠君又和忠于国家、忠于民族紧密联系在一起。在秦良玉的身上，我们看到的是忠于国君、忠于国家、忠于民族和勇烈的品德。

高倬（？ — 1645），字枝楼，忠州人。天启五年进士。除德清知县，调金华。曾任工部右侍郎、刑部尚书等职。

崇祯十七年（1644），李自成入北京。五月，福王立南京，拜倬工部右侍郎。福王奢侈无度，大肆购置宫中器物、宫殿陈设和金玉珠宝等，耗资几十万，高倬进谏，未被采纳。[③] “国破，倬投缳死。”[④] 高倬对明王朝也可谓忠心耿耿。南明未亡前，直言敢谏；明亡，则以死殉国。在高倬的身上，我们看到的是忠君和刚直不阿的品德。

明代忠州“忠”文化的主要内涵是忠于国君、忠于国家、忠于民族、

① 秦良玉封忠贞侯事，《明史·秦良玉传》不载。赵尔巽《清史稿》卷 513《土司列传》：“崇祯时，土司千乘及妇秦良玉，以功加太子太保，封忠贞侯。”参见《二十五史》之《清史稿》，上海古籍出版社、上海书店出版社 1986 年版，第 1633 页。

② 《明史》卷 270《秦良玉传》，中华书局 1974 年标点本，第 6948 页。

③ 参见《明史》卷 275《高倬传》，中华书局 1974 年标点本，第 7047 页。

④ 同上。

勇烈和刚直不阿。

综上所述，在封建时代，忠州“忠”文化的内涵主要包括忠君、爱民、忠于国家、忠于民族、诚信、勇烈、廉洁、公正、刚直不阿和大度。其核心是忠君。

2. 近、现代时期

从鸦片战争开始到1949年中华人民共和国成立，这是中国的近代史时期。新中国成立后至今，是中国的现代史时期。随着奄奄一息的清王朝走向灭亡，忠君渐渐退出这一时期的“忠”文化，忠县“忠”文化的内涵发生了新的变化。

金元和（1885—1914），号少穆。忠县人。青年时留学日本，与孙中山同学。孙中山组织同盟会，金元和大力支持并加入同盟会，走上了救国救民的道路。1914年夏，他回乡省亲。仅过一月，孙中山电召赴日共商救国大计。船至奉节，金元和突发急病而逝，年仅29岁。孙中山得知这一噩耗，十分悲痛，题写挽联一副：“天不许再到东京生还忠郡，君岂忍远离西蜀死在夔门。”① 在金元和的身上，我们看到的是忠于国家、忠于人民的品德。虽然在封建社会，忠州“忠”文化中也有忠于国家的内容，但那时的国家是君王的国家，不是人民的国家，而金元和所忠于的国家是未来由人民治理的国家，这与封建时代的忠于国家有本质上的区别。金元和为了建立人民当家做主的新中国所做出的种种努力，就是对人民的忠诚，这种忠诚与封建时代的官员的爱民也有本质的区别。

吴毅（1907—1928），原名吴心仁，字季良，忠县人。在中共早期革命家萧楚女的教育引导下，他投身于革命事业。1924年秋，吴毅离开故乡来到革命中心广州。1925年，吴毅加入中国共产党。1927年4月任中共广州市委书记，11月任广州起义总指挥部秘书，协助张太雷，参与领导广州起义。1928年7月不幸被捕，英勇就义，终年21岁。1985年1月，陆定一为纪念吴毅烈士题词：“他是个忠诚而极有才能的党的干部，（广州）起义失败没有使他悲观失望，而是激发了他更强烈的革命热情，这是最好的共产党人的品质。他以鲜血和生命表示他对党对人民对革命的

① 以上有关金元和的事迹来自百度百科“金少穆”（http://baike.baidu.com/link?url=WqETU）。

无限忠诚，他是我们的模范，是忠县人民的光荣。”[①]

在忠县，有一批像吴毅这样的共产党人，如金元和的侄子金泣儒和金焕若、作家马识途、小说《红岩》的作者罗广斌以及余永藻等，为了建立新中国，他们不怕牺牲，坚决与反动派做斗争，有的献出了自己年轻的生命。当日本侵略中国时，他们又奋起反抗日本侵略者。在他们身上所体现出来的是忠于党、忠于人民、忠于国家、忠于民族和勇烈的品德，他们赋予了忠县“忠”文化全新的内涵：忠于党。

方文培（1899—1983），字植夫，忠县人。著名植物分类学家、教育家。英国皇家学会会员、荷兰皇家学会会员。世界公认的杜鹃花科、槭树科专家。

方文培出生于一个农民家庭，家境贫寒。1921 年，考入南京东南大学生物系。1927 年，考入南京中国科学社生物研究所读研究生。[②] 杜鹃花居世界三大名花之首。我国是“杜鹃花之家”，杜鹃花种类占世界的 80%。20 世纪 30 年代，欧美传教士、植物学家盗走了我国数百种杜鹃花。他们以此为亲本，不断培育新品种。面对这种状况，方文培将他的全部心血用于杜鹃花的研究中。1934 年，方文培赴英国爱丁堡大学学习。1937 年 6 月，他以优异的成绩获爱丁堡大学博士学位。同年 9 月回国，10 月应聘至四川大学理学院生物系任教。1948 年秋，接受联合国教科文组织发出的访美邀请赴美考察讲学。1949 年 10 月 1 日中华人民共和国成立，方文培决定回国。当时哈佛大学梅乐尔教授（Prof. E. D. Merrill）及旧友高文博士（Dr. J. M. Cowan）均挽留其在美、英工作，方文培均谢绝，于 12 月 5 日途经香港回到成都。[③] 由此可见方文培对祖国忠诚专一的爱。这种爱，在方文培的身上，表现为对所从事的事业的热爱，即在科研上刻苦研究和在教学上辛勤培育人才。

方文培毕生共采集植物标本 11 万多号，约 50 万份；发现植物新种 100 余个，其中 40 多种由他命名；创建了储量名列全国高校之首的四川大学植物标本馆，这也是世界著名的标本馆之一。1942 年，方文培发表

① 相关内容来自谭华的《吴毅》，民政部优抚安置局中华英烈网《英雄事迹》（http：//www. chinamartyrs. gov. cn/YingXiongShiJi/）。

② 相关内容来自百度百科“方文培”（http：//baike. baidu. com/link？ url = csa9TI2h1）。

③ 相关内容来自李建华、李朝鲜的《“开辟中国植物研究新道路”》，《光明日报》2006 年 7 月 14 日第 11 版。

了《峨眉植物图志》。李约瑟在《中国科学技术史》英文版第6卷第20页称赞他“开拓了中国植物研究的新道路”。1950年，英国皇家园艺学会授予他银质奖章以表彰其对植物学的贡献。[①] 1990年世界名人传记中心（剑桥）授予他金质奖章，并为他立传。1991年美洲名人传记研究所又颁给他“突出贡献金质奖”，以表彰他的学术成就。[②] 他主编的《中国植物志》第46、52卷获国家教委科技进步一等奖。[③]

方文培不仅专心植物研究，而且还担任了教学工作，培养了不少人才。他的不少学生已成为国内外的教授、研究员和著名学者。[④]

在方文培的身上，我们看到的是忠于国家和忠于事业的品德。

黄万波（1932— ），忠县人。中科院古脊椎动物与古人类所研究员，重庆龙骨坡巫山古人类研究所所长，中国著名古人类“巫山人”“蓝田人”“和县人”的发现者。

黄万波是我国目前最高龄的野外调查与发掘者。当记者问他为何在80岁的高龄仍在野外考古发掘时，他说：“我从上世纪50年代开始从事古文化研究工作，如今一个甲子过去，这份执着已不可能放得下。”正是这份对事业的执着，1985年，他终于在巫山县龙骨坡挖出了一颗人类门齿和一段带有两颗牙齿的下颚骨。经中科院地质研究所古地磁测定，该人类化石的年代为距今204万年前的早更新世早期，是目前我国发现的最早的古人类化石。消息一出，立即震惊了整个考古界。由于龙骨坡的石器只有两块，所以有学者对此提出质疑。为此，他从1997年到2012年又四次进三峡，冒着高温酷暑进行艰苦的野外考察。[⑤]

在方文培和黄万波的身上，我们看到的是他们对自己所从事的事业的忠诚，这是忠县“忠”文化的又一新内涵。

李淑娥（1946— ），女，忠县涂井乡敬老院义务管理员，全国优秀共产党员。曾获得全国“五好家庭户”金牌、“全国敬老好儿女”金榜

---

① 相关内容来自李建华、李朝鲜的《“开辟中国植物研究新道路”》，《光明日报》2006年7月14日第11版。

② 相关内容来自百度百科“方文培”（http://baike.baidu.com/link?url=csa9TI2h1）。

③ 相关内容来自李建华、李朝鲜的《“开辟中国植物研究新道路”》，《光明日报》2006年7月14日第11版。

④ 同上。

⑤ 以上内容来自刘洋、颜若雯的《黄万波：“我和古人类有个约会”》，2012年10月19日，《重庆日报》网（http://www.cqrb.cn/html/2012—10/19/content_20721942.htm）。

奖、“三八红旗手”等荣誉称号。2005年被评为全国劳动模范。

李淑娥在家孝敬老人，公公牟其清长期卧病不起，李淑娥一直耐心侍候，从无怨言。对外，她以仁爱待人，无怨无悔地义务照顾孤寡老人。从20世纪60年代起，李淑娥便开始无条件地照顾乡里孤寡、病重的老人。截至2012年，她所照顾过的老人共有103位，并为十几位老人养老送终。涂井乡的村民们都称李淑娥为“活菩萨”。① 一位遭精神病父亲囚禁蹂躏长达8年之久的17岁少女小惠被解救后，已失去了基本的生活能力。早已离婚改嫁的生母不愿抚养，亲戚朋友也不愿收留。乡党委和政府的领导们决定将小惠交给李淑娥。在李淑娥的悉心照料下，几年后，小惠身体和心理都基本恢复了正常。这时小惠的生母要求将小惠带回家。村民都为李淑娥抱不平，认为小惠妈至少应该给这几年的抚养费。然而李淑娥并不计较这些，让小惠回到了母亲身边。② 小惠后来成家生子，逢年过节都要到李淑娥家。小惠逢人便说：“李妈妈比我亲生妈妈还亲!”③

李淑娥文化水平不高，但是她的行为体现了孟子所说的“老吾老以及人之老，幼吾幼以及人之幼”的仁爱思想。她的家境也并不富裕。当人们问她为何净干“傻”事时，她回答说：“我自己不这样认为……我记得我在入党宣誓的时候曾经说过‘要一辈子对党忠诚，全心全意为人民服务’……只要我还有一分力量，就一定要给党和人民贡献一分力量……才不辜负我当时入党时的宣誓。”④

在李淑娥身上，我们看到的是忠于党、忠于人民和仁孝的品德。

郑定祥（1953— ），忠县人，2011年9月20日获得第三届全国道德模范提名奖。

郑定祥是忠县涂井乡的一位农民，家境并不宽裕，老伴一直多病，儿子儿媳也因家庭困难离了婚，留下两个不到5岁的孩子在家里。为了养

① 相关内容和数据来自许真学和李伶俐的《全国敬老模范李淑娥：情倾103位孤寡老人》，2012年9月27日，人民网（http：//acwf. people. com. cn/n/2012/0927/c99013 - 19128317. html）。

② 以上内容来自《帮助别人我很快乐——敬老好儿女李淑娥先进事迹》，2006年5月2日，新华网重庆频道（http：//www. cq. xinhuanet. com/2006/2006 - 05/02/conte nt_ 6899 391. htm）。

③ 相关内容来自《忠县李淑娥：关爱女孩成长她比“亲娘”还亲》，2014年10月25日，人民网重庆视窗（http：//cq. people. com. cn/news/20141025/20141025123944882937 4. htm）。

④ 以上内容来自《帮助别人我很快乐——敬老好儿女李淑娥先进事迹》，2006年5月2日，新华网重庆频道（http：//www. cq. xinhuanet. com/2006/2006 - 05/02/conte nt_ 6899 391. htm）。

家，郑定祥农闲时就进城当棒棒。2011 年的一天，他在万州帮一位商人挑了价值近万元的羽绒服，结果，半路上雇主走丢了。这时家里的老伴来电话说，因为感冒生病花了 100 元，让他寄点钱回去，并且让他买件棉衣回去御寒。虽然有人劝郑定祥把失主的货物拿回家，但经过一番考虑，郑定祥决定寻找失主。面对困难的家境和老伴的心愿，郑定祥为何没有动心呢？郑定祥说："人穷志不穷，缺钱不一定就缺德！"郑定祥找了四、五天，也没有找到失主。因老伴病情严重住院，郑定祥只得回家。① 后来，通过广场物业管理员，终于找到失主。②

在郑定祥这个普通农民的身上，我们看到了诚信的美德。

综上所述，近、现代时期，忠县"忠"文化的主要内涵包括忠于国家、忠于人民、忠于党、忠于民族、忠于事业、勇烈、诚信和仁孝。而忠于党、忠于人民和忠于事业都是近、现代时期忠县"忠"文化出现的新内涵。

通过历时梳理，我们得知，忠县"忠"文化包括忠于国君、忠于国家、忠于民族、忠于党、忠于人民、忠于事业、诚信、爱民、勇烈、廉洁、公正、刚直不阿、大度、仁孝等内涵。为了更好地宣传、弘扬忠县的"忠"文化，我们可以用更凝炼、更醒目、更具标志性的语言来概括忠县"忠"文化的内涵。忠于国君、忠于国家、忠于民族、忠于党、忠于人民和忠于事业之"忠"都是"忠诚"之意，即真心诚意，尽心尽力，没有二心，因此可以概括为"忠诚"。"勇烈"可用"忠勇""忠烈"称之。"廉洁"可用"忠廉"称之。"刚直不阿"可用"忠直"称之。诚信，可用"忠信"称之。"公正"可用"忠正"称之，"大度"可用"忠厚"称之。"孝"可用"忠孝"称之。"爱民"属于"仁"的范畴，二者可用"忠仁"称之。因此忠县"忠"文化的内涵，我们可以概括为忠诚、忠信、忠勇、忠烈、忠正、忠直、忠廉、忠厚、忠仁、忠孝。这种概括一方面突出了"忠"文化的"忠"核心；另一方面也揭示了与"忠"德紧密相连的其他品德。

作为封建时代"忠"文化核心的忠君思想，显然与时代不符，无疑

① 以上内容来自彭瑜、尧华燕的《风雪里你知道我在等你吗》，《重庆晚报》2011 年 1 月 6 日第 20 版。

② 参见彭瑜、尧华燕《力哥苦等近半月羽绒服主人找到了》，《重庆晚报》2011 年 1 月 15 日第 11 版。

是该抛弃的，而“忠”文化中的其他内涵，在培养、提高全民族的道德素质，提高党员的政治素质和塑造中华民族勇敢刚强的性格等方面都具有较高的现实意义，理当得到继承与弘扬。

说明：本文系重庆市社会科学院委托项目“忠县‘忠’文化的起源、演变及现实意义”（编号：2014WT09）的阶段性成果。

作者单位：重庆师范大学文学院

区域文化视域下的艺术研究

主持人：王有亮

主持人语：

区域文化视域下的艺术，同样也会呈现出别样面目。本辑所收两篇文章，在特定的时空结构中，对此有所探讨。刘佳帅认为，21 世纪以来不断升温的地域美术研究，主要集中在地域美术史写作和地域画派打造两个实践路径上。而当前研究现状的盲点，是对“地域”美术研究与“一般”美术研究方法论的模糊认识。在此，针对地域美术研究的问题意识，从文化地理学的空间维度审视地域美术研究，超越当前地域美术研究的方法论局限，开拓新的方法研究路径，也就时所必然了。董广则着重探讨了第四代导演电影美学风格的生成语境。他认为，这种诗化与纪实相融合的美学风格，从主观上讲，受其生活实践、审美理想、创作个性的左右；从客观上讲，则受到社会语境和文化语境的影响，如“文化大革命”后现实主义的回归、国内关于电影本性的论争和西方电影理论在中国的译介与传播等，影响更为突出。

地域美术研究的范式反思与方法论建构

刘佳帅

地域美术研究，既是21世纪之交以来的研究趋向和热点课题，也是地域文化建设的重要维度。在文化认同和形象定位角度上，地域美术参与并建构着地域文化的形象、特点及身份，呈现地域文化的独特地域个性和人文价值。然而，通过对中国地域美术研究现有成果的梳理与分析发现，当前学界在地域美术研究领域的方法论意识较为模糊，导致叙述框架难以切入对地域美术个性及独特人文价值的有效分析。本文在现有研究成果的基础上，反思地域美术研究的范式，并借鉴文化地理学和空间社会学的相关理论资源，对地域美术研究的方法论路径展开思考。

一 地域美术研究现状

中国的地域美术研究，是在20世纪90年代兴起并在进入21世纪之后逐渐升温并成为研究热点的。究其原因，与时代语境息息相关。在人类文化发展层面，以交通技术、信息传播技术、跨文化交流为特点的全球化状态，消弭了各地域之间或人为或自然的划分与阻碍，使得各民族国家、各文化地域更加注重自我空间的文化个性的挖掘和呈现。在中国内部，随着中国经济实力和国际影响力的提升，对“中国形象”的定位与建设自觉，成为时代新课题。因此，地域美术研究之所以快速升温，与“中国和平崛起”“中国文化走出去”“文化自觉”和“中国国家形象建构”等时代课题是分不开的。[①] 多地纷纷推出的地域美术史研究成果及自上而下的“地域画派”打造，正是对时代文化课题的回应。

从1992年的《东北艺术史》面世伊始，中国南北各地相继推出本地

① 周宪：《在知识与政治之间》，《读书》2014年第2期。

域的地域美术研究成果。学界已公开出版的地域美术研究著作有：《广东美术史》（1993）、《楚艺术史》（1995）、《上海油画史》（1995）、《蒙古族美术史》（1997）、《西夏美术史》（2001）、《上海艺术史》（2002）、《长江流域美术史》（2005）、《中国艺术地理丛书》（2005）、《藏族美术史》（2005）、《白族美术史》（2005）、《云南民族美术史》（2006）、《西域美术史》（2006）、《西藏美术史》（2006）、《香港美术史》（2007）、《台湾美术史》（2007）、《江西艺术史》（2008）、《北京美术史》（2008）、《湖南美术史》（2010）、《上海现代美术史大系 1949—2009》（2010）、《云南壮族美术史》（2011）与《西域艺术史》（2013）、《从民国到新世纪：新疆美术发展态势研究》（2013）等，[①] 还有已立项但尚未成书的“深圳美术史”“澳门美术史”。[②]

地域美术研究升温的另一个表现，是进入新世纪后学界多次开展了以“地域性”为主题的学术研讨。2003 年北京国际双年展的主题是“创新：当代性与地域性”；2008 年 4 月份四川美术学院组织全国部分高等院校开展了“美术的地缘性——第二届全国高等艺术院校美术史学教育年会”；同年 11 月份，“当代地域美术研究全国研讨会暨第六届全国艺术院校美术学报年会”在广西艺术学院举办；2010 年 4 月份首都师范大学举办了“中国地域美术史研究暨《北京美术史》学术研讨会”；2011 年 11 月份在广西艺术学院召开“地域文化与艺术暨第七届全国艺术学学会”。通过对上述会议论文集的集中梳理发现，参会学者多围绕着“地域与画派的关系”“地域美术研究对地方文化建设的重要意义”“在全球语境下进行地域美术研究的必要性”“地域美术应该怎样发展”等几个方面进行阐发，而较少从“地域美术研究的可行性”“地域美术语言、流派、风格的历史生成与地域的关系”以及“地域美术研究的方法论”等问题进行深入的思考。

一个值得注意的现象显示了方法研究的不自觉：针对地域美术进行研究的学术论文近十年并没有呈现增长趋势，相比于地域美术史写作

① 在中国艺术学科的设置和“艺术”与“美术”两个概念的外延来看，“艺术”包含“美术”的范畴，因而，地域艺术史研究也包含“地域美术”的部分。这是本文之所以把以“地域艺术史”为名称的著作也列入地域美术史研究成果中的原因。关于“美术”“艺术”的概念史及二者之间的关系，可参见彭锋《艺术史的界定、潜能与范例》，《文艺理论研究》2014 年第 4 期。

② 孔新苗：《如何叙述“山东美术”》，《齐鲁艺苑》2013 年第 4 期。

“热”，学术期刊论文却是偏“冷”的局面。简单的“经验描述”和“特点归纳”，是相关论文所共有的特点。比如，有较大一部分论文以丹纳的《艺术哲学》和中国山水画的南北地域特点为依据，把丹纳的希腊空气纯净、阳光灿烂等自然环境形成了希腊和谐人体美艺术；中国北部及西北部气候干燥、多崇山峻岭形成了如荆浩、关仝的雄浑壮美的山水画风格，南方湿润多雨、如烟如雾形成了如董源、巨然的平淡清远的山水画风格，视为地域美术研究的范式。这种经验性的描述和地域美术特点归纳，必然因逻辑的单向度而无法提供有效的地域美术研究思路与阐述角度。

“画派”建设作为地域文化建设的另一个切入点，几乎与地域美术研究同时发生。对地域画派的研究，也是地域美术研究的一个重要组成部分。进入21世纪，各地纷纷兴起的画派打造成为社会各界讨论的事件。辽宁的“关东画派”，黑龙江的“冰雪画派”，内蒙古的“草原画派”，甘肃的“敦煌画派”，新疆的“天山画派”，陕西的“黄土画派”，河南的“中原画派”，山东的“齐鲁画派”，广西的“漓江画派”，江西的“南昌画派”，海南的“海南画派”，四川的“巴蜀画派”“巴渝画派”“渝西画派”“嘉州画派”“成都画派”，江苏的“娄东画派”“新吴门画派”“太湖画派”“彭城画派”“虞山画派”等，成为21世纪初十多年时间里颇为吸引眼球的文化现象。前文所提及的“当代地域美术研究全国研讨会暨第六届全国艺术院校美术学报年会”，其收录的论文便多是围绕着“地域画派打造的价值”“地域画派该如何打造”等问题进行论述，而鲜有质疑“地域画派能否打造”的声音。真正对“地域画派能否打造”这一问题进行学理反思并引起反响的文章，始于学界两位前辈的学术争鸣。周积寅教授于2012年在《艺术百家》第5期发表了《再论“金陵八家”与画派》一文，针对马鸿增、林树中两位先生提出和发展的“金陵画派”说提出了相左的看法。作为回应，马鸿增先生于2013年第2期在《艺术百家》上发表《画派的界定标准、时代性及其他——与周积寅先生商榷》一文，论证“金陵画派”说的合理性。从这场围绕“画派”为主题的学术争鸣来看，两位前辈争论的焦点主要集中在以下几个方面：画派界定的标准、画派形成是“自发的”还是“自觉的”、打造“地域画派”的利弊。作为后续观点的阐发，周积寅教授在题目就是《画派还是不打造的好》的文章中再次重申了对人为打造地域画派的否定立场，并列举了打造地域画派的不利后果。[①] 同样是作为后续观点的阐发，马鸿增先生在2013年发表的《古今画派研究的学术思考》一文中，用“培育”一词置换“打造”画派的提法。认为“打造”一词的人为痕迹过重，而“培育”画派对具有一定文化条件的地域来说是一种因势利导，包含着成功或失败的两种可能。[②] 以两位先生的立场为代表，学界对“地域画派”能否打造是颇有争议的。通过分析支持画派打造的论文来看，其中所遮蔽的问题，是把“文化地域”与“行政地域”等概念混为一谈，而没有对不同概念的独特内涵进行明确的界定和区分。其次，鼓吹者并没有理清“画派与地域”“画派与艺术”之间的发生学关系，把“地域的”等同于“艺术的”，导致一个本末倒置的错位。在此视域下，有一批学者明确指出“地域画派无法打造”[③]。

二 地域美术研究的范式反思

基于地域美术研究的现有成果可以发现，地域美术研究形成了固定的研究范式，主要有两个维度：一是地域美术史 = 中国美术史的“地方版”；二是“地理环境决定论”思维。

（一）地域美术史 = 中国美术史的“地方版”

中国地域美术史写作的主要模式，主要是延续“中国美术史”的写作框架：“历史分期 + 美术门类细分”。历史分期叙述，就是以线性时间线索串联某一地域的美术事件、美术作品及美术家。这一叙述框架之所以贯穿在地域美术研究当中，是受西方艺术史学科建制的影响。自16世纪西方第一位艺术史家瓦萨里出版他的著作《名人传》（1550）开始，到温克尔曼的《古代艺术史》（1764），以生物学视角分析艺术问题，形成了艺术史研究的方法论范式。瓦萨里在其著作中把艺术分为三段：以乔托为

① 周积寅：《画派还是不打造的好》，《人民日报》2013年3月31日第12版。

② 马鸿增：《古今画派研究的学术思考》，《美术》2013年第4期。

③ 参见孔新苗《“画派”三辩》，《美术》2012年第12期；张国荣《名不副实的“画派”制造——从“敦煌画派”的打造谈起》，《美术》2012年第9期；尹毅《也谈“打造”画派》，《美术》2013年第3期；同时可参见《中国美术》于2012年第1期刊发的访谈：《画派能否打造——陈传席访谈》《画派怎能打造——陈醉访谈》《要给力，不要打造——刘曦林访谈》《画派：地域、传承、学术——徐湖平访谈》。

代表的童年时期；以多纳泰罗、马萨乔为代表的青年时期；以达·芬奇、米开朗基罗、拉斐尔为代表的成熟时期。他认为“艺术也有一个诞生、成长、衰老和死亡的过程”①，文艺复兴之后的艺术开始衰老并死亡，新生的艺术在此基础上兴起并成长，如此循环往复。温克尔曼则把古希腊艺术分为四种风格：“远古风格”“崇高风格”“典雅风格”和“模仿的风格”，认为艺术发展到第四种风格就开始走向衰落。在这之后经过黑格尔的螺旋式进化模式、里格尔的线性进步模式、沃尔夫林的形式主义模式、潘诺夫斯基的图像学方法等艺术史叙事逻辑的发展演变，建构了西方艺术史研究形态，并随着“现代性”话语的发展及“历史决定论”等思想的影响，使得注重线性历史时间线索和探索普世性规律的艺术史叙事是“合理的”“客观的”和“符合规律的”，建构了美术史写作的话语霸权。美术门类细分，则是把“美术”作为一个整体的概念和范畴，由绘画、雕塑、陶瓷、工艺美术和建筑等门类组成。这种分类方式是秉持着西方的“美的艺术”（fine arts）的分类模式，把美术看成“美的”和“无功利的”。同时，“美术”一词作为舶来品，也与外来文化与中国书画观念的融合与分离有关，经历了内涵的重组与延伸。历史分期作为横向的时间串联，美术门类作为纵向的范畴组合，涵盖了历史上众多的美术文化成果，具有较强的适用性而成为“中国美术史”研究的主要逻辑框架。

比较来看，以整体的“西方”为镜像，同时把“中国”也作为一个整体，使用“历史分期+美术门类细分”的写作模式，可以有效归纳众多丰富的中国美术文化成果。而中西文化的鲜明差异，又使得这种写作模式可以清晰地呈现中国美术的独特面貌，从而在“他者”文化参照下，彰显出中国美术文化的地域特点。但是，若中国文化系统内部的地域美术史研究依旧采用“历史分期+美术门类细分”的方式，则会因参照系的改变而使得中国地域美术史成为中国美术史的“地方版”。成为中国美术史的“地方版”的弊端，在于无法有效呈现地域美术文化的“地域个性”和生命力，容易变成流水账式的“美术资料汇编”或本地籍贯美术家的通讯录。② 多部“流水账”式的地域美术史研究成果，已验证了“历史分

① ［意］乔尔乔·瓦萨里：《中世纪的反叛》，刘耀春译，湖北美术出版社2003年版，第37页。

② 孔新苗：《如何叙述“山东美术”》，《齐鲁艺苑》2013年第4期。

期+美术门类细分”的叙述框架在中国地域美术研究上有浅尝辄止之弊。

（二）“地理环境决定论”思维

地理环境决定论，是主张自然地理环境决定了文化的产生和发展形态。正如“一方水土养一方人”，地理环境决定论者认为“一方水土造就一方美术”。历史地看，“地理环境决定论”的兴起，伴随着现代性的产生而塑形，并且建构了“西方”在地理空间位置中的优越身份地位。与“天定命运”观念、“有机体论”“生物进化论”和“历史决定论”等话语相似，地理环境决定论是伴随着西方民族国家的形象定位而建构的知识话语。这种话语揭示了地理环境对“文化”的决定作用的同时，无形中也遮蔽了“文化”对地理环境的反作用力。反观地域美术史研究领域，地理环境决定论思维的局限在于很难分析出“此地域”不同于“彼地域”的独特地域个性，也很难梳理出美术文化生成与相应地域之间的内在逻辑关系。从另一方面来看，在中国文化系统内部的地域美术研究，则因中国各地域的“文化同质性”和“地域异质性”而不能简单遵循地理环境决定论思维。这种注重单向决定关系的思维方式，容易使地域美术文化的“地域个性”被遮蔽，从而无法有效揭示地域美术文化的丰富内涵，也无法阐述与“整体中国”和“他者地域”的综合文化关联。

“历史分期+美术门类细分”的叙述框架与“地理环境决定论”思维，在作为“整体中国”的美术研究和中西美术比较领域有不容否定的合理性，然而，这种叙述框架和问题认知方式并不是放之四海而皆准的范式。从具体问题出发，针对中国各地域美术文化的自身特点而开拓有效的方法论路径，对地域美术研究而言就变得至关重要。

（三）以《湖南美术史》为例的范式反思

《湖南美术史》的写作框架及方法论使用等方面，在当前的地域美术研究成果当中具有极强的典型性，同时，此著作于2010年公开出版，在同类研究当中也属于较新的研究成果。因此，以《湖南美术史》为文本进行分析，揭示其研究的特点与盲点，对其他地域美术研究成果也具有合理的观照意义。

《湖南美术史》分为三编：第一编“上古的辉煌”、第二编“中古的精华”和第三编“近现代的勃兴与繁荣”，总共十章内容。从三编划分来看，以时间线索为依据划分湖南美术文化的全部历史成果，在叙事模式上与中国美术史的“历史分期叙述+美术门类细分”的写作模式保持了同一性。

纳入上编的内容是“商周青铜器”“楚汉帛画和漆绘”。分析其具体写作内容发现，把从湖南地域发现和出土的青铜器认定为湖南美术门类，是基于此地“有什么”的描述，而非“为什么”的分析。作者在描述了湖南出土的代表性器件之后，认为湖南青铜器是当代艺术创作的重要地域文化资源，“湖南出土青铜器所隐含的湖南地域意识既是中华文明的也是湖湘文化的。所以，作为一种传统信息资源，它对湖南当代艺术有双重的意义：因为它既是中国的，又是湖南的，如何以艺术家的当代性去有效地运用它，这是对艺术家自身的挑战。无论艺术家是逃避还是应战，挑战者的姿态是不变的，这就是那些默默无语数千年的青铜器，当它们从泥土中挖掘出来之后，就从默默无语转化成咄咄逼人的挑战者。它述说的不仅仅是陌生的上古文明之辉煌，更是面对当代的雷霆之声；它既是巨大的压力，压迫着当代艺术家的精神与心灵，也是巨大的动力，启迪着当代湖南艺术家的思维和灵感”①。这里需要追问的是：湖南出土的商周青铜器体现的是哪种地域文化意识？是如何体现的？是如何影响以后历史时期的艺术形式、艺术风格甚至是当代艺术创作的？这种地域意识是如何生成的，与整体中国的文化意识是什么关系？综观第一编的内容，看不出对上述问题有细致的分析。

相似之处是，在分析楚汉帛画时，作者引用了陈一白和滕小松著作中的内容作为楚汉帛画与当代湖南工笔画兴盛有必然关系的论据。“‘我喜欢画工笔人物画。最早的中国画是工笔人物画，出土在长沙。它历史悠久，遗产丰富，直接反映人的生活、理想而为人民所喜闻乐见’”；“‘毫不夸张地说，湖南的工笔画家们秉承古代楚汉和现代湖湘的双重性格置身于波澜壮阔的艺术潮流中，在中国工笔画现代化一波三折的征途上树立了一种强劲的姿态’。”② 引用这种感性的经验言说作为论据，并没有切入到楚汉帛画对湖南当代工笔的兴盛有必然影响的分析。假设楚汉帛画对当代湖南工笔画创作有影响，那么是直接影响还是间接影响？“楚汉帛画—当代工笔画家—湖南当代工笔画”三者之间是如何产生关系的？影响的效果体现在哪些方面？这些问题并没有进一步的阐释。

---

① 李蒲星：《湖南美术史》，湖南美术出版社 2010 年版，第 34 页。

② 同上书，第 36 页。

"中古的精华"作为中编，此编延续上编"此地有什么"的逻辑筛选出了"唐代的湖南陶瓷""唐宋时期湖南的雕塑与绘画""髡残与元明清时期的湖南绘画"和"湖南民间美术和民居建筑"。在具体分析时，便不再顾及所谓湖南的陶瓷、雕塑、绘画与湖南的地域文化之间的发生学关系，而是转为孤立且详尽地阐述这些美术门类的艺术特点、艺术风格及艺术成就。如论述唐代的湖南陶瓷时，作者着重分析了唐代时期在湖南这一地域有哪几个重要的瓷窑，每个瓷窑生产何种类型的瓷器，各出土了哪些有代表性的现存器物。其中分析"长沙窑"时，不厌其烦地分析长沙窑的发现经过、长沙窑的历史兴衰、长沙窑的艺术特征及长沙窑的当代意义。[①] 即使偶尔提及"艺术与地域"之间的关系，也仅是简要地涉及"湖南独特的自然地貌"而一点而过，这显然又是地理环境决定论思维下简单的"对号入座"。

下编"近现代的勃兴与繁荣"，主要介绍了齐白石、陈少梅等近现代画家。因为齐白石是湖南籍艺术家，加之齐白石在中国近现代美术史上也占据重要地位，因此下编用了大量笔墨介绍了齐白石的生平和艺术经历，最后在没有任何逻辑衔接的情况下把齐白石一生的艺术造诣归结为"湖湘文化"。这种以"籍贯"作为艺术家的身份归属并简单地将其艺术特点的生成逻辑归结为籍贯所在的地域，显然没有太强的说服力。从另一方面来看，这也暴露了作者对"湖湘文化与地域美术"之间的关系存在认知上的模糊和研究方法上的不自觉。这与作者在前言中所说"近代齐白石的横空出世对湖南美术史有着以一抵百的不朽意义"的价值定位相比，[②] 唯独不该缺失的，是对齐白石的艺术特点、艺术贡献与湖湘文化之间关系的研究。同样，在论述湖南籍画家陈少梅时，全篇都在介绍陈少梅的生平、艺术轨迹、书画成就，却唯独没有分析湖南的地域文化对陈少梅艺术经历的影响机制，也没有梳理陈少梅的艺术特点生成与湖湘文化是何种关系。颇有意思的是，作者在论述萧俊贤、陈师曾二位画家的艺术成就时，都引用了另一部地域美术研究著作《20世纪北京绘画史》中的内容作为评述萧、陈二人的论据。[③] 此处需要追问的是：若萧俊贤、陈师曾已被纳

---

① 李蒲星：《湖南美术史》，湖南美术出版社2010年版，第81—101页。

② 同上书，第3页。

③ 同上书，第262—276页。

入到《20世纪北京绘画史》当中，那么这二位画家被纳入湖南美术史中的合法性是什么？反过来，如果萧、陈二人被纳入《湖南美术史》是合理的，那么，其出现在《20世纪北京绘画史》中的合法性又是什么？

三　地域美术研究的方法论建构

从上述地域美术研究的现状分析和盲点反思来看，地域美术研究需要注意其“地域的”“空间的”研究属性，而不能盲目延续着“线性的”“时间的”美术史研究逻辑，否则就遮蔽了地域美术的问题意识及其与整体中国美术的差异之处。文化地理学与空间社会学共同关注的空间维度，这两种研究视角注重地域文化的定点、传播与扩散的研究，而这恰恰是研究地域美术的特点生成、历史延展、空间博弈的内在逻辑。

空间真正受到重视，是近半个世纪左右的事情。“空间相对处于边缘地带，委实太久了。无论是撰写某一个人的传记，还是阐释一个重要时间，抑或单纯应对我们的日常生活，凡是探究手边题材的实践和信息的含义，紧密联系的历史的（或历时的）和社会的（或社会学的）想象，总是出现在第一线上。”[①] 20世纪之前的空间观念，总体上是延续了古代原子论者的观点，把空间当做一个“凝固不变的容器”和“没有内容的虚空”。即是把空间看做“绝对空间”（牛顿）和“先验的纯粹知识”（康德），也是把“空间”看做静止的，而尤为重视“时间”的作用，时间和空间的关系成为“空间静止而时间加速”[②]。

20世纪中后期，以海德格尔、米歇尔·福柯、亨利·列斐伏尔和爱德华·W. 苏贾等为主要代表人物开启的“空间化转向”，以高扬空间解构时间的霸权；以空间建构论取代空间客观论；以空间的文化维度置换空间的物理意义，构成了后现代空间观的面相。“空间是社会的产物”[③]，这是后现代空间观的逻辑起点。人一出生就在某个特定的空间，不可能脱离空间而单独存在。“不存在没有空间化的社会现实，也不存在非空间的社

① ［美］爱德华·W. 苏贾：《第三空间——去往洛杉矶和其他真实和想象地方的旅程》，陆扬等译，上海教育出版社2005年版，第2—3页。

② 冯雷：《理解空间》，中央编译出版社2008年版，第11页。

③ ［法］亨利·列斐伏尔：《空间：社会产物与使用价值》，薛毅主编：《西方都市文化研究读本》第三卷，广西师范大学出版社2008年版，第24页。

会过程。即使在纯抽象领域，在意识形态领域和再现领域，也存在普遍的、相关的虽然常常是隐秘的空间维度。”① 特定的空间位置养成了主体看待问题的方式。② 正如海德格尔所说：“并不是有人，此外还有空间；因为，当我说‘一个人’并且以这个词来思考那个以人的方式存在，也即栖居的东西时，我已经用‘人’这个名称命名了那种逗留，那种在寓于物的四元整体之中的逗留。”③“空间化转向”开启的后现代空间观，与20世纪后半期兴起的注重政治性、意识形态、权力关系等维度的“文化研究”相互交织。换句话说，后现代空间观可以看做文化研究视域下的空间观。从空间的社会建构角度看，主体对空间的感知以及主体欲望在空间的投射，成为分析“主体—美术—空间”三者关系的重要入思路径。

具体来看，在地域美术的话语实践过程中，主体在空间中的话语实践，取决于主体对空间的感知和想象，以及主体在“空间想象”下的自我形象定位。在空间中，处于劣势位置的主体会产生“影响的焦虑”④，这会激发主体的“欲望”。主体的欲望决定了他怎么看待自我空间、怎么看待他者空间，以及怎样进行自我身份定位、怎样选择实践策略。对他者空间的想象，是彰显自我欲望的手段。然而，主体对所在空间的反思，或者说对所在空间的认识由自在走向自觉，是在他者空间的碰撞下才得以可能。没有他者空间的参照，主体没法开启对自我所在空间的反思。如19世纪末中国由“人文天下”观念向地理空间意识的转变，是在西方的武力冲击下才得以形成新型的空间感知模式，如果没有他者空间对自我空间的碰撞，主体很难产生“空间意识”，也就无法进行空间想象与实践。由此，主体的欲望滋生和空间反思自觉，是空间碰撞的产物。而主体的自我形象定位与具体实践，同样是在空间碰撞下才得以可能。

当主体对所在空间形成了反思的自觉，主体满足自我欲望的方式和实

① ［美］爱德华·W. 苏贾：《第三空间——去往洛杉矶和其他真实和想象地方的旅程》，陆扬等译，上海教育出版社2005年版，第58页。

② 卡尔·曼海姆提出的“都市视角”与“乡村视角”，其生成的前提便是人在特定的空间中存在。参见［德］卡尔·曼海姆《意识形态与乌托邦》，黎鸣、李书崇译，上海三联书店2011年版。

③ ［德］马丁·海德格尔：《筑·居·思》，孙周兴选编：《海德格尔选集》，上海三联书店1996年版，第119页。

④ 参见［美］哈罗德·布鲁姆《影响的焦虑：一种诗歌理论》，徐文博译，江苏教育出版社2006年版。

践方向，要么是深挖所在空间的资源以建构对抗他者空间的合法性武器，要么是产生超越所在空间的欲望并通过想象他者空间来实现自我建设的满足。“认同空间的欲望／超越空间的欲望”，是主体的两种策略选择。而策略选择具有多重维度。

空间碰撞是主体空间感知的前提。主体的空间想象，取决于主体所在空间与他者空间的权力对比以及主体对自我形象的定位。在空间碰撞下，必然有处于优势的一方和处于劣势的一方。认清空间权力的优劣对比，是主体滋生空间欲望并进行形象定位的现实情境。自我空间与他者空间的权力对比是动态交替的，同时也取决于主体对空间博弈状况的认知。当自我空间处于劣势而不愿承认，那么主体在空间欲望推动下的具体实践往往流于无效。“理想／现实”“自我赋魅／赋魅他者”和“抵抗／收编”这三种空间实践模式，是具体语境下主体依据空间想象和空间欲望而采取的话语实践策略。“那些在地域上屈服于霸权的权力运作的人有两种内在的选择：要么承认所强加的区别，随遇而安；要么奋起反抗，依凭他们那种公认的位置和指派的‘他性’，与这种大权在握的强迫行为展开斗争。这些选择本身就是空间反应，是个人和集体对感知的、构想的与实际的空间中井井有条的权力运作的回应。”① 当他者空间占优时，主体有多种选择来改变空间权力的不平等。而当自我空间占优时，主体亦有多种手段强化空间权力的不平等。

在“认同空间的欲望”这一层面，在他者空间的碰撞和由此产生的“影响的焦虑”的情境下，主体对自我象征资本保持自觉并彰显优势身份，努力维护和强化空间权力的不平等，是主体的必然选择。在“超越空间的欲望”这一层面，进入他者空间，获得他者空间的象征符号，是主体在欲望驱使下的“本能”冲动。同时，对他者空间象征符号的获取，是返回来在自我空间争夺符号资本的方式。当他者空间里的资源能满足主体在自我空间所不能满足的欲望时，主体对他者空间的渴望就愈强烈。当获得他者空间的象征符号，主体在自我所在空间里就拥有了获得更多符号资本的可能。

从空间社会学对地域美术研究的方法论重建的意义来看，无论围绕地

① ［美］爱德华·W. 苏贾：《第三空间——去往洛杉矶和其他真实和想象地方的旅程》，陆扬等译，上海教育出版社 2005 年版，第 110 页。

域美术的历史叙事文本和画派争论观点成熟与否、分歧点之间的距离如何，在现有成果中所体现的地域美术研究的学理视野、方法论意识和叙事逻辑设定，均表现出研究成果积累不足、吸纳当下人文社科学术成果思想不足这样两个核心问题。现有成果的如下三个较普遍特点即是这两个“不足”的集中表现：1. 以“行政地域”作为地域美术研究边界的简单切割标准；2. 以“一方水土养一方人”的静态、平面画的自然环境决定论，作为描述地域美术现象的基本逻辑；3. 将“地域美术特点”作为“中国美术特点”的具备再现案例进行简单复述。

从“空间转向”的新文化地理学视角以及空间社会学视角交叉审视地域美术研究，就是启用空间视角超越时间视角的唯一性支配地位；以“空间—美术文化—权力”的多维关系超越地理环境决定美术文化的单向度决定关系；以空间的文化研究视域超越地域美术发展的无功利自律逻辑。

四 结语

呈现地域文化的独特性及其文化个性，是地域美术研究和地域文化建设的核心诉求。因此，如何反思当前地域美术研究的盲点，并且提出有效地阐述地域美术文化的方法论路径，就变得尤为重要。换句话说，沿用中国美术史研究模式和方法论依据的地域美术研究，则无法有效呈现地域美术是“这个样子”，而不是“那个样子”的独特的地域文化源流。作为超越地理环境决定论的方法论路径，后现代空间理论可以成为新方法论入思路径。认同空间的欲望与超越空间的欲望这两种类型，是以文化的角度看自然地理、人文地理。从文化的角度看地理环境，并揭示产生于某地域的文化是如何反过来塑造人们对地域自然地理、人文地理的认识和理解的。以后现代空间观审视地域美术研究，为揭示地域美术文化的独特地域个性和其他丰富内涵开拓了方法论路径。在此意义上，地域美术研究需要在今后的研究中实现方法论的多维度自觉，推进地域美术研究的方法建设，以此实现地域美术研究的深化。

作者单位：山东师范大学文学院

第四代导演电影美学风格生成的文化语境

董　广

与以往不同，当代电影美学风格的研究总是与社会、历史现实相关，与文史哲研究有着千丝万缕的联系。“这个研究趋向并非舍弃个人化的风格探索，而是从一个客观的角度，把导演个人自觉或不自觉地与他那个时代的主流电影风格对比之下显现出的特性，作为其独树一帜之风格的研究基础。”[①] 因此，政治、历史、文化等因素应理所当然地与第四代导演的美学风格研究联系起来。任何一种美学风格的形成都不同程度地受到了前人的影响，都有它特殊的生成语境。第四代导演也不例外，其美学风格的形成同样受到其所处的社会和文化语境的影响。

一　现实主义的回归

“文化大革命”时期是中国电影史上的“黑洞”，电影界百花凋零，万马齐喑。这个时期的电影完全成为一种畸形的、为帮派斗争服务的政治工具，是一种被极端化了的政治意识形态电影。这个时期，中国电影非但没有向前发展，还遭受了空前的劫难，造成了“八亿人民看八个样板戏”的滑稽现象。反动权威开始全面批判“十七年电影”，像《早春二月》《林家铺子》《阿诗玛》《不夜城》《烈火中永生》《红日》等优秀影片，都遭到了全面否定。他们还认为，在北京的电影界有一条反动的“夏陈路线”，[②] 于是开始迫害电影界领导，电影界宗师夏衍、田汉等被打倒，

---

① ［法］雅克·奥蒙、米歇尔·马利：《当代电影分析》，吴佩慈译，江苏教育出版社2005年版，第286页。

② 1966年8月，张春桥在上海传达全国京剧现代戏观摩演出大会的报告中提出，“电影系统，在北京有一条反动的资产阶级夏陈路线，在上海，瞿白音的《创新独白》就是这条路线的理论纲领。”“夏”，即夏衍；“陈”，即陈荒煤。

著名导演蔡楚生、演员上官云珠等也先后被迫害致死。而现实主义的回归拯救了弥漫着乌烟瘴气的电影界，也拯救了处在危境中的电影艺术，使电影艺术开始了它新的征程。

1979 年 10 月底召开的全国第四次文代会被认为是迎接新时期文艺的春天，也是文学艺术界开始全面“解冻”的标志。邓小平在会上讲道：“党对文艺工作的领导，不是发号施令，不是要求文学艺术从属于临时的、具体的、直接的政治任务，而是根据文学艺术的特征和发展规律，帮助文艺工作者获得条件来不断繁荣文学艺术事业。”[①] 进一步解放思想，呼唤现实主义传统回归成为文艺界的首要任务。从此，文学艺术开始重新贪婪地沐浴在这种相对宽松的政治阳光下，渐渐地从对政治的批判走向对人的整个主题的解读，并焕发出它的勃勃生机，形成了“满目青山春”的动人景象。

这个时期，电影创作者开始从虚假的政治宣教中脱离出来，千方百计寻找打开“文化大革命”枷锁的钥匙。他们逐渐意识到了个性经验在艺术创作中的重要性，并努力使电影艺术开始回归其本体价值。反思与回归逐渐成为整个电影界的自觉追求，并汇聚成为一股浪潮。同时，受当时文学领域“伤痕文学”思潮的影响，电影界也开始以积极的姿态吸收现实主义的各种表现手法，出现了新现实主义、魔幻现实主义、心理现实主义等形态的影片。黄健中对其影片《小花》从内容到形式都进行了积极探索，带有淡淡的“叛逆”意识，它的出现使新中国电影的创作面貌焕然一新。影片《苦恼人的笑》中并没有故事情节的跌宕起伏，导演杨延晋取而代之的是将现实与梦境结合在一起，以散文化的风格细腻地展现主人公傅彬的心理情感变化过程。滕文骥导演的《生活的颤音》以郑长河、徐珊珊和“四人帮”之间的斗争为主线，表现了人们对周总理的怀念和对正义的渴望。值得一提的是，影片中插入的小提琴协奏曲《抹去吧，眼角的泪》为深化主题内容、表达人物情感起到了重要作用。这三部作品突破了以往电影创作的题材禁区，运用了新的电影表现手法，注入了一定的理性批判精神，成为新时期的标志性影片。受西方现代主义思潮的影响，后来的《邻居》《沙鸥》等作品彻底清除了“文化大革命”遗留的

① 中共中央文献研究室编：《三中全会以来重要文献选编》上，人民出版社 1982 年版，第 250 页。

毒瘤——“假大空”，为纪实美学风格的形成消除了障碍，为诗化美学风格的形成做了有益的探索。除此之外，《巴山夜雨》《春雨潇潇》《城南旧事》《乡情》《乡音》《小街》《没有航标的河流》《人生》《逆光》《都市里的村庄》《当代人》《青春万岁》《童年的朋友》等影片，都在以小人物的视角再现历史现实的同时，不同程度地表达了对人性的关怀。站在历史的拐角回眸，我们欣喜地发现，电影界已经枯树生华，万象更新，呈现出一幅别有洞天的“春满青山图”。

二　群英荟萃：电影本性论

“文化大革命”后的文学艺术界虽然摆脱了政治意识形态的桎梏，但仍然受传统电影理论的制约。陈旧的电影语言和表现技巧及“影戏观”的传统依然左右着电影的创作。新时期的电影界亟待新的、相对先进的电影理论的出现，以指导相对落后的电影创作实践。为此，国内的电影理论工作者及创作者相继展开了关于“电影是什么”“电影语言”“电影的形式”等诸多关于电影本性的论争以及“电影与其他艺术门类关系”的讨论。

（一）关于电影语言问题的讨论

改革开放后最早谈及电影语言问题的是白景晟，他在《丢掉戏剧的拐杖》[①] 一文中指出了电影语言与戏剧语言各自的功用与差异，主张电影艺术应摆脱戏剧的束缚，独立走自己的路。真正引发国内展开电影语言问题大讨论的是 1979 年 4 月 1 日，张暖忻、李陀在《电影艺术》杂志上发表的《谈电影语言的现代化》一文，文章分为“为什么强调对电影语言的研究”“电影语言在迅速更新”“现代电影艺术对电影语言的新探索”“洋为中用，加快我国电影语言现代化的步伐”[②] 四个部分。其中，第三部分又从“电影语言的叙事方式逐渐摆脱戏剧化”“镜头理论与实践上的突破”“电影造型手段的新探索”“表现领域的不断扩大”四个方面展现了现代电影语言发展的趋势。全文因论述系统全面，主张鲜明，立即引发了一场关于电影语言问题的大讨论。

① 详见《电影艺术参考资料》1979 年第 1 期。

② 张暖忻、李陀：《谈电影语言的现代化》，《电影艺术》1979 年第 3 期。

在《电影应该电影化》一文中，黄健中结合电影《小花》讲道："我们的电影语言（包括电影语汇、语法）往往停留在最初级的阶段，停留在只讲清楚故事的阶段（有的影片连故事也没讲清楚）。我们的电影语言较少研究如何更好地表达思想，表达情感""电影语言的陈旧表现在另一个方面就是语汇的贫乏和语法的守旧"。[①] 他主张要积极勇敢地创新电影语言。郝大铮在《电影语言创新浅议》一文中提出了电影语言创新问题。他根据电影语言的新陈代谢规律强调了电影语言的创新对于繁荣电影艺术理论与创作的重要意义。徐昭在《从西方电影史看电影语言的演进》一文中也强调："电影语言发展到现在，经过不断新陈代谢，更为丰富，更加精练，更能真实地反映现实，表达思想，这是今天世界电影所呈现的趋向。"[②] 邵牧君在《现代化与现代派》一文中"不赞成笼统地从新和旧的角度来谈论电影语言问题"，认为电影"形式问题上的最大毛病并不在于表现手法上的陈旧，而在于单调，在于远远未能充分利用电影艺术历来累积的技巧手段"。[③]

值得一提的是，《电影艺术》杂志编辑部分别于 1979 年 7 月 14 日、7 月 25 日，1980 年 9 月 25 日、10 月 11 日召开了电影语言问题座谈会。张暖忻、李陀、黄健中、邵牧君、罗艺军、谢飞、白景晟、郑雪来、黄式宪、周传基、王杰、段吉顺、郑洞天、郝大铮、何振淦等著名导演和电影工作者在会上就电影语言的概念及其特性、电影语言的新陈代谢、电影语言的现代化等一系列问题进行了深入的探讨。郑雪来还针对这次讨论在次年发表了《电影美学问题论辨》一文，对电影语言及其现代化、电影语言的发展趋势等问题作了自己的阐释。

关于电影语言问题的讨论一直持续了近三年。这一系列的讨论大大拓展了电影艺术的审美表现形式，主观叙述、意识流手法、史诗式的剧作结构等被应用于电影创作中，这对第四代导演电影美学风格的形成产生了重要作用。

（二）对电影与戏剧关系的讨论

纵观百年电影史，电影、戏剧与文学之间的关系密切而又复杂，它们

① 黄健中：《电影应该电影化》，《电影艺术》1979 年第 5 期。

② 徐昭：《从西方电影史看电影语言的演进》，《电影艺术》1981 年第 8 期。

③ 伍英姿、雍青：《电影语言现代化与中国电影理论现代转型的发生》，《吉林广播电视大学学报》2011 年第 1 期。

相互影响却又无法独立存在。不可否认，电影从诞生之日起就受到了戏剧、文学的影响，以至于“影戏观”长期左右着电影的创作。正是因为电影实践者和电影理论工作者受这种传统“影戏观”的制约，才使得电影艺术始终没有摆脱戏剧的束缚。有声电影诞生后，亚历山大·巴克夏曾断言：“电影通过根据其戏剧性的需要，来省略和强调驾驭时间和空间的非凡力量是非常明显的。它再也不能跟在戏剧后面模仿，它现在已经掌握了说话的能力这一事实，自然更不能使它进一步失去其自由和独立性。”①

改革开放后，白景晟、钟惦棐、张暖忻和李陀等分别从不同的角度论述了电影与戏剧“离婚”的必要性。1979 年，白景晟在《丢掉戏剧的拐杖》一文中提出电影要独立就应该摆脱戏剧的束缚。他认为，“戏剧冲突”在戏剧与电影中的地位不可同日而语，戏剧与电影在时空表现上存在很大差异，对话在电影和戏剧中的作用也是不同的。张暖忻和李陀认为，“‘非戏剧化’的结构方式更能反映真实”。② 钟惦棐以各门类艺术的分离为例，阐述了电影作为一门艺术独立的必要性。何仁在《谈电影的“戏剧化”“情节化”及其他》中也极力主张丢掉戏剧这根拐杖。张桑桑在《走向成熟与真实之路：从“电影和戏剧离婚”谈电影美学》中认为，“电影是否摆脱戏剧，这并非是一个审美趣味的差异问题，而是反映了电影艺术的成熟程度，体现出电影的艺术形式的完美与否的问题”。③ 青竺也十分赞同张桑桑的这种说法，他在《也谈电影与戏剧“离婚”》中也认为，“提出‘离婚’是电影发展成熟的标志”。④ 陆建华在《让电影从舞台框里解放出来》虽然强调戏剧对于电影的巨大影响，但同时也指出了电影与戏剧“离婚”的理论基础。

但是，反对电影与戏剧分离的也大有人在，如谭霈生的《“舞台化”与“戏剧性”：探讨电影与戏剧的共异性》、余倩的《电影应当反映社会矛盾：关于戏剧冲突与电影语言》、陈玉通的《论电影艺术的“非戏剧

① 亚历山大·巴克夏：《“有声电影”》，斯坦利·考夫曼、布鲁斯·亨斯特尔《美国电影批评》，纽约利弗莱特出版社 1972 年版，第 214 页。

② 雍青：《转型与延伸——论新时期以来中国电影理论的建构》，中国社会科学出版社 2011 年版，第 45 页。

③ 张桑桑：《走向成熟与真实之路：从“电影与戏剧离婚”谈电影美学》，《电影文化》1983 年第 6 期。

④ 青竺：《也谈电影与戏剧的“离婚”》，《电影创作》1980 年第 11 期。

化"》等。对电影与戏剧关系的讨论一直持续到1985年，但无论对电影与戏剧"离婚"持同意还是反对意见者，他们对两者的本质认识并没有很大差别，只是论述的角度稍有不同而已。

（三）对电影与文学关系的讨论

生搬硬套文学的理论和艺术语言进行电影创作与批评研究是制约电影发展的一个重要因素。为使电影艺术获得独立地位，走上健康的发展道路，国内电影界针对电影与文学的关系进行了讨论。

1980年年初，张骏祥[①]在《用电影表现手段完成的文学——在一次导演总结会议上的发言》中阐述了电影与文学的关系问题。他认为，电影的价值主要就是其"文学价值"，"文学有叙事文学、戏剧文学、抒情文学。今天除了这些以外，还有个电影文学。电影文学应该不是指纸上印出来的剧本，而是最后通过电影手段拍出来的电影。"[②] 很多当时的理论家支持张骏祥的观点，如张成珊的《电影的文学性与特性》、舒晓鸣的《谈电影的文学价值》、成德的《需要强调电影的文学价值》、宋江波的《关于电影文学价值的思考》、邱明正的《电影文学性漫谈》等。

当然，反对者也提出了质疑，张卫在《"电影的文学价值"质疑——与张骏祥同志商榷》一文中质疑道："难道文学元素就是奇胎怪婴，可以跳出电影艺术的母体而秉持特异功能吗?"[③] 郑雪来在《电影文学与电影特性问题——兼与张骏祥同志商榷》一文中指出了电影中的文学价值与美学价值的异同，余倩赞同郑雪来的观点，她也认为"电影有文学基础，有文学性，但文学性不能代替电影作为一种独立的综合艺术的特殊性。电影有文学价值，而文学价值只能是电影艺术独特的美学价值的一部分"[④]。王忠全在《"电影作为文学"异议》中说道："如果文学在银幕上亦如文学，戏剧在银幕上还是戏剧，则恰恰就还没有电影。"[⑤] 钟惦棐在《电影文学要改弦更张》中认为："诸种艺术均须发展其自身，不然就不足以说明自己。它和其他艺术的联系是暂时的、有条件的；而发展自己是永远

---

① 张骏祥，著名导演，时为文化部电影事业管理局副局长。

② 张骏祥：《对电影的基本看法》，《电影新作》1980年第4期。

③ 张卫：《"电影的文学价值"质疑——与张骏祥同志商榷》，《电影文学》1982年第6期。

④ 余倩：《电影的文学性和文学的电影性》，《电影新作》1983年第2期。

⑤ 王忠全：《"电影作为文学"异议》，《电影文化》1983年第6期。

的、无条件的。”[①] 王心语在《从镜头的角度看电影的“文学性”》中说：“愈强调电影的文学性，则电影的本性愈消失。”[②] 这些质疑的声音促进了电影意识的觉醒，使电影逐渐摆脱其他门类艺术的束缚而获得独立地位。

在中国电影史上，如此大规模的探讨关于电影本性的问题还是第一次。电影领域的这次理论争鸣丰富了人们对电影本性的认识，电影本身的独特艺术语言与表现形式重新焕发出勃勃生机，不仅影响着第四代导演电影美学风格的形成，而且促进了我国电影理论的现代化进程。

三 海纳百川：外国电影理论在中国

（一）对国外电影理论的译介

几乎与国内电影界探讨电影本性的同时，翻译界和电影界的“洋务派”[③] 也开始积极将以巴赞和克拉考尔为代表的纪实美学等西方电影理论译介到中国。

邵牧君译介的克拉考尔的《物质现实的复原》一文发表在了《电影艺术译丛》（现名《世界电影》）1980年第2期上，并于次年出版了克拉考尔的专著《电影的本性：物质现实的复原》。1981年，崔君衍在翻译巴赞电影理论的过程中，在《世界电影》上发表了《“完整电影”的神话》《巴赞电影的美学》和《巴赞的电影美学》。1987年，他将翻译的巴赞的《电影是什么？》一书交由中国电影出版社出版。此外，比较有影响的还有巴拉兹的《电影美学》（何力译）、萨杜尔的《世界电影史》（徐昭、胡承伟译）、梭罗门的《电影的观念》（齐宇译）。由于原有的电影理论无法评介崛起的第五代导演及其作品，翻译界在着重介绍纪实理论的同时，也开始有针对性地翻译一些西方现代电影理论。如李幼蒸的《结构主义和符号学——电影理论译文集》，李恒基、杨远婴的《外国电影理论文选》，陈梅译介的巴赞的《奥逊·威尔斯评传》，徐建生译介的尼克·布朗的《电影理论史评》等。

纵观20世纪80年代译介到中国的电影理论，纪实美学成为当时的显

① 钟惦棐：《电影文学要改弦更张》，《电影新作》1983年第1期。

② 王心语：《从镜头的角度看电影的“文学性”》，《电影创作》1983年第12期。

③ 电影“洋务派”指一个长期从事电影理论翻译工作转而进行电影研究的群体，由罗艺军先生首先提出。

学，其他诸如结构主义符号学、电影叙事学、女性主义理论、意识形态分析等西方现代电影理论也得到了相对全面的了解，这对第四代导演将其应用于创作提供了得天独厚的条件。

（二）对巴赞电影理论的借鉴与“误读”

巴赞电影理论引入国内后，电影工作者谈论电影艺术时“言必蒙太奇，引必爱、普、杜”[①] 的现象逐渐消失，取而代之的是“纪实性”“长镜头”等电影新观念。事实上，巴赞的电影理论尤其是摄影影像本体论对于20世纪80年代的电影界产生过重大影响，巴赞本人也因为关注电影本体而备受推崇。他的摄影影像本体论特别强调电影的纪实性和摄影机的透视功能，“注重表现对象的真实，严守空间的统一，保持时间的真实延续，强调叙事的真实，创造声音、色彩、立体感等一应俱全的外部世界幻景”,[②] 主张禁用一切电影技巧。“外部世界的影像第一次按照严格的决定论自动生成，不用人加以干预，参与创造。摄影师的个性只是在选择拍摄对象、确定拍摄角度和对现象的解释中表现出来；这种个性在最终的作品中无论表露得多么明显，它与画家表现在绘画中的个性也不能相提并论”。[③] 在巴赞眼中，“活动照相术”已经完整地包含了电影的特性，只有摄影算得上是“既具体又本质地表现客观世界的真正的写实主义”。[④] 第四代导演借鉴了巴赞的这种纪实风格，大量使用长镜头、场面调度、自然光效等技巧以冲击传统蒙太奇的樊篱。但是，当时的电影理论界未将其消化吸收就运用于电影创作实践，导致“许多理论精髓不可能被充分理解，不可避免地存在望文生义、断章取义、误读乃至曲解等现象”。[⑤]

以《邻居》为例，导演郑洞天将现实主义等同于纪实美学，实际上是对巴赞纪实美学的“误读”。当时的评论界普遍认为《邻居》较好地把握了巴赞的纪实美学，然郑洞天却自称影片“借鉴了四五十年代我国现实主义优秀电影传统和同时代的意大利新现实主义影片在真实表现普通人

---

① 邵牧君在谈及20世纪80年代引入巴赞电影理论后的国内电影界新现象时说道：“人们谈论电影艺术，已不再言必蒙太奇，引必爱、普、杜。”参见其《电影美学随想纪要》，《电影艺术》1984年第11期。

② 宋家玲：《影视艺术之道》，北京广播学院出版社2004年版，第23页。

③ 安德烈·巴赞：《电影是什么?》，崔君衍译，中国电影出版社1987年版，第11页。

④ André Bazin. “*The Ontology of the Photographic Image*”, *What is Cinema*?, Vol. 1, trans. by Hugh Gray, Los Angeles: California University Press, 2005, p. 15.

⑤ 胡克：《现代电影理论在中国》，《当代电影》1995年第2期。

民平凡生活上的艺术特征”,[①] 这足以证明他在理解巴赞电影理论上的不足。另外，导演在影片中还错误地运用大量的长镜头，以为巴赞电影理论实质上就是长镜头理论。如介绍挤到楼道的镜头就用了近五分钟，描述方书记与刘力行两人在车内对话用了将近四分钟……现在我们想来，导演对巴赞电影理论的理解确实存在一定的缺陷。实际上，巴赞并没有对蒙太奇进行全部否定，而是主张合理的有限使用。当然，巴赞的电影理论并非十全十美，它在强调纪实的同时，也忽略了诸如电影表现手法的丰富性、电影风格的多样性等一些电影艺术本身的审美特性。

在夹缝中探索的第四代导演根据自身的特殊经历，适时把握特定的社会文化语境，积极引进、学习西方现代电影理论，丰富了电影艺术语言和表现形式，形成了集诗化与纪实于一体的美学风格。这种“敢为天下先”的探索精神不仅改变了国内电影界理论匮乏的现状，还繁荣了电影的创作与实践，也影响着后来的电影人不断为发展电影艺术而努力奋斗。

作者单位：重庆师范大学文学院

① 郑洞天、徐谷明：《〈邻居〉导演探索》，《电影通讯》1982 年第 5 期。

后　　记

《区域文化与文学研究集刊》第 4 辑终于如期编定了。自 2003 年编辑出版《区域文化与文学》论文集以来，又连续出版过 3 辑集刊，“区域文化与文学”成为学界正在努力垦拓的一片学术热土。

本辑所收论文，既有对相关理论问题的探讨与反思，也有对区域文学现象在不同层面的个案研究。前者如贾振勇教授的《捕捉诗性地理的光与影——略论区域文学研究的几个问题》、周晓风教授的《当代文学与区域想象》等，体现出对“区域文化与文学”崭新的深度的理论思考；而贾玮副教授的《时间的现代性嬗变对于区域研究结构的再塑》一文，则是从时间的维度，对区域文化与文学研究的缺失有所补益，足以新人耳目。后者如杨剑龙教授的《写出都市下层社会的生存噩梦——都市文化视阈下的端木蕻良〈吞蛇儿〉与契诃夫〈牡蛎〉之比较》、黄健教授的《江南文化的历史变迁与文学的发展》、任传印博士的《区域文化与佛教文学的内在联系——以中华区域文化与现当代佛教文学为例》，其观照的视角与阐释的方法，均值得鉴取。此外，则凸显了“区域文化与抗战文学”以及“巴渝文化与重庆作家”两个专题。其中，作为重庆师范大学文学院教授的莫怀戚老师，其作品《散步》曾入选中学语文课本，广为传诵。莫先生 2014 年 7 月 27 日因病辞世，于今已近两周年，现特刊发张育仁教授的《论“莫怀戚现象”与重庆地域文化性格特征》，以资纪念。值得一提的是，本辑还从来稿中拣选了两篇文章，汇为“区域文化视域下的艺术研究”，期待能进一步拓展相关论域。

一个学术论题的生成与发展，需要一支相对稳定的研究队伍持续发力、深入推进。重庆师范大学致力于区域文化与文学的研究，历有年所；并在人才队伍的建设方面，着力甚多。从本辑的作者来看，这支研究队伍已经形成并在逐步壮大，实在是可喜可贺。

最后，还要特别致谢的是，浙江大学中文系黄健教授在百忙中为本刊主持“区域文化与文学理论”栏目并精心组稿；责编李炳青女士一如既往，认真细致，令人感佩。

编 者

2016 年 7 月 13 日

稿　　约

《区域文化与文学研究》诚约稿件

《区域文化与文学研究》是一本专门研究区域文化与文学的纯学术刊物（书代刊）。本刊以“区域”为理论视角来审视中国现当代文学及文化的构成和发展，以展示和推介相关研究成果；并以促进文化学术的繁荣为宗旨，为中国现当代文学文化研究提供新思维和新方向；坚持“双百方针”，强调社会责任，为学术服务，并为区域经济文化建设和当代人文学术服务。本刊暂定一年一期，由中国社会科学出版社出版，全国发行。

为此，本刊向学界同人诚约稿件，欢迎选题独特精当、内容充实、思想深刻、观点新颖、具有前沿性和前瞻性的学术论文。敬请学界同人关注，不吝赐稿，并予以批评指正。

为联系方便和技术处理，来稿要求如下：

（一）论文篇幅最好不要超过10000字。书评最好不超过3500字。

（二）请在论文题目后随附下列信息：

1. 作者简介：姓名、职称（或学位）、研究方向及工作单位。

2. 300字以内的中文提要，并附3—5个中文关键词。

（三）注释格式及规范

1. 一律采用脚注，注释序号用123标示，每页重新编号。

2. 中文注释具体格式如下列例子：

例1：余东华：《论智慧》，中国社会科学出版社2005年版，第35页。

同上书，第37页。

同上。

《马克思恩格斯选集》第2卷上册，人民出版社1972年版，第25页。

刘少奇：《论共产党员的修养》，人民出版社 1962 年第 2 版，第 76 页。

例 2：［美］弗朗西斯·福山：《历史的终结及最后之人》，黄胜强等译，中国社会科学出版社 2003 年版，第 7 页。

例 3：刘民权等：《地区间发展不平衡与农村地区资金外流的关系分析》，载姚洋《转轨中国：审视社会公正和平等》，中国人民大学出版社 2004 年版，第 138—139 页。

例 4：袁连生：《我国义务教育财政不公平探讨》，《教育与经济》2001 年第 4 期。

杨侠：《品牌房企两极分化　中小企业“危”“机”并存》，《参考消息》2009 年 4 月 3 日第 8 版。

例 5：费孝通：《城乡和边区发展的思考》，转引自魏宏聚《偏失与匡正——义务教育经费投入政策失真现象研究》，中国社会科学出版社 2008 年版，第 44 页。

参见江帆《生态民俗学》，黑龙江人民出版社 2003 年版，第 60 页。

例 6：赵可：《市政改革与城市发展》，博士学位论文，四川大学，2000 年，第 21 页。

任东来：《对国际体制和国际制度的理解和翻译》，全球化与亚太区域化国际研讨会论文，天津，2006 年 6 月，第 9 页。

《汉口各街市行道树报告》，1929 年，武汉市档案馆藏，资料号：Bb1122/3。

例 7：陈旭阳：《关于区域旅游产业发展环境及其战略的研究》，2003 年 11 月，中国知网（http：//www. cnki. nct/indcx. htm）。

李向平：《大寨造大庙，信仰大转型》（http//xschina. org/show. php?id = 10672）。

例 8：《太平寰宇记》卷 36《关西道·夏州》，清金陵书局线装本。

姚际恒：《古今伪书考》卷 3，光绪三年苏州文学山房活字本，第 9 页 a（指 a 面）。

（汉）班固：《汉书》，中华书局 1983 年标点本，第 xx 页。

《太平御览》卷 690《服章部七》引《魏台访议》，中华书局 1985 年影印本，第 3 册，第 3080 页下栏。

乾隆《嘉定县志》卷 12《风俗》，第 7 页 b。

《旧唐书》卷9《玄宗纪下》，中华书局1975年标点本，第233页。

《清德宗实录》卷435，光绪二十四年十二月上，中华书局1987年影印本，第6册，第727页。

3. 外文注释如下列例子：

例1：Seymou Matin Lipset and Cay Maks，It Didn't Happen Hee：Why Socialism Failed in the United States，New York：W. W. Norton & Company，2000，p. 266.

例2：Christophe Roux – Dufort，"Is Crisis Management（Only）a Management of Exceptions?" Journal of Contingencies and Crisis Management，Vol. 15，No. 2，June 2007.

（四）来稿一律采用电子版，并在文末注明作者姓名、出生年月、籍贯、学历、职称、联系电话、电子邮件、详细通讯地址及邮编，以便联系有关事宜。

来稿一经采用，即付薄酬，并寄样刊二册。

本刊地址：重庆市沙坪坝区大学城重庆师范大学文学院《区域文化与文学研究集刊》编辑部

邮政编码：401331

电子邮箱：qywxjk@163. com

重庆师范大学区域文化与文学研究中心
《区域文化与文学研究集刊》编辑部